木馬文學 21

偷書賊

The Book Thief

馬格斯，朱薩克◎著
Markus Zusak
呂玉嬋◎譯

木馬文化

作者致台灣讀者信

親愛的台灣讀者：

謝謝您閱讀了這本《偷書賊》……

我小時候常聽故事。我爸、媽常在廚房裡，把他們小時候的故事告訴我哥哥、我兩個姊姊和我，我聽了好著迷，動都不動。他們提到整個城市被火籠罩，炸彈掉在他們家附近，還有童年時期建立的堅強友誼，連戰火、時間都無法摧殘的堅強友誼。

其中有個小故事，一直留在我心裡……

我媽媽小時候住在幕尼黑近郊。她說她六歲的時候，有天聽見大街上傳來一陣吵雜的聲音。

她跑到外面一看，發現有一群猶太人正被押解到附近的達考集中營。隊伍的最後是一位筋疲力竭的老人，快跟不上隊伍的腳步了。有個男孩子看見老人的慘狀，於是跑回家拿了一片麵包給這位老人，老人感激得跪下來親吻這位少年的腳踝。結果有個士兵看見了，走過來把老人手上的麵包搶走，還用力鞭打了老人。打完之後，士兵轉身追著這個男孩，把男孩也打了一頓。在同樣的一個時刻裡，同時出現了偉大的人性尊貴與殘酷的人類暴力。我認為，這個事件恰好可以說明人性的本質。

我聽到爸媽講的這些故事之後，一直想把它們寫成一本小書。結果，就是《偷書賊》的誕生。而《偷書賊》這本書對我的意義，遠遠超過我當初的想像。對我來說，《偷書賊》就是我人生的全部。不管別人怎麼看這本書，不管他們的評價是好是壞，我自己心底曉得，這是我最好的一次創作。作為作者，當然會因為自己「最好的一次創作」而深深感到滿意。

再度感謝您，也在此祝福您。

馬格斯

二〇〇七年六月七日

還有，老實說，我本來以為世上大概沒有人會讀這本書了。我前後整整花了三年的時間才寫完，而我還一度認為，自己大概永遠寫不完了！

目次

0

序幕

堆疊如山脈的瓦礫廢墟

本書敘述者死神，在此介紹：他本人、顏色與偷書賊

死神與巧克力色

先注意顏色。
然後才注意到人。
我向來是這樣看事情的。
最起碼是我努力的方向。

先透露一點真相

你會死。

大多數人不相信我講的話，我再怎麼抗議也沒用。但是坦白說吧，我盡力讓自己因為「死亡」這個話題保持心情愉快。拜託，相信我，我當然也會開心，也有和藹、和氣、和善的一面，而且這只是「和」字開頭的部分。但是，千萬別要求我表現出有教養的樣子。教養與我無關。

對上述事實的反應

你擔心嗎？我勸你別怕。我行事最公正了。

首先自我介紹。

開場白。

差點忘了禮貌。

我當然能適當貼切地介紹自己，其實也沒這個必要啦。基於很多不同的原因，你很快就會對我有深入的瞭解。簡單說吧，以後某個時刻，我會用最親切的姿態守視著你，你的靈魂會落入我的手臂中，我的肩梢會棲息著某種色彩。我會輕輕帶走你。

在那一刻你會躺著（我很少看到有人站著），凝聚在身軀裡。也許有人發現事情不對了，於是一聲尖叫在空中散落。之後我唯一能聽見的只有自己的氣息和嗅聞的動作。

重點是，我逼近你的那一刻，天下萬物呈現出什麼樣的色彩？天空出現哪種訊息？

我自己最喜歡巧克力色的天空，很深、很深的巧克力色，人家說這種顏色適合我。不過，我還想盡量欣賞我見到的每一種色彩，光譜中的所有顏色，十億個左右的口味，各不相同，還有一片天空可以慢慢舔，慢慢吃。顏色抒解了我的壓力，放鬆我的心情。

小理論

人類只有在一天的開始與結束時，才會觀察顏色的變化。

但是對我而言，一天當中，每個短暫片刻都呈現出不同的色度與調性。

光是一個小時的時間，就包含了幾千種不同的顏色：蜜蠟黃、柔絲藍、陰鬱黑。

我是做這行的，當然特別注意顏色的變化。

我已經暗示過了，我的優點是我會分散注意力，讓自己保持清醒，讓自己在長期從事這份工作之際，還能應付各種狀況。讓我煩惱的是，有誰能代我的班呢？當我前往你們人類固定的度假勝地放大假修養身心的時候，無論是熱帶海灘還是參加滑雪之旅，誰能接手我的工作？答案當然是：沒有人。因此，我刻意，我故意下了一個決心，讓分心的時刻成為我的假期。不用說，我的假期充滿了變化，充滿了色彩。

可是，你還是會問：為什麼連他也需要放假啊？他到底需要從什麼事情上頭分散注意力呢？

這就讓我想到下一個要講的重點了。

殘留的人類。

倖存者。

雖然我還是要注意著他們，但是注視著這些倖存者，早就讓我難以忍受。我特地專心觀察顏色，才能讓自己不去注意他們。但是偶爾還是目睹到那些存留下來的人，他們在領悟、絕望、受驚所堆起來的人生當中崩潰，透骨酸心。

而這又讓我想起我預備要告訴你的故事，關於今晚的故事，或關於今天的故事。或者我們先別管時間與顏色吧。這個故事是關於一個再三倖存的人，這個人「被遺棄」的經驗非常豐富。

這真的只不過是個小故事而已，主要是關於：

＊一個小女孩

＊幾頁文字

＊一個手風琴手
＊幾個狂熱的德國人
＊一個猶太拳擊手
＊還有，不少的偷竊事件

我遇過偷書賊三次。（編按：「偷書賊」為本書女主角莉賽爾的別稱。）

鐵道旁

一開始迎面而來的是白色，讓人眼睛都花了。
有人可能認為白色不能真正算是一種顏色，這些人把那種聽到厭煩的胡說八道信以為真。來，讓我告訴你吧，白色，就是真正的顏色，毫無疑問。我認為沒人敢跟我爭辯這點。

讓你心安的聲明

請別在意我剛才的恫嚇，冷靜點。
我只是愛吹牛，
其實我不搞暴力那套，
也沒有惡意。
我就是結局。

沒錯，故事的開端是白色。

當時，整個世界猶如穿著白雪，就像是穿毛衣那樣套上了一身的白雪。在鐵軌旁邊，積雪深達小腿高度，樹枝披覆著冰毯。

就跟你想的一樣，有人死了。

□

他們不能就這樣把他留在地上。眼前還沒什麼嚴重的問題，不過，前面鐵道上的積雪馬上就會鏟清，那時候火車就得繼續往前開。

有兩名衛兵。

有一位母親與她的女兒。

有一具屍體。

母親、女孩、屍體，三個人都很固執，都不說話。

「好啦，還有什麼要我做的？」

兩名衛兵一高一矮，雖然帶頭的不是高個子的那人，但先開口的總是他。他看著比他矮又比他胖、滿面紅光的同僚。

「嗯，」矮胖子回答：「我們不能就這樣丟下他們，對不對？」

高個子的耐心磨光了。「為什麼不行？」

矮個子衛兵氣到快要爆炸，仰起頭對著高個子的下巴大罵：「瘋了啊你?!」鼓著一張臉，他雙頰上的厭惡表情越來越明顯。「聽我的。」他在雪地上踱步：「要是沒得選的話，我們就把三個人都抬回火車上。去通知下一個停靠站的人。」

至於我，我犯了最根本的錯誤。真沒辦法告訴你，我對自己有多失望。每件事情我本來都已經按照規矩做好的。

在行駛中的火車上，我觀察了窗外雪白炫目的天空。我幾乎可以聞得到白茫茫的天空。後來我還是動搖讓步了，因為我對那個女孩產生了好奇。好奇心作祟，我在工作進度容許的前提下，留下來旁觀她的舉動。

二十三分鐘之後，火車停止下來，我跟著他們爬出車廂。

我的手臂上躺著一個小靈魂。

我略靠右邊站好。

兩個精力充沛的衛兵走回母女與小男孩的屍體旁邊，我記得清清楚楚，那天我的呼吸聲很大，衛兵經過我的身旁並沒有注意到我，我相當訝異。由於那一片白雪的重量，世界正在下陷。

大約在我右邊十公尺處，蒼白飢餓的小女孩站在那裡，她凍僵了。

她的嘴唇打著冷顫。

冰冷的手臂環抱著。

淚滴凍結在偷書賊的臉龐上。

晦暗之蝕

第二次遇見偷書賊的時候，我看到的顏色是完全漆黑，最深的黑色。這個顏色證明了我極端的多變特性。

當時正是破曉前最陰暗的時分。

這次，我是為了一名年約二十四歲左右的男子而來。這場意外可說是相當壯觀，飛機引擎還在咳出咯咯響聲，濃煙從兩側的引擎冒出。

飛機墜毀之後，地表上出現了三道深刻的罅隙，機翼成了截斷的臂膀，再也無法振翅，這隻嬌小的金屬鳥再也無法振翅飛行。

還有幾件小事

有時候我抵達現場太早，急著想完成工作，但是有些人，他們的生命力比預期的還堅韌。

幾分鐘之後，煙霧消散，現場再也沒留下什麼。

有個男孩最先抵達墜機現場，他上氣不接下氣，還提著像是工具箱的東西。他戰戰兢兢走向駕駛座艙，查看飛行員，試探他是否還活著。在那當下，飛行員還活著。大約三十秒之後，偷書賊抵達了。

幾年的光陰過去了，但是我還是認得出她。

她的呼吸急促。

男孩從工具箱裡的一堆東西中，拿出一隻泰迪熊。

他伸手穿過破碎的擋風板，把玩具放在飛行員的胸口前，這隻微笑的熊倚偎在飛行員的殘骸血水中。幾分鐘之後，我把握機會，時間到了。

我走進駕駛艙，解開飛行員的靈魂，小心將靈魂帶出來。

駕駛艙中只剩下屍體、越來越稀薄的濃煙，還有面帶微笑的泰迪熊。

人群全部抵達之後，四周的景象也改變了，地平線開始壓抹上深淺不一的碳筆線條，黑色的夜空成了一幅快速擦塗的信筆塗鴉。

對照之下，飛行員是如骨頭般的顏色，他的肌膚則是骨骸的顏色，他穿著一身皺兮兮的制服，眼睛是冰冷的咖啡色，好像咖啡殘渣似的。而天空中最後剩下的潦草黑線條，在我看來，好像是一個奇怪又熟悉的形狀，一個標誌。

群眾就是群眾。

穿過他們當中的時候，每個人都站著不講話。現場是由比手劃腳、低聲交談、忸怩不發一語構成的不協調景象。

我回頭望了飛機一眼，飛行員咧開的嘴好像在微笑。

最後的黃色笑話。

又是拿人當作笑料。

天空逐漸出現灰白色的光線，飛行員依舊裹在制服裡。我的經驗顯示，我啟程離開之際，會出現片刻的陰影，那是最終的晦暗之蝕，又一個靈魂離開的證據。

你看，對我來說，只不過是一剎那的時間。一個人死掉的時候，我除了觀察那些與世事緊緊相關的顏色以外，還常常撞見晦暗之蝕。

我已經見識過無數的晦暗。

我見識過的晦暗，比我樂於記得的還要多好多次。

最後一次遇到偷書賊，我看見的是紅色。天空如沸滾的熱湯，有些地方燒焦了，一片火紅中還有著一道道麵包屑與黑胡椒。

街道猶如紙張沾了油漬。早先的時候，孩子們還在街上玩跳格子。我抵達的時候依稀聽到孩子們的迴聲蕩漾，聽見他們輕敲馬路的腳步聲，還有童稚的嘻笑聲。他們的微笑像鹽，消失得很快。

接著炸彈來了。

這次，所有的防空措施都來得太晚了。警報聲、收音機的警告聲，都來不及了。

幾分鐘內，殘岩破土疊積成堆，街道成了破裂的血管，血液橫流，最後凝結在馬路上，屍體彷彿大水過後的浮木，困在街上。

每個人都緊緊黏在地上，我打包了一袋又一袋的靈魂。

這就是命運？

還是不幸？

是命運讓他們這樣沾黏在地上？

當然不是。

別傻了。

十之八九，躲在雲層中的人所投下的炸彈，要負起這個責任。

沒錯，天空已經成了家常口味辛辣濃湯，這個德國小鎮再度受到轟炸，灰燼如雪花般落地，看來是如此的美麗，令人興起伸出舌頭嚐嚐的念頭。只不過這些灰會燙傷你的唇，燙熟你的嘴。

一切歷歷在目。

正當我要走的時候，我看見她跪倒在那裡。

堆疊如山脈的瓦礫廢墟，矗立在她的身旁，她手中緊抓著一本書。

偷書賊拼命想回到地下室去寫字，或者最後再讀一次她所寫的故事。事後回想起來，我在她臉上看見了非常明顯的意圖，她渴望回到地下室，渴望地下室帶給她的安全感，給她家的感覺。但是她一步也不能動。還有，地下室早已不存在了，成了廢墟家園的一部分。

請你再次相信我。

我想停下腳步，我想彎下腰。

我想說：

「對不起，孩子。」

但我不能這樣做。

我沒有彎腰，沒有開口。

我凝望她片刻，當她能走動的時候，我尾隨著她。

她扔下書。

她跪在地上。

偷書賊號啕大哭。

災後清理工作開始進行，她的書被人踏過來踏過去好幾次。雖然上面長官只交代要大家清除碎石破瓦，可是女孩最珍貴的物品卻被扔到了垃圾車上。在那一刻，我更無法控制自己，我爬上車，拿了那本書。當時並沒有想到，我日後會保留這本書，反覆讀著她寫的故事，而且一直流連在我與她曾經交會過的地點，對她的人生閱歷與生存之道感到驚訝。我唯一能做的事，就是領悟到眼前這些故事，其實跟我當時所觀看到的事件是一樣的。

每當我回想起她的時候，我就看見一長串的顏色。而在她還活著的時候，我所見到的三種顏色，使我感動最深。我偶爾會想個辦法超越那三個時刻，躊躇徘徊，直到出於腐敗的真實釋放出血水，漸漸變得明晰清澈。那就是我看見這些顏色調配在一起的時候。

顏色

紅：▮　白：O　黑：卐

這些顏色彼此層疊。塗鴉而出，如標誌般的黑，置於刺眼的地球白之上，又置於濃郁的熱湯紅之上。

是的，我常想起她。我這麼多口袋裡面，有個口袋存留著她的故事，一再重讀。我隨身攜帶好多個故事，其中就包含她的故事。每個故事都有非凡獨特之處，每個故事都代表一次努力，一次大大的努力，努力向我證明人類生存的價值。

現在，故事就在這裡。

《偷書賊》。

如果你想知道，跟我來，我告訴你一個故事。
讓你看一個好看的故事。

1 掘墓工人手冊

我想聊的是：天堂街——當母豬的訣竅——鐵血婆子——吻——杰西·歐文斯——砂紙——友情的味道——重量級拳擊冠軍——還有「處罰」

抵達天堂街

最後一次遇見她。

那片紅色的天空……

怎麼會這樣？偷書賊的結局竟然是跪在一排可笑、泥濘、燒焦的瓦礫堆旁，哀嚎大哭。

幾年前我第一次遇見她的時候，天空正飄著雪。

時間到了，我為了一個人出現。

悲傷的一刻

火車飛駛而過，車廂裡擠滿了人。
六歲大的男孩死在第三節車廂。

偷書賊與弟弟正南下前往慕尼黑。抵達之後，他們立即會被送到寄養家庭去。當然，我們已經知道了，小男孩最後並沒有到達那裡。

事發經過

先是一陣猛咳，幾乎像是突然得到靈感一樣狂咳，
隨即闃寂無聲。

咳嗽停止了。生命拖泥帶水或乾淨俐落地化為烏有，除此之外，什麼事都沒有發生。冷不防地，他那赭色的嘴唇失去了色澤，彷彿陳舊的油漆，急需重新上漆。

姐弟倆的母親睡著了。

我進入車廂。

我的雙腳跨過雜亂的走道，頃刻間，我的手掌覆蓋在他的嘴上。

沒有人注意到。

火車繼續疾馳。

只有小女孩發現了。

在半夢半醒間，偷書賊（真名是莉賽爾．麥明葛）瞧見了，她知道弟弟韋納身體偏倒一側，死了。

他藍色的眼睛盯著地板。
什麼也看不到。

偷書賊醒來之前，正好夢到元首阿道夫．希特勒。在夢中，他在政治集會上發表演講，她看到他中分的灰白頭髮，還有角度完美的八字鬍。她專注傾聽他連珠砲般的演講，他的話語在光芒中閃動著。等到集會氣氛略微平靜下來，他居然彎著腰對她微笑，她也報以微笑。她還說：「日安，元首先生。你好嗎？」由於不常到學校上課，她還沒學會該怎麼得體使用敬語講話，甚至還不識字。以後時機到了，她自然會找到學習的動機。

正當元首要回答她的時候，她醒了。
當時是一九三九年元月，她九歲，快要滿十歲。
弟弟死了。

半夢。
半醒。
我認為完整無缺的夢比較甜美，但是我沒辦法幫人做美夢。
偷書賊突然驚醒，毫無疑問，她把我逮個正著。那個時候我恰好蹲下來汲取亡者的靈魂，軟綿綿的靈魂擱在我鼓脹的手臂上。我剛抱起男孩的時候，他的靈魂像冰淇淋，又軟又冰，隨後很快熱起來，在我的手臂上融化。徹底溫暖之後，病痛慢慢痊癒。
莉賽爾．麥明葛卻一動也不動，難以置信的想法在她腦海中不斷重複，這不是真的，這不是真的。
她開始搖晃弟弟。
為什麼活人總是要搖動死掉的人呢？
對，我明白，我明白。我猜這是本能的反應，為了遏阻事實的繼續發生。在那個當下，她又著急又激動，她的心情好亂，好亂，好亂。

真是惱人，我竟然停下來觀察她的反應。

接著，換她母親。

偷書賊以同樣狂亂的方式搖動她媽媽，喚醒了她。

倘若你無法想像這幅畫面，想像一下你無言以對的時候，手腳慌亂的時候，想想絕望的心一片片飄來飄去，想像你淹溺在一列火車之中。

雪花一直飄落。前面鐵軌出了狀況，開往慕尼黑的火車不得不暫停下來。車廂內有位婦人嚎啕大哭，一個小女孩則麻木地站在她身旁。

驚恐之下，做母親的打開了車門。

她抱著小男孩從車廂走到雪地。

小女孩還能怎麼辦呢？只好跟著媽媽下車。

我先前已經跟你講過了，還有兩個衛兵也走出了車廂。他們討論、爭辯該怎麼辦。這種場面，我只能說，真的難堪。最後他們決定先把這一家三口送到下一個小鎮，讓他們留在那裡把後事辦好。

這回，火車緩慢駛過這個埋於大雪之中的國家。

火車停停走走，最後停靠下來。

母女步上月台，母親的手中抱著小男孩的屍體。

他們停下腳步。

男孩的身體越來越沉重。

莉賽爾不知這裡是哪兒，四周一片白茫。在車站的時候，她只盯著眼前告示牌上斑駁的字母，在莉賽爾的心中，這個小鎮沒有名字。兩天之後，弟弟韋納就埋葬在這裡，喪禮現場除了牧師，只有兩位冷得直打哆嗦的掘墓工人。

我的淺見

兩個衛兵，兩個掘墓工人。

有事情該處理時，第一個發號施令，第二個照著辦。

問題來了，要是第二個比第一個能幹多了，那該怎麼辦？

犯錯，犯錯，有時候我好像只會犯錯。

我花了兩天時間處理我的本業，往返於世界各地，把靈魂送上通往來世的輸送帶，看著他們認份地緩緩移動。我警告自己好幾次，莉賽爾．麥明葛的弟弟下葬的時候，我最好躲遠一點。不過，我後來沒聽我自己的勸告。

前往葬禮的途中，遠遠我就看見這幾個人忍受著嚴寒，站在白雪覆蓋的荒野上。墓園像朋友一樣歡迎我的蒞臨。過了半晌，我隨著其他人低頭致意。

掘墓工人站在莉賽爾的左側，兩人都在摩擦著手，一面抱怨雪太大，挖掘工作太難，說著「雪那麼硬，好難挖啊」這類的話。其中一個肯定還沒滿十四歲，還在見習的階段。他走開幾十步路後，有本黑色的書從他外套口袋掉出來，他沒發覺。

幾分鐘之後，莉賽爾的母親隨著牧師走開，感謝他主持葬禮。

而莉賽爾留在原處。

她跪倒在地上，關鍵時刻到了。

她不能接受這個事實，動手挖起雪來。他不能死，他不可能死了，他不可能……

沒有幾秒，銳利的冰雪割破了她的皮膚。

雙手滿是凍結又碎裂的血塊。

在茫茫蕩蕩的雪地某處，她看見自己破碎的心，一分為二，兩片心都在白茫茫的世界裡燃燒跳動。直到一隻細瘦的手抓住了她的肩膀，她才發現媽媽已經回頭來找她。母親硬拖著她離開。一股熱流湧上她的喉嚨，她放聲尖叫。

渺小的影像，也許在二十公尺外

母親拖行小女孩告一個段落，兩人停下來喘氣。

有件黑色長方形的東西卡在雪地中，只有小女孩留意到。

她彎腰撿起來，緊抓在手裡。書上寫著銀色的字。

母女倆手牽著手。

她們哽咽說了最後一聲再見，然後轉身離開墓園。又頻頻回首了幾次。

而我，我多待了一會兒。

我揮揮手。

但沒有人朝著我揮手。

離開墓園之後，母女前去搭乘下一班開往慕尼黑的火車。

兩個人都瘦削蒼白。

兩個人的嘴唇都起了凍瘡。

她們在正午之前搭上了火車。莉賽爾從起霧的骯髒窗戶上，看到自己唇上的凍瘡。依照偷書賊自己記述的文字，她們繼續南下，彷彿事情都已經結束了。

火車緩緩駛進慕尼黑車站，乘客好像從撕破的包裹裡面衝出來，高矮胖瘦都有，其中又以貧苦的人最容易辨識。窮人老是在搬家，好像換個落腳處生活就會好起來一樣。但是他們忽略了一個事實，在旅程的終點，老問題，你不願去碰觸的老問題，已經改頭換面，等待著你。

我認為這點她媽媽知道得很清楚。她並沒有把孩子送到慕尼黑的中上人家，只是找了戶普通的家庭寄養。人家起碼能讓兒子女兒吃飽點，好好教養他們。

啊，兒子。

莉賽爾相信媽媽還惦念著弟弟，就扛在她的肩膀上。母親把弟弟放下，她看見弟弟的腳、腿、身體，啪一聲落在月台上。

那個女人怎麼還能走路？

她怎麼還能夠有動作呢？

這就是我永遠不得而知、百思不得其解的事情：人的韌性究竟有多大。

媽媽抱起對小男孩的回憶，繼續往前走，女孩依偎在她的身邊。

她們見到了家扶中心的人。中心人員問起了他們近況，問起了小男孩。他們聽了，無力地抬起頭。莉賽爾一直待在灰塵滿佈的狹小辦公室角落，媽媽坐在硬梆梆的椅子上，強忍心中思緒。

母女要分別的時候，場面一陣混亂。

一句再見就讓她們哭了，莉賽爾的臉埋在母親陳舊的羊毛外套上。兩個人之間又是一陣拉拉扯扯。

慕尼黑郊區再過去一點，有個叫做墨沁的小鎮，不會講德文的人會唸成「墨欽」。家扶中心的人要帶莉賽爾去那裡，到一條德文發音是「希湄」的街道。

替你翻譯一下

這個街名，在德文的意思是天堂。以下就稱天堂街了。

不管這條街是誰取的名字，他一定是個愛開玩笑的人。其實這條街也不是人間地獄，沒那麼悽慘，可是這條街距離地獄有多遠，離天堂也就有多遠。

不管怎樣說，莉賽爾的養父母等著她。

修柏曼夫婦。

他們一直盼望能收養一男一女，收養小孩可以領取微薄的津貼。沒有人告訴羅莎．修柏曼說，小男孩已經在旅途中病死了。事實上，從來就沒人願意跟她講話。雖然羅莎以前收養小孩的紀錄很好，可是她的個性真的不討人喜歡。顯然她已經教訓過幾個收養的孩子了。

在莉賽爾心中，天堂街是開車才會到的地方。

她以前從沒坐過車子。

她的胃不停翻滾。她希望帶她過去的人會迷路，會改變心意，但是希望總歸只是希望。在滿腦子的念頭之中，她忍不住想起媽媽，想她站在車站等著再次離去，裹在那件全無禦寒作用的外套裡發抖，咬著指甲等火車。長長的月台像是冰冷的水泥塊，讓人難受。回程途中，她會不會放眼注視她兒子墓地的大致方位呢？還是她會昏昏入睡？

車子向前行駛，莉賽爾擔心不已。讓她無路可退的最後一次轉彎已經到了。

在滴水的玻璃窗上，莉賽爾抹淨一圈霧氣，往外一看。

「快到了。」家扶中心的海利希太太轉過頭來笑著說：「妳的新家。」

層層的雨簾包圍車子。

天空灰濛濛的，歐洲的顏色。

天堂街一景

建築物看起來像是黏在一塊，看了叫人不安的獨棟小房子或公寓樓層，

髒雪像地毯一樣覆蓋地面。

一眼望去，這條街只有水泥、帽架般光禿禿的樹，還有灰溜溜的空氣。

車上還有個男人。海利希太太進屋之後，他陪著莉賽爾。這男子從沒開口說話，莉賽爾認為，為了不讓她跑掉，所以他才陪著她。再不然的話，若是她惹出麻煩，他可以強押她進去。不過，後來她真的惹出麻煩了，他卻只是坐在那裡看著。也許他不過是最後的手段，最後解決之道。①

幾分鐘之後，一位高挑的男子走出來。他是漢斯．修柏曼，莉賽爾的養父。他身旁站著中等身材的海利希太太，另一邊則是羅莎．修柏曼，又矮又胖，看起來簡直像個披著外套的衣櫃。羅莎走起路來搖擺得很厲害，本應看來蠻可愛的，但是她的臉龐卻像是起了皺紋的硬紙板，一臉惱怒相，彷彿所有倒楣事情都是她在忍受。她的丈夫走路端正，兩指間夾著一根點燃的菸捲，菸捲是他自個兒捲的。

事情是這樣的：

莉賽爾不肯下車。

「這小孩是怎麼了？」羅莎・修柏曼問道。她又重複了一次：「這小孩是怎麼了？」她把頭探進車裡說：

「喂，下車，下車。」

她猛然把前座往前扳開，一道冷冷的光芒邀請莉賽爾下車，但是她動也不動。

莉賽爾從窗玻璃上擦拭乾淨的圓圈望出去，看見大個子的手指，手指上夾著菸捲，菸頭上有一截菸灰，上下左右晃啊晃，才終於掉到地上。花了將近十五分鐘的功夫，莉賽爾才被哄下車。大個子辦到的。

他輕聲細語辦到的。

接著，她緊抓著大門不放手。

她不肯進到屋內，潸然落下大把大把的淚珠。街上聚集了幾個人，羅莎・修柏曼破口大罵，這些人才轉身回去。

羅莎・修柏曼的宣告

「你們這些屁眼在看什麼看啊？」

莉賽爾・麥明葛終於戰戰兢兢地走進去。漢斯・修柏曼握著她一隻手，她的另一隻手提著小行李箱，箱子裡層層摺疊的衣服中間藏著一本黑色的小書。我們都知道，在某個無名小鎮上，有個十四歲的掘墓工人，他大概已經花了幾個小時在找這本書。「我發誓。」我想他是這樣跟老闆說的：「我真的不知道書到哪裡去了，我到處都找過了，到處都找過了！」我相信他從沒懷疑過這小女孩。不過，書卻在這裡，黑色的書皮上寫著銀色的字，就壓在她的衣服下面。

《**掘墓工人手冊**》
完美掘墓的十二項步驟
拜耶恩殯葬公會出版

偷書賊首次出手，開啟了她輝煌竊盜史的第一頁。

當成母豬養大

對，輝煌竊盜史。

不過，我應該趕緊補充，她偷了第一本書之後，隔了許久才再度下手。此外，還有一點值得注意，她第一次是從雪地裡偷書，第二本書是從火焰中偷回來的。另外加上其人送給她的書，她總共擁有十四本。不過，偷書賊覺得她的故事主要是由其中十本構成。這十本當中有六本是偷來的，有一本自動出現在廚房餐桌上，有兩本是一名逃匿的猶太人親手做給她的。最後一本是在某個昏黃溫暖的午後出現。

等她終於動筆寫下自己的故事之時，她自己也感到好奇了。究竟是從什麼時候開始，這些書與文字不再只是生活的一部分，反而成了她生活的全部？是從她頭一回親眼見識到整屋子的書架上排滿了書？還是當麥克斯・凡登堡帶著他的苦難與希特勒的大作《我的奮鬥》來到天堂街？還是在防空洞的朗誦開始？或是最後一次見到那些人徒步前去達考集中營？或是自從有了《抖字手》這本書？這種轉變是在何時何地發生，說不定她永遠找不到真正的答案。不管怎樣，那都是後來的事情，現在我們的故事還沒講到那裡，我們先來看看莉賽爾・麥明葛剛到天堂街的生活情形，還有瞧瞧做母豬的訣竅是什麼。[2]

莉賽爾剛到的時候，她手上的凍傷與指頭上的血跡還清晰可見，渾身看來營養不良，小腿如電線一般細，手臂與衣架沒什麼兩樣。她不太笑，就算她笑起來的時候，也是一副飢餓的表情。

她的頭髮近似德裔血統的金色，但是她眼睛的顏色卻可能帶來危險，深褐色的。當時的德國，沒有人真心希望自己的眼睛是咖啡色的。她大概遺傳了她爸爸的眼睛，不過她不確定，因為她已經不記得他了。其實關於爸爸，她只知道一件事情，一個她不了解的稱呼。

奇怪的稱呼

共產主義份子

過去幾年她聽過這稱呼好幾次。

「共產主義份子！」

她們待過幾個奇怪的寄宿地點，裡面擠滿了人，還包餐呢。那些地方老是充斥著各式各樣的問題，到處都聽見那個奇怪的稱呼。問問題的人也許站在角落，或許從暗處瞪著亮光下的他們張望，問問題的人穿著西裝，穿著制服。不管到哪裡，只要有人提起爸爸，這個稱呼就出現。她記得這個詞彙，知道怎麼唸，但她並不會寫，也不知道意思。她曾經問過媽媽這個稱呼的意思，媽媽告訴她，那並不重要，要她別煩惱這些事情。有次他們住在一個寄宿地點，遇見一位身體較為硬朗的婦人跟他們住在一起，她用炭筆在牆壁上教導小朋友認字。莉賽爾很想問她這個稱呼的意思，但從沒有開口。有天，婦人被帶去問話，從此就沒有再回來過了。

莉賽爾到了墨沁鎮之後，她明白媽媽的決定是為了保護她。不過，她沒有感到安慰；倘若媽媽真是愛她，怎會將她送到別人的屋簷下呢？為什麼？為什麼呢？

為什麼？

她知道答案，她知道最根本的答案，但這個答案並不能讓她釋懷。媽媽常生病，一直沒錢看醫生。她知道媽媽生病又沒錢，但這不表示她就一定得接受這個理由。無論媽媽說過多少次她好愛莉賽爾，但媽媽就是拋棄了她，叫她怎能相信媽媽愛她呢？事實擺在眼前，她是迷失在異鄉的小皮包骨，孤零零一個人。

天堂街有很多盒子般的小房子，其中一間就是修柏曼家，裡面有幾個房間、廚房，還有與鄰居共用的室外廁所。上面的屋頂是平的，底下還有間淺淺的地下室，供儲藏之用。日後，這間地下室將會被主管當局判定深度不夠。在一九三九年之前，地下室的深淺還不是問題，後來到了一九四二年與四三年兩年，這問題可大了。空襲來臨時，他們只好沿著馬路衝到更安全的防空洞裡去避難。

一開始，對莉賽爾衝擊最深的是罵人的辭彙。髒話出現的頻率太高了，三兩句不離母豬、豬頭或屁眼等字眼。如果你不熟悉這些字眼，讓我解釋一下。豬，當然指的就是豬啦，而母豬是用來懲罰、斥責或直接羞辱女性；豬頭是罵男人用的。屁眼就是罵人笨蛋白痴這類的意思，不過，這個字沒有性別上的分別，大致的區分就是這樣。

「妳這隻小母豬！」莉賽爾第一個晚上不肯洗澡，她的養母破口大罵。「妳這隻骯髒的母豬！為什麼不脫下衣服？」發飆是這位養母的專業，羅莎．修柏曼的臉經常繃著，硬紙板似的臉上面因此出現了很多皺紋。

莉賽爾當然焦慮不安，她根本不願這樣就洗澡上床。她縮在跟衣櫃差不多大小的盥洗間裡，伸手想在空無一物的牆壁上抓點東西來支撐身體，只摸到乾掉的油漆，聽見自己困難的呼吸聲，還有羅莎像洪水般湧來的濫罵。

「不要再罵她了。」漢斯・修柏曼介入這個混亂的場面，他溫柔的聲音像是悄悄穿過一群擁擠的人潮。「讓我來吧。」

他靠近莉賽爾，背貼著牆壁坐在地上，地磚冰得讓人難受。

「妳知道怎麼捲菸捲嗎？」他問她。夜色越來越深，漢斯・修柏曼一面抽著菸，一面與莉賽爾把玩菸草跟菸紙，玩了差不多一個小時左右。

一個小時之後，莉賽爾捲菸捲的技巧已經相當順手了。不過，她還是沒有洗澡。

關於漢斯・修柏曼的二三事

他喜歡抽菸捲，尤其喜歡捲菸捲這個步驟。

他是漆油漆的，他會彈手風琴。手風琴很管用。

尤其到了冬天，在墨沁鎮的酒吧中，比方說克諾酒吧，彈手風琴可以賺錢。

在第一次世界大戰中，他騙過我一次，

不過，之後他又被派去參加另一次戰爭（這算是一種變態的獎賞），

屆時他又會想辦法躲開我。

對多數人來說，漢斯・修柏曼不引人注意也不惹眼。當然，他的油漆功夫很好，音樂造詣也比一般人強。不過，我相信你一定認識這種人，這種人就算是排在隊伍最前面，也能讓自己看起來像是站在隊伍的後面。他總是在適當的時候出現，不吸引人，無足輕重，平庸尋常。

你想也知道，漢斯讓人失望的外在完全是種偽裝，他的內心一定有值得人看重之處，而且莉賽爾・麥明葛也沒有忽略掉這點。（有時候，小孩比令人昏昏欲睡的無聊大人要機伶得太多了。）她立刻就注意到漢斯・修柏曼與眾不同。

他的舉止態度。

他流露的寧靜神情。

那天晚上，當他把冰冷、狹小的盥洗室裡的燈打開之後，莉賽爾發現她養父的眼睛很特別，他的眼神和藹，散發出銀色的光芒，彷彿是融化中的柔軟銀子。莉賽爾一看見這雙眼睛，她就知道漢斯·修柏曼和別人不一樣。

關於羅莎·修柏曼的二三事

一百五十五公分高，彈性十足的褐灰色頭髮梳成一個圓髻。

為了補貼家用，她替鎮上五戶有錢人家洗衣服、燙衣服。

她做的菜實在難吃。

她具有激怒他人的獨特能力，凡是見過她的人都討厭她。

她真心喜愛莉賽爾·麥明葛，只是她表現喜愛的方式恰好很奇特，

每隔一段時間，她就會責罵她，用木杓痛打她。

住在天堂街兩個星期之後，莉賽爾終於洗澡了。羅莎給她一個緊緊的擁抱，差點把她榨出汁，害她無法呼吸。「骯髒的母豬，早該洗澡啦！」

幾個月後，他們不再是修柏曼先生、修柏曼太太。羅莎先來一段老生常談的台詞後，她說：「嗨，莉賽爾，聽好，從現在開始，妳叫我媽媽。」羅莎又想了一下，接著問道：「那妳怎麼叫妳原本的媽媽？」

莉賽爾小聲地回答：「也叫她媽媽。」

「好吧，那我就是媽媽二號。」她往她先生的方向看過去。「還有那邊那個。」她好像是先把要用的字眼

拿在手上，準備妥當之後，往餐桌那邊的他扔過去。「那個豬頭，那隻下三爛的豬頭，妳叫他爸爸，知道了嗎？」

「知道了。」莉賽爾馬上應好。在這個家裡，迅速的應答是自保之道。

「知道了，媽媽。」羅莎糾正她。「死母豬，跟我說話的時候，要喊我媽媽。」

當時漢斯．修柏曼恰好捲好一根菸捲，他舔了一下紙，把菸捲黏起來。他看看莉賽爾，對她眨了一下眼睛。叫他一聲爸爸，莉賽爾覺得毫無困難。

鐵血婆子

不消說，開始幾個月的日子最難捱。

莉賽爾每天夜裡都做惡夢。

夢見弟弟的臉。

他盯著火車地板。

躺在床上的她從夢中醒來，手腳死命掙扎，埋在被單中放聲尖叫。房間的另一端是本來要讓弟弟睡的床，那張床在黑暗中看似一艘漂浮的小船，直到她的意識漸漸清醒，那張床才沉回地面。即便床回到地面了，她仍舊繼續尖叫，許久停不下來。

這些惡夢唯一的好處，也許是讓她的新爸爸漢斯．修柏曼進來安撫她、關心她。

漢斯每晚都陪莉賽爾坐著。剛開始的那幾天他什麼事也沒做，只是陪著她。他還不太曉得該怎樣減輕小女孩的寂寞感。幾天之後他開始輕聲說：「噓，我在這裡啊，沒事，沒事了。」三個星期之後，他會摟她。因為漢斯從不裝出溫和的模樣，因為他總是陪著她，莉賽爾很快就信任他。從一開始她就明白了，爸爸永遠會在她尖叫聲停止之前出現，而且不會離棄她。

辭典中沒有的詞條
不離不棄：信任與愛的行為。通常只有小孩子能辨識真偽。

漢斯．修柏曼睡眼惺忪坐在床上，莉賽爾哭著把臉埋在他的衣袖裡。每天半夜兩點之後，她一邊聞著他身上的氣味，一邊再次進入夢鄉。他身上有殘留的菸味、陳年的油漆味，還有肌膚的氣味。她反覆深呼吸，聞著這些味道，直到她又逐漸睡著為止。每天半夜，他在離她一、兩公尺外的椅子上睡著，疲倦到上半身簡直都貼到了大腿上，他從來沒睡在另一張床上。莉賽爾會爬出棉被，小心翼翼地在他臉頰親一個，他則會醒過來，給她一個微笑。

有時候，爸爸要她回到床上等他一下，然後出去拿了手風琴為她彈奏一曲。莉賽爾坐著哼唱，興奮地夾緊冰冷的腳趾頭。以前從沒人為她演奏過音樂，她咧嘴傻笑，望著他臉上五官與溫柔的銀色眼睛。漢斯不斷演奏，直到廚房裡傳來一串咒罵。

「豬頭，別再製造噪音啦！」

可是爸爸偏要多彈一兩段。

他對著莉賽爾眨眨眼，她也笨拙地對他眨眨眼。

有幾次，爸爸為了讓媽媽更火大，抱著手風琴走進廚房，一直彈到早餐吃完為止。

爸爸的盤子上留著吃了一半的果醬麵包，麵包上還有咬痕。爸爸彈奏的樂聲望著莉賽爾的臉，我知道這樣的形容聽起來很奇怪，但這正是莉賽爾的感覺。爸爸的右手在象牙色的鍵盤上緩緩移動，左手操縱按鍵（她特別喜歡看他按下閃閃發光的銀色按鍵，那是C大調）。手風琴的黑色外殼上雖有刮痕，依舊亮著光澤。爸爸的手來回控制積滿灰塵的風箱，風箱吸入空氣，又吐出空氣。在廚房的那段晨間光陰，爸爸讓手風琴活了起來。若真要這樣講的話，我想也是說得過去的。

該怎樣分辨某件事物有沒有生命呢？

我們檢查它有沒有在呼吸。

手風琴的琴聲為莉賽爾帶來了安全感。天亮了，白天裡她是夢不到弟弟的，然而她依舊惦念著他。她往往在狹小的盥洗間裡盡量壓低聲音哭泣，不過她很高興自己是醒著的。抵達修柏曼家的第一天晚上，她把她與弟弟之間的最後聯繫，那本《掘墓工人手冊》藏在床墊下。她偶爾把書拿出來捧著，盯著書皮上的字母，撫摸書裡的文字，她一個字也不懂。不過書的內容並不重要，要緊的是這本書對她的意義。

這本書的意義

她最後一次看見弟弟。

她最後一次看見媽媽。

偶爾她會輕輕唸出「媽媽」兩個字。光是一個下午的時間，她可以想起一百次媽媽的臉。但是比起恐怖的惡夢，這點痛苦微不足道。做惡夢時，在漫漫長夜裡，她最容易覺得自己是孤苦伶仃的一個人。

我相信你們已經注意到了，修柏曼家沒有其他小孩。

修柏曼夫婦自己生了兩個小孩，現在孩子都大了，搬出去外面住了。小漢斯在慕尼黑市區工作，而楚蒂為人幫傭、做保姆。沒多久，兩個人都會加入戰爭，一個製作子彈，另一個發射子彈。

你有想過嗎？莉賽爾在學校的功課非常差勁。

雖然學校是公立的，但是天主教教會卻插手學校事務，而莉賽爾卻是信奉路德教派。這還不算倒楣，接下來老師發現到，她居然不識字，也不會寫字。

真是奇恥大辱，學校把她降級，把她與剛開始學習字母的低年級孩子編在同一班。雖然她瘦巴巴的，臉色又蒼白，她還是覺得自己像是小矮人國中的大巨人，常常恨不得能夠蒼白到變成透明的算了。

在家裡，也沒有人可以指導她功課。

「不要找他教妳。」媽媽的話一針見血，「那個豬頭。」爸爸正望著窗戶外面，他的習慣動作。「他只上到四年級，以後就沒見過學校啦。」

爸爸連身子都懶得轉過來，冷靜卻惡毒地回答：「好啊，也不要問她。」他把菸灰抖到窗外。「她才唸到三年級。」

家裡一本書也沒有（只有她偷偷藏在床墊下的那本），她頂多只會壓低聲音唸唸字母。媽媽直截了當命令她別出聲之後，她只好停止發出咕噥的聲音。之後，發生了夜半尿床的事件，她才有了讀書的機會。私底下，他們管那叫做夜課，夜課通常是在凌晨兩點左右開始。沒多久，她唸書的時段就不光只有半夜而已。

□

二月中旬是莉賽爾的十歲生日，她收到一個禮物，少了條腿的金髮二手洋娃娃。

「我們買不起更貴重的禮物。」爸爸語帶抱歉地說。

「你說什麼啊？給她那麼好的東西，她已經很幸福了。」媽媽糾正他。

莉賽爾試穿新制服的時候，漢斯繼續檢查洋娃娃剩餘的腿。年滿十歲的孩童必須參加希特勒青年團，參加希特勒青年團得穿上咖啡色的小制服。身為女孩子，莉賽爾被編到ＢＤＭ。

BDM的意思
BDM是德國女子聯盟的縮寫

加入青年團的首要任務，是學會「希特勒萬歲」的標準口號與動作，接著練習踢正步、紮繃帶、縫衣服，還得參加行軍與其他活動。集會日子訂於星期三跟星期六的下午三點到五點。

每到星期三跟星期六，爸爸陪著莉賽爾走到BDM，兩個小時之後，他再回去接她。他們不多談青年團的事情，只是牽著手，聽著腳步聲，爸爸抽抽菸捲。

爸爸只有一件事情讓她覺得不安：他經常外出。他常在晚上走進客廳（兼做修柏曼夫妻的臥室），從破舊的櫥櫃中拿出手風琴，然後側身繞過廚房走到門口。

他一走到街上，媽媽就打開窗戶對外面大喊：「別太晚回來！」

「不要那樣大聲啦！」他轉身回答她。

「豬頭，你去吃大便啦！我愛大聲就大聲！」

漢斯沿著街往前走，羅莎的咒罵尾隨在後。漢斯從不回頭，至少確定他太太離開窗戶之前，他是不會回頭的。在他提著手風琴盒外出的夜晚，每當走到街頭，他會在轉角迪勒太太的店鋪前面回頭，看看取代他太太站在窗戶前的身影，他舉起細長的手臂揮一兩下，然後轉身繼續慢慢走。直到半夜兩點，莉賽爾才會再見著他，屆時，他會溫柔地將她從惡夢中拉回現實。

夜晚的小廚房總是鬧哄哄的，沒有例外。羅莎．修柏曼的嘴從沒停過，只要開口講話就是在罵人，她不斷找人吵架、抱怨。媽媽其實沒有吵架對手，但是一有機會，她就能巧妙地讓人跟她吵起來。在廚房裡，她有辦法與全世界的人爭吵，幾乎沒有例外。吃完晚餐，爸爸出門之後，莉賽爾就陪著燙衣服的羅莎留在廚房裡。

一星期中總會有幾次，莉賽爾在放學後陪羅莎出門。她們前往鎮上高級住宅區送洗好、熨好的衣服，像是科瑙波街、海德街和其他幾條街等等。媽媽把燙好的衣物送回府，或到府收取待洗衣物時，臉上掛著必恭必敬的微笑，一旦客戶關上門，她們離開屋子後，她就開口詛咒那群有錢人，批評他們的錢，責罵他們的惰性。

「懶到連自己的衣服也不洗。」儘管她依賴洗衣為生，她照罵不誤。

「那個傢伙，」她詛咒海德街的佛格爾先生，「錢是他爸的，他都花在女人身上，花在酒上，當然，還有花在請人給他洗衣服、燙衣服。」

她逐一點名，依次奚落。

佛格爾先生、法菲修佛夫妻、海蓮娜．施密德、范嘉納一家，這些人多多少少都有不是之處。

根據羅莎的說法，爾斯特，佛格爾不僅愛喝酒、愛當凱子找女人，他還滿頭頭蝨，抓個不停。他抓了頭髮之後，會先舔兩下手指，才把錢拿出來。「回家前，應該先把錢洗一洗。」這是她的結論。

法菲修佛夫妻對於送回去的衣物相當挑剔。「請別讓這些襯衫出現一丁點的摺痕。」羅莎模仿他們的口氣：「這套西裝一絲絲皺紋也不能有。他們就站在那裡一件一件檢查，就在我眼前哪，當著我的面耶！什麼爛人啊！」

范嘉納一家，不用多說，都是笨蛋。他們養了隻不斷掉毛的賤貓。「妳知道我要花多少時間才能把那些貓毛都弄掉嗎？到處都是貓毛！」

海蓮娜．施密德是個有錢的寡婦。「那個老跛子，只會坐在那裡浪費時間，一輩子沒做過一天的工作。」

不過，羅莎最不屑的是住在葛蘭德大道八號的那戶人家，那棟大房子位於高高的山坡上，是墨沁鎮的最高點。

「這間屋子，」她們第一次上去的時候，羅莎指給莉賽爾看，「是鎮長家。那個騙子，他老婆整天坐在屋子裡，小氣得要命，連壁爐的火也不弄一下，裡面總是冷得要命。還有，她那人瘋瘋癲癲的。」她強調這個形容，「沒錯，瘋瘋癲癲的。」到了圍欄門，她對莉賽爾比了個手勢：「妳去。」

莉賽爾怕得要命。她看見台階上有扇咖啡色的大門，門把是黃銅做的。「什麼？」

媽媽撞她一下。「妳敢跟我什麼什麼！母豬，還不過去。」

莉賽爾移動腳步，走過人行道，爬上階梯，猶疑了一下，然後敲了門。

門一打開，她先看見浴袍。

門後站著一個眼神訝異的女人，一頭蓬鬆的頭髮，滿臉悲傷。她看到羅莎站在圍欄門旁，於是遞給莉賽爾一袋待洗的衣物。「謝謝妳。」莉賽爾說。但是對方沒有回答就把門帶上了。

莉賽爾走回圍欄門，羅莎說：「看到沒？我就得忍受這種對待，這些有錢的混蛋，這些懶豬……」

她們拿著衣服走開。莉賽爾轉頭看了一眼，她看到了門上的黃銅門把。

罵完這些雇主之後，羅莎．修柏曼通常會接著斥罵另外一個對象：她的先生。她看看袋子裡的衣服，看看一排高低起伏的房子，她的話永遠說個沒完沒了。經常她們倆在外面時，她就對莉賽爾說：「要是妳爸長進點，我就不用給人家洗衣服了。」她口氣輕蔑地嘲笑漢斯：「油漆匠一個！他們問我，幹嘛要嫁給那個屁眼，我娘家的人問的，沒錯，幹嘛要嫁給他。」她們走在人行道上，鞋子嘎吱嘎吱作響。「結果我嫁了，在外面拋頭露面，在廚房忙得跟什麼似的，都怪那豬頭，沒工作，沒穩定的工作做，就光是每天晚上到那不入流的地方彈他可憐的手風琴。」

「是的，媽媽。」

「妳沒有別的話會說啊？」媽媽的眼睛像是貼在臉上的兩片淡藍色紙片。

她們往前走。

莉賽爾手裡拿著衣袋。

到家之後，這些衣服會放在爐灶旁的大鍋爐裡洗，然後晾在客廳的壁爐旁，然後又拿回廚房裡，由羅莎來整燙。廚房是工作的地方。

「妳聽到沒？」幾乎每天晚上媽媽都會問她，她手裡握著用爐灶加熱過的熨斗，廚房的光線昏暗，莉賽爾坐在餐桌看著眼前燃燒的火苗。

「什麼？」她回答：「聽見什麼？」

「聽見侯莎菲那傢伙。」媽媽已經離開了位置。「那個母豬剛剛又在我們門口吐痰了。」

侯莎菲女士是他們隔壁鄰居，每次她經過修柏曼家門口，吐一口痰是她不變的習慣。大門距離圍籬柵門有幾步路，侯莎菲女士在距離與瞄準度上可說是拿捏得非常準確。

她之所以對門口吐痰，是因為她與羅莎．修柏曼脣槍舌戰了十年，沒人知道她們最早結樑子的理由為何，大概連她們自己也忘了。

侯莎菲太太的身材瘦削強健，一眼就可看出她內心充滿了怨恨。她沒結婚，不過卻生了兩個兒子，比修柏曼家的孩子還大幾歲，兩個兒子都在當兵。我保證，故事說完之前，兩位兒子會客串演出。

我冒著被侯莎菲女士懷恨在心的風險，在這裡還是想表揚她一下。她貫徹始終，只要經過三十三號的門口，從沒有忘記吐痰，還會外加一句「死豬」。我發現德國人有個特點：

他們真的很愛豬。

快問快答

你猜，每天晚上被叫去清理痰漬的人是誰？

沒錯，你猜對了。

若有個性氣暴戾的女人叫你到外頭，把門上的痰垢清乾淨，你一定得乖乖照辦。別忘記，她的脾氣火爆至極。

說真的，清理門上的痰垢只不過是例行公事的一部分。

每天晚上，莉賽爾到外面把門抹乾淨之後，她就仰望天空。天空冰冷陰沈，灰暗不明，偶爾竟然有星斗膽敢昇起，不過幾分鐘就消失不見。有星星的夜晚，她待在屋外等著。

「哈囉，星星。」

繼續等著。

等著廚房傳來的聲音。

或者等到星星又沉沒了，沉沒在海洋般的天空中。

吻（童年的關鍵）

墨沁鎮跟其他地方一樣，有不少怪里怪氣的人。其中很多怪人就住在天堂街，侯莎菲女士只不過是其中的一個。

其他怪人還有這些：

魯迪·史坦納，住在隔壁的男生，也是美國黑人運動員杰西·歐文斯的粉絲。

迪勒太太，街角雜貨店老闆娘，忠黨愛國，純正亞利安白種人。③

湯米·繆勒，他的耳朵罹患慢性感染病，作過幾次手術，因此臉上有道粉紅色的疤痕，臉上肌肉常常抽搐。

還有一個男人，綽號「菲菲庫斯」。他講話好下流，和他比起來連羅莎·修柏曼都像是言行謙遜文雅的聖賢達人。

儘管在希特勒的領導之下，德國的經濟有了顯著的發展，但整體來說，這條街上住滿了窮困潦倒的人家。窮人還是存在的。

我剛剛說過了，修柏曼家隔壁是一戶姓史坦納的人家。史坦納家共有六個小孩，其中一個是魯迪。魯迪做過好多糗事，不久以後他就會成為莉賽爾最好的朋友，接下來會成為她罪行的共犯，有時候更會刺激她做壞事。莉賽爾是在街上認識他的。

莉賽爾第一次洗澡過後幾天，媽媽讓她到外頭與其他小孩玩耍。在天堂街上，不管天氣好壞，人總得要到外頭才交得到朋友。小朋友們很少會到別人家裡玩，因為大家的房子都很小，裡面沒什麼東西。而且，他們最喜歡玩的遊戲是踢足球，要在街上才能像職業選手那樣比賽。他們組成了兩支隊伍，用垃圾桶充當球門。莉賽爾因為才剛到鎮上，所以她立刻被派去站在兩個垃圾桶中間守門。（雖然湯米．繆勒是天堂街有史以來最差勁的足球員，但他總算不用再守球門了。）

比賽原先進行得相當順利。不久後災難發生了。湯米．繆勒犯規，讓魯迪．史坦納高興得在雪地裡倒立，手舞足蹈。

「怎麼搞的？」湯米大叫，絕望的臉抽搐了一下。「我做了什麼？」

魯迪那隊的每個人都得到罰球的機會。不久，魯迪．史坦納就瞄準著新來的莉賽爾．麥明葛。

他把球擺在一坨骯髒的雪堆上，信心十足，深信會一如往常射門成功。再怎麼說，他已經連續罰球十八次都得分了，就算敵隊特地安排湯米．繆勒離開球門，讓別人代替他守門，可是不管是誰守門，魯迪一定射門得分。

這回，他們強迫莉賽爾離開球門，想要換個人守門。你可能猜到了，莉賽爾不肯，魯迪也希望她繼續守著球門。

「不要這樣，」他帶著微笑：「讓她守門。」他搓搓雙手。

雪停了，大街上好髒，魯迪與莉賽爾兩人間的地面都是泥腳印。魯迪起腳射門，而莉賽爾猛然前撲，居然用手肘把球擋下來。她站起來露齒而笑，接著一團雪球迎面打在她臉上，雪球裡還混了大半的泥巴。痛死了。

「感覺不錯吧？」魯迪大笑，然後跑去追球。

「豬頭。」莉賽爾低聲罵他。她很快就學會了自己新家的常用字語。

關於魯迪．史坦納的二三事

他比莉賽爾早八個月出生，

一雙腿像竹竿，一嘴尖銳的牙齒，細長的藍眼睛，金髮像檸檬一樣黃。

他家有六個小孩，他永遠都覺得肚子餓。

他曾經幹過一件事（不過這件事大家不太公開談），讓人覺得他腦袋阿達。

那件事情叫做「杰西．歐文斯事件」：有天晚上他把自己塗得跟煤炭一樣黑，在鎮上的運動場跑了幾百公尺。

不管他腦袋正不正常，魯迪註定要成為莉賽爾最好的朋友，一團打到臉上的雪球無疑是堅固友誼的最佳開端。莉賽爾開始上學後沒幾天，她與史坦納家的小孩一起走去學校。魯迪的媽媽芭芭拉要魯迪陪新來的同學一起上學，因為她聽說了他扔她雪球的事情。媽媽的交代讓魯迪覺得榮幸之至，很高興就答應了。他一點也不像其他青少年那樣討厭異性，相反地，他很喜歡女孩子，也很喜歡莉賽爾（所以才砸她雪球）。魯迪．史坦納其實是個膽大妄為的小混蛋，喜歡幻想自己被女孩子圍繞。每個人的童年裡都會出現這種小孩，雖然大家都害怕異性，魯迪卻故意決定要喜歡女孩子，他就是那種勇敢下決心的人。而對於莉賽爾，他已經決定要怎麼對待她了。

在上學途中，魯迪拼命向莉賽爾介紹鎮上的特殊風景。他真的是拼了命在說話，因為他一方面要他妹妹們閉嘴，一面被哥哥命令閉上他自己的嘴。他第一個介紹的景點是一棟公寓大樓的二樓小窗口。

「那是湯米．繆勒的家。」他發現莉賽爾不記得湯米是誰了：「臉會一直抽搐的那個啊？他五歲的時候，在那年最冷的一天，在市場迷路了，三個小時後才被人找到，凍到身體僵了，冷空氣讓他耳朵痛到受不了。然後他耳朵裡面全都發炎了，動了三、四次手術，醫生害他的神經壞死了，所以現在他的臉會一直抽搐。」

莉賽爾接了一句話：「還有，他足球踢得好爛。」

「最差勁的就是他了。」

接著介紹的是位於天堂街頭轉角的雜貨店，迪勒太太的店。

關於迪勒太太，千萬要留意一件事情

她有一條黃金守則

迪勒太太戴著厚重的眼鏡，眼光兇狠，個性尖銳。她擺出這般邪惡的外表，人家才不敢到她店裡偷東西。她顧店的姿態跟軍人一樣，聲音冷冰冰，連呼吸氣息都有「希特勒萬歲」的味道。店面裝潢以白色為底，給人冷漠的感覺，了無生氣，緊挨在店鋪隔壁的房子好像比天堂街其他建築更難看。迪勒太太就是給人這種想發抖的感覺，彷彿「發抖」才是她店裡面唯一免費的商品。她的人生目的，就是為她開的那家店而活著；而她的店則是為了第三帝國而存在。日常用品開始施行配給制度那年，她暗地販賣一些難以取得的貨品，然後將所得捐給納粹黨，這件事情大家都心知肚明。在她常坐的位置後面牆上掛了一幅相框，裡面放了元首的照片。倘若你走進店裡卻沒大喊「希特勒萬歲」，她是不會賣東西給你的。魯迪跟莉賽爾經過店鋪的時候，魯迪要莉賽爾注意瞧瞧商店櫥窗後那雙斜眼看人、天不怕地不怕的眼睛。

「一進去裡面，妳就要說『萬歲』，」他緊張地警告她：「要不然妳就得走遠一點，到別的地方買。」即使他們已經走離店面很遠，莉賽爾回頭看了一眼，那雙戴著眼鏡的眼睛還死盯著櫥窗外面的人瞧。

走過了街角，就是鋪滿爛泥的慕尼黑街，也是出入墨沁鎮的主要道路。

受訓的軍人常常行軍經過那裡。他們穿著制服，走路筆挺，黑色的靴子讓雪地變得更骯髒。他們面無表情，專心看前方。

他們望著軍人走遠之後，史坦納家的小孩與莉賽爾走過幾家商店櫥窗，還看到了氣派的鎮公所。沒幾年之後，整棟鎮公所將會倒塌，埋在瓦礫之中。街上有幾家店已經無人經營，店面還貼著黃色的「大衛之星」與反猶太的毀謗標語。④再走下去，教堂高塔直指天空，瓷磚拼貼出教堂的屋頂。整條街看來像是一條灰色的長管子，一條潮濕的長廊，有著冷風中佝僂的人兒，還有腳步踩出水花的聲音。

忽然間魯迪拉著莉賽爾往前直衝。

他敲了敲一家裁縫店的櫥窗。

要是她那時候認得招牌上的字，她就知道那家是魯迪父親開的店。早上店還沒開始營業，不過，裡面有個男人在櫃檯後面整理布料，他抬起頭來招招手。

「我爸爸。」魯迪告訴她。不久，史坦納一家高矮不一的小孩們圍繞在魯迪與莉賽爾旁邊，每個人都對爸爸揮手或是拋飛吻，但排行前面的幾個只停在那裡點頭說嗨。一群人又繼續往下走，邁向抵達學校之前的最後一個重要景點。

最後一站

黃色星星之路

沒有人會想在這個地方停下來多看幾眼，不過，幾乎每個人都會停下腳步。這條路像是一條受傷的手臂，路旁幾間房子的窗戶破碎、牆壁抹黑，門上漆著一顆大衛之星。這些房子與痲瘋病患差不多，是德國領土上受感染的瘡傷。

「席勒街。」魯迪說：「黃色星星之路。」

街道盡頭有幾個人走來走去。毛毛細雨之中他們彷彿鬼魂一般，他們不是人類，而是在鉛灰色雲朵下來去的幽靈。

「跟上來啊，你們兩個。」庫爾特（史坦納家的老大）回頭喊他們。魯迪與莉賽爾趕緊朝著他走去。

學校下課的時候，魯迪特別注意莉賽爾人在哪裡。他才不管別人胡說這個新來的女同學好笨，他一開始就跟她是同一國的。以後每當莉賽爾遇到失敗挫折，他也跟她同一國。但是，他心裡對她另有目的。

唯一比討厭妳的男生還可怕的傢伙

喜歡妳的男生

四月底，有天魯迪與莉賽爾放學後，照例在天堂街等待足球比賽開打。他們來得有點早，其他小孩都還沒出現，只看見講話卑鄙齷齪的菲菲庫斯。

「妳看那邊。」魯迪的手指過去。

菲菲庫斯的外表

骨架纖細，一頭白髮，穿著黑色雨衣和棕色長褲，鞋子已經開口笑。

還有他的嘴，多下流的一張嘴啊。

「喂，菲菲庫斯！」

遠方的人影一轉身，魯迪就吹起了口哨。

那個老傢伙一聽，立刻挺直腰幹，破口大罵，他罵人的能力，真的只能用天賦高超來形容。沒人知道他的真名，就算知道，也不會那樣喊他，大家叫他菲菲庫斯，因為那是用來稱呼喜歡吹口哨的人，而菲菲庫斯恰好非常喜歡吹口哨。他常常吹著一首叫做《拉德斯基進行曲》的旋律。⑤鎮上每個小孩都喜歡朝著他大叫一聲，然後模仿那支曲調的旋律。他一聽到人家叫他，走路的方式就變了，不再是平常彎著腰，兩手放在雨衣後，邁大步前進的模樣，反而抬頭挺胸，揚聲惡罵。這樣一來，他原本表現出來的冷靜印象全都蕩然無存了，因為他的聲音裡面充滿了憤怒。

而這次，莉賽爾幾乎想都沒想，就開始仿效魯迪嘲弄他的方式。

「菲菲庫斯！」她學魯迪喊他，馬上就學會了童年生活必備的適度殘忍。她的口哨吹得非常差勁，她沒時間把曲子練好。

菲菲庫斯一邊追趕他們一邊大罵。一開始只是罵「去死」，沒多久就越罵越難聽。他原本咒罵的對象只有魯迪，不過隨即就輪到了莉賽爾。

「妳這個小妓女！」他對著她的背後大吼，莉賽爾聽了好傷心。「我根本不認識妳！」喊一個十歲大的小女生妓女，聽起來非常詭異，但這就是菲菲庫斯的風格，大家認為他與侯莎菲女士是天生地設的一對。莉賽爾與魯迪不斷往前奔跑，一直跑到慕尼黑街才停下來。最後他們只聽到「你們給我回來」這句話。

他們停止喘氣之後，魯迪說：「走，我們再走過去一點。」

他帶她走到修貝特體育場，那裡就是杰西．歐文斯事件發生地。他們把手插在口袋，跑道自他們眼前延伸，猜都不用多猜，魯迪開口說了。「一百公尺。」他挑釁她：「我賭妳跑不贏我。」

莉賽爾吞不下這口氣。「我賭我贏。」

「妳這個小母豬。妳拿什麼做賭注？妳有錢嗎？」

「我當然沒錢，你呢？」

「我也沒錢。」不過魯迪有個主意，他現在是暗戀小女生的那個小男孩。「如果我贏了，我可以親妳一下。」他彎下身開始捲褲管。

莉賽爾起了警覺之心，但是她不動聲色地問：「你親我想幹嘛？我髒死了。」

「我也很髒。」魯迪心裡知道，那丁點的污穢擋不住他想吻她的慾念。他們兩人已經好幾天沒洗澡了。

莉賽爾一面觀察對手瘦弱的雙腿，一面想著賭注。那兩條腿跟她的差不多粗細，她心想：沒道理他能贏得了我。於是她表情嚴肅地點點頭，她是有條件的。「如果你贏了，我讓你親一下。不過，要是我贏了，以後踢足球，我就不用當守門員。」

魯迪想了想。「蠻公平的。」兩人於是握手約定。

天色已暗，四周瀰漫著霧氣，天空落起小雨點。

實際上，跑道比表面看起來的更加泥濘滑溜。

兩位選手雙雙就定位。

魯迪往上拋了一顆石頭作為起跑信號，一旦石頭落地，他們就開始比賽。

「我連終點線都看不見。」莉賽爾抱怨著。

「妳以為我就看得見嗎？」

石頭掉下來了，插入泥土中。

他們兩人肩並肩跑著，手肘相互推擠，努力要贏。大概在最後二十公尺的地方，他們的腳踩在滑溜的地上，發出咯吱咯喳的聲音，然後兩人一塊兒滑倒在地。

「耶穌、聖母瑪麗亞、約瑟、我的這些老天爺！」魯迪痛得大喊：「我全身都沾到大便啦！」

「不是大便，」莉賽爾糾正他：「是爛泥巴。」不過，她也很懷疑那是大便還是爛泥。他們兩人朝著終點又滑行了五公尺。「那麼，當作平手怎樣？」

魯迪露出尖銳的牙齒，細長的藍眼睛看了看，他半張臉上都沾滿了爛泥。「平手的話，我還可以親妳嗎？」

「你這輩子別想。」莉賽爾爬起來，輕輕拍掉外套上的爛泥。

「我會讓妳不用當守門的。」

「省省吧。」

當他們走回天堂街，魯迪開口警告她。他說：「莉賽爾，有一天，妳會很想很想親我。」

但是莉賽爾心中明白得很。

她發誓。

只要她與魯迪．史坦納還活著的一天，她永遠都不會親那個討人厭、骯髒兮兮的豬頭，更不可能在今天親他，因為她還有更要緊的事情要處理。她低頭望著自己一身的爛泥巴，說了一句不用說也知道的話。

「她會宰了我！」

她，當然指羅莎．修柏曼，也就是她媽媽。她真的差點宰了她。她處罰莉賽爾的時候，嘴裡沒有停過，一直罵她母豬。她狠狠打了她一頓。

杰西．歐文斯事件

我們都知道，魯迪演出他童年那場糗事的時候，莉賽爾還沒有來到天堂街。不過，莉賽爾回想往事時，她覺得自己好像也在現場一樣。在她記憶裡，她也莫名其妙出現在魯迪幻想出來的觀眾之中。其他人都沒有提過這事，但是魯迪補充了許多細節，結果日後莉賽爾回想起自己的經歷時，杰西．歐文斯事件也成了她故事的內容，就像她親眼見識的事情一樣。

那是一九三六年，奧林匹克運動會在柏林舉辦，成了希特勒宣傳納粹主義的工具。杰西．歐文斯跑完四百公尺接力賽，贏得他個人第四面金牌。流言四起，說他身為黑人比常人低等，流言蜚語說希特勒拒絕與他握手。即便是種族偏見根深蒂固的德國人，也免不了因為歐文斯的成就而大吃一驚。他贏得冠軍的消息在四處傳頌，最受到感動的人莫過於魯迪．史坦納。

當時，他家人全都在客廳擠成一團，而他自己卻偷偷溜進廚房，從爐子裡取出幾塊煤炭緊握在小小的手心裡。「來吧。」他面露微笑，已經做好準備了。

他拿著煤炭在身上一層一層塗抹，直到全身上下都成了黑色，就連頭髮也不忘記塗兩下。

魯迪看著窗戶中自己的影像，齜牙咧嘴笑得跟瘋子一樣。他穿著短褲汗衫，偷了哥哥的腳踏車，踏板一踏，上街朝著修貝特體育場前進。他另外在口袋中藏了幾片煤炭，免得等下有些地方的顏色會脫落。

在莉賽爾的記憶中，那天夜裡，月亮是縫在夜空之上，幾朵雲則繡在月亮旁。

魯迪把那台搖搖欲墜的生鏽腳踏車停在修貝特體育場圍牆旁，然後翻過圍牆，在圍牆的另一邊落地。骨瘦如柴的他以小跑步跑向一百公尺跑道的起點，還積極地作了一套笨拙的暖身操，並且在泥土上挖了一個助跑洞。

「歐文斯看來狀況不錯。」他講解賽事：「他很有可能打破歷史紀錄，贏得冠軍勝利……」

魯迪與其他假想的運動員握手致意，預祝他們好運；不過他心裡明白，他們根本沒有贏的機會。

發令員舉手示意選手往前一步，一群觀眾突然現身，擠滿了修貝特體育場，他們全都喊著同樣的話，異口同聲反覆吶喊魯迪．史坦納的名字，而他的名字是杰西．歐文斯。

所有人安靜下來。

魯迪的赤腳緊緊貼著泥土，他可以感覺到泥土鑽進他腳趾頭間的縫隙。

聽到發令員的命令，他做出預備起跑的半蹲姿勢，接著，信號槍朝著夜空發射了。

比賽進行的前三分之一，選手的表現不分上下，不過渾身漆黑的歐文斯飛奔，拉開與他人之間的距離。

「領先的是歐文斯。」魯迪一邊發出尖銳的叫喊，一邊沿著空曠的跑道向前跑，筆直跑向他的目標，朝著贏得奧運桂冠的如雷掌聲跑去。當他領先衝過終點線的時候，他還能感覺到終點的線帶在他胸前斷成兩半，他是世界上跑得最快的男人。

就在他贏得勝利的最後一圈，掃興的事情來了。他的父親站在終點線前方的群眾裡，像是小孩害怕的鬼魅，或者最起碼像是穿著西裝的鬼魅。（前面提到了，魯迪的父親是裁縫，上街的時候老是穿西裝打領帶。但現在，他只穿著西裝外套跟一件皺巴巴的襯衫。）

「現在是怎樣？」當他驕傲卻全身漆黑的兒子出現在他面前，他問道：「你搞什麼鬼啊？」觀眾全消失了，一陣微風揚起。「我在椅子上睡著了，然後庫爾特說你不見了，每個人都出來找你。」

平常的時候，史坦納先生是個非常斯文的人。等到發現自己的孩子在夏夜裡用煤炭抹黑身體，他認為這下事情大條了。「這孩子瘋了。」他喃喃自語。他不由得不相信，生了六個小孩，類似的事情難免會發生，總會出現一顆老鼠屎。現在他看著這顆老鼠屎，等著他解釋清楚。「嗯？」

魯迪低著頭，手扶在膝蓋上，氣喘吁吁。「我在模仿杰西．歐文斯。」他回答的口氣好像那是世界上最自然的事情。雖然他沒有說出口，但是他講這句話的口氣甚至還偷偷地暗示著：「我到底看起來像不像他？」然而，他發現爸爸的睡意全消，於是在自己的句子說完之前，探問的語氣就消失了。

「杰西．歐文斯？」史坦納先生屬於個性呆板的那型，可以用木頭來比擬。說話聲音雖然生硬但不作做，他的身材又高又壯，就像一株大橡樹，頭髮如同木板碎片。「他怎樣？」

「你知道的啊，爸，那個黑人速度魔法師。」

「我讓你知道什麼叫做變魔術。」他用拇指跟食指拎住兒子的耳朵。

魯迪痛得整個人縮起來。「噢，真的很痛耶！」

「痛嗎？」他的父親比較在意濕黏的煤炭弄髒他的手指。他心想，這小鬼全身都塗滿了煤炭嗎？老天啊，連耳朵裡都有。「走吧。」

在回家路上，史坦納先生決定盡最大努力與魯迪聊聊政治的事情。但是，還要再過幾年，魯迪才完全瞭解爸爸的話。而那時候，瞭解任何事情都已經太遲了。

艾立克．史坦納的矛盾政治信念

第一點：他是納粹黨成員，但他不討厭猶太人，也不因為身為納粹黨員而討厭任何人。

第二點：不過，在私底下，當猶太人經營的店鋪關門大吉，他也沒有絲毫同情的感覺。更糟的是，他還開心呢！納粹的宣傳機器已經告訴過他，猶太裁縫師早晚會像瘟疫一樣出現，把他的客戶都搶了。

第三點：這樣就表示猶太人應該完全被驅離出境嗎？

第四點：事關家人。當然，他必須盡一切力量來撫養他們，如果必須要加入納粹黨才能養家活口，那他就加入納粹黨。

第五點：在他心底有個念頭蠢蠢欲動，但是他努力不去碰觸它：他很擔心可能會洩漏出的秘密。

他們轉了幾個彎，返回天堂街。艾立克說：「兒子，你不要把身上塗得黑溜溜地跑來跑去，聽到沒？」

魯迪聽了覺得好奇，但也一頭霧水。月亮已經從雲朵中掙出，月光任性、自由地在魯迪的臉上起落閃爍，使他看來時而清晰，時而晦暗，就像他的思緒一般。「為什麼不可以？」

「因為他們會把你帶走。」

「為什麼？」

「因為你不應該變成黑人、猶太人、或者任何……任何不是我們的人。」

「誰是猶太人？」

「你認識我以前的顧客考夫曼先生嗎？我們到他那裡幫你買鞋子。」

「認識。」

「唔，他就是猶太人。」

「我不知道他是猶太人。是要付錢才能變成猶太人嗎？要執照嗎？」

「不是這樣的，魯迪。」史坦納先生一手控制著腳踏車，一手抓著魯迪，但他覺得要引導這場對話，困難重重。他還沒有鬆開兒子的耳朵，他已經完全忘記這回事情了。「就像你是德國人，或者你是天主教徒那樣。」

「噢，杰西・歐文斯是天主教徒嗎？」

「我不知道！」接著，史坦納先生就被腳踏車的踏板絆倒，於是這才鬆開了魯迪的耳朵。

他們一聲不吭地走了一會兒。後來魯迪說話。「爸爸，我只是希望自己跟杰西・歐文斯一樣強。」

這次，史坦納先生把手放在魯迪的頭上，他解釋說：「我知道，兒子。但是你有漂亮的金髮，還有安全的藍色大眼睛，你應該滿足了。這樣講清楚了嗎？」

然而，沒有一件事情是清楚的。

魯迪什麼也不懂。那天晚上之後，許多事情接踵而來。兩年半之後，考夫曼先生的鞋店只剩下破碎的玻璃，所有鞋盒中的鞋子都被拋到一輛卡車上。

砂紙的背面

我想，每個人都會遇上改變一生的關鍵時刻，這個關鍵時刻通常在童年時期降臨。對某人而言，這個關鍵時刻就是杰西・歐文斯事件；對另外一個人來說，那個轉折是在嚇到尿床的時候出現的。

一九三九年五月底，那天晚上一如往常，媽媽還是那麼兇殘，爸爸依舊外出。莉賽爾把前門痰漬擦乾淨後，望著天堂街的夜空。

今天白天，舉辦過閱兵遊行。

身穿褐色襯衫的NSDAP（又稱納粹黨）激進份子，沿著慕尼黑街遊行走過。隊伍前面驕傲地展示著旗幟，人人的臉龐高昂地朝天翹著，好像有棍子頂在他們下巴一樣。他們一直唱歌，最後在響徹雲霄的《德意志人之歌》歌聲中，⑥閱兵進行到了高潮。

大家也一如往常，給予隊伍熱烈掌聲。

大家鼓勵他們繼續往前。要走到哪裡去？誰管它。

群眾停在街道上觀望，有些人伸直手臂敬禮，有些人鼓掌到手心紅腫，有些人，像是雜貨店的迪勒太太，臉上的表情交雜著驕傲與認同。也有些異數散佈在人群中，例如魯迪的爸爸艾立克・史坦納。他彷彿一座站立的人形木頭，盡本分地緩緩拍手，他的服從態度還真讓人相當佩服。

莉賽爾和爸爸漢斯・修柏曼，還有魯迪站在人行道上。修柏曼的臉色沉重。

一份統計數字

一九三三年，百分之九十的德國人堅定支持希特勒。只有百分之十的人不認同希特勒。

漢斯．修柏曼屬於少數的百分之十。這是有原因的。

那天夜裡，莉賽爾依舊作夢。一開始，她夢見穿著咖啡色襯衫的閱兵隊伍，但不久，他們把她帶上火車，看見每次作夢必定看見的場景：弟弟又盯著地板看了。

當莉賽爾在尖叫聲中醒來，她立刻發現這次的情況有點不同，床單下面有股味道溢出，熱呼呼的，聞起來好噁心。一開始，她想騙自己說沒什麼大驚小怪的，可是當爸爸靠過來抱住她的時候，她哭著對他承認這個事實。

「爸爸。」她低語說：「爸爸。」就這樣，他懂了，他可能聞到味道了。

他溫柔地把她從床上抱起來，帶她到盥洗間。幾分鐘之後，關鍵時刻到了。

「我們來把床單拆下來洗。」爸爸說。他把手伸到床墊下面拉起床單，有個東西跟著跑出來，砰一聲掉到地上。是一本黑色的書，封面的字體是銀色的，掉到漢斯腳下的地板上。

漢斯眼睛往下看了一眼。

然後他轉向小女孩，她很不好意思，聳聳肩膀。

他認真地大聲唸出書名：《掘墓工人手冊》。

莉賽爾心想：原來書名是這個啊。

漢斯、莉賽爾與書，三者之間一陣靜默。漢斯把書撿起來，用棉花般柔軟的聲音說話。

半夜兩點的對話

「是妳的？」

「對，爸爸。」

「妳想唸這本書嗎？」

再一個「對，爸爸」。

一個疲憊的微笑。

爸爸的眼睛閃著光芒，濕潤了。

「好，那我們就來唸這本書吧。」

四年後，莉賽爾在地下室裡提筆寫下自己的故事，有兩件事情會讓她忽然回憶起尿床所帶來的心靈創痛。首先，她覺得被爸爸發現書真是萬幸。以前洗床單的時候，都是羅莎喝令莉賽爾自己拆下來，再自己鋪上去，一面斥罵著：「妳動作給我快一點，母豬！妳以為我們時間很多嗎？」第二點，漢斯．修柏曼在她學習過程中投注的心力，讓她十分感激。她在她的故事中寫道：沒有人會想到這點，不過，在我學習認字的過程中，學校對我的幫助不大，反倒是爸爸幫了我。大家以為他很笨，的確，他書讀得不快。不過，後來我才知道，原來文字與寫字也救過他一命。很久以前，「文字」與一個教他彈手風琴的男人，救了他一命……

「該做的事情先做。」尿床那晚，漢斯．修柏曼說。洗好床單後，他把床單晾好，回到房間說：「好，我們開始來上夜校吧。」

昏黃的燈光在灰灰的房間中點亮。

莉賽爾坐在冰冷的新床單上，覺得好丟臉，卻又開心的不得了。想到尿床的事情，她好難堪；但她就要開始唸書了，她就要讀這本書了。

她的內心充滿了興奮之情。

十歲大的閱讀天才。

要是事情有那麼簡單就好了。

「告訴妳實話，」爸爸一開始就先把話說清楚：「我自己書讀得也不怎樣。」

不過，他書讀得慢沒關係，速度比一般人慢也是好事。他自己讀得慢，所以碰到莉賽爾這種閱讀能力不足的小孩，他或許不會感到那麼大的挫折。

不過，漢斯一開始拿著書翻閱的時候，有點不太自在。

他走過來，坐到她身旁，往後一靠，兩條腿順著床緣彎曲。他又看了這本書一次，把它扔在毛毯上面。「像妳一個女孩子，怎麼會想看這種東西啊？」

莉賽爾又聳聳肩。要是那個挖墳墓學徒讀的是哥德全集或是其他文豪的作品，那現在躺在他們面前的就是那些書了。她告訴爸爸事情發生的經過。「我……那時候……書就掉在雪裡，然後……」她對著床講話，聲音輕輕柔柔的，像是朝著地板灑粉末。

不過，爸爸知道該說什麼，他總是知道要說什麼。

昏昏欲睡的他用手撥撥頭髮，說：「嗯，那妳答應我一件事情，莉賽爾，不管我什麼時候死掉，妳要讓人家好好埋葬我。」

她點點頭，表情相當誠懇。

「不要省略第六章的步驟，也不要跳掉第九章的第四個步驟。」他笑了，尿床的莉賽爾也笑了。「好了，我很高興這件事情就這麼搞定了。現在我們來讀這本書。」

他調整一下位置，骨頭像是發霉的地板發出嘎吱嘎吱的聲響。「好玩的來囉！」

在夜半的寂靜中，書頁翻動產生的聲音，聽來像是一陣強風吹過。

莉賽爾回想這些過往點滴，完全明瞭爸爸眼睛掃過《掘墓工人手冊》第一頁的時候，心裡在想什麼。他發現手冊的文字非常艱深，心裡明白這本書完全不適合莉賽爾。裡面有些字，他自己都不太理解了，更別談這本書的病態主題。至於莉賽爾，她只想唸這本書，根本不想瞭解書的內容，也許她多多少少想知道弟弟的葬禮有沒有好好地進行。不管理由是什麼，一般十歲大的孩子會有多強烈的渴望，她想唸那本書的渴望就有多強烈。

第一章叫做「第一步：工具篇。」開始是簡短的引言，大概敘述接下來二十頁的內容。之後詳細列舉鐵鍬、十字鎬、手套等等的工具，並說明正確保養工具的重要性。掘墓的工作可不能隨便開玩笑的。

爸爸輕輕翻書的同時，感覺到莉賽爾的眼睛正望著他，緊緊盯住他，等著他開口講話，講什麼都好。

「拿去。」他又挪了一下位置，把書遞給她。「看這一頁，告訴我，妳認識幾個字。」

她看了一眼，然後扯個謊。

「大概認識一半。」

「唸幾句來聽聽。」她當然是唸不出來。後來爸爸要她指出她認識的字，然後唸出來，她只會唸三個字，就是德文的陰性、中性、陽性三個冠詞。而那一整頁至少有兩百個字。

他心裡想：教她讀書，可能比預料中的還難。

雖然他這想法只閃過腦海片刻，卻被她看穿了。

他起身往前一挪，站到地上，走出房間。

等他進來的時候，他說：「我有個比較好玩的主意。」他的手裡拿著油漆工人必備的粗鉛筆與砂紙。「我們先來隨便亂畫一通。」莉賽爾沒有反對的理由。

他在一張砂紙背面的左邊角落畫了一個方框，大約一吋見方，然後寫了一個大寫的A，在右邊的角落則寫了一個小寫的a。到目前為止，一切順利。

「A。」莉賽爾說。

「什麼字是A開頭？」

她笑著說：「蘋果。」

漢斯以偌大的字母寫出蘋果，然後在下面畫了一顆奇形怪狀的蘋果，他只不過是個油漆工，又不是藝術家。完成以後，他又看著莉賽爾說：「現在換B。」

他們按字母順序進行，莉賽爾的眼睛越睜越大。在學校和幼稚園裡面，她已經學過字母，但這次的練習比較特別，她是唯一的學生，不是小矮人裡面的巨人。爸爸寫字，慢慢畫出簡單圖案的時候，莉賽爾喜歡看著爸爸的手。

越往下練習，困難越多。「噢，加油，莉賽爾。」爸爸說：「S開頭的字，很簡單啊，妳這樣我很失望噢。」

她想不出來啊。

「加油！」他輕聲細語逗弄她：「想想看媽媽啊。」

就在那時候，那個字如同在她臉上打了一記耳光，她不由自主咧嘴大笑。「母豬！」她大喊。爸爸也跟著哈哈大笑，又隨即壓低音量。

「噓，我們要安靜。」不過他還是笑得很開心。他拼出這個字，最後以一幅塗鴉做結尾。

漢斯．修柏曼的畫作

插畫一幅

「爸爸！」她輕輕地說：「我沒眼睛。」

他拍拍莉賽爾的頭髮，她已經中了他的詭計。「笑得那麼開心，」漢斯修柏曼說：「是不需要眼睛的。」

他摟著她，又看一次那幅塗鴉，他的眼睛流露出讓人感到暖意的眼神。「現在輪到T。」

字母全都輪過一輪之後，他們又練習了十幾次，然後爸爸靠過來說：「今天晚上練習夠了嗎？」

「再多練習幾個字母好嗎？」

他的態度十分堅決。「已經夠了。妳起床之後，我彈手風琴給妳聽。」

「爸爸，謝謝你。」

「晚安。」他無聲地笑了一下。「晚安，母豬。」

「晚安，爸爸。」

他關了燈，回到椅子上坐下。在漆黑之中，莉賽爾的眼睛張得好大，她正在看那些字。

友誼的味道

繼續在半夜練習認字。

之後的幾個星期，一直到夏季為止，每次半夜惡夢結束之後，他們就開始上課。她又尿了兩次床，不過，漢斯·修柏曼只是像救難英雄一樣，重複先前的清潔工作，然後專心執行讀書、塗鴉、朗誦的任務。在三更半夜裡，就算是輕聲細語，聽起來的音量也不小。

某個星期四下午三點，媽媽吩咐莉賽爾準備好，跟她一起去送燙洗好的衣物，爸爸卻打著其他主意。

他走進廚房說：「不好意思，媽媽，她今天不跟妳一起去。」

媽媽看著衣袋，連頭都懶得抬起來。「誰問你啦，屁眼。走吧，莉賽爾。」

「她在唸書。」他說。爸爸堅定地對莉賽爾笑了笑，並且眨眨眼睛。「她跟我一起唸書，我在教她。我們要去安培河上游附近，就是我以前練習手風琴的那裡。」

他總算引起了媽媽的注意力。

媽媽把洗好的衣物放在桌上，先將冷言冷語的火力調整到適當的強度，然後發射。「你說什麼？」

「妳聽見我的話了，羅莎。」

媽媽哈哈大笑。「你究竟可以教她什麼啊？」她僵硬的硬紙板臉齜牙咧嘴地笑著，她的話像是給了爸爸一記上勾拳。「說來好像你讀書很行，你這個死豬頭。」

廚房等著看看這些人類的下一步。爸爸回拳了。「我們會幫妳把衣服送回去。」

「你這個下流的呸……」她話講到一半收口，考慮一下爸爸的提議，原本要說的還話卡在嘴裡。「天黑以前給我死回來。」

「天黑了之後，我們也沒辦法讀了，媽媽。」莉賽爾說。

「妳手上拿什麼，小母豬？」

「沒什麼，媽媽。」

爸爸笑嘻嘻地指指莉賽爾。「書、砂紙、鉛筆。」他吩咐她：「還有，要帶手風琴！」她立刻就準備好要走了。沒兩下功夫，父女倆已經走在天堂街上，帶著文字、音樂、洗好的衣物。

他們朝迪勒太太的店走去，同時回頭看了好幾次，看看媽媽是否還在圍欄門前看他們。她的確還在看他們，她還大喊：「莉賽爾，把燙好的衣服拿好！不要弄縐了！」

「知道了，媽！」

走幾步路之後，媽媽又大喊：「莉賽爾，妳有沒有穿暖和?!」

「妳說什麼？」

「小母豬，什麼都不聽清楚，妳穿得夠不夠？等下會變冷！」

到了街角的地方，爸爸彎腰綁鞋帶。「莉賽爾，」他問她：「可以幫我捲一根菸捲嗎？」

最讓她快樂的事，就是捲菸捲了。

把燙好的衣服送回去客戶家之後，他們馬上掉頭走到安培河畔。這條河川流經小鎮的外緣，朝著達考集中營流去。

那裡有座木板橋。

他們在距離木橋約莫三十公尺處的草地上坐下，先寫幾個字，然後大聲唸。天色漸漸變暗之後，漢斯拿出手風琴，莉賽爾望著他，傾聽樂聲。雖然她當時還看不出來，不過爸爸那晚演奏音樂的時候，臉上的表情相當複雜難懂。

爸爸的神情

爸爸出神想著心事，她不懂他在想什麼。

她還不懂。

他跟以前不一樣了，他變了一點點。

她留意到他的變化，但是要等後來，等到所有的故事都湊到一塊兒之後，她才了解到爸爸的改變。她發現他彈琴的時候眼神迷茫，她完全不知道漢斯．修柏曼的手風琴會帶來另一段故事。未來，那段故事的主角會在大清早抵達天堂街三十三號，穿著縐巴巴的衣服，在外套裡發抖。這故事主角會帶著皮箱、一本書，還有兩個問題。一個故事來了，故事之後又有故事出現，故事之中還有其他故事。

而現在，莉賽爾在乎的故事只有一個，而且她正在享受著這個故事。

她讓自己躺到青草細長的手臂之中。

她閉上眼睛，耳朵留意音符。

當然，她的讀書過程中，有時候也會出現問題。有好幾次，爸爸簡直是在對她吼叫。「拜託妳，莉賽爾。」他說：「妳認識這個字的，妳認識的啊！」有時進展順利，到一半她的腦袋又卡住了。

只要天氣好，他們就利用午後前往安培河畔，天氣差的時候就只能待在地下室，這都是因為媽媽的緣故。一開始，他們想在廚房裡面讀書，但那是不可能的事。

「羅莎，」有一次漢斯對媽媽說。他的聲音靜悄悄插入她喋喋不休的話語之中。「可以幫我一個忙嗎？」

羅莎的眼睛從火爐上抬起來。「要幹嘛？」

「我請妳，我求求妳，拜託把妳的嘴巴閉起來五分鐘，好嗎？」

你可以想像得到媽媽的反應。

最後，他們只得換到地下室去。

地下室裡面沒有光線，所以他們帶了一盞煤油燈。上學，放學，河畔，地下室，天氣好，天氣壞，日子一天天過去，莉賽爾慢慢學會了認字與寫字。

「再過一陣子，」爸爸告訴她：「妳閉著眼睛也可以讀那本很爛的掘墓手冊了。」

「還有，我可以離開那個小矮人班了。」

她帶著堅定的自信說了這句話。

有次，在地下室唸書的時候，爸爸沒有使用砂紙（因為它們消耗太快了），他拿出一支油漆刷。修柏曼家裡的奢侈品很少，只有油漆供過於求，還能幫助莉賽爾學習認字。爸爸每說一個字，莉賽爾就大聲拼出來這個字，說對了之後，她還要在牆上畫出這樣東西。一個月之後，牆壁又重新粉刷一次，好像一頁用水泥做的新紙張。

有幾個晚上，在地下室學習認字之後，莉賽爾縮在澡盆中，聽著廚房裡傳來一成不變的話。「臭死了你。」媽媽跟爸爸說：「你全身都是菸捲與煤油的臭味。」

莉賽爾泡在洗澡水裡，想像著那股味道散佈在爸爸的衣服上，與其說是別的味道，她認為爸爸身上的是友誼的味道，在她自己的身上也聞得到。莉賽爾喜歡這個味道。澡盆的水溫慢慢變涼，她用力聞了一下手臂上的味道，然後笑了起來。

學校裡的重量級拳擊冠軍

一九三九年的夏天結束得很匆忙，也可能是因為莉賽爾的日子太忙碌了。她要和魯迪、其他小孩在天堂街上踢足球，這是他們全年無休的娛樂項目，還得陪媽媽四處收取衣服來燙洗，又要認識新字。夏天好像才開始沒幾天就結束了。

那年的下半年，發生了兩件事情。

一九三九年九月到十一月

首先，第二次世界大戰爆發。

其次，莉賽爾．麥明葛榮獲校園重量級拳擊冠軍頭銜。

九月初。

大戰爆發當天，墨沁鎮一片涼爽，而我變得好忙，工作量大增。

全世界都在討論這場戰爭。

報紙頭條都是相關消息。

德國境內的廣播傳出元首的怒吼：我們不會放棄，我們不會停下腳步，我們將贏得勝利，我們的時代已經來臨了。

德國入侵波蘭，人群聚集在街頭巷尾收聽相關新聞。慕尼黑街就像德國境內的主要街道，有關戰爭的討論四起，聞到的，聽到的，全都跟大戰有關。有關日常用品的配給制度，本來只是牆壁上的公告，結果幾天前已經開始正式實施。英法兩國向德國宣戰，套用一句漢斯．修柏曼的話：

好玩的來了。

宣戰那天，爸爸碰巧幫人漆油漆。回家的路上他撿到一張別人不要的報紙。他沒把報紙胡亂塞到推車上的油漆罐中間，反倒把報紙摺好，塞到襯衫下面。等到他回到家，拿出報紙，油墨早被汗水溶解，滲到他的皮膚上了。他把報紙攤在桌子上，但是新聞內容像刺青一樣留在他的胸口。他把襯衫拉開，低下頭，在廚房昏暗不明的燈光下細讀。

「上面寫什麼？」莉賽爾問他，她的眼睛轉來轉去，一下看著他皮膚上黑墨印出的內容，一下看著報紙。

「希特勒佔領了波蘭。」漢斯．修柏曼回答之後，猛然跌坐到椅子上。「『德意志高於一切，』」⑦他壓低聲音說，語氣裡聽不見愛國情懷。

他又露出那個表情，彈奏手風琴時的表情。

一場戰爭已經開打。

而莉賽爾即將捲入另一場戰爭。

開學一個月左右，她跳級了，進入她這個年紀應該編入的年級。你大概以為這是因為她的閱讀能力大有進步，其實不是。她當然有進步，但她的閱讀能力還是不夠好，句子唸得七零八落，生字混淆不清。她進入高年級的主要原因是，她在低年級的班上變成了頭痛人物。老師問問題，她直接對著同學回答，講話又太大聲，她在走廊接受過好幾次的「處罰」。

解釋

處罰，就是痛揍一頓

這個老師是修女，她罵了莉賽爾一頓，要她坐到教室旁的座位，並且命令她閉嘴。魯迪坐在教室的另一頭，他轉過頭來對她招手，莉賽爾也對他揮手，用力憋住笑。

她好喜歡在家裡與爸爸一塊讀《掘墓工人手冊》，他們把她不懂的字圈起來，隔天到地下室去練習。她以為這樣的練習已經夠了，但是還不夠。

十一月初的某天，學校舉辦了能力測驗，其中一個項目是閱讀。每個小孩都得站在教室前面，朗讀老師發下的一段文章。那天早晨寒風刺骨，但是陽光燦爛。學生們揉著眼睛，瑪莉亞修女像是死神般籠罩在一圈光暈之中。（順便說一下，我好喜歡人類所想像的死神模樣，我喜歡長柄鐮刀，想了就開心。）

在陽光普照的教室裡，瑪莉亞修女抽點了幾個學生。

「瓦登罕、雷蒙、史坦納。」

他們全都站到台前朗誦文章。三個人的能力參差不齊，出人意外的是，魯迪表現得很好。測驗進行中，莉賽爾坐著，一方面殷殷期盼，另一方面卻恐懼不安。她渴望測試自己的能力，直接了當確認自己的練習是否有進步。她能唸得出那些字嗎？有沒有可能與魯迪、其他同學的程度相差不遠呢？

瑪莉亞修女每看一次名單，莉賽爾的上半身就因為緊張而繃緊，起先是從胃開始收縮，然後緊張的情緒往上攀爬，不久就像條粗繩子勒住了她的喉嚨。

湯米．繆勒表現平平的朗誦結束之後，莉賽爾環顧教室，人人都唸過了，只剩下她還沒考試。

「很好。」瑪莉亞修女點點頭，漫不經心地瀏覽名單。「大家都唸過了。」

什麼？

「還沒！」

這句話其實自教室另一端傳出，說話的是一個頂著黃檸檬色頭髮的男孩，他褲管裡的瘦削膝蓋正在桌子下面相撞。他舉起手說：「瑪莉亞修女，妳忘記莉賽爾了。」

瑪莉亞修女。

她沒有露出恍然大悟的表情。

她把點名夾放在桌上，帶著惋惜、不認同的表情看著魯迪，她心裡憂鬱，幾乎悲嘆，想著自己何必忍受魯迪．史坦納？他就是不能閉嘴，為什麼？天啊，為什麼？

「我沒忘記。」她果斷回答，整個人隨著纖瘦的腰身往前傾。「我擔心莉賽爾讀不出來，魯迪。」瑪莉亞修女帶著肯定的表情。「等一下我再叫她唸給我聽。」

莉賽爾清了清喉嚨，輕聲說出她的反抗。「我現在就可以唸，修女。」大多數的同學一言不發，少數人則表演著小孩子最拿手的一招：竊笑。

修女此刻忍無可忍。「不行，妳不行！妳想要做什麼？」

莉賽爾已經離開了座位。她四肢僵硬，緩緩走到教室前面，拿起書，隨便翻開一頁。

「那，好吧。」瑪利亞修女說：「妳想要唸嗎？那妳就唸吧。」

「好，修女。」莉賽爾很快看了魯迪一眼，然後低下頭仔細研究她翻開的那頁。

當她再度抬起頭來，教室好像在她眼前先撕碎成兩半，然後又擠壓在一塊，所有的同學都擠到她的跟前。

忽然心靈福至，她想像自己把整頁文字唸得清晰流暢，完美無缺。

關鍵字
想像

「加油，莉賽爾！」

魯迪打破沉默。

偷書賊又低下頭看著那些字。

加油，魯迪這次默念出這句話：加油，莉賽爾。

她的血壓升高，書上的句子變得模糊不清。

突然間，白色紙上寫著的是另一種語言，她忍不住熱淚盈眶，她甚至連字都看不見了。

還有陽光，討厭的陽光。整間教室都是玻璃，陽光就從窗戶闖進來，直接照耀在這個廢物女孩身上，太陽還對著她的臉大喊：「妳只會偷書，但是妳一本書也不會唸。」

她想到了，她想到一個解決方法。

她深呼吸再深呼吸，然後開始朗誦。不過，她唸的卻不是眼前那本書的內容，而是出自《掘墓工人手冊》第三章：「下雪的情況」。爸爸的聲音讓她熟記了這段內容。

「遇到下雪的情況，」她說：「必須使用堅固的鐵鍬，挖地必須挖得夠深，切勿偷懶，也不可貪圖一時方便，省略必要的步驟。」她又深深吸了一口氣。「當然，在當天最溫暖的時段工作，較為容易，當……」

她的朗讀結束了。

她緊握在手裡的書被搶走，有個聲音對她說：「莉賽爾，到走廊去。」

瑪莉亞修女賞她一頓簡單的「處罰」，打了一下又一下，她聽見大家都在教室裡面笑她。那些擠成一團的同學露齒大笑，在陽光之中，每個人都哈哈大笑。只有魯迪沒有發笑。

下課時有人來逗她。一個叫做路維克，蘇麥克的男生拿著一本書走向她。「嗨，莉賽爾。」他問她：「我不認得這個字，妳唸給我聽好嗎？」他笑著，這個十歲大的孩子露出自以為得意的笑。「妳真是個白痴。」

大朵大朵的層雲逐漸累增，對她大吼大叫的小孩越來越多，看她生氣。

「不要理他們。」魯迪給她忠告。

「說得簡單，你又不是那個白痴。」

快上課了，她已經被羞辱了十九次，等到第二十次，她發飆了。第二十次又是蘇麥克幹的。「行行好，莉賽爾。」他把書抵在她的鼻子下面。「幫幫我，好嗎？」

莉賽爾果真動手幫了他。

她站起來，從蘇麥克手中拿過書，他還在轉頭對其他小孩笑。她把書丟開，使出渾身的力氣，朝著他的鼠蹊部位踹下去。

唔，可想而知，蘇麥克扭成一團。在他倒地之前，耳朵又挨到一記猛拳。他倒地之後，又繼續遭受襲擊，一個怒氣衝天的女孩又是摑他耳光，又是猛抓他，一心想讓他消失在這世上。莉賽爾的指節與手指雖然短小，但是卻強健有力，令人好生恐懼。「你這個豬頭！」她的聲音也有殺傷力。「你這個屁眼，屁眼怎麼寫啊？」

啊，天空中的雲吹啊吹啊，聚在了一塊，看起來好蠢。

聚集成一大球一大球的。

又黑又胖。

撞倒彼此之後，雲朵們還互相道一聲歉，然後繼續移動，尋找容身的空間。

小孩的反應非常快，嗯，打架這件事的吸引力，讓小孩的動作都非常快。一陣拳打腳踢之後，吶喊鼓譟的聲浪越來越大，大家看著莉賽爾．麥明葛賞了路維克，蘇麥克一頓極其罕見的處罰。「天啊！」一個女同學尖叫著：「她要把他打死了啦。」

莉賽爾沒有打死他。

不過，也把他打個半死了。

實際上，阻止她打死蘇麥克的，大概是湯米．繆勒那張咧著嘴抽搐的可憐臉蛋。莉賽爾的情緒非常激動，一看見湯米笑得那麼愚蠢的模樣，她忍不住把他拉倒在地，連他也一塊痛毆。

「妳在做什麼?!」他哭喊。挨了第三或是第四個耳光之後，鮮血從他鼻子流出，莉賽爾這才住了手。

她跪在地上喘氣，聽著地上的呻吟聲，望著圍繞在她身旁的臉，左看右瞧，她對大家宣布：「我不是白痴。」

沒人敢反對。

回教室後，瑪莉亞修女看到蘇麥克的傷，於是混亂又繼續進行。一開始，修女懷疑魯迪與其他幾位同學，他們幾個最愛打架。「手伸出來。」修女命令這些男孩，但每雙手都很乾淨。

等到莉賽爾站出來把手攤開，「我不相信，」瑪莉亞修女喃喃自語：「不可能的。」但是事實擺在眼前，她滿手都是蘇麥克的血，現在變成赭紅色了。「到走廊去。」同一天裡修女第二次這麼命令她，正確說法是同一個小時內第二次這麼命令她。

這回，修女可不是隨便打兩下，也不是普通程度的處罰。這次是史上最凶狠的走廊處罰，走廊處罰的最高級表現。藤條一下接著一下打，莉賽爾在接下來的一個星期內，連坐下都沒辦法。被打的時候，教室裡也沒人敢笑，大家噤若寒蟬靜聽。

放學後，莉賽爾與魯迪和他的兄妹一起走路回家。快走到天堂街的時候，所有的傷心事都湧上了莉賽爾的心頭。她沒有順利背完《掘墓工人手冊》，她的家人也四散了，晚上做的那些惡夢和白天受到的屈辱，令她難過到了極點。她蹲在排水溝旁哭了起來。一切的一切都讓她想掉淚。

魯迪站在她的身邊。

天空飄起雨來，讓人好難受。

庫爾特，史坦納吆喝大家快走，不過沒人移動。在嘩啦嘩啦的大雨之中，有個人痛苦地蹲著，其他人都站在她的身邊等候。

「為什麼他一定要死？」她問。但是魯迪什麼也沒做，什麼也沒說。

最後她哭夠了，自己站了起來。他一隻手臂搭在她的身上，好哥兒們的做法，然後大夥兒繼續走回家。魯迪沒有索求一個吻，沒有那樣的要求。就為了這點，你就會喜歡魯迪這個人。

什麼都好，就是別踢我的小雞雞啊。

他當時心中是這麼想的，但是他並沒有告訴莉賽爾。一直到了快四年之後，他才告訴她。

而現在，魯迪跟莉賽爾冒著雨走在天堂街。

他，瘋狂地把自己塗黑，贏了全世界。

她，偷書的賊，卻不認識字。

不過，相信我，文字已經上路了。等到有一天文字來到眼前，莉賽爾會用雙手抓住它們，像抓住雲一樣，然後一擰，文字就會像雨一樣，淅瀝淅瀝從她手中落下。

---

① Final Solution，最後解決之道，指納粹大規模屠殺猶太人的策略。

② Dachau，位於慕尼黑近郊，德國境內第一座集中營。

③ Ayran，納粹認為金髮碧眼的亞利安人為全世界最優秀的民族。

④ The Star of David，猶太人的象徵符號，兩個正三角形上下交疊構成的圖案。

⑤ Radetzky March，作曲家小約翰史特勞斯的作品。

⑥ Deutschland über Alles，德國國歌，原曲為作曲家海頓所譜。

⑦ 原是德國國歌的第一段的第一句歌詞，由馮·法勒斯雷本（August Heinrich Hoffmann von Fallerslebe）做詞。這段歌詞爭議性太大，目前已非官方歌詞。

2

聳聳肩

我要說的是：黑暗之女——菸捲的樂趣——闖蕩鄉鎮——沒人回信——希特勒誕辰——百分之百的純正德國汗水——偷竊之門——火中書

黑暗之女

兩項數據資料

第一次偷書：一九三九年一月十三日
第二次偷書：一九四〇年四月二十日
兩次偷書間隔了四百六十三天

你以為偷書這件事很簡單？你誤以為偷書只要心裡萌生念頭，旁邊有人鼓動，就可以了？你以為莉賽爾·麥明葛只要有犯意，有人鼓動，就能下手偷到第二本書，也不管那本書會在她手上冒煙，那本書會燙著她的肋骨？

重點在這裡：

偷書這件事，不簡單。

她根本沒時間一邊留神，一邊轉身張望或是看著火堆的狀況。因為偷書賊下手偷第二本書的時候，除了有許多因素促她急急下手之外，偷書一事還導致後來發生很多事情：第二次偷書，讓她發現了日後可以繼續偷書的犯罪地點；此舉也為漢斯．修柏曼帶來了靈感，想出計畫來幫助猶太裔拳擊手。身為死神，這件事情再度讓我明白，一個機會直接帶出另一個機會，正如危險招致更多危險，生命創造更多生命，死亡引發更多死亡。

就某種意義來說，這是命運。

有人可能會告訴你，納粹德國建立在反猶太主義的基礎上，建立在一個狂熱的領導者之上，建立在氣度狹小、滿腔仇恨的國民之上。但前面這些事情存在的先決條件，在於德國人特別熱愛某一種特殊的活動。

焚燒。

德國人好喜歡燒東西。店鋪、猶太教會堂、國會大廈、房舍、個人用品、被殺害的人，當然，還有焚書。他們好愛燒書。沒錯，正因為外面猛燒書，愛書人才有機會取得他們原本無法擁有的出版品。我們已經認識這樣一個愛書人了：莉賽爾．麥明葛，這個骨瘦如柴的女孩。她已經等待了四百六十三天，這個等待是值得的。有天傍晚，周遭瀰漫著激動混亂的氣氛，好多邪惡的壞事發生，有隻腳踝沾了血，有人被信任的人打了個巴掌，就在那時候，莉賽爾．麥明葛第二次下手成功了。《聳聳肩》是一本藍色的書，書皮上印著紅色的字，書名下面有一張布穀鳥的小圖片，同樣也是紅色。莉賽爾回想起偷這本書的事情，並不覺得羞愧，在她體內的感覺反而更像自豪。而且，當天激發起她偷書欲望的原因，是憤怒與深深的恨意。事實上，在四月二十日元首生日那天，莉賽爾從一堆冒著熱氣的灰燼下取出這本書的時候，她是黑暗之女。

現在要問的，當然是「為什麼」三個字。

什麼事讓她這麼生氣呢？

在過去四、五個月之中，到底發生了什麼事情，使她累積出這種感覺？

簡單說，答案是從天堂街出發，飛到元首那裡，又飛到了她親生母親的落腳處，然後又返回天堂街。就像其他謎團一樣，這個謎團的一開始，充滿了幸福的假象。

菸捲帶來的歡樂

時序邁入一九三九年底，莉賽爾已經適應了墨沁鎮的生活。雖然她依舊在惡夢中見到弟弟，思念著媽媽，但是也有了足令她安慰的事了。

她愛她爸爸漢斯．修柏曼。儘管養母老是口出惡言，說話傷人，她連養母也喜歡。至於她最要好的朋友魯迪．史坦納，她則是又愛又恨，這是十分正常的現象。另外，雖然她在學校的表現不佳，但她的閱讀與寫作能力也有了明顯的進步，日後馬上就要展露佳績。這些事情最起碼給她一種滿足感，讓她越來越容易感到歡喜快樂。

快樂之道

一，唸完《掘墓工人手冊》。

二，躲避瑪莉亞修女的忿怒。

三，聖誕節收到兩本書。

十二月十七日。

這個日期她記得清清楚楚，因為剛好是聖誕節的前一個禮拜。

一如往常，晚上的惡夢打斷了她的睡眠。漢斯．修柏曼喚醒她，他的手抓著她滿是汗水的睡衣。「夢見火車了嗎？」他輕聲問。

莉賽爾證實了他的猜測。「夢到火車。」

她先大口大口深呼吸，準備好了之後，父女倆從《掘墓工人手冊》的第十一章唸起。剛過了三點，他們就讀完第十一章，只剩下最後一章「對墓地的敬意」還沒讀。爸爸的眼睛疲憊紅腫，臉上滿是鬍鬚。闔上書之後，他想回去繼續睡覺，因為他今晚還沒睡呢。

燈關了不到一分鐘，莉賽爾在黑暗中對他說話。

「爸爸？」

他從喉頭某處發出一丁點兒聲音。

「爸爸，你醒著嗎？」

「欸。」

她一隻手肘撐起身體。「我們唸完這本書好不好？拜託？」

爸爸吐出一口好長的氣息，用手抓抓鬍鬚，然後開燈。他翻開書開始唸：「第十二章：對墓地的敬意。」

從半夜唸到凌晨，圈起莉賽爾不懂的字，把字抄下來。時間前進，他們也一頁一頁翻下去。有幾次，爸爸的眼睛不敵極度疲憊，幾乎要睡著了。每次都讓莉賽爾發覺到，她自私地不想讓他睡著，然而卻又臉皮太薄，不敢惹惱他。她還有很多書要唸呢。

第一線曙光在屋外出現，他們終於唸完了。最後一段內容是這樣的：拜耶恩殯葬公會相信您已經明瞭挖掘墳墓所需知的工作要項、安全措施及責任。我們謹祝您在殯葬業界生意成功，也希望本書對您有所助益。

書本闔起來，父女相望一眼。爸爸先開口。

「我們唸完了，嗯？」

莉賽爾半裹在毛毯裡，細看手上的黑皮書與書皮上的銀色刻字。她點點頭，覺得又餓又渴。那一刻，她累到了極點；那一刻，她征服的不只是手上的書，也征服了黑夜。

爸爸握拳，閉上眼睛伸了個懶腰。那天清晨沒有下雨，父女一同站起來走到廚房，透過窗戶上的霧氣與結霜，看見了天堂街屋頂上的積雪，反射出粉紅色的光芒。

「看看那個顏色。」爸爸說。會注意顏色，還會談論顏色的男人，最令人喜愛了。

莉賽爾手裡還拿著書。積雪反光慢慢變成橘紅色，她把書抱得更緊。她幻想著有位小男孩坐在某家屋頂上，仰望天空。「他叫做韋納。」她脫口說出。

爸爸說：「沒錯。」

那段時間裡，學校沒有再舉辦閱讀測驗，但莉賽爾慢慢建立起自信心。有天上課前，她撿起一本沒人認領的課本，想看看自己能不能讀懂。她每個字都會唸，雖然唸得斷斷續續，速度也比同學慢很多。她這下知道了，要接近目標很容易，要達到理想就沒那麼容易了。她還得花時間努力。

有天下午她手癢，想從教室的書架上偷本書。但是坦白說，在走廊上被修女瑪莉亞出手痛打、執行處罰的威脅，就足以遏止她下手的欲望。其實她也不是真的想要從學校拿走書，十一月的那次挫敗經驗讓她對於學校的書籍缺乏興趣。不過，莉賽爾自己也搞不清楚，她只知道心裡有個感覺。

在教室裡，她不講話。

她甚至也不調皮搗蛋。

冬天來臨，瑪莉亞修女找了另一個受害者，來發洩自己的挫折感，這下換莉賽爾看著別人被押到走廊上，承受應得的懲罰。她不喜歡聽見同學在走廊上掙扎的聲音，但是換別人被痛打，雖然不至於讓她感到安慰，至少讓她放下了心中一塊大石頭。

聖誕節的時候學校放假。回家前莉賽爾還鼓起了勇氣對瑪莉亞修女說一聲「聖誕快樂」。她知道，修柏曼家基本上算是破產了，債款還沒還清，該付房租的時候也未必有收入可支付，所以她並不期待會收到禮物，也許只希望能吃飽一點。結果出乎她意料之外，聖誕夜的那天深夜，她和爸媽、小漢斯還有楚蒂從教堂回家後，居然發現聖誕樹下有件報紙包起來的東西。

「聖誕老公公給妳的。」爸爸說。但是莉賽爾沒有上當，肩膀上還積了些雪的她，給了養父母一個擁抱。

拆開報紙之後，她看到兩本小書。第一本是《小狗福斯特》，作者是馬修斯，歐特雷貝革。前後加一加，她總共唸了《小狗福斯特》十三次之多。聖誕夜當天，她坐在廚房餐桌前就讀了前面二十頁，當時爸爸跟小漢斯在討論著她聽不懂的事情，一種叫做政治的事情。

稍晚，她與爸爸到床上之後，又一起唸了幾頁。依循以往的習慣，她遇到不懂的字就圈起來、抄下來。《小狗福斯特》裡面還有圖片，福斯特是隻會說話的德國牧羊犬，一直淌下噁心的口水。圖片中牠的身體曲線跟耳朵還蠻可愛的。

第二本書名為《燈塔》，作者是一位叫做英格，利賓斯坦的女士。那本書比較長，所以莉賽爾從頭到尾只讀了九次。讀了這麼多次之後，最後她讀書的速度加快了一點。

聖誕節過後幾天，她才提出對於這兩本書的疑問。當時大家都在廚房裡吃飯，莉賽爾看見媽媽一匙接著一匙把豌豆湯往嘴裡送，於是決定把目標轉向爸爸。「有件事情我一定要問。」

一開始沒有人理會她。

「所以呢？」

這是媽媽說的，她滿嘴裡都是食物。

「我只是想知道你們怎麼有錢買書。」

爸爸很快對著湯匙笑了一下。「妳真的想知道？」

「對啊。」

爸爸從口袋拿出配給的菸草，動手捲起菸捲，這個性作讓莉賽爾的耐心沒了。

「你到底要不要跟我說啊？」

爸爸笑了。「我正在告訴妳答案啊，丫頭。」他捲好一根菸捲之後，手指一彈，菸捲彈到桌子上，接著，他又開始捲第二根。「就是這樣弄到錢買書的。」

媽媽呼嚕呼嚕喝完了湯，硬紙板一般的扁臉硬憋住一個飽嗝，然後才替爸爸回答。「那個豬頭，」她說：「妳知道他幹了什麼好事嗎？他把所有的菸草都捲了，鎮上辦市集的時候拿去跟吉普賽人交換。」

「八根菸捲換一本書。」爸爸帶著勝利的表情把一根菸捲塞到嘴裡，點著後吸了一口。「感謝主賜給我們菸捲，哈，媽媽？」

媽媽對他擺出她招牌的厭惡表情，接著罵出她最常說的兩個字「豬頭」。莉賽爾與爸爸一如往常對彼此眨眨眼，然後把湯喝完，她身邊照例放了一本書。她不得不承認，問題的答案讓她心滿意足，世界上沒有幾個人能說自己的教育是用菸捲換來的。

另一方面，媽媽說，要是漢斯．修柏曼真有心的話，他應該用幾根菸捲換一件她急需的洋裝或是一雙堅固的鞋子。「不過，門都沒有……」她對著水槽說話。「如果是我要東西的話，你寧願把所有配給的菸草都抽光光，對不對？最好還能連隔壁的菸草都抽了。」

不過，幾天後漢斯．修柏曼帶了一盒雞蛋回家。「不好意思，媽媽。」他把雞蛋放在桌上。「鞋子沒貨了。」

媽媽一個抱怨的字也沒有。

當她煮雞蛋煮到無聊的時候，甚至唱起歌來。顯然，菸捲帶來了歡樂，修柏曼一家享受了一段快樂的時光。

幾個星期之後，快樂時光結束了。

闖蕩鄉鎮

一連串倒楣的事情從洗好的衣物開始，很快地一件接著一件而來。

有一回，莉賽爾陪著羅莎．修柏曼到墨沁鎮的幾戶人家送回洗好的衣物。客戶爾斯特，佛格爾告訴她們，他請不起人幫自己洗衣服、燙衣服了。「時機不好啊，」他為自己辯解：「我還能說什麼呢？日子越來越難過，外面在打仗啊。」他看著莉賽爾說：「我肯定妳養這個小的，可以拿到一點補貼，我說的對不對？」

媽媽不吭聲，莉賽爾非常失望。

空衣袋在媽媽的身邊。

走吧，莉賽爾。

媽媽沒說出這句話，她用手粗魯地把莉賽爾拖走。

佛格爾站在前門台階大喊，他大約一百七十五公分高，油膩膩的幾根頭髮死氣沉沉地掛在前額。「修柏曼太太，不好意思啊！」

莉賽爾對他揮揮手。

他也對莉賽爾揮揮手。

媽媽破口大罵。

「不要向那個屁眼揮手。」她說：「快點，走快點。」

當天晚上，莉賽爾洗澡的時候，媽媽刷洗的勁道格外強。她從頭到尾嘴裡唸唸有詞，說著佛格爾那個豬頭的事情，每兩分鐘還模仿他一次。「我肯定妳養這個小的，可以拿到一點補貼……」她使勁刷洗莉賽爾赤裸的胸膛，好像在罵她一樣。「妳才不值那麼多，小母豬，妳要知道，靠妳，我可是還沒辦法變成有錢人呢！」

莉賽爾坐著默默忍受。

這次事件之後不到一個星期，羅莎把她拖進廚房。「來，莉賽爾，」她令她坐到餐桌前，「既然妳花那麼多時間在街上踢足球，妳也應該在外頭做點有用的事情。換做別的事情。」

莉賽爾只盯著自己的雙手。「媽媽，我要做什麼呢？」

「從現在開始，妳去幫我收衣服、送衣服，換妳去站在那些有錢人家的門口，這樣他們就不會隨便開除我了。要是他們問妳說我哪裡去了，告訴他們我生病了。還有，還有，妳說的時候表情要很難過，妳身體瘦，氣色又差，他們會覺得妳好可憐。」

「佛格爾先生就沒有覺得我好可憐。」

「唔……」媽媽激動起來：「其他人可能會覺得妳好可憐，所以妳少跟我在那裡廢話。」

「知道了，媽。」

那一瞬間，羅莎好像會過來安慰她或是拍拍她的肩膀。

妳真乖啊，莉賽爾，好乖啊。啪，啪，啪。

她沒有。

她反倒是站起來，走去揀了一根木杓，把木杓抵在莉賽爾的鼻子下。對羅莎而言，木杓是生活必要品。

「妳出去，拿著衣袋到人家門口去，然後就直接回來。雖然錢只有一點點，但妳給我好好收著。如果爸爸在外面漆油漆，不准去找他，也不准跟魯迪．史坦納那個小豬頭鬼混，直接給我回來。」

「知道了，媽。」

「衣袋給我好好拿著，不要晃來晃去，不要掉到地上，不要把裡面的衣服弄縐，不要往肩膀後面甩。」

「知道了，媽。」

「知道了，媽。」羅莎．修柏曼很會模仿其他人，而且她非常喜歡模仿。「妳最好不要做那些事情，母豬，要是妳做了，我一定會知道的。妳瞭解吧？」

「知道了，媽。」

最佳的生存之道，就是一直回答「知道了」，而且按著羅莎的吩咐照辦。從那天起，莉賽爾開始在墨沁鎮的大街小巷穿梭，從貧民區走到有錢人家的社區，收取要洗的髒衣物，送回洗好的乾淨衣物。一開始，只有她一個人獨自做著這項工作，她從來沒有抱怨過。其實她第一次提著衣袋上街，一轉彎拐進慕尼黑街之後，她前後張望，接著就用力把衣袋甩了一下，完全不把羅莎的權威放在眼裡。她後來檢查裡面衣物的狀況，感謝老天，沒有出現縐摺，沒有出現摺痕，只有她的臉上出現了微笑。接著她發誓再也不會甩衣袋了。

大體來說，莉賽爾喜歡這份工作，雖然她一毛錢也分不到，但是她可以出門。不用跟媽媽一塊走在路上，對莉賽爾來說就像是到了天堂一般；沒有媽媽的指指點點，沒有媽媽的冷嘲熱罵，沒有因為拿衣袋方式不對而挨罵，也不會因為被罵而讓路人盯著她們一直看。什麼都沒有，只有一片平靜。

她開始喜歡起這些客戶了。

法菲修佛夫妻倆會檢查衣服，然後說：「嗳，嗳，非常好，非常好。」莉賽爾猜想，他們每件事情都會重複做兩次。

溫柔的海蓮娜．施密德，用她患有關節炎的彎曲雙手，把錢遞給莉賽爾。

范嘉納那家人每次應門的時候，家裡養的那隻鬍鬚彎彎的貓咪都會一道出現。那隻貓咪叫做小戈培爾，跟希特勒最得力的助手名字相同。

還有赫曼太太，她是鎮長夫人。她的秀髮蓬鬆，站在寬敞而冷颼颼的門口時，她會直打哆嗦。她不太講話，老是一個人。沒說過話，一句話也沒說過。

有時候，魯迪會陪著莉賽爾一起送衣服。

「妳身上有多少錢？」有天下午他開口問。當時天快黑了，他們已經走到天堂街，剛剛才經過雜貨店。「妳聽說了迪勒太太的事情吧？人家說她有偷賣糖果，如果付得起的話……」

「想都別想。」莉賽爾跟往常一樣把錢揣牢。「買糖果對你沒壞處，因為你不必面對我媽。」

魯迪聳聳肩膀。「可以試試看啦。」

一月中，學校教學的重點換成書信寫作。學會基本原則之後，每個學生要寫兩封信，一百給朋友，一百給別班的同學。

魯迪給莉賽爾的信是這樣的：

親愛的母豬：

妳是不是還像我們上次踢足球的時候，表現得那麼差勁呢？我希望是的，這樣我就可以像杰西．歐文斯在奧運會一樣，再度跑贏妳……

瑪莉亞修女看見信之後，問了他一個問題，她的態度非常和藹可親。

瑪莉亞修女的提議

「你想不想去參觀走廊啊，史坦納先生？」

想也知道，魯迪的答案是否定的。瑪莉亞修女把信撕了。於是他只好再寫一封信，這封信寫給一個叫莉賽爾的人，內容是詢問她的嗜好。

莉賽爾在家準備要動手寫功課，也就是那兩封信。她認為寫給魯迪或是別的豬頭，實在是太可笑了，毫無意義可言。在地下室寫信的她，仰頭對著正在為牆壁重新上漆的爸爸說話。

爸爸一轉身，油漆的味道也飄過來。「有啥屁事？」回話雖然非常粗俗，但是爸爸說的時候，心情應當是非常愉快的。

「我可以寫信給媽媽嗎？」

爸爸猶疑了一下。

「妳想信給她幹嘛？妳每天都得忍受她，」爸爸奸詐地笑著：「這樣還不夠慘嗎？」

「不是那個媽媽。」她吞下一口口水。

「噢。」爸爸轉回去繼續油漆牆壁：「嗯，我覺得妳可以寫信給她，妳可以把信寄到，那個人叫做什麼，那個帶妳來這裡，還來看過妳幾次的，那個家扶中心的人。」

「海利希太太。」

「對，寄給她，也許她可以把信轉寄到妳媽媽那裡。」漢斯好像並不是在對莉賽爾說話，他的口氣聽來一點說服力也沒有。海利希太太來了一下就走，有關她母親的消息也守口如瓶，不多透露。

莉賽爾沒有問爸爸到底哪裡出了問題，反而決定壓下剛在心裡冒出的不祥預感，開始動筆寫信。她花了三個小時，擬了六次草稿，才把這封信寫到盡善盡美。她告訴媽媽全部的事情：墨沁鎮、爸爸、爸爸的手風琴、魯迪．史坦納古怪卻不做作的行為、羅莎．修柏曼的豐功偉業。她還得意萬分地說，自己會認字了，也會寫字了。第二天她從廚房的抽屜拿了一張郵票，到迪勒太太的店裡把信寄出去。接著，她開始等回信。

寫完信的那天晚上，她不小心聽到漢斯跟羅莎之間的對話。

「她幹嘛要寫信給她媽？」媽媽這麼說。出乎意料之外，她的聲音除了冷靜之外，還流露出關懷之情。你應該能夠瞭解，羅莎這種語氣，讓莉賽爾十分擔心，她寧可聽見他們之間吵吵鬧鬧的，大人聚在一起竊竊私語會使人信心全失。

「她問我啊。」爸爸回答：「我總不能跟她說不行，我要怎樣才能告訴她別寫呢？」

「耶穌、瑪麗亞、約瑟、我的這些老天爺啊，」他們又繼續竊竊私語：「她幹嘛不乾脆就把她給忘了，誰知道她現在人在哪？誰知道他們對她做了什麼？」

莉賽爾躺在床上緊抱自己，整個人縮成一顆球。

她想著媽媽，反覆思考羅莎．修柏曼的問題。

她人在哪裡？

他們對她做了什麼？

還有，她一直在想，究竟「他們」是誰？

沒人回信

讓我先把時間快轉到一九四三年九月，場景為地下室。

一個十四歲大的女孩正在一本深色外皮的筆記本上面寫字，她雖然瘦削，但是性格堅強，經歷過好多事情。爸爸坐著，他的手風琴擱在腳邊。

他說：「莉賽爾，妳知道嗎？我差點就寫封信回給妳，簽上妳媽媽的名字。」他抓抓小腿，那裡本來貼著膏藥。「但是我做不到，我不能這樣做。」

回到一九四〇年，一月份下半月加上整個二月，莉賽爾在信箱裡面尋找回信時，漢斯看了心都碎了。「好可惜，」他說：「今天沒有信來，嗯？」後來她才明白，她等候回信是沒有意義的，要是媽媽當時的處境能夠提筆給她寫信，她老早就與家扶中心的人，或直接跟她，或跟修柏曼夫妻聯絡了。但是一直沒有消息。

二月中，莉賽爾收到一封信，是海德街的法菲修佛夫妻寄來的，他們是她的客戶之一，這封信讓她已然受傷的心靈更增添了受辱的感覺。這對夫妻高高站在門口，憂鬱地向她打招呼。「這是給妳媽媽的。」法菲修佛先生交給她一個信封說：「跟她說我們很抱歉，跟她說我們很抱歉。」

那天晚上修柏曼家的氣氛很差。

雖然莉賽爾已經躲到地下室，提筆寫著給媽媽的第五封信（所有的信，只寄了第一封），她還是聽見羅莎大聲罵髒話，嘮嘮叨叨抱怨法菲修佛家那兩個屁眼，還有討人厭的爾斯特，佛格爾。

「他們活該整個月都會小便灼熱冒火！」聽到了媽媽破口大罵，她繼續寫她的信。

她的生日到了，沒人準備禮物，因為他們沒錢了，爸爸連菸草也沒了。

「我早跟你說過，」媽媽伸出一根手指指著他：「我早跟你說過，不要兩本書都在聖誕節給她，你就是不聽，你有聽進去嗎？當然沒有！」

「我知道啦！」他靜靜地轉身對著莉賽爾說：「對不起，莉賽爾，我們剛好買不起禮物。」

莉賽爾並不以為意。她沒有嘀咕，沒有哭泣，也沒有跺腳，只把失望往肚子裡吞，同時打定主意要進行一項早就計畫好的冒險，就算是給自己的禮物好了。她要把所有累積起來給母親的信，通通塞進一只信封，然後挪用一點點洗衣服、燙衣服收來的錢，把這些信寄出去。然後，她一定會被處罰，應該會在廚房裡挨打，但她決定不要哭出聲音。

三天後，她的計畫實現了。

「錢少了。」媽媽數了四次錢。莉賽爾站在爐灶旁，那裡很溫暖，使得她體內快速流動的血液溫度節節升高。「出了什麼事情，莉賽爾？」

她說了謊。「他們給我的錢一定比以前少。」

「妳有算過嗎？」

她透露了實情。「錢被我花了，媽媽。」

羅莎走過去，這是不好的兆頭，她離那根木杓很近。「妳說妳怎樣？」

莉賽爾還來不及回答，木杓就以迅雷不及掩耳的速度落在她身上。紅色的傷痕像雷打到似的，火辣刺痛。

羅莎收手之後，倒在地板上的莉賽爾竟然抬起頭來想解釋。

脈搏跳動，昏黃的光線射進眼睛，她瞇起眼睛。「我把我的信寄出去了。」

接著，她趴在滿是灰塵的地板上，感覺衣服沒有穿在身上，而是在她的身旁。她突然頓悟到一件事情，這頓痛打她是白白忍受了，因為媽媽永遠不會回信給她，她也永永遠遠見不著她了。這個事實，讓她覺得好像受了第二頓刑罰，她的心在痛，痛了好幾分鐘。

羅莎高高站在上面，她的臉龐看來很模糊。但是沒多久，她硬紙板的臉龐變得清晰起來，因為她緩緩靠近莉賽爾，圓滾滾的她垂頭喪氣站著，一手像拿著棒棍似地握著木杓，她把手伸下去，稍微承認了自己的心情。「莉賽爾，我很難過。」

莉賽爾很瞭解她，知道她不是為了痛打她一頓而覺得難過。

她躺在地上，滿地都是灰塵泥巴。在昏暗的燈光下，紅色的傷痕越變越大，她的肌膚上出現一塊一塊斑痕。她的呼吸不再急促，一小滴黃色的眼淚從她臉上淌下來，她覺得自己貼著地板，手臂、膝蓋、手肘、腮幫子、小腿肌肉，都貼著地板。

地板很冰，尤其是腮幫子那裡最冷，但是她沒有力氣挪動身體。

她再也見不到媽媽了。

她攤在餐桌底下幾乎一個小時，等到爸爸回家彈起手風琴，她才坐起來振作精神。

日後她寫下那晚發生的事情，心裡並沒有對羅莎·修柏曼或親生媽媽有一絲一毫的恨意。在她的心底，她們都是大環境的受害者。她唯一不斷重複回想起的是那滴黃色的眼淚，她知道，如果那個時候天色已暗，那滴眼淚就會是黑色的。

不過，它是黑色的，她對自己說。

日後不管她多少次回想起當時的畫面，多少次回想起那盞黃色的燈光，每次都得很用力很用力，才能回想起來。她被痛揍了一頓，躺在黑暗中，一直躺在冰冷、黑暗的廚房地板上。就連爸爸的音樂都是黑色的。

連爸爸的音樂都是黑色的。

奇怪的是，這樣的想法沒有讓她更加痛苦，反而莫名其妙安慰了她。

黑暗。光亮。

差別在哪裡？

當偷書賊開始真正理解到事情的真相之後，不管是在黑暗或是光亮之中，惡夢都令人更加恐懼。但她起碼可以先做好準備，也許這就是為什麼在元首生日那天，她徹底明白媽媽為什麼受苦之後，儘管她又茫然又憤怒，但她可以有所作為。

莉賽爾·麥明葛準備好了。

生日快樂，希特勒先生。

許多快樂的事又重返她的生活。

一九四〇年，希特勒誕辰

雖然心已死，從三月一直到四月底為止，莉賽爾每天下午仍會看看信箱。其實在漢斯的要求之下，海利希太太已經來過一趟，她告訴修柏曼夫婦，家扶中心已經完全與寶拉，麥明葛失去聯繫。儘管如此，莉賽爾仍舊堅持不放棄。你猜也猜得到，她每天都看看信箱，一封信也沒有發現。

墨沁鎮與德國其他地區一樣，正在積極準備慶祝希特勒的誕辰。今年因為戰事的發展與希特勒的勝利局面，墨沁鎮的納粹黨員希望慶祝活動能夠辦得格外風光。他們要舉辦遊行，節目包括行軍、音樂、唱歌，另外還要點起祝壽營火。

莉賽爾在鎮上來回收送衣物的時候，納粹黨員則在囤積燃料。莉賽爾好多次親眼看見他們敲門，詢問鎮民有沒有想丟掉或銷毀的東西。爸爸手上的《墨沁快報》上面說，市鎮廣場上會有祝壽營火，希特勒青年團的每個地區支部都要參加。這不光是紀念首領的誕辰，同時也慶賀領袖戰勝了敵人，擺脫第一次世界大戰後一直拘束著德國的限制。「由於機會難得，任何材料，」報紙上發出這樣的請求：「報紙、海報、書本、旗幟，一切敵軍宣傳物品，應即送交位於慕尼黑街的納粹黨辦公室。」為了找到任何能以元首光榮之名義燃燒的東西，即使是還等著修繕的黃色星星之路席勒街，也再度被徹底搜索了最後一次。倘若有納粹黨員出版了上千本敗壞道德的書籍或者海報，就只為了將這些東西給燒了，也不會有人感到訝異。

每件事情都安排妥當，四月二十日會成為盛大的日子，有熱鬧的焚書活動，有歡欣的氣氛。

還有，有人會下手偷書。

當天上午，修柏曼家一切如常。

「那個豬頭又在往窗戶外頭看。」羅莎．修柏曼詛咒：「每天都在看。」她繼續罵下去：「你這次在看什麼？」

「哎呀呀。」爸爸興奮地回了一聲，窗戶上懸掛的旗子蓋住他的背。「你應該來看看我剛才看見的那個女人。」他轉頭對著莉賽爾笑。「我可能就這麼走去追她啦，妳跟她完全沒得比啊，媽媽。」

「你這隻死豬！」她朝著他揮動木杓。

爸爸繼續朝著窗外觀看，看著他想像中的女人與現實中的兩排納粹黨黨旗。

那天，墨沁鎮大小街道的每扇窗戶都為元首而佈置。有些地方，像是迪勒太太的店，玻璃用心地刷洗過，納粹黨徽看起來像躺在是紅白毛毯上面的寶石。其他的房屋上可見納粹黨旗從窗台伸到建物之外，好像把洗好的衣服掛出來晾乾。修柏曼家確實也懸掛了一面旗幟。

早些時候，發生了一場小災難，修柏曼一家找不著他們的旗子。

「他們會來抓我們。」羅莎警告她先生：「他們會過來把我們帶走。」爸爸想起他們那些人。「我們必須找出來！」爸爸差點要到地下室用防漆罩布畫一張旗子。好險，旗子出現了，原來藏在壁櫃中的手風琴後面。

「該死的手風琴，害我沒看到！」媽媽轉了一圈。「莉賽爾！」

莉賽爾享有把旗子釘在窗框上的榮譽。

小漢斯與楚蒂在下午相偕回家吃飯，就像聖誕節或復活節一樣。現在正好把兩人多介紹一下。

小漢斯遺傳了父親的眼睛與身高，然而他灰銀色的眼睛卻不像爸爸能給人一種溫暖的感覺，他的眼神已經受到了元首的影響。他的體格比較壯，一頭金黃色刺蝟般的頭髮，皮膚好像灰白色的油漆。

楚蒂是小名，大家都喊她的全名楚黛爾。她只比媽媽高幾公分，很不幸地遺傳到羅莎．修柏曼搖搖擺擺的走路樣子，但她的個性比羅莎溫和多了。她在慕尼黑的高級住宅區替人幫傭，住在雇主家裡。她認為小孩子很煩人，但是她總是能夠笑著對莉賽爾多少說幾句話。她的嘴唇柔軟，聲音輕柔。

兄妹一塊兒從慕尼黑搭火車返家，車程不長，兩人之間的宿怨還來不及復發就已經抵達了。

漢斯．修柏曼與兒子的故事（精簡版）

兒子是納粹黨的，但爸爸不是。在小漢斯的眼中，他的父親屬於舊德國的一部分。大家都知道，那個舊德國讓外人佔了便宜，也害自己的人民受苦。十來歲的時候，他發現人家說他父親是猶太人的油漆匠，因為爸爸替猶太人油漆房子。接著又發生一場等下我就會詳細描述的事件，那天漢斯差點就加入了納粹黨，後來卻搞砸了。大家都知道，你不可以拿油漆塗掉猶太人店門上的毀謗塗鴉，因為這種行為對德國有害，對猶太罪人也沒好處。

「所以，他們讓你加入沒？」小漢斯延續他們在聖誕夜沒談完的話題。

「加入什麼？」

「猜也知道啊，入黨啊。」

「沒有。他們大概忘記我了。」

「那你有再去試試看嗎？你不能光坐在那裡，乾等著新世界帶你一起走啊，你必須走出去，加入新世界。不要管你以前犯的錯誤了。」

爸爸抬起頭。「錯誤？我這輩子犯了很多錯誤，但是沒有加入納粹黨並不是我的錯，他們手上還有我的申請書，你也知道的，我才不要去那裡跟他們開口，我實在……」

就在這一刻，有陣強烈的震動出現。

它隨著氣流經由窗戶吹進來，也許是第三帝國的風，強度比以往提升，也說不定只是歐洲的呼吸。無論是什麼，父子兩人金屬般的眼光在廚房中互撞，鏗鏘如罐頭，震落在他們身上。

「你從沒在意過這個國家。」小漢斯說：「不管怎麼說，你不夠愛國。」

爸爸原先閃著光芒的眼神黯淡下來，但是小漢斯繼續說。他不知道為什麼轉臉望著莉賽爾，莉賽爾把三本書豎在桌上，這三本書看起來好像在彼此對話。她默讀著其中一本。「還有，這個女孩讀的是什麼垃圾書？她應該看《我的奮鬥》。」

莉賽爾抬起眼睛。

「沒事，莉賽爾。」爸爸說：「繼續唸妳的書就好，他不知道自己在說什麼。」

小漢斯還沒說完。他走過去，他說：「不是朋友，就是敵人！一個人如果不支持元首，就是反對元首。我看得出來你是反動份子，一直都是。」莉賽爾看著小漢斯的臉，端詳他的薄唇，堅硬如石的牙齒。「真是可悲可嘆！為了讓祖國強盛，全國一心都在清除垃圾，你一個大男人怎麼能袖手旁觀！」

楚蒂跟媽媽嚇得噤聲坐著，莉賽爾也一樣。空氣中飄著豌豆湯的味道，還有父子倆人強烈對峙的緊張氣氛。

所有人都在等待下一句話。

這句話最後由兒子的口中冒出，只有兩個字。

「沒種。」他對著爸爸的臉上扔出這兩個字，轉身離開廚房，離開了家。

雖然說了也是白說，爸爸還是走到門口對著小漢斯大喊：「沒種？我沒種？」他接著趕緊跑到圍欄門前，帶著深切的盼望跟在兒子後面奔跑。媽媽快步走到窗戶旁，撥開懸掛的納粹旗子，打開窗戶。她、楚蒂、莉賽爾三人全擠到窗戶口，看著一個做父親的追上兒子，一把抓住兒子，乞求他留下。她們三人什麼都聽不到，但是小漢斯扭肩膀，甩手臂的動作夠明顯了。爸爸看著小漢斯走遠，家裡的三位女性看著這一幕，彷彿聽見街道對她們發出一陣轟隆雷鳴。

「兒子！」媽媽最後放聲大叫，她的聲音嚇到了楚蒂跟莉賽爾。「不要走！」

兒子已經走了。

是的，兒子走了。我真希望我能告訴你，小漢斯．修柏曼最後還有個善終。可惜他的下場並不完美。

那天他打著元首之名，消失在天堂街之後，又繼續在其他的故事裡橫衝直撞，所踏出的每一步路，都引領著他前往蘇俄，邁向悲劇。

發生在史達林格勒的悲劇。

關於史達林格勒的二三事

一、一九四二年與四三年的頭幾個月，每天清晨，這座城市的天空，有如漂白過的床單般潔白。

二、我帶著靈魂穿梭在這座城市之中，鮮血日夜不斷飛濺，潑灑在天空的床單上。床單最後因吸飽了鮮血而沈重，朝地面凹陷。

三、傍晚時分，床單擰出鮮血之後，再次漂白，準備迎接下一次的破曉。

四、以上的慘狀，只是白天的戰事，我們還沒談到晚上。

兒子走了，漢斯．修柏曼還站著，街道看起來好空曠。

他回到屋內，媽媽凝視著他，兩人都沒說話。媽媽完全沒有責怪爸爸，你也明白，這是相當不尋常的反應。或許媽媽認為爸爸受傷已經夠深了，他自己的獨生子吼他沒種。

晚餐結束後，漢斯坐在餐桌前沈默良久。他真的像兒子說的沒種嗎？第一次世界大戰時，他毫無疑義相信自己沒種，正因為自己沒種，所以才僥倖活下來。但如果是這樣的話，承認自己害怕算是沒種嗎？慶幸自己活著是沒種嗎？

他死盯著餐桌，思緒在桌面上纏繞。

「爸爸？」莉賽爾問，但是爸爸沒有看她，「他剛才在說什麼？他是什麼意思，他說……」

「沒什麼。」爸爸對著桌子回答她的問題，口氣溫和冷靜。「沒什麼事，把他忘了吧，莉賽爾。」約莫一分鐘後他才又開口說話。「妳是不是該準備出門了，」這次，爸爸看著莉賽爾說：「妳不是要去參加祝壽營火嗎？」

「是啊，爸。」

偷書賊換上希特勒青年團的制服。半個小時後，他們步行到BDM總部，小孩們先在總部分組，帶開前進市鎮廣場。

那裡要舉辦演說。

那裡要點燃營火。

那裡會有一本書被偷走。

百分之百的純正德國汗水

青年團的團員陸續朝著鎮公所和廣場方向前進，街道兩排站滿了人，這是少數幾個可以讓莉賽爾忘記親生母親與她所面臨的問題的時刻。青年團一邊走，群眾一邊鼓掌，莉賽爾的內心湧起一陣波濤。有些小孩對爸媽揮手，但是只揮了兩三下，因為規定說得明明白白，大家必須整齊行進，不准張望他人或是向他人揮手。

魯迪所屬的分部進入廣場之後，應當遵從指令立正止步時，居然冒出了一個狀況外的傢伙湯米·繆勒。分部的每個人都聞口令立正停止，只有湯米擠開他前頭的人，繼續往前直走。

「蠢蛋！」前面的男孩連頭都沒轉過來，就放聲大罵。

「對不起。」湯米帶著歉意伸出手，臉又抽搐一下。「我沒聽到。」這個意外一會兒就過去了，不過卻先預告了日後會發生的麻煩，湯米與魯迪都會遭殃。

遊行結束後，希特勒青年團的所有分部成員就可自由解散，他們眼前已經看到營火燃燒著，興奮激動，要讓大家聚在一塊兒簡直是不可能的事情，他們齊聲高喊「希特勒萬歲」後就自由活動。莉賽爾想找魯迪的蹤影，但是這群小孩子解散之後，她被擠在一群穿著制服、放聲尖叫的人群之中，孩子們不停叫喊別的孩子。

還沒到四點半，氣溫就已經明顯下降。

大家開玩笑說身體需要暖和暖和。「這些待燒的廢物好歹有點用處。」

他們用手推車把要燒掉的東西全部搬過來，傾倒在市鎮廣場的正中央，接著潑灑某種芳香的液體。書籍、紙張、任何東西，無論是滑落下來或是翻滾落地，最後都被拋回中間的紙堆中。從遠一點的角度來看，這紙堆像是一座火山或者某個醜陋的異形，降落在小鎮的中心位置，必須將它消滅，而且速度要快。

潑灑用的液體氣味飄向群眾，眾人都離得遠遠的。一千多位民眾站在廣場、鎮公所階梯上，或廣場周圍建築物的屋頂上。

莉賽爾正想穿過人群時，聽見一聲巨響，她以為營火已經燒起來了，其實還沒有。這聲巨響是來自不斷走動、情緒高漲的人群。

怎麼不等我就開始了。

莉賽爾內心有股聲音告訴她，這是犯罪行為，畢竟她的三本書已經是她所擁有最貴重的東西了，但她還是很想看看紙張燃燒的景象，克制不了自己的欲望。我覺得，人類很喜歡觀看毀滅性的場面，用沙堆城堡，用紙牌疊房屋，這是他們一開始會做的事。而人類最拿手的技巧，就是把毀滅性場面逐步擴大的能力。

等她在人群中找到一個空隙，看到那堆罪惡的紙堆還在那裡，她還沒錯過好戲，心也放下了。圍觀的人群用手戳捅紙堆，潑潑液體，甚至還吐口水。這情形讓她聯想起人緣差的小孩：沒人理會，不知何去何從，無力改變自己的命運，無人關愛，低著頭，手放在口袋裡，他的命運永遠都不會改變。阿門。

碎紙片不停飄落到紙堆四周，莉賽爾在找魯迪，那個豬腦袋在哪？

她仰望天空，雲幕低垂。

眼目所見都是納粹黨旗與制服，她想要從比她矮的孩子頭頂望出去，但她的視線受到阻礙。一點用也沒有，群眾就是群眾，你無法使他們轉向，無法從中間擠過去，無法同他們講道理。你只能隨著他們呼吸，唱他們的歌，等候他們期待的營火點燃。

講台上有個男子要求全場肅靜，他穿著發亮的褐色制服，上面好像還看得到熨斗的痕跡。眾人安靜下來。

他的第一句話：「希特勒萬歲！」

他的第一個動作：對希特勒敬禮。

「今天是完美的一天，」他說：「不但是我們偉大元首的誕辰，我們也再度阻擋了敵人，阻擋他們觸及我們的思想……」

莉賽爾依舊想在人群中鑽出一條路。

「我們終結了過去二十年間在德國散佈的疾病！」他熟練地表演著熱情的尖銳吶喊，警告群眾要留意，要有警覺心，要找出並消滅準備用卑鄙手段腐化母國的陰謀。「那些傷風敗俗的東西！那些共產主義份子！」這個字眼又出現，這個熟悉的字眼，莉塞爾想起黑暗的房間，想起穿西裝的男人。「猶太人！」

演講到一半的時候，莉賽爾投降了。「共產主義份子」這個詞雖然吸引了她的注意，但演講裡面其他有關納粹的讚頌都如耳邊風吹過她臉頰兩邊，落在她身旁的德國人腳邊。演講者的話如懸泉飛瀑般落下，而她涉水而過。她又想起了那個詞，「共產主義份子」。

ＢＤＭ的人一直告訴他們，德國人是最優秀的種族，除了德國人以外，沒有特別提過任何一類的人。大家都知道猶太人，沒錯，猶太人是觸犯了大德國理想的主要罪犯，雖然抱持著共產主義信念的人也確實受到了處罰，但是一直到今天，才第一次有人提起共產主義份子。

她必須脫離人群。

她看到眼前有一頭金色的頭髮，中分梳成兩個辮子，掛在肩膀上一動也不動。莉賽爾盯著那頭頭髮，回想起以前住過的那些漆黑房間，想起媽媽如何回答只有一個字的問題。

她全都瞭然於心了。

挨餓的媽媽，不知去向的爸爸，還有共產主義份子。

去世的弟弟。

「那現在，讓我們對這些廢物、這些毒害人心的東西說再見。」

一群男人從平台上走下來，主要是為了回應眾人的認同，他們包圍書堆，點燃火焰。呼聲四起，純種德國人的汗味原本隱約飄蕩在空氣之中，現在瀰漫在各處，聚集在一個又一個角落，最後所有的人都淹沒在那陣汗水味道中。文字。汗水。還有微笑。可別忘了微笑。

許多打趣的閒話隨之出現，還有一波新的「希特勒萬歲」口號。你知道嗎？這樣的場面其實讓我懷疑，一定會有人在這裡弄掉了顆眼珠，或是傷了隻手還是手腕什麼的，因為你只要在錯誤的時候走在錯誤的地方，或者在人群裡面太接近其他人，你就會受傷。也許真的有人受傷了，而我個人的能力只能告訴你，沒有人因此死去，至少沒有人的肉體死亡。當然，整個大時代的事件落幕之前，我總共撿拾了四千萬人的靈魂。

先別管肉體、心靈死亡的比喻說法了，先讓我繼續跟你說營火的故事。

橘紅的火苗對著人群搖曳，紙張與印刷物消失在火苗中，燃燒的文字脫離了原來它們所屬的句子。

在另一頭，在氤氳熱氣再過去的地方，你還可以看見佩掛著納粹黨徽的褐衣人，他們手牽著手。你看不見人，只看見制服與黨徽。

鳥在天空中盤旋徘徊。

牠們一圈一圈地打轉兒，受到光與熱的吸引，越飛越低，最後太過接近熱源。還是太靠近人類？熱源當然不算什麼危險的事物。

莉賽爾想要逃開這一切，然而有個聲音先尋找到她。

「莉賽爾！」

這個聲呼喊穿過人群，她知道是誰，不是魯迪，但是她認得那個聲音。

她掙脫人群，隨著聲音的來源找到聲音的主人。噢，拜託，不要，居然是路維克，蘇麥克。出乎意料之外，他並沒有嘲笑她或開她玩笑，他不發一語，唯一做的事情是把她拉過去，指指自己的腳踝。他的腳踝在激昂的氣氛中被人撞到，襪子內流出深色的不祥之血。他的金髮糾結，臉上掛著無助表情，像是一隻野獸，但不是一隻被聚光燈鎖住的鹿，不是那樣，就只是一隻野獸，在同類的混戰中受了傷，快要被同類踐踏過去了。

她想辦法讓他站起來，拖著他往後面有新鮮空氣的地方走。

他們搖搖晃晃走到教堂側面的階梯上，那裡有空間讓他們休息。兩人鬆了一口氣。

蘇麥克從嘴裡深深吐出一口氣，又匆忙吸了些空氣進入喉嚨。他勉強開口說話。

他坐在地上，抓著腳踝，面向莉賽爾．麥明葛的臉，「謝了。」他看著她的嘴，而非她的眼睛，這麼說道。他又深深吸了幾口氣，「還有……」他們兩人都想起了學校操場上的那場鬧劇，然後看見了操場上的打鬥畫面，「對不起，妳知道為什麼。」
莉賽爾又聽見那個字眼。
共產主義份子。
不過，她選擇把注意力集中在路維克，蘇麥克身上。「我也對不起。」
然後兩人都專心調整呼吸，因為沒事可做，無話可講了。
他們之間的恩怨告一段落。
路維克，蘇麥克腳踝上的血跡擴大。
莉塞爾心中有個詞彙揮之不去。
在左手邊，群眾像是迎接英雄一般，對著火焰跟燃燒的書籍高聲歡呼。

偷竊之門

她留在階梯上等爸爸，望著零星的灰燼與書本殘骸。看了令人難過，橘紅的餘燼好像被人吐出來的棒棒糖。大部份群眾都走了，她看到迪勒太太心滿意足地離開，也看見菲菲庫斯（白髮、納粹黨制服、同一雙破鞋，還有洋洋得意的哨聲）。現在只有清潔工作還在進行。然而，想都想不到的事情就要發生。
但是你可以先聞到有點不對勁。
「妳在做什麼？」
漢斯．修柏曼到了教堂的階梯。

「嗨，爸爸。」

「妳應該在鎮公所前面等我的。」

「對不起，爸爸。」

他坐在她的身邊，坐在水泥地上，他高大的身材變短一半。他用手指撩起一綹莉賽爾的頭髮，溫柔地撥到她耳朵後面。「莉賽爾，發生了什麼事？」

她沒有馬上回答，雖然她已經明白了，但她心裡還在盤算；雖然她才十一歲大，不懂的事情很多，但是她並不笨。

簡單補充一下

「共產主義份子」一詞＋盛大的營火＋一疊沒有回音的信＋媽媽所受的苦＋弟弟的死亡＝元首

元首。

她第一次寫信給媽媽的那天晚上，漢斯與麗莎談到的「他們」就是他，她知道了，但她還是必須問個明白。

「我媽媽是共產主義份子嗎？」她直直盯著前方：「我來這裡以前，大家一直不斷問她問題。」

漢斯往前挪了一下，開始扯謊。「我不清楚，我沒見過她。」

「元首把她帶走了嗎？」

兩人都覺得這個問題太突兀了，爸爸站了起來。他看著褐衣男子拿著鏟子走向灰燼堆，耳朵聽見他們把鏟子劈進灰燼中的聲音。他嘴裡醞釀著另外一個謊言，但是他發現自己說不出這個謊。於是他說：「對，我想他可能把她帶走了。」

「我就知道。」莉賽爾使勁對著階梯說出這句話，她感覺到自己的憤怒像是一團爛泥，在身體裡激烈地攪動。「我討厭元首。」她說：「我討厭他。」

而漢斯．修柏曼呢？

他怎麼反應？他怎麼回應？

他想彎腰擁抱他的養女，他有這樣做嗎？他有沒有告訴她，他因為她，因為她媽媽，還有她弟弟所經歷過的一切事情，而感到難過呢？

並沒有。

他先是緊閉雙眼。睜開眼睛之後，他很乾脆地賞了莉賽爾．麥明葛一個巴掌。

「永遠都不准這樣講。」他的聲音雖冷靜，卻相當嚴厲。

莉賽爾發抖著，跌坐到階梯上。他在她身旁坐下，臉龐埋在雙手之中，這個樣子很容易就讓人以為他只是個高個頭的男人，可憐兮兮、心亂如麻地坐在某個教堂階梯上。但是其實他不是這樣的人。在那當下，莉賽爾並不知道她的養父漢斯．修柏曼正在左右為難，正在面臨一個德國公民可能遭遇到的最危險困境。不光這樣，他面對這個困境已經將近有一年時間之久。

「爸爸？」

她聲音中的驚訝催促她開口說話，同時也證明她的軟弱無用，她想跑開但卻辦不到。她可以忍受來自修女或是羅莎的處罰，但是爸爸的巴掌深深傷了她的心。爸爸的臉離開了手掌，因為他找到了再度開口講話的氣力。

「妳可以在家裡面講那種話，」他沉重地望著莉賽爾的臉頰：「但是，永遠不准在街上、在學校裡、在BDM講這種話，永遠都不准！」他站起來看著她，雙手把她抬高，搖晃著她的身子說：「妳聽見我說的話沒有？」

莉賽爾張大雙眼，點點頭表示她的順從。

漢斯這次責備莉賽爾，只是一場預習。到了下半年，在十一月的某個凌晨，漢斯．修柏曼最害怕的事情，全都抵達了天堂街，到那個時候，還會有另一次的訓斥。

「很乖。」他把她放回地上。「那麼，我們來練習看看……」爸爸站在最下層的階梯上，挺直腰桿站直，扳起手臂成四十五度角，「希特勒萬歲！」

莉賽爾也站起來舉高手臂，又痛苦又難堪，她重複爸爸的吶喊：「希特勒萬歲！」當時的場面相當感人，一個十一歲大的女孩，在教堂的階梯上強忍淚水，向希特特致敬，而爸爸肩膀上方傳出的敬禮聲音，敲擊著、切砍著莉賽爾在黑暗中的身影。

「我們還是朋友嗎？」

大概十五分鐘之後，爸爸手中端著他剛收到的菸紙與菸草，當成求和的標徵。莉賽爾沒講話，滿面愁容地把手伸過去，開始捲菸捲。

他們在那裡一起坐了一段時間。

煙霧從爸爸的肩頭冉冉上升。

十分鐘以後，偷竊之門將再度開啟一道裂縫，莉賽爾．麥明葛會把裂縫扳開，然後擠到裡面。

兩個問題

門會在她身後關上嗎？

或者，門會好心地讓她退出來呢？

莉賽爾即將發現，一個優秀的竊賊需要各種不同能力。

行動鬼祟，膽識過人，動作迅速。

不過，有個決定性的必要條件，比上面這些能力更重要。

運氣。

說真的。
忘了這十分鐘吧。
竊盜之門現在敞開了。

火中書

黑夜，好像是分批、陸續加深的。菸捲抽完之後，莉賽爾與漢斯，修柏漢起身回家。要離開廣場，他們必須先穿過那堆營火，接著經過一條會接到慕尼黑街的小巷子。不過，他們還來不及走到那裡。

一名叫做佛法爾，愛德爾的中年木匠高聲大喊。活動的演講台是他搭的，好讓納粹黨的大人物站在上面，現在他要拆掉這些平台。「漢斯．修柏曼？」他的聲音低沈，落腮鬍快長到嘴巴了。「阿漢？」

「嗨，佛法爾。」漢斯回答。他介紹莉賽爾之後，莉塞爾喊了一聲「希特勒萬歲」。「乖，莉賽爾。」

一開始的幾分鐘，莉賽爾距離兩人對談的位置約有五公尺，隱約可以聽到他們的聲音，但她沒有多加注意。

「工作還好嗎？」

「沒工作啊，現在時機越來越壞，你也知道，尤其我又不是黨員。」

「你跟我說過你要入黨的，阿漢。」

「我試過了，但是我做錯過一件事情，我想他們還在考慮吧。」

莉賽爾朝著山一般高的灰燼漫步過去，堆在那裡的灰燼宛如一個磁鐵、一隻怪物，吸引住人的目光，就跟黃色星星之路一樣。

就好像稍早她有衝動想要親眼看見書塚燃燒，現在她也無法移開視線。只有她獨自一人，沒人規定她必須保持安全距離。她被吸引了，移動腳步走過去。

在她頭上方，天色正一步步完成邁向黑夜的例行公事。但是在遠處，在那座書山的山腰上，尚有模糊的光影。

「小心，孩子。」有個穿制服的傢伙突然對她說話，同時繼續用鏟子將灰燼鏟到手推車上。

靠近鎮公所附近，在一盞街燈之下，幾個身影站著交談，大概是為了營火的成功而興奮。從莉賽爾站的位置，她只聽見聲響，聽不清字句。

她花了幾分鐘觀望那男人鏟高灰燼的動作。一開始他先鏟起兩旁的灰燼，灰堆的範圍越變越小，而更多的灰燼隨之落下來。他們來回灰燼與卡車之間，來回三趟以後，灰燼幾乎剷平，一些沒燒到的材料從灰燼裡滑出來。

素材

半面紅旗、兩張宣傳某位猶太裔詩人的海報、三本書、一面寫著希伯來文的木頭看版。

也許因為這些東西潮濕，也許因為燃燒的時間不夠長，無法燒到藏在深處的這些東西。無論理由為何，這些東西蜷縮在灰燼中，失神受驚。倖存者。

「三本書。」莉賽爾輕聲說。她看著男人的背影。

「走吧。」其中一個說：「動作快點好嗎？我要餓死了。」

他們往卡車走去。

他們沒有理會這三本書。

莉賽爾移動過去。

當她站在灰燼堆旁邊時，熱氣仍然強烈得讓她身體熱起來。她把手伸進去，燙到了。因此，第二次她伸手進去時，動作迅速敏捷，抓住了最外面的那本書。書又熱又潮濕，只有邊緣燒焦，其他部分完整無損。

書皮是藍色的。

書皮看起來好像是用幾百條線繩拉緊後綁在一塊做成的，纖維上面印著紅色的燙金字。莉賽爾只認識一個字「肩」。沒有時間遲疑了，因為她遇到一個問題：煙。

她一面跑開，一面兩手交替拿書，書皮正在冒煙。她低著頭，每跨出一步，無恥行為的變態美感就越加病態地明顯。她跑了十來步之後，聽見一個聲音。

這聲音從她身後冒出。

「嘿！」

一聽到聲音，她差點跑回去把書丟回去，但是不行，她唯一能做到的是轉過身。

「那裡還有東西沒有燒到！」是一位清潔人員的聲音，他不是看著莉賽爾，而是看著那些站在鎮公所旁邊的人。

「那就再燒一次！」人聲回答說：「好好地看著它們燒吧！」

「我想那些東西受潮了。」

「耶穌、約瑟、聖母瑪麗亞、我的這些老天爺啊，每件事情我都得自己做嗎？」一陣腳步聲音過去，是鎮長，身穿黑色的大衣，大衣下是納粹黨的制服，他沒看到莉賽爾在不遠處一動也不動地站著。

一種狀況

偷書賊的雕像樹立在庭院中……

一座雕像在雕像人物成名之前就出現了，

你覺不覺得這種情況非常罕見？

她放鬆了。

沒人注意，好爽！

書現在摸起來不太燙，可以塞到制服底下了。一開始，抵著胸口的書讓她覺得好溫暖，開始走動之後，書的溫度又開始提高。

當她回到爸爸跟佛法爾，愛德爾身旁，書開始讓她覺得灼痛，書好像在燒。

兩個男人看著莉賽爾。

她笑了一笑。

等她收起笑容，立即察覺到另外一件事情。更具體地說，她感覺到另外有個人。沒錯，是被人監視的感覺，她渾身上下都感覺到被人監視。她鼓起勇氣往鎮公所方向看去，距離一群剪影幾公尺外，還站著一個孤單的身影。莉賽爾搞清楚了兩件事情。

莉賽爾確認的幾件小事

一、那個身影是誰，還有，

二、那個人確實什麼都看見了。

那人影的雙手插在外套口袋。

頂著一頭蓬鬆的秀髮。

如果這人影有張臉的話，上面會是受傷的表情。

「該死。」莉賽爾小聲地說，只有她自己聽得到。「該死。」

「我們可以走了嗎？」

剛才她覺得岌岌可危的時候，爸爸已經跟佛法爾，愛德爾說了再見，預備要帶莉賽爾回家。

「走吧。」她回答道。

他們開始離開犯罪現場，書現在真的在燃燒著她的身體，《聳聳肩》已經緊貼著她的肋骨了。

他們經過鎮公所旁那個危險陰影的時候，偷書賊的身體畏縮了一下。

「有問題嗎？」爸爸問道。

「沒事。」

然而，實際上，好多件事情都絕對是有問題的。

莉賽爾的領口冒出了煙。

脖子前後在冒汗。

她的襯衫下面，有本書正在吞噬她。

3 我的奮鬥

主題：回家之路——悲傷的女人——奮鬥者——夏天的要素——亞利安裔老闆娘——打鼾者——兩個惡搞的傢伙——還有綜合口味棒棒糖形狀的報仇

回家之路

《我的奮鬥》。

元首親筆寫的書。

這是莉賽爾．麥明葛到手的第三本重要書籍，不過，這回她沒有動手偷，這本書主動出現在天堂街三十三號。莉賽爾每晚都會做惡夢醒來，然後再次慢慢入睡，這本書就在她再次入睡的一個小時之後出現的。

有人說，她能擁有那本書，根本是個奇蹟。

這本書的來源，起始於營火燃燒那晚，回家的路上。

他們朝著天堂街走回家。差不多走到一半，莉賽爾再也忍不住了。她彎下腰，拿出冒著煙的書，兩隻手笨拙地把書一手拋過來，一手拋過去。

等書的溫度下降得差不多之後，父女倆望著書好一陣子，等著有人先說話。

爸爸說：「那到底是什麼東西啊？」

他手伸過去，一把抓住了《聳聳肩》。無須解釋，他一看就知道莉賽爾從火堆裡偷了這本書。書又熱又濕，青一塊，紅一塊，好像在害羞似地。漢斯．修柏曼翻開書，翻到第三十八頁與第三十九頁之間。

「又偷了一本書？」

莉賽爾揉揉肋骨。

是的。

又偷了一本。

「看來……」爸爸提議：「我不用拿菸捲去換書了囉？妳偷這些東西的速度要是跟我用買的一樣快，我就不用換了。」

莉賽爾跟爸爸不一樣，她沒出聲。這也許是她第一次瞭解到，犯罪行為的本身就足以解釋一切。她無話反駁。

爸爸仔細查看書名，大概是在好奇著這本書到底會對德國人的心靈與智力造成怎樣的威脅。他把書遞回給莉賽爾，而事情發生了。

「耶穌、約瑟、聖母瑪麗亞、我的這些老天爺啊！」每個字一說出口就沒了聲音，每個字嘎然中斷之後，下一個字又隨著出現。

小罪人忍不住問：「怎樣，爸爸？什麼事情？」

「就是這樣。」

就像大多數剛得到啟發的人一樣，漢斯．修柏曼麻木地站著不動。他接下來可能會大喊大叫或者咬緊著牙根不說話。另外，他也很可能重複他最後所說的那句話，不久前才說的那句話。

「就是這樣。」

這回，他的聲音像是打在桌上的一拳，飽滿而結實的一拳。

他看到了某種東西。他迅速把那個東西檢視了一番，從一頭看到另外一頭，快得好像在比賽似的。但是那個東西太高太遠了，莉賽爾看不見。她求他：「告訴我嘛，爸爸，什麼事情？」她好煩惱，擔心他會告訴媽媽偷書的事情。人類就是人類，這是她眼前所掛念的唯一事情。「你會跟她說嗎？」

「妳說什麼？」

高大的漢斯．修柏曼還在關注著那樣東西，他的回答冷淡。

她舉起書。「這個。」她在半空中揮舞著書，好像揮動著一把槍。

爸爸不解。「為什麼我要告訴她呢？」

她討厭那樣的問題，這問題迫使她承認一件不名譽的事實，暴露出她下流、慣竊的天性。「因為我又偷東西了。」

爸爸蹲下去，舉起一隻手放在她的頭上，他修長而粗糙的手指輕撫著她的頭髮。他說：「當然不會告訴她，莉賽爾。妳沒事的。」

「那麼，你會怎麼做呢？」

這就是問題所在。

在慕尼黑街的稀薄空氣中，漢斯．修柏曼將會做出什麼了不起的舉動呢？

告訴你之前，我想，我們應該先看看，在他下決定之前，他在看什麼。

爸爸眼前一晃而過的景象

一開始，他看到了莉賽爾的書：《掘墓工人手冊》、《小狗福斯特》、《燈塔》，還有現在這本《聳聳肩》。

接著，他看到廚房，看見了個性急暴的小漢斯。

小漢斯檢視放在莉賽爾常唸書的桌子上的那些書，

他說：「這個丫頭唸的是什麼垃圾啊？」他的兒子重複了這個問題三次。

接著，針對更適合她閱讀的材料，小漢斯提出了建議。

「聽好，莉賽爾。」爸爸一手抱著她，推著她繼續往前走。「這是我們的秘密，這本書。到了晚上，或者在地下室的時候，我們來唸這本書，就像我們唸別的書一樣。但是，妳必須答應我一件事情。」

「任何事情我都答應，爸爸。」

夜色寧靜，萬物都在傾聽父女間的對話。「如果我要妳為我保守一個秘密，妳要幫我。」

「我保證。」

「很好。那我們走吧。再晚的話，媽媽會大發脾氣的。我們不希望她生氣，是吧？不要再偷書了噢？」

莉賽爾露齒一笑。

直到後來她才知道，幾天後不久，她的養父又設法用幾根菸捲換來了一本書，不過，這本書不是換給她的。他敲著墨沁鎮納粹黨辦公室的大門，問了有關入黨申請的事情。他們一討論起他的申請案，他就交給他們自己僅有的幾塊錢與十來根菸捲，換來了一本二手《我的奮鬥》。

「祝你閱讀愉快。」一名黨員說。

「謝謝。」漢斯點點頭。

到了街上，他還依然聽得見裡面的人聲，其中有個人的聲音額外清晰。「他的申請永遠不會得到批准。」那個人說：「就算他買了一百本《我的奮鬥》也是沒有用的。」全體一致同意他的說法。

漢斯右手拿著書，心中想著郵資、沒有菸抽的日子、以及給了他這個絕妙主意的養女。

「謝謝妳。」他反覆說著。一個路人詢問他剛剛說了什麼。

漢斯表現出他一貫的親切態度，他回答：「沒什麼，好心的人，什麼事情也沒。希特勒萬歲！」接著他沿著慕尼黑街往回走，手中握著元首所寫的書。

在那一刻，漢斯．修柏曼的心中一定多多少少五味雜陳，因為他的點子不光來自莉賽爾的啟發，也來自於他的兒子。他是不是擔心自己再也看不見兒子了呢？在另一方面，點子的誕生讓他欣喜若狂，但是他還不敢去想這個點子所牽涉的困難、危險，以及嚴厲的荒謬後果。現在，有這個點子就夠了，這個點子是不能遭到破壞的。好吧，要實現這個點子是另外一回事。現在，還是讓他享受這份欣喜的感覺就好。

給他七個月的時間。

然後我們來看他的點子實現了沒。

噢，我們多想看看發生了什麼事情呀。

鎮長的書房與悲傷的女人

毫無疑問，某件重大的事件正朝著天堂街三十三號逼近，莉賽爾當下渾然不知。讓我借用一句人類常講的話，她現在是火燒眉毛，且顧眼前就好。

她偷了一本書。

有人看見她。

偷書賊也曉得有人看見她。接著偷書賊出現了必然的反應。

分分秒秒，她都在擔心；更準確地說，她都在妄想。犯罪行為會讓人變得常常妄想，尤其是小孩子，他們會想像出各式各樣遭受逮捕的情節。舉例來說：有人從巷子裡殺出來抓你；學校老師突然知道你曾犯下的所有罪行；一有樹葉變色或是遠方的大門啪嗒一聲關上，警察就出現在家門口。

妄想本身對莉賽爾而言就是懲罰，把洗好的衣物送到鎮長家所承受的擔心恐懼，也是一種懲罰。我相信大家都猜到了，送衣服的日子來臨之時，莉賽爾確實就那麼剛好忽略了葛蘭德大道上的房子。她送衣服給罹患關節炎的海蓮娜．施密德，她到愛貓的范嘉納公館收取衣物，但是，她就是沒去鎮長海恩茲．赫曼與夫人依爾莎的那棟房子。

快譯通

「鎮長」這個詞的德文是bürgermeister

第一次，她說她剛好就是忘記去那裡收衣服，這是我聽過最爛的藉口，因為那棟房子高踞山丘上，俯瞰整個小鎮，忘不掉的。她又跑了一趟，回來依舊兩手空空，這次她謊稱無人在家。

「沒人在家？」媽媽不相信。懷疑讓媽媽忍不住取了木杓，對著莉賽爾揮動起來，她說：「現在給我回去那裡。要是妳沒有拿著要洗的衣服回家，就不用回家了。」

「妳說真的嗎？」

這是魯迪的反應，他聽了莉賽爾轉述媽媽的話。「妳要不要跟我一起逃走？」

「我們會餓死。」

「反正我現在已經快要餓死了！」他們笑了。

「不行。」她說：「我必須要回去那裡。」

魯迪跟上來，他們如往常一樣走在街上。他總想表現出紳士風範幫她提衣袋，不過，莉賽爾從不讓他拿。

只有她自己的頭上盤繞著處罰的威脅；因此，只有她自己值得信賴，只有自己會用正確的方式提著衣袋。其他人可能會很粗魯，會扭到衣袋，或者一不小心就擠到衣服，不值得冒這種險。還有，倘若她讓魯迪替她拿衣袋，他很可能期待她用一個吻來回報他的協助，這種情形是不能讓它發生的。除此之外，她也習慣了衣袋的重量，每走一百步左右，她就換一邊肩膀揹，以減輕壓力。

莉賽爾走在左邊，魯迪走在右邊，大多數時候都是魯迪在說話。他說到上次天堂街的足球比賽，說他在他父親店裡的工作，說任何他想得到的事情。莉賽爾努力想聽他說話，但是卻辦不到。她只聽到恐懼，嗚響的聲音不停傳到她耳朵，他們一步步接近葛蘭德大道，恐懼的聲音就越來越響亮。

「妳幹什麼？不是到了嗎？」

莉賽爾點點頭，表示魯迪說的沒錯。她剛想要經過鎮長家門而不停，想用這招爭取時間。

「好了，去吧。」魯迪催促她。墨沁鎮漸漸籠罩在夜色中，冷空氣從地面升起。「去啊，母豬。」他停在圍欄門旁。

過了小徑之後，到房子的正門還有八層台階。雄偉的大門看起來像是一隻怪獸，莉賽爾對著黃銅門環皺起眉頭。

「妳在等什麼？」魯迪大喊。

莉賽爾轉過身面向馬路。有沒有辦法，什麼辦法都好，可以讓她躲開眼前這一切嗎？是不是還有什麼說辭她沒想到的？或者，坦白說吧，還有什麼謊話她沒想到的？

「我們沒有時間在這裡耗。」魯迪遙遠的聲音又傳來。「妳到底在等什麼啊？」

「你可以閉嘴嗎？史坦納？」她壓低聲音嚷道。

「妳說什麼？」

「我說：閉嘴，你這個蠢豬頭……」

說完，她又轉向大門，她拉起黃銅門環，輕輕叩了三下，動作緩慢。門裡面，腳步聲音接近。

起先，她沒有看著鎮長夫人，她的眼光集中在手上的衣袋。她把袋子遞過去的時候，她眼睛在查看袋口的細繩。夫人把錢交給她，然後，沒事。從來不開口的鎮長太太只是穿著浴袍站著，柔軟蓬鬆的頭髮在後腦杓紮成一把短馬尾。她感覺到一陣風吹過，好似一具想像中的屍體發出的呼吸。夫人仍舊不發一語。莉賽爾鼓起勇氣看著她，她的表情沒有責備的意味，只是冷若冰霜。她看了莉賽爾背後的男孩一眼，點點頭，退後一步，把門關上。

莉賽爾停在那裡好一會兒，面向一片垂直的厚木板。

「喂，母豬！」她沒回應。「莉賽爾！」

莉賽爾倒退。

小心翼翼地。

她倒退走了幾步台階，心裡盤算著。

也許她完全沒有看見她偷書，那時候天色已經漸漸變黑了。有時候，有人似乎直望著你瞧看，實際上他們全心看著其他的事物，或者只是在出神。也許那時候是這樣的情況。不管答案是什麼，莉賽爾不想再多去想了。她做錯事情而沒受到處罰，這樣已經夠了。

她轉身，把剩餘的台階好好走完。最後一個跨步，她一次跨了三層台階。

「走吧，豬頭。」她甚至還讓自己笑了一下。十一歲小孩妄想的影響力很大，而十一歲小孩一得到解脫，精神就亢奮起來。

讓亢奮度降低的一件事

她沒有受到處罰。鎮長太太的確看見她了，她只是在等適當的時機。

幾個星期過去了。

天堂街的足球賽。

每天凌晨兩點到三點之間做完惡夢後，以及待在地下室的午后時間裡，她都在讀《聳聳肩》。

她又順利去了一趟鎮長家。

一切都很好。

到目前為止。

下一次，莉賽爾去鎮長家的時候，魯迪沒跟來，機會自己送上門來了。那天她是要去收衣服的。

鎮長夫人打開大門，並沒有如平常一樣提著衣袋，她退到一旁，蒼白的手與手腕對著莉賽爾打了手勢。夫人要莉賽爾進去。

「我只是來拿衣服回去洗的。」莉賽爾的血液在身體裡先是凝結，接著崩裂，整個人幾乎在台階上碎成一片一片的。

鎮長夫人開口對她說了第一句話。她伸出冰冷的手指說：「等等。」當她確定莉賽爾停止不動之後，轉身快步走回屋內。

「謝天謝地。」莉賽爾吐了一口氣。「她去拿東西了。」她腦子裡想的東西是衣服。

不過，鎮長夫人拿回來的，卻是跟衣服完全無關的東西。

她回到門口，用一種又虛弱又堅定的姿態站著，相當神奇。她捧著一疊高高的書，從肚臍一直疊到胸口，抵在肚子的前方。她站在寬敞的門廊前，看起來弱不禁風，淺色的長睫毛微微動了一下，表達出一個建議。

意思是：進來看看。

她要開始折磨我了，莉賽爾心裡想，她要帶我進去，點起火爐，把我丟進去，把我、書跟所有的東西都扔進去。不然就是把我鎖在地下室裡，不給我吃東西。

不過，可能是書本的吸引力太大了，莉賽爾不由自主走進去。她的鞋子在木頭地板上發出嘎吱嘎吱的聲響，讓她羞得抬不起頭來。她接著踩到一個地方，木頭地板像是被人踩到傷口，哀嚎了兩聲，她差點就停下腳步。夫人沒有被嚇到，只是回頭看了一眼，然後繼續往前走。她走到一扇棕色的門前，她的表情提出一個問題。

妳準備好了嗎？

莉賽爾略往前伸了脖子，一副她可以看穿那扇門的模樣。不用說，這個性作是個提示，意思是打開門。

「耶穌！聖母瑪麗亞……」

她大喊。這句話傳到一間清冷，卻塞滿書的房間裡面。到處都是書！四面牆壁都是書架，書架上整整齊齊塞滿了書，幾乎看不到牆壁上的油漆。五顏六色的書，黑的，紅的，灰的，書背上有各式各樣不同字型、大小相異的字。這是莉賽爾．麥明葛所見過最美的事物之一。

她露出驚奇的笑容。

居然有這樣的房間！

她努力用手臂掩藏臉上的笑意，但是她隨即瞭解這樣是沒有用的。她可以感覺到鎮長夫人的眼睛正上下打量著她，莉賽爾回望的時候，夫人的一雙眼睛正停留在她的臉上。

她倆都沒開口說話，僵持的時間超乎她的想像，像是橡皮筋延伸變長，等待著啪一聲斷裂。莉賽爾先打破沉默。

「可以嗎？」

這三個字落在鋪著木頭地板、彷彿有幾英畝那麼空曠的地面上，書本離她好幾哩之遠。

鎮長夫人點點頭。

是的，妳可以看看。

□

房間逐漸縮小，偷書賊最後抵達了幾步之外的書架。她用手背輕觸第一排書架，耳朵聆聽指甲滑過每一本書所發出的刷刷聲，聲音聽起來如音樂或是跑步的節奏。她用最快速度將雙手滑過書架，滑過一排又一排書架。她笑了，她的聲音爬上了喉頭。她最後停下來站在房間中央，來回看著自己的手指與書架，看了幾分鐘。

她碰到了幾本書？

她感覺了幾本書？

她走到書架旁再感覺一次，這次她放慢速度，手掌朝著前方，手部的肌肉感受到書跟書之間形成的高低起伏。在吊燈照射出的明亮光線下，感覺到神奇奧妙，美不勝收。有好幾次，她想從架上抽出一本書，但是她不敢弄亂書，它們太完美了。

她往左邊一望，又看見夫人站在一張大書桌旁，仍舊捧著那堆書，開心地彎著腰站著，臉上的微笑好像使得嘴唇都無法言語了。

「妳要我幫忙……？」

莉賽爾沒有把問題問完，反而以實際行動來完成她想提的問題。她走過去，從夫人手上輕輕接過書，然後把書放在微開的窗戶旁，書架的空位上。屋外的冷空氣流入屋內。

一時之間她想把窗戶關起來。不過，她認為最好還是別動手，這裡不是她家，她不可以亂動東西，所以她走回夫人的旁邊。夫人臉上的笑容現在帶著悲傷的表情，纖細如女孩的手臂垂下來。

現在呢？

房間裡面瀰漫尷尬的氣氛。莉賽爾又快速掃視一次牆上的書，幾個字在她嘴中蠢蠢欲動，她一口氣全都說出口：「我該走了。」

她想了三次，才終於離開了那間房間。

她在走廊上等了幾分鐘，夫人卻沒有跟出來。莉賽爾走回房門口，看見她坐在書桌前，茫然瞪著一本書。她決定不去打擾她，走回玄關去拿待洗的衣物。

這次，她避開地板上嘎吱作響的地方，沿著長長的走廊走出去，貼著左邊的牆壁走。關上大門之後，她聽見了一聲黃銅的叮噹響。她把衣服擱在一旁，撫摸木板的表面，「走吧。」她說。

剛開始，她茫茫然走回家。

一路上，這個不可思議的經驗，一整間的書和一個傷心的女人，一直纏繞著她。街道房屋上的牆壁也不斷重新上映剛才發生的事，就像是一場戲似的。這種感覺，說不定跟爸爸獲得《我的奮鬥》的啟示經歷十分類似，不管她往哪裡看，莉賽爾都看見鎮長夫人兩手抱著一疊書。每次轉彎，她就聽見自己手中拂過一排排書架所發出的沙沙聲。她看見敞開的窗，看見散發著美麗光線的吊燈。她看見自己離開那裡，一句謝謝也沒有說。

不久，心情沉重的她開始煩惱起來，開始自責。

「妳什麼也沒說。」她用力搖搖頭，加快腳步。「沒有說『再見』，沒有說一聲『謝謝』，沒有說『那是我見過最美麗的景象』，沒有！」當然，她是個偷書的賊，但這不表示她不懂禮貌，就算偷書，她一樣可以彬彬有禮啊。

她走了幾分鐘，內心猶豫不決。

到了慕尼黑街，她下了決定。

就在她清楚看見寫著「史坦納裁縫師」招牌的時候，她掉頭往回跑。

這次，她沒有任何猶豫。

她用力敲打大門，黃銅的回音傳透過木頭。

該死！

站在她面前的不是鎮長夫人，竟是鎮長本人。莉賽爾匆忙跑來，居然沒有留意停在門口的車子。

鎮長蓄著小鬍子，穿著黑色西裝，開口問：「有什麼事情嗎？」

莉賽爾還無法說話，她先彎下腰喘氣。幸好，等她舒服一點的時候，夫人出現了。依爾莎．赫曼站在她先生後面，靠著一旁站著。

「我忘了。」莉賽爾說。她舉高衣袋，對著夫人說話，依舊上氣不接下氣。她的話穿過鎮長與門框中間，傳到了夫人那裡，由於她太喘了，只能結結巴巴說完她的話。「我忘記……我是說，我只是……想要，」她說：「想要……謝謝妳。」

鎮長夫人又露出了哀傷的表情，她往前一步，與她丈夫並肩站著，虛弱地點個頭，猶疑了一下，然後關上門。

莉賽爾等了一分鐘左右才離開。

她站在台階上微笑。

奮鬥者登場

現在，我們先換個場景。

朋友，到目前為止，你會不會覺得我說的故事都太輕鬆了？我們先把墨沁鎮的故事暫時擱下一兩分鐘如何？

這樣對我們有好處。

而且對故事發展也很重要。

我們稍微移動一下，前往一個秘密的儲藏室，看了就會明白。

導覽：參觀受苦

在您的左手邊，或者是您的右手邊，或者甚至就在您頭頂的正上方，
您可看見一間黑色的小房間。房間裡坐著一個猶太人，低賤的猶太人。
他忍饑受餓，他心驚肉跳。請盡量不要移開您的視線。

往西北方走幾百哩，我們來到司徒加，一個離偷書賊、鎮長夫人與天堂街非常遙遠的城市，有個人坐在黑暗之中。他們認為這裡最安全，因為在一片漆黑中，不容易發現猶太人。

這人坐在自己的手提箱上等著。已經過了多少天了呢？

他什麼都沒吃，只聞到飢餓的自己呼出的惡臭氣息，除此之外什麼都沒有。偶爾有聲音飄過，他有時渴望這些人敲門，打開門，把他拖到房間外，拖到刺眼難受的光線下。而現在，他只能把手提箱當成椅子坐著，

雙手撐著下巴，手肘深陷在大腿中。

他入睡，帶著飢餓的肚子入睡。半夢半醒之間，他轉側不安。地板讓人好難受。

別去想長了癬的腳。

別去搔弄腳底板。

還有，別動來動去了。

無論如何，讓一切維持原狀吧。說不定馬上就要離開這裡了，那時光線會像把槍在眼前走火，冒出火花。可能就要離開這裡了，可能就要離開這裡了。所以別睡著了，該死！保持清醒。

有人把門打開，又把門關上。站在他上方的人影彎下腰，用手拍拍他冷冰冰、皺巴巴的衣服，拍拍衣服下髒兮兮的他。一個聲音傳下來。

「麥克斯。」那人影壓低聲音說話：「麥克斯，醒醒。」

麥克斯的眼睛並沒有流露出一般人受到驚嚇的表情。他沒有東張西望，沒有死命眨眼，沒有表現出震驚的模樣。只有從惡夢中驚醒才會出現上述反應。當你醒過來進入了一個惡夢之中，你不會出現那些反應。麥克斯沒有做出那些反應。他慢慢睜開眼睛，眼前從一片漆黑變成朦朧不清。有反應的是他的身體，他的肩膀往上聳動，一隻手臂揮出去捕抓空氣。

那人接著安慰他。「對不起，拖了那麼久才來。有人一直在監視我。而且那個能弄到身分證的人，他花的時間比我預計的要久，不過，」他停頓了一下，「現在你有身分證了。品質不是很好，希望已經夠逼真了。等到機會來了，你就可以出發了。」他蹲下來，對著手提箱上的人揮揮手，另一隻手則拿著一件沉重扁平的物品。「來，起來吧。」麥克斯照著他的話站起來，搔搔身體，感覺到自己的骨頭緊繃起來。「身分證在這裡面。」原來那是一本書。「你把地圖也放在裡面。另外，路線圖也放進去。還有，還有一把鑰匙，用膠帶黏在書皮背後。」他喀嚓一聲把手提箱打開，就像拿著炸彈似地，輕手輕腳把書放到箱子裡面。「過幾天我再來。」

那人留下一個小袋子，裡面裝著麵包、培根，還有三條又癟又小的紅蘿蔔，袋子旁邊是一罐水。他沒有說道歉的話。「我已經盡力了。」

門開了，門又關上。

又剩下他一人。

然後，他聽見聲音。

獨自一人在黑暗裡，每件東西都聒噪得讓人絕望。每動一下，衣服就跟著發出聲響，讓他感覺自己穿了一套紙做的衣裳。

他想起了食物。

麥克斯把麵包分成三份，然後收兩份起來。他專心面對手上的那份，咀嚼，吞下去，勉強讓麵包經過他乾澀的喉頭與食道。培根肉又冰又硬，他一截一截地慢慢吞，有時候卡在喉嚨上，得用力吞嚥幾口口水，才能讓這些食物下肚。

接著是紅蘿蔔。

他照樣把三分之二收起來，吃光三分之一。進食發出的聲音好吵，元首自己一定也能聽見柳橙汁在他嘴裡的聲音吧。每咬一口都像是要敲斷他的牙齒，他喝水的時候，幾乎肯定是把牙齒也吞下去了。他建議自己，下次先喝水再吃東西。

回音消失後，他鼓起勇氣用手指檢查，所有的牙齒都還在，完好無缺。他鬆了一口氣，想擠出一個笑容，卻是擠不出來。他只能想像自己懦弱地正要微笑，還有想像自己一口斷牙。他摸了好幾個小時的牙齒。

他打開手提箱，拿起書。

黑暗中他沒辦法讀書，點火柴也太過冒險。

他開口說話，聽起來像是耳邊的私語。

「我求求你。」他說：「求求你。」

他正對一個未曾謀面的男子說話。除了幾個重要的細節之外，他還知道這個男子的名字，漢斯．修柏曼。

他再度開口對著這名遠方的陌生人說話，他乞求他。

「求求你。」

夏天的要素

這樣你就懂了。

你就知道天堂街究竟在一九四〇年底發生了什麼事情。

我知。

你知。

不過，莉賽爾．麥明葛還不知。

在偷書賊的心中，那年的夏天很單純，主要是由四件事情組成。或說，那年夏天有四項要素。有時她在想，到底哪個要素的影響力最大。

最大影響力，被提名的有

一、每天晚上唸幾頁《聳聳肩》。
二、在鎮長書房的地板上讀書。
三、在天堂街上踢足球。
四、出現另一個偷東西的機會。

她認為《聳聳肩》這本書很棒。每天晚上她從惡夢中驚醒，情緒鎮定之後，心情就好了起來，因為醒了，她可以唸書了。「要不要唸幾頁？」爸爸問，莉賽爾點點頭。有時，他們在下午的時候，會待在地下室唸完書中的一個章節。

政府當局對於這本書的不滿是顯而易見的。這本書的主角是猶太人，而且是個正派的角色。真是罪不可赦啊！這位猶太人十分富裕，他已經厭倦了虛度光陰的生活，而他所指的虛度光陰，就是對人生在世的喜怒哀樂，都用聳聳肩、不在乎的態度去面對。

初夏的墨沁鎮，莉賽爾同爸爸一塊唸這本書。書中的主人翁去阿姆斯特丹出差的時候，看見屋外有雪抖落下來。莉賽爾喜歡這種說法，抖落下來的雪。她告訴漢斯．修柏曼，「沒錯，雪飄下來的時候，就是那個樣子的。」當時他們一起坐在床上，爸爸半夢半醒，莉賽爾則相當清醒。

有時候她望著沈睡中的爸爸。作為女兒的莉賽爾，或多或少體會到了爸爸的心情。她常常聽見他與媽媽討論他的失業問題，或者垂頭喪氣提到他跑去看兒子，卻發現兒子已經搬走，很可能已經去當兵了。

在那種時刻，莉賽爾會對爸爸說：「好好睡吧，爸爸。」然後，悄悄從他身邊溜下床，去把燈關了。

第二個要素，我在前面已經提過了：鎮長家的書房。

我們用六月下旬一個涼爽的日子為例來解釋這個要素。講得委婉一點，那天莉賽爾惹火了魯迪。

莉賽爾・麥明葛以為她是誰啊，居然說她今天要單獨去送燙洗的衣物？難道他不夠格陪她走在馬路上嗎？

「不要再埋怨了，豬頭。」她罵他：「我只是覺得心情不好。你快要錯過足球比賽了。」

他轉頭看看身後。「好吧，如果妳要這樣講的話。」他露出微笑：「妳自己去洗衣服吧！」他從莉賽爾身邊跑開，加入了其中一隊。走到天堂街頭的時候，莉賽爾轉身正巧瞥見魯迪站在權充球門的垃圾桶前面，靠近她這邊的那個球門。他在揮手。

「真是豬頭一個。」她笑了。她舉起手的時候，心底清楚他也正在罵她母豬。我想，這是十一歲大的孩子對彼此表示喜愛的最佳方式。

她跑起步來，朝著葛蘭德大道與鎮長家奔去。

莉賽爾最後自然是汗流浹背，氣喘如牛。

不過呢，她現在可是在看書了呢。

鎮長夫人已經讓莉賽爾進來四次了，她自己則坐在書桌前什麼也不做，光是瞧著書。莉賽爾第二次進來時，夫人允許她挑本書來唸。她一本接著一本拿，居然拿了六本書。幾本緊夾在腋窩下，幾本疊在手上。手上的書越積越高。

這回，莉賽爾站在冰冷的房間裡，她的肚子咕嚕咕嚕叫，但是精神渙散、沉默寡言的夫人沒有任何反應。她又是穿著浴袍。雖然，她留意了莉賽爾好幾回，但是每次都只是看了一下。她通常比較留意她身旁的事情，留心不存在的東西。敞開的窗戶好像一只方型的嘴巴，冰冰涼涼的，偶爾還會吹進一陣風。

莉賽爾坐在地板上，書在身邊散落一地。

四十分鐘後，她起身準備離開。她先把每本書歸回原位。

「赫曼太太，再見。」這句話每次都嚇到夫人。「謝謝妳。」夫人把洗衣錢付給莉賽爾之後，莉賽爾就離開了。她應該說的話，她都說了。然後偷書賊就跑步回家了。

夏天到來，滿屋子的書變得暖和起來。每次收衣服或送衣服回去，地板也不再發出哀嚎聲。莉賽爾坐在一小堆書旁，每本書唸幾段，努力記住自己不認識的字，以便回家後問爸爸。幾年以後，等她動手寫下這些書裡面的故事時，她已經忘了那些書的名字，一本也不記得。倘若她把那些書偷回家的話，她會記得比較清楚。

她倒是記得有本圖畫書的封皮內側上，有個名字用歪歪斜斜的字跡寫著：

一個男生的名字

約翰．赫曼

莉賽爾緊閉著雙唇，可是，她忍不了多久。坐在地板上的她轉身仰望穿著浴袍的鎮長夫人，提出她的疑問。「約翰．赫曼，他是誰？」

夫人盯著莉賽爾膝蓋旁邊。

莉賽爾開口道歉。「對不起，我不應該問這種問題……」她的話越說越小聲。

鎮長夫人的表情沒有改變，不過她努力擠出了幾句話。「他現在已經不在這個世界上了。」她解釋：「他是我的……」

回憶檔案

啊，對了，我當然記得他。天空好似流沙，又黑又深。

有名年輕人被帶刺的鐵絲網捆綁起來，彷若一頂帶刺的大王冠。

我解開鐵絲網，抱起年輕人。

在高高的地面上，我們一同沈入流沙，流沙深陷至膝蓋。

那是一九一八年，不過是另一個戰爭的日子。

「還有，」她說：「他是冷死的。」她抓著自己的手好一陣子，接著又說：「他是冷死的，我很確定。」夫人不過是普通人，那種人散佈在世界各地。我可以肯定，你也遇過這種人，在你喜歡的故事、詩詞、電影裡，都出現過這種人，他們無所不在。所以囉，當然也可能出現在這裡，也可能出現在某個德國小鎮的美麗山丘之上。那是相當適合煎熬受苦的地方。

重點是依爾莎．赫曼決定讓痛苦成為她的勝利。痛苦拒絕離開她，她屈服在痛苦之下，她擁抱痛苦。她大可一槍打死自己，劈開自己，或任性地用其他方式自殘。但是，她選擇了一種她自己以為最輕微的自殘方式：忍受著氣候的不適。莉賽爾知道，依爾莎．赫曼巴望夏天又冷又濕。整體看來，她的確是住對地方了。

那天莉賽爾離開的時候，她侷促不安地說了一句話。情況是這樣的，莉賽爾先是跟兩個龐大的字眼搏鬥，把它們挑在肩上，然後這兩個字像是一對蠢蛋，往依爾莎．赫曼的雙腳砸下去；莉賽爾想控制它們的方向，但卻無法支撐它們的重量，這對蠢蛋於是落到了腳邊。它們一起掉在地板上，斗大，響亮，又笨拙。

兩個龐大的字眼

抱歉

鎮長夫人再度看著莉賽爾的身旁，臉上跟白紙一樣沒表情。

「抱歉什麼？」過了半晌她才問。那時莉賽爾已經離開了書房，快走到前門了。莉賽爾聽見她的話，停下了腳步。然而，她決定不要走回書房，她選擇了默默無聲離開屋子，步下階梯。走下山坡，回到墨沁鎮之前，她眺望了小鎮風光。她為夫人難過了好久。

莉賽爾偶爾心裡會想，是不是乾脆別理依爾莎．赫曼算了。不過，夫人真是個有意思的人，而且，書對莉賽爾的誘惑力也太強了。文字曾經證明了莉賽爾能力不足，但是，現在她坐在地板上，一旁有夫人坐在她先生的書桌前，莉賽爾感到一種天生的力量。每當她辨認出新的單字，或者把一句話拼湊起來，她就感受到那股力量。

她是個女孩。

身在納粹德國。

她漸漸體會出文字的力量，這真是件好事。

幾個月後，就在鎮長夫人讓她失望透頂的那一刻，她宣洩出這股新發覺的力量，那種感覺實在糟糕透了，同時又那麼令人振奮。她不再是求人憐憫的可憐蟲了，可憐兮兮的馬上是另外一個人……

不過，在一九四〇年夏天，莉賽爾還看不到日後將臨到的事情，她只看見了一位擁有滿室藏書的悲傷婦人。她喜歡到夫人那裡，就這樣而已。這是那年夏天她生活裡的第二個要素。

謝謝老天爺，第三要素比較輕鬆一點：天堂街的足球比賽。

讓我為你播放一段影片：

腳在地面上來回摩擦。

男孩子氣喘吁吁。

他破口大喊：「這裡！這邊！該死！」

球在馬路上莽撞地彈跳。

夏日的氣息更加濃厚，這些情景全都在天堂街上演。道歉的話也在那裡說出口。道歉的話是莉賽爾．麥明葛說的。說給湯米．繆勒聽的。

七月還沒到，她終於讓他相信她不會宰了他。自從去年十一月莉賽爾痛扁他一頓之後，湯米就不敢靠近她。當大夥聚在天堂街踢足球的時候，他對她敬而遠之。「你永遠搞不清楚她什麼時候會突然失控。」他把心裡的秘密告訴魯迪，一面說著，臉上肌肉還同時抽搐。

讓我為莉賽爾說幾句話。她一直努力想叫他不要擔心。她好失望，因為她已經順利與路維克，蘇麥克和好了，卻無法與心地單純的湯米．繆勒言歸於好。不管在哪裡，只要看見她，他便顯露出害怕的表情。

「我哪會知道你那天是在對我笑啊？」她一再問他。

她甚至幫他當了幾次守門員，可是他們那隊的每個人都哀求湯米回去守球門。

「滾回去那裡！」一個叫做哈洛，莫倫豪的男生最後命令他。「你很沒用。」因為就在哈洛快要得分的時候，湯米居然絆倒他。可惜湯米和哈洛其實是同一隊的，要不然的話哈洛就可以因此得到罰球的機會。

莉賽爾返回場上踢球，最後總是莫名其妙和魯迪槓上，相互阻截對方的球，絆倒對方，大吼對方的名字。魯迪邊踢邊解說賽事：「這次，她沒辦法法繞過他的身邊，這個愚蠢摳屁眼的母豬，她沒有得分的希望。」他好像很喜歡罵莉賽爾是摳屁眼的。做孩子的樂趣就在這裡。

另外一個樂趣，當然，就是偷東西。一九四〇年夏天的第四要素。

平心而論，許多事情讓魯迪跟莉賽爾湊到一塊兒。不過，偷東西這檔事徹底鞏固了他們的友誼。一個機會引起了這檔事的開端，同時，一個無法規避的力量——魯迪的食慾——迫使他們下手行竊，他永遠都在想吃的。

一方面是食糧配給制度，一方面也是他父親最近生意不好。猶太人的競爭威脅雖然消逝了，但猶太客戶也跟著不見了。史坦納一家東湊西湊才能過活。就像天堂街這頭的鎮民一樣，他們變賣東西過活。莉賽爾雖想分他一點吃的，但是自己家裡也沒有足夠的食物。媽媽常煮豌豆湯，在星期天晚上煮湯，煮的份量不單是為了一、兩頓飯，份量多到可以吃一整個禮拜，吃到星期六。然後到了星期天她又煮一鍋。豌豆湯，麵包，有時候還有一點點馬鈴薯或是肉。吃完了，沒有人會說再來一點，也不會有人抱怨吃不飽。

一開始，他們找些事情做，好忘記肚子餓這回事。

踢足球的時候魯迪就不會感到肚子餓。或者是牽了魯迪哥哥和妹妹的腳踏車，一路騎到艾立克・史坦納的店。不然的話，若是莉賽爾的爸爸那天有活兒做，他們騎著車去找他；漢斯・修柏曼會陪他們坐下來，就著傍晚的夕陽講幾個笑話。

後來，有幾天比較熱，在安培河練習游泳也讓他們忘了飢餓。河水還有些許涼意，但是他們不管，照樣跑去游泳。

「下來啊。」魯迪哄她跳下水。「從這裡下來，這邊的水比較淺。」她走進河中，沒有留意到那裡有個大坑，一腳踩下去直接沉到水底。雖然她差點因為喝進太多河水而嗆死，狗爬式卻救了她一命。

「你這個豬頭。」她仆倒在河岸邊，咒罵他。

魯迪讓自己與莉賽爾保持安全的距離，他已經領教過她對付路維克，蘇麥克了。「妳現在會游泳了，不是嗎？」

這句話並沒有讓她心情轉好。她大步走開，頭髮貼在一邊臉頰上，鼻子淌下鼻涕。

他從後面喊她。「我教妳學游泳，妳連親我一下當回報都不肯嗎？」

「豬頭！」

他有夠無恥。

偷竊成了必然之命運。

讓人心情鬱悶的豌豆湯，加上魯迪飢腸轆轆的肚子，最後終於促使他們下手偷竊。這也讓他們與一夥年紀比他們大一點的少年搭上關係，那群人是專偷農夫東西的水果賊。有了足球比賽這種訓練，莉賽爾跟魯迪都學會了眼觀四面的重要。他們坐在魯迪家門前的台階上，注意到費力茲，漢莫——一個比他們年紀大的小偷——正啃著蘋果，那是七、八月收成的青蘋果。那顆蘋果在費力茲的手上，看來多麼甜美多汁，他外套口袋裡顯然還塞了三、四顆。他們兩個閒晃到他的身邊。

「你從哪裡弄來的？」魯迪問。

費力茲起先只是笑了笑。「噓，」他停下來，從口袋掏出一顆蘋果拋過去。「給你們聞香而已。」他警告他們：「不准吃。」

第二回，他們又瞧見費力茲。那天氣候溫暖，不用穿外套，費力茲卻穿著同樣一件外套。他們跟在他後面，他往安培河上游走，那裡就是莉賽爾剛開始認字時，偶爾與爸爸一同唸書的地方。

有群男孩停在那裡等待。總共五位，兩、三個瘦瘦高高的，其他的又矮又瘦。

那時候，墨沁鎮有好幾群這種小團體。有幾組團體裡面的成員甚至只有六歲大。這組人馬的老大是個十五歲的少年犯，叫做亞述·伯格，人人都喜歡他。他看了一眼，發現這兩個十一歲大的孩子跟過來。「你想怎樣？」他問道。

「我快餓死了。」魯迪回答。

「他動作很快。」莉賽爾說。

亞述看著莉賽爾。「我沒問妳話。」他長得像十八、九歲的青少年一般高，脖子很長，臉上好幾個地方長了青春痘。「不過，我喜歡妳。」他很友善，像青少年那樣伶牙俐齒。「安迪，這個是不是把你弟痛扁一頓的傢伙？」顯然大家都聽說了這回事情，扁人縮短了他們之間的年齡距離。

另一個矮矮瘦瘦的男生，他有頭亂七八糟的金黃色頭髮，皮膚像冰一樣白皙。他看了看莉賽爾，「我想就是她。」

魯迪證實這點，「就是她。」

安迪．蘇麥克走過來，把莉賽爾從頭到腳打量一番。他先是露出沉思的表情，然後堆出滿臉的笑容。「幹得好，小妹妹。」他甚至拍拍她的背，碰到她瘦巴巴的肩胛骨。「我自己扁他的話，我會挨鞭子的。」

亞逑的注意力已經轉換到魯迪身上了。「而你是那個模仿杰西．歐文斯的傢伙，是吧？」

魯迪點點頭。

「顯然，」亞逑說：「你是個大白痴。不過，跟我們同類的白痴。來吧。」

他們兩人入夥了。

抵達農場之後，莉賽爾跟魯迪接到一只麻布袋。亞逑．伯格抓著自己的粗麻袋，一面用手撥攏一綹一綹的淺色頭髮。「你們兩個，哪個以前曾經偷過東西？」

「我當然偷過。」魯迪保證：「一直都在偷東西。」他聽起來沒什麼說服力。

莉賽爾的回答比較具體。「我偷過兩本書。」亞逑一聽，嘲諷地大笑了三聲。這一笑，讓他臉上的青春痘挪動了位子。

「書不能吃啊，小甜心。」

他們先停在農場旁觀察蘋果樹，一排排果樹彎彎曲曲延伸。亞逑．伯格發號施令。「第一，」他說：「不要卡在圍籬上。你卡在圍籬裡面，你就自己留在那裡，聽清楚沒？」有人點點頭，有人回答說聽清楚了。「第二，一個人爬樹，另一個在樹下面收集蘋果。」他搓搓雙手，享受發號施令的快感。「第三，要是看見有人過來，大聲喊叫，大聲到連死人都被吵醒。然後我們一起跑掉，聽清楚沒？」

「聽清楚了。」眾人異口同聲回答。

兩個菜鳥蘋果竊賊的竊竊私語

「莉賽爾，妳確定嗎？妳還想要偷嗎？」

「魯迪，你看看那有刺的鐵絲網，好高耶。」

「不會啦，不會。看，妳把袋子拋上去，看見沒有？就像他們那樣。」

「好吧。」

「那就爬上去吧！」

「我不行啦。」她猶疑著：「魯迪，我……」

「爬上去，死母豬！」

他把她推向圍籬，把空布袋拋到鐵絲網上頭。兩個人爬過去之後，跟在其他人後面跑。魯迪順利爬上了最靠近圍籬的那棵樹上，然後動手把蘋果往下丟。莉賽爾站在樹下，把蘋果裝到布袋裡。布袋還沒裝滿，她就有了新的問題。

「我們要怎麼爬回去圍籬另一邊？」

他們注意到亞述．伯格選擇最接近圍籬柱子的地方爬上去，於是得到了答案。「那裡的鐵絲網比較牢。」魯迪指出。他把布袋拋過圍籬，讓莉賽爾先爬上去，接著才爬過去，在她旁邊落地。他的腳旁都是從布袋裡滾出來的蘋果。

長腿的亞述．伯格站在他們旁邊，心情愉快地望著他們。

「不錯嘛。」他的聲音從他們的頭上傳下來。「幹得不賴。」

他們返回河邊，躲在樹林裡。亞述收回布袋之後，分給他們兩人十二顆蘋果。

「幹得好」是他對他們的評語。

那天下午回家前，莉賽爾跟魯迪在半個小時內，每人吃了六顆蘋果。他們本來打算要與家人分享，但是那樣太危險了。他們不想說明這些水果打哪兒來的。莉賽爾想過，也許她可以告訴爸爸而免於被責備，但是她不希望他以為自己養了個偷竊成性的孩子。所以她把蘋果吃了。

他們在莉賽爾學會游泳的河邊把所有的蘋果解決了。他們從來沒有一口氣吃過那麼多東西，也知道這樣可能會生病。

不過，他們照吃不誤。

「母豬！」當天晚上媽媽破口大罵：「妳為什麼吐得這麼厲害？」

「可能是豌豆湯的問題。」莉賽爾說。

「沒錯。」爸爸附和她，他又站在窗戶邊。「一定是豌豆湯的問題，我自己也覺得有點不舒服。」

「誰問你了，死豬？」她轉頭對著正在嘔吐的母豬說：「嗯？是什麼原因，妳這個骯髒的小豬，是什麼原因？」

莉賽爾怎麼回答呢？

她什麼也沒說。

她心裡開心地想著蘋果。蘋果的滋味。然後，為了討吉利，她又吐了一次。

亞利安裔老闆娘

他們站在迪勒太太的店外，靠在粉刷成白色的牆壁上。

莉賽爾・麥明葛嘴裡含著一塊糖果。

她的眼中閃耀著陽光般的光彩。

雖然她不方便說話，她還是可以開口吵架。

魯迪與莉賽爾之間另一段對話

「快點，母豬，妳已經舔了十下了。」

「還沒，才第八下，我還有兩下。」

「好啦，那快點啦。早跟你說，我們應該弄把刀子把糖果鋸成兩半的……」

「可以了啦，這樣算兩下了。」

「好啦，拿去。不要給我吞下去。」

「我看起來像個笨蛋嗎？」

沉默片刻……

「好好吃噢，對不對？」

「那還用說，母豬。」

八月底，夏天快要結束的時候，他們在地上撿到了一芬尼。①大喜若狂。

那個硬幣掉在莉賽爾送燙洗衣物的路途上，卡在泥土裡面，有一半都快爛了，是一枚受到腐蝕的寂寞硬幣。

「妳看看那個！」

魯迪忽然彎下腰，撿起了硬幣。他們往回頭衝向迪勒太太的店，激動到彷彿心被扎到一樣，完全沒想到一芬尼可能買不到他們想要的東西。他們衝進店門，站在亞利安裔老闆娘的面前，老闆娘一臉不屑地盯著他們。

「我在等待。」她說。她的頭髮紮在後腦杓，一身黑洋裝緊勒著身軀，相框裡的希特勒從牆上留意他們的一舉一動。

「希特勒萬歲。」魯迪先開口。

「希特勒萬歲。」迪勒太太在櫃檯後面挺高了身子回應。「那妳呢？」她凶巴巴的瞪著莉賽爾，莉賽爾馬上開口給她一句「希特勒萬歲」。

魯迪沒兩下就從口袋中掏出硬幣，穩穩當當地放在櫃檯上。他直視著迪勒太太鏡片後面的眼睛說：「請給我綜合口味的糖果。」

迪勒太太笑了，露出嘴裡參差不齊的牙齒。沒有想到她也會這麼親切，魯迪與莉賽爾也跟著笑了。不過，他們的笑容沒有維持多久。

迪勒太太彎下腰，找了找，然後站起來。「拿去。」她把一片糖果扔到櫃檯上，「要綜合，你自己去綜合。」

他們在外頭拆開了包裝，想把糖果咬成兩塊。但是糖果跟玻璃一樣，實在太硬了，連魯迪野獸般銳利的牙齒也沒有辦法。既然無法分成兩份，他們只好輪流舔糖果，舔到它沒了為止。魯迪舔十下，莉賽爾舔十下，交換來，交換去。

「這樣子，」魯迪牙齒上沾滿了糖，笑著宣稱：「才是人生哪！」莉賽爾沒有否認他的說法。還沒吃完糖果，兩個人的嘴都已經紅通通了。在回家路上，他們提醒彼此提高警覺，不要漏看了路上其他的硬幣。

當然，什麼也沒發現。沒有人可以在一年內幸運兩次，更別說在一個下午幸運兩次了。

不過，他們帶著紅色的舌頭跟牙齒，沿著天堂街走回家，跟剛才一樣，他們一路走，一路開心地搜尋地面。

那天真是棒透了。納粹德國真是個奇妙的國家。

奮鬥者（序篇）

我們現在把故事快轉，先來瞧瞧一個在寒夜裡掙扎求生的故事，等會兒再來繼續偷書賊的故事。

那天是十一月三日。他雙腳緊貼著火車地板，手中拿著一本《我的奮鬥》——他的救星。雙手滲出汗水，指痕印在書本上。

偷書賊電影公司出品

《我的奮鬥》

導演

阿道夫．希特勒

在麥克斯．凡登堡的身後，司徒加這個城市嘲笑地敞開雙臂。

他在那裡不受歡迎。發霉的麵包在他胃裡分解，他盡量不回頭張望。他移動身體好幾次，看到燈火闌珊，然後全都消失無影無蹤。

他告誡自己要露出傲慢的表情，不要看起來驚慌失措。看看書，帶著微笑看看書，這是本好書，你所唸過最棒的書。不要理會走道另一頭的那個女人，她已經睡著了。加油，麥克斯，再幾個小時就到了。

上次會面之後沒幾天，友人就依照承諾再度來到黑暗的房間。他一個半星期之後就來了。然後一個星期之後再來了一趟。然後又來一次。到了後來，他已經完全無法計算時間的快慢了。他又換了一次藏匿地點，換到另一間比較小的儲藏室。那裡光線稍微好一點，友人來探望他的次數更頻繁，吃的東西也比較豐盛。不過，他們沒有時間了。

「我馬上就要走了。」他的朋友瓦特．庫格勒告訴他：「你也知道那邊的情況，軍隊那邊。」

「瓦特，我為你感到難過，你得去當兵。」

瓦特．庫格勒是猶太人麥克斯從小就結識的朋友。瓦特把手放在麥克斯的肩膀上，「還有更糟糕的事情，」他看著他猶太朋友的眼睛，「我說不定下場會跟你一樣。」

那是他們最後一次碰面。瓦特最後一次在房間角落裡留下了包裹，這次的包裹裡有一張車票。瓦特翻開《我的奮鬥》一書，把車票塞到書頁中，放在與書一起買下的地圖旁。「第十三頁。」他臉上露出微笑，「會帶來好運，是吧？」

「會帶來好運的。」兩個朋友相互擁抱。

門關上之後，麥克斯翻開書，檢查裡面的車票。從司徒加出發，經慕尼黑到帕辛，兩天後傍晚發車的火車，剛好可以接上最後一班車，然後再由帕辛走路過去。折成四折的地圖已深深烙印在他腦海中，鑰匙依舊以膠帶黏貼在書本封皮的內側。

他呆坐了半個小時，然後才走去打開袋子。除了食物以外，裡面還放了幾樣東西。

瓦特．庫格勒拿來的東西

小型的刮鬍刀、湯匙——最方便取代鏡子的東西、剃鬍膏、剪刀。

麥克斯離開儲藏室之後，房間內空無一物，只剩地板的存在。

「再見。」他輕聲說。

麥克斯最後看到的是一小撮頭髮，零散堆在牆壁的角落。

再見。

帶著一張刮乾淨的臉，一頭整齊旁分梳好的頭髮，麥克斯像是變了個人似地走出建築物。他其實是以德國人的身分走出來。等等，他是德國人，更明確地說，他以前曾是德國人。

他的肚子吃飽了，卻感覺到一陣強烈的噁心。

他走到火車站。

他出示了車票與身分證，而現在他已經坐在火車的小包廂裡面，危機四伏。

「證件。」

這就是他最怕聽見的事情。

他在月台上被叫住了一次，讓他心驚膽跳，他知道自己無法承受兩次相同的驚嚇。

他的雙手顫抖著。

他身上散發出犯罪的氣味，不，是犯罪的惡臭。

他就是無法再承受這種驚嚇。

運氣好，查票員很早就來了，僅僅要求他出示車票。現在，他只看見窗外一個又一個的小鎮，密集的燈火，還有聽見坐在包廂另一頭女人的打鼾聲。

旅途大部分的時間裡，他靠著書讓自己撐下去，讓自己別抬起頭。

他一邊翻書，一邊隨意唸誦句子。

說也奇怪，他一頁一頁翻下去，一章節一章節看下去，只體會到四個字。

我的奮鬥。

火車嘎吱嘎吱前進，行駛過一個又一個德國小鎮，書名不斷浮現在他腦海。

《我的奮鬥》。

他的救命大恩人。

惡搞

大家可能認為莉賽爾．麥明葛的命運不算壞。跟麥克斯．凡登堡一比，她的命還算好。沒錯，她的弟弟幾乎是在她的懷中喪命的，她的母親遺棄了她。

但是，任何遭遇都強過身為猶太人。

在麥克斯快抵達之前，他們又失去了一位洗衣的客戶，這次是范嘉納夫婦。沒有例外，廚房裡又上演了一場謾罵叫囂的戲碼。莉賽爾心情還算鎮定，因為還有兩個客戶，更棒的是，其中一個是鎮長，她還能見著鎮長夫人，並且閱覽她家的藏書。

至於莉賽爾的其他活動，她照樣跟著魯迪．史坦納到處惹麻煩。我甚至可以說，他們使壞的功夫越來越厲害了。

為了早日證明他們的用處，並且提升偷竊的技能層次，他們與亞述．伯格以及那群人又下手了幾次。他們在一座農場偷了馬鈴薯，換到別的地方偷了洋蔥。不過，他們最光榮的勝利是兩人自個兒進行的。

我們之前已經瞭解，在外面晃來晃去的好處之一，就是可能在地上撿到東西，而另一個好處則是留意到他人的一舉一動。更重要的好處是，留意到同樣的人在每個星期做同樣的事。

學校的同學奧圖，史圖姆就是上述這種人。每星期五下午，他騎著腳踏車，載著食物，送貨給教堂的神父。

他們花了一個月的時間觀察他，氣候漸漸轉冷。魯迪決定，十月中某個異常嚴寒的星期五，要讓奧圖無法完成任務。

他們一邊在鎮上閒晃，魯迪一邊說明：「這些神父都太胖了，一個星期不吃一餐也沒不打緊。」莉賽爾無法反駁，因為，第一，她不信天主教；第二，她自己也餓得不得了。她和平常一樣，帶著要拿回家洗的衣物，魯迪則提了兩桶冷水，以他的說法，是兩桶即將成為冰的水。

快到兩點的時候，他著手實施計畫。

他毅然決然，把水潑到馬路上，不偏不倚潑在奧圖馬上就要騎腳踏車經過的轉角。

莉賽爾無從否認。

一開始，他們還感到一點罪惡感，但是這個計畫完美無缺，至少可說快要天衣無縫了。每個星期五下午兩點，奧圖，史圖姆轉個彎之後，就會騎到慕尼黑街，他腳踏車的手把上掛著籃子，裡面裝著農產品。而就在這個星期五，他最遠只能騎到這個轉角。

地面照舊結了冰，但是魯迪又多鋪上了一層冰。他忍不住咧嘴大笑，嘴巴咧得像是一條橫過臉蛋的滑雪板。

「來吧。」他說：「躲到那邊的灌木去。」

大概十五分鐘過後，這個邪惡的計畫就要實現了。

魯迪一隻手指著灌木叢中的缺口。「他來了。」

奧圖騎到轉角，跟羊一樣遲鈍。

腳踏車登時失去了控制，他在冰上打了個滑，整個人撲倒在地。

他一動也不動，魯迪驚駭地看著莉賽爾。「媽的！」他說：「我們可能害死他了！」他躡手躡腳，慢慢走過去拿了籃子，兩人溜之大吉。

「他還有呼吸嗎？」跑遠了之後，莉賽爾才問。

「不知道。」魯迪手裡緊抓著籃子回答她，他不曉得。

他們遠遠站在山丘下望見奧圖站起來。他搔搔頭髮、抓抓褲襠，然後到處尋找他的籃子。

「好一個笨蛋加白痴。」魯迪哈哈大笑。他們檢查了贓物，裡面有麵包，破掉的蛋，還有一條好大的火腿。魯迪把肥厚的火腿拿到鼻子前，深深吸了一口氣。「真香。」

他們原先想獨自享受這個勝利的成果，後來卻屈服在一個念頭之下：向亞述．伯格表露忠貞的念頭。他們走到亞述位於坎夫街的破爛居處，讓他瞧瞧這些食物。亞述忍不住讚許他們。

「從誰那裡偷來的？」

回答的是魯迪：「奧圖，史圖姆。」

「唔，」亞述點點頭，「不管他是誰，我都感謝他。」他走進屋內。回來時手上拿了麵包刀、炒菜鍋還有一件外套，三個竊賊一起走到公寓的通道。「我們叫其他人一塊來。」出了公寓，亞述．伯格告訴他們：「我們可以當小偷，但我們不可以沒人性。」他跟偷書賊一樣，至少有個底線在那裡。

他們敲了幾戶人家的門，站在馬路朝樓上喊了幾個名字。不多久，亞述．伯格那票偷水果的傢伙都集合了，往安培河走去。在河對岸的空地上他們生了火，把破蛋裡剩下的蛋汁撈出來煎了吃，把麵包跟火腿切片，手跟小刀並用。奧圖，史圖姆的食物吃得清潔溜溜，什麼神父的影子也沒有。

最後，他們才為了籃子起了爭執。大多數的男孩打算把籃子燒了，費利茲．漢默與安迪．施梅克卻想留下籃子，但是亞述．伯格此時顯露出他矛盾的道德標準，有了另一個想法。

「你們兩個。」他告訴魯迪與莉賽爾：「也許你們應該把籃子拿回去給那個叫做史圖姆的傢伙，我想，那個可憐的混蛋搞不好應當拿回自己的籃子。」

「噢，得了吧，亞述。」

「我不想聽這種話，安迪。」

「老天爺哪。」

「老天爺也不想聽到這句話。」

孩子們都笑了。魯迪．史坦納拿起籃子，「我把籃子送回去，掛在他家的信箱上。」

他才走了二十公尺左右的距離，莉賽爾就從後頭追上他。她今天會因為晚回家而受罰，不過，她知道她一定得陪魯迪．史坦納走過小鎮，走到另外一頭的史圖姆農場。

他們默不作聲走了好久。

「你後悔嗎？」莉賽爾終於開口問了，那時他們已經在回家的路上。

「後悔什麼？」

「你知道我指的是什麼。」

「我當然後悔。不過，我現在肚子不餓了，我敢說史圖姆也不餓。不用想也知道，要是他家的食物都不夠吃了，那些神父還分得到東西吃嗎？」

「不過，他跌到地上，摔得很嚴重。」

「別提醒我這件事情。」但是魯迪．史坦納忍俊不禁，還是笑了。幾年後他就不再偷麵包了，反而拿麵包送給有需要的人。這個轉變再次印證了人類的矛盾性格，人類可以如此的善良，可以如此的邪惡。就這麼簡單。

這場讓他們悲喜交集的小小勝利之後五天，亞述．伯格又出現了，邀請他們參加下一場偷竊計畫。星期三放學回家路上，他們在慕尼黑街上遇到他，他已經換上了希特勒青年團的制服。「我們明天下午又要下手了，有興趣嗎？」

他們當然想參加。「要去哪？」

「馬鈴薯農場那裡。」

二十四小時後，莉賽爾跟魯迪再度英勇地爬過鐵絲網，把布袋裝得滿滿的。

就在他們準備逃跑時，問題出現了。

「天啊！」亞述大喊：「農夫來了！」讓大家心生恐慌的是他下一句話。他大聲吼叫，彷彿他已經被攻擊了似的，他的嘴張得斗大，兩個字從他嘴裡飛出來。這兩個字是「斧頭」。

大夥轉頭一看，果然農夫正對著他們奔來，手上揮舞著武器。

整票人跑到圍牆，爬了過去。魯迪離圍牆最遠，雖然他立刻就趕上其他人，但他還是不夠快，依舊落在最後。他抬高腿之後，居然卡在上面下不來。

「喂！」

困獸的聲音。

所有人都停下來。

莉賽爾想都沒想就轉身跑回去。

「快點！」亞述大喊。他的聲音好遙遠，彷彿還沒說出口就已經嚥了回去。

白色的天空。

其他人都跑掉了。

莉賽爾回到魯迪身邊，她動手拉他的褲子，魯迪的眼睛因為害怕而睜得好大。「快點啊。」他說：「他過來了啦。」

此時他們還能聽見遠處棄他倆而去的腳步聲，但又有一隻手出現了，這隻手把鐵絲從魯迪．史坦納的褲子上扯開，金屬扯下了一小片布料，而魯迪可以動了。

「來，快跑。」亞述告訴他們。農夫轉眼已經趕到，氣吁吁罵著髒話，緊握著斧頭的手放下來。他大聲喊出所有被搶劫的人都會說的台詞：

「我會找人逮捕你們，我會抓到你們，我會查出你們是誰！」

亞述．伯格回話了。

「他叫做歐文斯！」他大步跑開，追上莉賽爾與魯迪，「杰西．歐文斯！」

跑到安全的地方之後，大夥都氣喘如牛，坐定之後亞述．伯格靠過來，魯迪不願看他。「大家都會碰到這種事情啦，」亞述說。他知道魯迪心中好失望。亞述說的是真的嗎？他們不知道，也永遠找不到正確的答案。

幾個星期後，亞述．伯格就搬去了科隆。

有次在送衣物的路上，他們又遇到了亞述。在慕尼黑街的小巷子裡，他遞給莉賽爾一個棕色紙袋，裡面裝了十來個栗子。他勉強擠出笑容，「我跟一家烘培堅果的工廠簽了約。」告知他將離開的消息之後，他又努力讓滿是青春痘的臉露出最後一個微笑，還拍拍兩人的額頭。「不要一次就把這些都吃光噢！」從此，他們再也沒有見過亞述．伯格。

至於我，告訴你吧，我當然又見過他。

幾句頌詞，稱讚還活著的亞述．伯格

科隆的昏黃天空正一點一滴地腐爛，天空的邊緣一片片地剝落。

伯格靠著一面牆坐著，手中抱著一個孩子，他的妹妹。
妹妹沒了呼吸後，他陪著她。我看得出來，他會抱著她抱上好幾個小時。
他的口袋裡有兩個偷來的蘋果。

這次他們比較聰明。兩人各吃了一個栗子，接著挨家挨戶賣掉剩下的栗子。

「要是你有幾芬尼的零錢，」莉賽爾對每戶人家都這樣講：「我有一些栗子。」最後他們賺了十六個銅板。

「那麼，」魯迪眉開眼笑：「來去報復。」

那天下午，他們又去了迪勒太太的店。「希特勒萬歲。」他們等著迪勒太太。

「又要綜合口味的糖果？」她笑著問，他們點點頭回答，把銅板嘩啦嘩啦放到櫃檯上，迪勒太太笑得更加燦爛。

「是的，迪勒太太。」他們齊聲同說：「請給我們綜合口味的糖果。」

相框裡的元首看來也以他們為榮。

這是暴風雨來臨之前的勝利。

奮鬥者（劇終）

魯迪與莉賽爾惡搞的花招現在玩完了，但是奮鬥者的故事還沒有說完。我一面講莉賽爾・麥明葛的故事，一面說麥克斯・凡登堡的故事，等下我就會把這兩個人湊到一塊。請再給我幾頁的篇幅，先說完這邊的故事。

奮鬥者的故事。

如果他們今晚殺了他，好歹他是活著死去的。

火車已經走遠了。打鼾的婦人把車廂當成了床，舒服地蜷曲在座位上。火車繼續行駛。麥克斯與獲救之間，只剩下幾步路的距離。幾步路的距離，還有心中打轉的念頭，打轉的疑慮。

他按照腦海中記憶的地圖行走，從帕辛走到墨沁鎮。當他看見墨沁鎮的時候，時間已經很晚了。雙腳疼得不得了，但是他就快要到了，快到最危險的地方，已經接近到可以碰著了。

如同地圖所指示的一樣，他找到了慕尼黑街，然後沿著人行道走下去。

四周的街景看起來生硬、不自然。

街道上亮著一圈圈的街燈。

冷淡又陰暗的建築物。

鎮公所的外表看起來，就好像是個有著大拳頭的年輕人，拳頭大到不符合他的年紀。麥克斯的眼睛往上面一看，教堂消失在黑暗中。

所有建築物都在觀望著他。

他打了個哆嗦。

他警告自己：「小心點。」

（德國小孩小心翼翼，尋找偶爾出現的硬幣；德國猶太人小心翼翼，免得被逮捕。）

為了繼續使用十三作為好運的數字，他以十三步路為一組，計算自己的步伐。他對自己說：走十三步路就到了，加油，再走十三步。等他終於站在天堂街的十字路口之際，估計他已經走了九十組。

他一手拎著皮箱。

另一手依然握著《我的奮鬥》。

兩手的東西都很重，握著東西的手微微冒汗。

他轉了個彎，走上天堂街，朝著門牌三十三號前進。他壓抑著想要發笑的感覺，克制住掉淚的慾望，甚至克制自己不要去想從此以後就安全了。他提醒自己，現在不是懷抱希望的時候。當然，他幾乎伸手就可以觸到希望了，他可以感覺到希望，差那麼一點點，他就可以碰到希望了。他不想去承認，自己又在盤算著，倘若在最後一刻他被逮捕了，或者意外出現，屋內不是應該等候他的那個人，那他該怎麼辦。

當然，他也無法壓抑內心浮動不定的罪惡感。

他怎麼能這麼做？

他怎麼能冒出來，要求人家為了他賭上性命呢？他怎麼能這麼自私？

三十三號。

他盯著門牌。

房子是灰白的，看起來簡直像是生病的模樣。前面圍著鐵製的圍欄，還有一扇沾了痰垢的棕色大門。

他從口袋裡掏出鑰匙。鑰匙沒有閃閃發光，反而無精打采，黯然躺在他手上。他緊握住鑰匙，有點期待它溜到他的手腕，但是他的期待落空。鑰匙又硬又平，有著一排堅固的鋸齒。他緊握住，讓鋸齒刺進手心的肉裡。

接著，奮鬥者緩慢地向前，他抵住大門，臉頰貼著木板。他從拳頭內拿出了鑰匙。

① Pfenning，德國輔幣單位，一百芬尼為一馬克。

4 監看者

主演：手風琴手——守信的人——乖女孩——猶太拳擊手——羅莎的憤怒——一頓訓話——沉睡者——交換惡夢——還有地下室來的幾頁書

手風琴手（漢斯．修柏曼的秘密人生）

有位年輕人站在廚房裡，他手上握的鑰匙似乎生鏽了，鐵鏽融到他的手掌中。他沒有說「你好」或是「請幫我」一類的話，也沒說出其他類似的話語。他問了兩個問題。

問題一

「漢斯．修柏曼？」

問題二

「你還有在彈手風琴嗎？」

這個年輕人有點不安地看著眼前的人影，他的聲音好像是擠出來的。聲音穿越眼前的一團漆黑，彷彿他全身上下僅剩下聲音。

漢斯提高了警覺，也驚恐萬分，往前走過去。

他壓低聲音對著廚房回答：「當然，我還有在彈。」

故事要回溯到很多年前，回到第一次世界大戰的時候。

戰爭是詭異的。

戰爭中充滿了血腥與暴力，但也充斥著與暴力血腥一樣無法理解的故事。有人低聲嘀咕說：「我是說真的，你不相信我也不在乎，真的是那隻狐狸救了我。」或者有人會說：「我左右兩邊的人都死了，我是唯一還站著的，唯一沒有被子彈射穿眉心的人。為什麼是我？為什麼是我，而不是他們僥倖免死呢？」

漢斯．修柏曼的故事也差不多。後來我從偷書賊寫下的故事中才知道漢斯的故事，我也才發覺，原來在第一次世界大戰中，我和漢斯偶爾彼此擦肩而過，不過我和他都沒有約定好要見面。我個人實在太忙了，至於漢斯，我想他一直努力避免遇上我。

我和漢斯首度出現在彼此附近時，漢斯才二十二歲，正在法國打仗。他排上的年輕軍人都熱切渴望一戰，但漢斯沒有那麼堅定的信念。一路下來，我帶走了幾名他的同袍。至於他的話，我可說是連接近他的機會都沒有。要不就是他運氣好，要不就是他命該活下去，或者說，有好的理由讓他活下去。

在軍隊裡，他表現得中規中矩。跑步不搶先也不落後，匍匐前進不搶先也不落後，他打靶夠準，但是又不會準到讓他的長官沒面子。他的表現不夠傑出，不會立即被選派出場，對著我直衝而來。

值得一提的小事

過去幾年中，我遇過好多年輕人，他們自以為是朝著其他年輕人奔去。其實不然，他們是朝著我跑來。

漢斯打了差不多六個月左右的仗，最後在法國結束了他的軍旅生涯。表面上看，有件在法國發生的離奇事蹟救了他的命。但是，從另外一種觀點出發，在戰爭的荒謬裡，那樣的事件絲毫稱不上離奇。

自從他入伍加入第一次世界大戰以來，他經歷的分分秒秒，都讓他感到驚訝，像是連續劇般，一天又一天，一天接著另外一天，每天都有：

與子彈的對話。

倒下的人。

世上最精采的黃色笑話。

冷汗，這個邪惡的小子，在腋窩與褲管中悶過頭了，已經不受歡迎。

漢斯喜歡打打牌，下下棋，但他的技巧根本差到讓人瞧不起。另外，他還喜歡音樂，無論何時，他都需要音樂。

教他彈奏手風琴的是個比他年長一歲的德裔猶太人，叫做埃立克．凡登堡。這兩人對戰爭都沒興趣，所以他們慢慢成了朋友。與其在雪地、泥地裡打滾，他們寧願捲捲菸捲。與其開槍發射子彈，他們寧願擲把骰子賭賭博。賭博、抽菸、音樂使他們建立起堅定的友誼，更不用說加深了他們要活下來的共同期盼。這個心願後來沒能完成，因為埃立克．凡登堡在一座綠草如茵的山丘上屍骨四散，他的雙眼睜著，婚戒被人偷走。我撈起他的靈魂，帶著其他的靈魂一同飄走。天地相交的地方呈現牛奶的顏色，又冷又新鮮，潑灑在屍體之上。

埃立克．凡登堡身後遺留的東西只有幾件個人物品，另外還有一架留有指印的手風琴。軍方認為手風琴太大了，所以除了手風琴之外，所有東西都送回了他家。手風琴留在營區的臨時床板上，看起來簡直像在自我責備一樣，然後就交給了他的朋友漢斯．修柏曼，因為他碰巧是唯一的生還者。

他生還的原因

他那天沒有上戰場打仗。

沒上戰場這件事，就要感謝埃立克．凡登堡。正確的說法應該是：他得感謝埃立克．凡登堡，還有中士的牙刷。

那天早上整隊出發前不久，史帝方．施奈得中士慢慢走入營房，命令全體立正站好。這群軍人都喜歡他，因為他個性幽默，又愛惡作劇。不過他受人愛戴最主要的原因是，他向來不跟在弟兄後面衝進戰火，他總是一馬當先。

有時候，他喜歡走進一屋子正在休息的男人中，說出類似這樣的話：「誰是從帕辛來的？」或是「誰的數學很強？」在決定漢斯．修柏曼命運的那天，他問的是：「誰的字寫得很整齊？」

自從第一次他玩了這個把戲之後，再也沒有人會主動招認。第一次，有位個性急切，名叫做菲力普．施林克的年輕人，驕傲地站起來說：「長官，我，我家在帕辛。」他隨即拿到一隻牙刷，受命前去洗廁所。

當中士問起誰的字寫得最漂亮時，你一定可以明白，沒人想挺身而出。他們以為，若是站出來的話，那在軍隊出發前，自己可能就是第一個接受全套的衛生內務檢查，或是被叫去刷洗那個怪脾氣中尉踩到屎的靴子。

「嗨，得了吧。」施奈得消遣大家，他抹著油的頭髮閃著光芒，不過他頭頂上總有一小撮頭髮豎立著，好像在維持警戒。「你們這群沒用的傢伙裡面，好歹總有一個人可以把字寫得整整齊齊的。」

遠方傳來槍砲的聲響。

營房起了一陣騷動。

「聽好，」施奈得說：「這次跟以前不同，這場仗會持續打一整個早上，也許會拖得更久。」他忍不住露出笑容。「施林克上次刷茅房的時候，你們這些人在打牌；但是，這回你們要給我上場打仗。」

性命或自尊。

施奈得顯然希望他的部屬中，有人擁有智慧去選擇保住性命。

埃立克．凡登堡與漢斯．修柏曼相互對望。要是有人現在往前跨出一步，這一排步兵會讓他日後在團體生活中生不如死，因為沒有人喜歡懦夫。但是，換個角度來看的話，如果這個人是被人家拱出來的話……

還是沒有人挺身而出。但是有個聲音，從地面緩緩傳到中士的雙腳，落在中士的腳邊，好像等著讓他一腳高高踢起。那聲音說：「修柏曼，長官。」這是埃立克．凡登堡的聲音，他認為那天並不是他的好友該送死的日子。

中士在兩排士兵之間踩來踩去。

「是誰在說話？」

史帝方．施奈得踱步的樣子非常帥氣，他個頭不高，無論講話、走路或是決定事情，動作都很迅速。他在兩排軍人中間大步走來走去，漢斯觀望著等候訊息。也許有位護士病了，需要人手為傷兵發炎的四肢拆換繃帶，也許一千個裝著戰歿通知書的信封需要人來舔濕缺口，然後寄出去。

就在那時，同樣的聲音又傳出來，帶動了其他幾個聲音也附和。「修柏曼。」大家重複說著。埃立克甚至還說：「字寫得工工整整的，長官。工工整整。」

「好，那就這麼決定了。」他短小的嘴嘣出一個微笑。「修柏曼，就是你了。」

高高瘦瘦的修柏曼站出來，詢問任務內容。

中士嘆了口氣。「上尉需要一個人幫他寫幾十封信。他手指上的風濕症還是關節炎什麼的，很嚴重，你的任務是幫他寫信。」

施林克被派去清潔茅房，還有一個叫做費藍格的，舔信封舔到快瘋了，舌頭染成一片藍，所以這個任務，讓漢斯找不到理由拒絕。

「是的，長官。」漢斯點了個頭，事情就這樣落幕了。他的字寫得好不好，沒人敢說，可是漢斯自覺僥倖。因此當其他士兵都在衝鋒陷陣之際，他盡一己之力，把信寫得工工整整的。

沒有人活著回來。

那次是漢斯．修柏曼頭一遭逃過了我的手掌心，當時是第一次世界大戰。

到了一九四三年，在埃森，他會再度躲過我。

兩次世界大戰，他逃過我兩次。

第一次他還是年輕人；到了第二次，他已成了中年人。

能僥倖騙過我兩次的人可不多。

之後的軍旅生涯，他都帶著手風琴。

退役後，他到司徒加找到埃立克．凡登堡的家人。埃立克．凡登堡的太太告訴漢斯，他可以留著手風琴。她公寓裡到處都是手風琴，若看到他帶回來的那架，她會分外難過。其他的手風琴已足以讓她記住凡登堡，教人家手風琴也可以讓她回想起他，因為凡登堡曾與她一同教琴為生。

「他教會我彈手風琴。」漢斯告訴她，好像這樣會讓她舒服一點似的。

他這句話或者真的安撫了她的悲傷，因為身心交瘁的凡登堡太太問他，是否能為她彈奏一曲。當他按著按鍵，敲著鍵盤，生澀地彈奏《藍色多瑙河》，她無聲地流下眼淚。這曲子是她先生的最愛。

「我跟妳說，」漢斯向她解釋：「他救了我一命。」房間裡的光線黯淡，空氣沉悶。「如果妳以後需要幫忙的話……」他把寫著名字與地址的紙條遞到桌子的另一端。「我是刷油漆的，我可以免費幫妳油漆公寓，妳願意的話，什麼時候我都可以幫忙妳。」他知道這樣的彌補無濟於事，但是他依舊表達了他的意願。

凡登堡的太太收下紙條。沒多久，一個小孩閒晃進來，坐到了她的大腿上。

「這是麥克斯。」她說。不過男孩的年紀尚小，個性羞怯，什麼話也沒說。他瘦巴巴的，有著柔軟的頭髮及深邃的黑眼睛。小男孩看著陌生男子在悶沉的房裡又彈了一曲。他一下望著男人彈奏手風琴，一下看著媽媽哭泣的臉龐，媽媽的眼神隨著高低起伏的音調流轉，顯露出深沉的哀傷。

漢斯離開公寓。

「你從來沒告訴過我。」他望著司徒加的天際，對著死去的埃立克·凡登堡說：「你居然從沒告訴過我，你有個兒子。」

他停下腳步，悲傷地搖頭，然後返回慕尼黑，他以為再也不會聽見那一家人的消息了。他當時並不知道，這家人日後會非常需要他的協助，不過，他們不需要他幫忙油漆房子，而且他們要等到二十多年之後，才提出協助的請求。

幾個星期後，他回去當油漆工。天氣好的月份裡他勤奮工作，即使在冬天也努力不懈。他時常告訴羅莎，工作可能不會一下子通通上門，最起碼偶爾也會有些零星的工作可做。

這樣的日子過了十多年，還算撐得過去。

小漢斯跟楚蒂相繼出生。兩人還沒長大成人的時候，常跑去找工作中的爸爸，把油漆胡亂塗在牆壁上，幫忙清洗油漆刷子。

不過，等到希特勒於一九三三年掌權之後，油漆工作開始不順利。漢斯並不像大多數人一樣加入納粹黨，他深思熟慮後才決定不要入黨。

漢斯·修柏曼的思考過程

他沒受什麼教育，對政治也沒興趣，但是他認為做人好歹要公道。
有個猶太人救了他一命，這點，他是沒辦法忘記的。
因此，他不願加入一個以極端手法使人類相互仇視的政黨。
還有一點，他與艾立克·史坦納的情況相似，他有些忠實的老客戶是猶太人。
他和許多猶太人的感覺一樣，以為這股仇恨不會延續太久。
想清楚之後，他決定不要追隨希特勒。
不管從哪個角度來看，不入黨的決定引發了一連串的災難。

納粹開始迫害猶太人之後，他接到的油漆工作慢慢減少。一開始情況還不算太糟糕，但沒多久客戶都流失了。在納粹政權逐漸擴張的情況下，他報價的幾個案子都沒有下文。

他在慕尼黑街上看見一名忠實的老客戶，於是上前詢問。這個叫做賀貝特，波林葛的男人有個圓呼呼的大肚皮，是漢堡人，說著一口高地德語口音。①賀貝特起先垂著頭，眼光越過大肚皮看著腳底的路面。等他抬起頭看到油漆匠的身影，他聽見的問題顯然讓他感到渾身不自在。漢斯根本無須詢問理由，但是他還是開口問了。

「賀貝特，是出了什麼事情？我的客戶一直跑掉，速度快到我都來不及計算跑了幾個。」

賀貝特停止懼怕，挺直身體，提出一個問題，等於是告訴了漢斯真相。「唔，漢斯，你是那裡的一員嗎？」

高個兒的油漆匠揮手要他走開，然後沿著馬路繼續往前走。

「得了吧，阿漢。」賀貝特堅持：「不要逼我明說。」

但是這個男人在講什麼，其實漢斯・修柏曼心知肚明。

「哪裡的一員？」

幾年過去了，猶太人在德國境內一再遭受任意的恐嚇與威脅。在一九三七年春天，漢斯・修柏曼終於屈從了。稍做打聽之後，他幾乎是帶著一顆慚愧的心，提出了加入納粹黨的申請。

在慕尼黑街的納粹總部裡繳交了申請表之後，他目睹四名男子朝克萊門服裝店丟了幾塊磚頭，那是鎮上少數還由猶太人經營的店鋪。店內有個矮小的男子結結巴巴地在說話，他一面清掃，一面踩碎腳底下的碎玻璃。一個黃色的星星塗在他的門口，還有一行凌亂的「下流的猶太人」字跡寫在星星旁邊。店內男人的動作由急促逐漸和緩下來，最後一動也不動。

漢斯走近店面，把頭往裡一探。「需要幫忙嗎？」

克萊門先生抬起頭來，有氣無力地抓著一隻雞毛撢子。「不用，漢斯，拜託，走開。」漢斯去年幫克萊門油漆過房子，他記得他的三個孩子，他想起他們的長相，但是卻想不起他們的名字。

「我明天過來，」他說：「來重漆你的門。」

他真的重漆了他的門。

他犯了兩個錯誤，這是第二個。

上面說的那個事件之後，他犯下第一個錯誤。

他走回剛才去過的納粹黨辦公室，一拳打在黨部辦公室的大門上，又一拳打在窗戶上，玻璃窗搖搖晃晃，但是沒人回應，大家都已經收拾回家了。最後走的人本來朝著反方向離去，等他聽到玻璃的咯咯聲響，他才留意到漢斯。

他走回來，詢問出了什麼事情。

「我不入黨了。」漢斯回答。

對方嚇了一跳。「為什麼不入黨？」

漢斯看著自己右手的關節，吞下一口口水，他已經嚐到犯錯是怎樣的滋味了，彷彿口中含著一小片金屬。

「沒事。」他轉身走回家。

他身後傳來一句話。

「你就再考慮看看吧，修柏曼先生。再告訴我們你的決定。」

他沒有理會這句話。

隔天上午，他遵守承諾，比平常還早起床，但是，他起得仍舊不夠早。克萊門服裝店的門口還沾著露水，漢斯把門擦乾，在上面仔細刷上一層飽滿的油漆，讓顏色看起來不再有泯滅人性的痕跡。

一名男子若無其事經過。

「希特勒萬歲。」他說。

「希特勒萬歲。」漢斯附和。

三項很小、但很重要的事

一、走過去的男子是羅夫·費雪，墨沁鎮最忠心的納粹黨員之一。

二、十六個小時之後，門又漆上了一個星星符號。

三、納粹黨沒有接受漢斯·修柏曼的入黨申請。暫時還沒接受。

漢斯沒有正式撤銷他的入黨申請，隔年好多人一申請就立刻獲准。但他們對漢斯抱持著懷疑的態度，漢斯因此被列入候補名單中。一九三八年年底，水晶之夜事件發生後，猶太人徹底被驅逐出境。蓋世太保來搜尋漢斯的房子，沒有查獲任何可疑事物，漢斯．修柏曼成了幸運兒。

他們允許他留下來。

他逃過一劫，可能是因為大家知道他起碼還等著入黨申請案核准，就算不是因為他是個出色的油漆匠，單純因為他還在等候批准，所以放了他一條生路。

此外，他還有一個救星。

手風琴大概讓他免於流放異鄉的命運。油漆匠比比皆是，慕尼黑到處都有，然而接受過凡登堡的短暫指導，加上他自己近二十年來持續不懈的練習，墨沁鎮上沒人能彈得比他好。他的技巧不算完美，卻給人一絲暖意，即便是彈錯的地方，也讓人覺得順耳。

該大喊「希特勒萬歲」，他就大喊「希特勒萬歲」；該懸掛旗幟的日子，他就懸掛出旗子。他的言行舉止並沒有顯著的問題。

然後，就在一九三九年六月十六號（這個日子他記得牢牢的），莉賽爾到天堂街剛滿六個月之後，有件事情完全扭轉了漢斯．修柏曼的生活。

那天，他有工作可以做。

早晨七點整他準時出門。

他推著油漆推車，沒有留意到自己已經被人跟蹤了。

當他抵達工作地點時，有個年輕的陌生人朝他走過去。那是一名金髮的高個子，神情嚴肅。

雙方相互對望。

「你大概是漢斯．修柏曼吧？」

漢斯對他點了一下頭，然後伸手拿油漆刷。「對，我是。」

「你大概會彈手風琴吧？」

這句話讓漢斯停下動作，油漆刷留在原處，又點了點頭。

這名陌生人搓揉著下巴，環視四周之後，他用很小聲，卻很清晰的聲音問：「你願意履行自己的承諾嗎？」

漢斯拿出兩個油漆罐邀請他坐下，年輕人坐下來之前，他伸手自我介紹：「我姓庫格勒，我叫做瓦特，我從司徒加來的。」

他們坐下，壓低聲音談了差不多十五分鐘之久，然後替麥克斯．凡登堡安排了一場午夜的會面。

乖女孩

一九四〇年十一月，麥克斯．凡登堡抵達天堂街三十三號的廚房。他二十四歲，身體看起來好像承受不住身上衣物的重量。他筋疲力竭，彷彿皮膚上若遭受一點點刺激，就能讓他碎成兩半。他衰弱地站在門口顫抖。

「你還有在彈手風琴嗎？」

這個問題當然是：「你還會幫我嗎？」

漢斯走到前門，他打開門，小心翼翼張望外面的情況，然後又返回廚房。他的判斷是：「沒事。」

麥克斯．凡登堡閉上眼睛。安全了，他放鬆身體，想到自己安全了，他覺得非常荒唐，但是他接受了這項事實。

漢斯檢查窗簾，一點小縫隙也不能有。當他檢查窗簾時，麥克斯再也撐不住了，他蹲在地上，雙手緊扣。

他感覺到黑暗來襲了。

他在指間中聞到皮箱、金屬、《我的奮鬥》、還有生還的味道。

他抬起頭，才看見走廊傳來微弱的光線。在他視力所及之處，看見一個穿睡衣的小女孩站在那裡。

「爸爸？」

麥克斯站起來，他像是一根已經燒完的火柴，黑暗湧現圍繞著他。

「沒事，莉賽爾。」爸爸說：「回床上去。」

她磨蹭了半晌才拖著雙腳移動，她停下來偷看了廚房裡的陌生人最後一眼，隱約看到桌上有本書。

「別擔心。」她聽見爸爸低聲說：「她是個乖女孩。」

接下來的一個小時，這個乖女孩清醒地躺在床上，聽著廚房裡支支吾吾的低聲對談。

有件無法預料的事情還沒發生。

猶太裔拳擊手的生命簡史

麥克斯・凡登堡出生於一九一六年。

他在司徒加長大。

年紀小的時候，他最喜歡和別人狠狠打一架。

十一歲的時候，他瘦得像根掃把。那年，他打完生平第一場賽事。

芬佐・葛盧伯。

他的對手。

葛盧伯那傢伙能言善道，頭髮像鐵絲一樣捲。在住家附近的運動場上，大夥要求他們兩人決鬥，兩個男孩都同意。

他們像選手一樣認認真真打起來。

打了一分鐘。

正當場面熱鬧起來的時候，有個警覺心很高的家長跑過來，拎著兩個男孩的領子，硬把他們拉開。

麥克斯的嘴角淌下一道血。

他嚐了嚐那股滋味，味道很好。

□

那一帶沒有幾個拳擊手。就算有人是拳擊手，他們也不會用拳頭打架。當時，人人都說猶太人情願站著承受，無語忍受辱罵，然後再憑藉自身的努力，爬回社會階梯的頂層。但顯然不是每個猶太人都如此。

麥克斯的父親死在綠草如茵的山丘上，屍骨四散。父親去世的時候，他還不滿兩歲。

九歲時，媽媽的精神徹底崩潰，她賣掉了兼做他們住處的音樂教室，搬到舅舅家。他在那裡和舅舅的六個小孩一塊長大，表哥表姐們打他、鬧他，但也愛他。他的拳擊基本訓練課程，就是與排行老大的伊薩克打架，幾乎每天晚上他都輸得一踏糊塗。

十三歲的時候，悲劇又發生了，舅舅過世了。

他舅舅和多數的猶太人一樣，不像麥克斯那麼急躁，願意為了薄薄的酬勞而默默工作，把煩惱都藏在心中，為了家人犧牲一切，最後因為胃裡長出了東西而去世，某個像是有毒保齡球的東西。

在這種情況之中，常常出現這樣的畫面：全家人圍在床邊，看著垂死之人嚥下最後一口氣。麥克斯．凡登堡當時已經是青少年了，雙手強硬有力，眼睛比以前更漆黑，有顆發炎在痛的牙齒。面對傷痛與失去親人的現實，他莫名地感到些許的失望，甚至有點怏怏不悅。看著舅舅慢慢地陷入床中，他決定，永遠不要讓自己像這樣死去。

舅舅卻是滿臉甘願。

他的臉龐稜角分明，下巴的線條無止盡延伸好幾哩似的，頰骨突出，眼窩凹陷。他的氣色很差，卻又那麼平靜，平靜到麥克斯想問他一件事情。

你的鬥志在哪？他很想知道。

你堅持下去的意志力在哪裡？

當然，以十三歲的年紀來說，他有點太嚴厲了，他還沒跟我這樣的人正面交手過，還沒呢。

他和家人圍繞在床邊，看著舅舅嚥了氣，安然從生命之路走上死亡之途。窗上的光線灰灰黃黃的，是夏天肌膚的顏色。當舅舅的呼吸完全終止之後，他看起來好似解脫了。

「死神要來抓我的時候，」這個小男孩發誓：「我會一拳先打到他臉上。」

我蠻喜歡這種挑戰。這麼愚勇的孩子。

沒錯。

我非常喜歡。

之後他打架的次數越來越頻繁。他們是一群個性死硬的孩子，有人是朋友，有人是冤家，他們集結在史推柏街的小公園中，在夕陽餘暉底下鬥毆。這群人包括幾個純種德國人、性情古怪的猶太人麥克斯，還有住在東區的男孩子。什麼種族，家住哪裡，這些都不打緊，沒什麼比好好幹上一架，宣洩青少年的精力來得重要。冤家與朋友之間可說只有一線之隔。

他喜愛被人團團包圍的感覺，喜歡未知的結果。

不確定的感覺讓他覺得又甜美又苦澀。

不是贏，就是輸。

那是一種在他體內不斷攪動的感覺，一直攪動到他認為自己再也無法忍受了，唯一的解藥是向前跨出去，用力揮幾拳。麥克斯不是那種光想不練的男孩。

現在的他回憶起過去，他最喜愛的一次打鬥是「打鬥五號」，他的對手是個高大精瘦的男孩，叫做瓦特・庫格勒，那年他們十五歲。前四次的交鋒中，都是瓦特勝利。但是，麥克斯這回覺得有點不一樣，他的體內流著新血，勝利的血液，這股血液讓人害怕，也讓人興奮。

一如往常，他們被人團團圍住。地面骯髒得不得了，觀戰人群的臉上簡直像是包上一層微笑，他們污穢的手指抓著錢，生氣勃勃地吶喊著。除了吶喊之外，還是吶喊。

天啊，多麼精采的一場騷動。他興奮異常，恐懼萬分。

兩名拳擊手受到現場熱烈情緒的感染，臉上露出興奮之情。緊張讓他們的表情猙獰，全神貫注的眼睛睜得好大。

他們相互試探了一分鐘左右後，開始縮短彼此的距離，風險也越來越大。這畢竟是一場街上的打架，不是一個小時的冠軍爭奪戰，他們可沒有時間窮耗。

「麥克斯，上啊！」一個朋友大喊。吶喊一句接一句。「上啊，上啊，麥克斯鬼剋星。你已經跟他對上了，你惹毛他了。猶太鬼，你已經跟他對上了，你惹毛他了！」

麥克斯個頭矮小，柔軟的頭髮像一簇一簇羽毛，扁平的鼻子，還有一對水汪汪的大眼睛。他比對手整整矮了一個頭。他打拳的方式一點也不優雅，他弓著上半身，往前推擠，急速攻擊對方的臉。庫格勒一看就比他還強壯，技巧比他高明。他的身子保持直挺，揮出的拳頭不斷打中麥克斯的兩頰跟下巴。

麥克斯繼續進攻。

就算是遭受痛擊，承受著痛楚，他繼續往前衝。鮮血染紅了他的唇，凝乾在牙齒上。

他被一拳打倒在地，全場歡呼聲四起。大家準備開始要計算輸贏的錢。

麥克斯站了起來。

不過，他又再次被擊倒。接著，他變換了攻擊的戰略。他先引誘瓦特．庫格勒靠近，讓他接近自己，一旦他靠過來，麥克斯正好朝他臉上打一記漂亮的快拳。這拳不偏不倚打在庫格勒的鼻子上。

庫格勒眼睛一花，雙腳踉蹌往後退了幾步。麥克斯抓住機會，跟著他往前進。他轉到庫格勒的右邊，又賞他一記猛拳，然後再一拳重重打在他肋骨上，讓他失去了反擊的能力。最後的一記右拳則擊中他的下巴，麥克斯解決了他的對手。瓦特．庫格勒躺在地上，爛泥灑滿了金色的頭髮，兩腿攤開呈八字。雖然他沒有落淚，水晶般的淚珠卻沿著皮膚表面滾下來。這些淚珠是被痛擊而出的。

圍觀的人群開始倒數。

為了清楚起見，他們一定要倒數，吵雜聲中混雜著倒數。

依照拳擊賽的慣例，打輸的一方要把勝利者的手臂舉高。庫格勒終於起身，綳著臉走向麥克斯．凡登堡，把他手臂抬舉到空中。

「謝了。」麥克斯對他說。

庫格勒警告：「下次我會宰了你。」

其後幾年，麥克斯・凡登堡與瓦特・庫格勒總計打了十三次架。瓦特總想洗刷麥克斯首度贏過他的那次恥辱，而麥克斯發誓要再度感受那光榮的一刻。最後比數十比三，瓦特勝。

他們兩人一直打架打到一九三三年，十七歲那年。對彼此心不甘情不願的敬佩已經昇華成了真摯的友誼，兩人也已失去了打架的衝動。兩人一直工作到一九三五年，那年傑德曼工程公司解聘了麥克斯和其他猶太人，而「紐倫堡法」也立法通過並實施了，明文禁止猶太人擁有德國公民權，也禁止德國人與猶太人通婚。

有天晚上，他們在以前打架的街角碰頭。瓦特說：「天啊，以前的生活不是這樣的，對不對？以前沒有這種規定。」他拍拍麥克斯衣服手臂上帶有星星符號的臂章。「我們再也不能像以前那樣打架了。」

麥克斯不同意他的說法。「我們可以。你不能娶猶太老婆，但沒有法律禁止你和猶太人打架。」

瓦特笑了。「只要你會打贏我，大概就需要立條這樣的法律。」

接續的幾年內，他們盡量抽空碰面。麥克斯與別的猶太人不斷遭受迫害，不斷受虐。瓦特則埋首工作中，他在一家印刷廠上班。

如果你喜歡聽八卦，好吧，那幾年確實是出現過幾個女孩子。有一個叫做坦妮亞，另一個叫做熙爾蒂，這兩段感情都沒有持續下去。可能因為不確定感與日漸升高的壓力吧，麥克斯沒有心思經營感情，他必須四處尋找工作，他能給那些女孩什麼呢？到了一九三八年，日子已經辛苦到不能再辛苦了。

接著到了十一月九日，水晶之夜，碎玻璃之夜。②

有好多猶太人在這次事件中遇害，但這個事件卻成了麥克斯・凡登堡逃走的契機。那時他二十二歲。

好多猶太人經營的公司或機構，在水晶之夜遭到徹底拆除或洗劫一空。那晚，當公寓門口傳來一陣敲門聲，麥克斯正窩在客廳裡，舅媽、媽媽、表兄姐與表兄的孩子們也都擠在那裡。

「開門！」

一家子面面相覷。他們很想一哄而散，躲到其他房間裡，但恐懼是最難以理解的情緒，他們動彈不得。

聲音又傳來。「開門！」

伊薩克起身走向門口，剛被敲打過的木門搖晃著，還發出嗡嗡的聲響。他轉頭看見眾人臉上清楚展現的畏懼，接著轉開門鎖，打開門。

正如他們預料的，門外是一名納粹，身上穿著制服。

「不可能。」

這是麥克斯的第一個反應。

他抓緊了母親與離他最近的莎拉表姊的手。「我不會走的，要是大家不能一塊離開，我也不要走。」

他在撒謊。

當其他人推選出他的時候，解脫感像某種猥褻的念頭在他內心掙扎。他不希望感受到這種感覺，但是他卻熱烈迎接這份解脫，熱烈到他幾乎作嘔。他怎麼能這樣？他怎麼能這樣呢？

然而，他接受了。

「什麼都不要帶。」瓦特告訴他：「身上穿的衣服就好，我會幫你準備其他東西。」

「麥克斯。」他媽媽喊他。

她由抽屜取出一張老舊的紙條，將紙條塞入他夾克的口袋裡。「要是你……」她最後一次抓住他，抓住他的手肘。「這可能是你最後的希望。」

他仔細看著她年老的臉龐，用力在她嘴上親了一下。

「走吧。」瓦特拖著麥克斯，麥克斯的家人向他道別，給他點錢和幾件貴重的物品。「外面一團混亂，我們剛好可以利用這個機會。」

他們離開了。沒有回頭。

他為此承受著莫大的煎熬。

假使他離開公寓的時候，回頭看了家人最後一眼，也許不會感到那般深重的罪惡感。但他連最後的一聲再見也沒說。

沒有好好再看他們最後一眼。

什麼都沒有，就這樣離開了。

往後兩年裡，他一直躲在瓦特早幾年工作的大樓裡，躲在一間廢棄不用的儲藏室。他們能得到的食物稀少，聽到的流言卻很多。倖存的有錢猶太人都移民走了，沒錢的猶太人也想辦法要離開，但成功機會不高，麥克斯的家人正屬於後者。在不惹眼的情況下，瓦特偶爾會前去探視他們，有天下午他再次前往拜訪，開門的是個陌生人。

麥克斯得知消息的時候，覺得身體好像被扭搓成一顆球，像張寫錯字的紙張，被人揉成了一團。像是人家不要的廢棄物品。

他一方面心底覺得好恨，一方面卻也感到欣慰。他日日努力讓自己從噩耗中振作起來。這個打擊很深，但是不知怎麼地，他沒有碎成千萬片。

一九三九年六月，躲了六個多月之後，他們決定要展開新的計畫行動，他們看著麥克斯離家前，母親交給他的紙條。不錯，他不只是逃走而已，他還背棄家人。在怪異的解脫感之中，他還是認為他當時的舉動就是逃走，就是背棄。我們已經知道那張紙上寫什麼了：

一個名字與一個地址

漢斯．修柏曼

「局勢越來越糟，」瓦特告訴麥克斯。「他們隨時會找到我們。」黑暗中麥克斯的頸背緊弓著。「我也不知道會發生什麼事。我也可能會被抓，你可能要去找那個地方……我已經怕到不敢再請人幫忙了，他們可能會出賣我。」他們只有一條路可走。「我南下到那裡去找那個人。要是他已經加入了納粹黨，這是很可能發生的情況。如果這樣的話，我就直接轉身離開。起碼我會知道這條路行不通，對不對？」

麥克斯將身上剩下的每分錢，都交給瓦特作為旅費。幾天後瓦特回來了。他們相互擁抱，麥克斯屏住呼吸問：「結果呢？」

瓦特點頭。「他沒問題，他還彈著你母親跟你說過的那架手風琴，你父親的那架。他不是黨員，他給了我錢。」在這個階段，漢斯．修柏曼對他們而言，只是一個可能性。「他很窮，結婚了，有一個小孩。」

這點引起了麥克斯的注意。「幾歲？」

「十歲。不可能樣樣都如我們所願。」

「對，小孩的嘴巴不牢靠。」

「能有這條路走，我們很幸運了。」

他們悶不吭聲坐著。過了一陣子，麥克斯首先打破沉默。

「他一定已經討厭起我了吧？」

「我認為他不討厭你。你看，他還給我錢呢！他說他會守信用。」

一個星期之後，有封信送到。漢斯通知瓦特．庫格勒，有辦法的時候，他會設法寄東西過來幫忙。他的信裡面還有一張墨沁鎮與慕尼黑都會區的地圖，還有從帕辛（這是比較安全的火車站）到他家門的路線指南。他信上最後一行字是多餘的：

小心。

一九四〇年五月中，《我的奮鬥》一書寄來了，一把鑰匙用膠帶黏在書皮內側。

麥克斯認為那人真是天才。不過，一想起南下前往慕尼黑的旅途，他依舊因為膽怯而發抖。他當然不希望自己去麻煩別人，更希望自己不必踏上這段旅程。

事情不可能總是如你所願。

尤其在納粹德國的年代，更是不可能的。

時間再度流逝。

戰事擴大。

麥克斯又在另一間空房裡躲避外面的世界。

直到最後，無可避免的事情發生了。

瓦特收到通知，他被派到波蘭，延續德國對波蘭人與猶太人統治權的主張，波蘭人的命運好像比猶太人好多了。麥克斯南下的時刻也來臨了。

麥克斯動身前往慕尼黑，然後抵達墨沁鎮。現在，他正坐在一個陌生人的廚房裡，請求他提供自己迫切需要的幫助，心坎裡卻痛苦地承擔著他自以為應得的譴責。

漢斯・修柏曼握握他的手，對他自我介紹一番。

他摸黑為他煮了咖啡。

小女孩已經走開好一會兒了。不過，又有一陣腳步即將到來。無法預料的事情來了。

一團漆黑中，三個人各踞一角，目不轉睛。只有那女人開口說話。

羅莎的憤怒

莉賽爾再次慢慢入睡。羅莎．修柏曼獨特的聲音傳進廚房，莉賽爾又驚醒了。

「他是誰？」

她認為勃然大怒的羅莎會劈靂啪啦大罵一頓，她起了好奇心，而她確實聽見了走動與椅子拖動的聲音。

莉賽爾忍耐了十分鐘後，終於起身走到走廊。眼前的景象讓她大吃一驚，因為羅莎．修柏曼正站在麥克斯．凡登堡旁邊，看著坐著的他大口喝下她那味道差勁的豌豆湯。桌上點了蠟燭，燭光沒有搖曳晃動。

媽媽的表情嚴肅認真。

她胖嘟嘟的手指因為憂慮而發亮。

不過，她臉上好像顯露出欣喜的表情。她並不是因為自己拯救了某人免於遭受迫害而歡喜，這歡欣之情是來自於……你瞧，至少他沒有抱怨啊。她一下看著湯，一下看著猶太人，眼睛來回轉動。

她再度開口說話，只問了他還要不要再來一點。

麥克斯婉謝了。他衝到水槽邊上嘔吐，他的背部抽搐晃動，雙臂打直，十指緊抓著金屬水槽。

「耶穌、聖母瑪麗亞、約瑟、我的這些老天爺啊。」羅莎喃喃自語：「又一個吐了。」

麥克斯轉過來道歉，胃酸卡在喉嚨，所以他的聲音模糊又微弱。「對不起，我吃太多了。我的胃，妳知道，已經好久沒……我的胃沒辦法一下子承受這麼多……」

「讓開。」羅莎下令，然後動手清潔水槽。

羅莎清理完畢，看見麥克斯坐在餐桌前，漢斯坐在他的對面，兩手握拳放在木板桌面。

莉賽爾站在走廊上，看見了陌生人扭曲的臉龐。那張臉龐後面，她看見媽媽臉上抹上愁容。

她凝視著養父母。

這些人是誰？

莉賽爾所得的教訓

漢斯與羅莎究竟是怎樣的人？這個問題不易解答。善心人士？過於無知而可笑的人？腦袋有問題的人？

漢斯與羅莎的處境

實在是麻煩大了。事實上，是非常非常的麻煩。

當一個猶太人三更半夜出現在你家，出現在納粹主義的發源都市，任誰都會承受極深的痛楚。焦慮、懷疑、妄想症一一作祟，每個症狀都讓人賊頭賊腦疑心未來是否會出現地獄般的後果。讓人驚訝的重點是，儘管恐懼在漆黑中發散五彩的光芒，他們莫名其妙竟然壓抑住激動的情緒。

媽媽命令莉賽爾走開。

「回床上去，小母豬。」她的聲音冷靜且堅定，與平常不同。

幾分鐘過後，爸爸進來房間，他拉開空床上的罩單。

「妳沒事吧，莉賽爾？」

「嗯，爸爸。」

「妳看到了，我們有客人。」漆黑中她只見到漢斯．修伯曼模糊的高長身影。「今天晚上他要在這裡睡覺。」

「我知道了，爸爸。」

幾分鐘之後，麥克斯．凡登堡進到房間。他默不出聲，身影朦朧，好像也沒呼吸，沒有動作。但他卻有辦法從房門走到床上，然後躲到棉被下面。

「一切都好嗎？」

又是爸爸的聲音，這次他是對麥克斯說的。

麥克斯的聲音從嘴中飄出，他的回答像是天花板上發霉的污漬。「很好，謝謝你。」爸爸走到莉賽爾床邊，坐到他平常坐的椅子上，麥克斯又說了一次：「謝謝你。」

過了一個小時之後，莉賽爾才又入眠。

她睡得又香又久。

隔天早晨才過了八點半，一隻手臂搖醒莉賽爾。

手臂另一端傳來的聲音告訴她，今天不用去學校上課了。她得請病假。

她完全清醒之後，她看著睡在對面床上的陌生人，只見到披散的頭髮從毛毯裡露出，而那人一點聲息也沒有，好像已經訓練自己連睡覺都可以寂靜無聲。她戰戰兢兢地從他身邊走過，隨著爸爸走到走廊。

這是有史以來第一次，廚房跟媽媽都這麼沉靜，像是典禮開場之前那種莫名的肅穆。這份安靜只維持了幾分鐘之久，莉賽爾鬆了一口氣。

廚房裡有吃的，還有吃東西的聲音。

媽媽宣布當天首要的工作。她坐在餐桌前說：「莉賽爾，妳聽好，爸爸今天有話跟妳說。」事態相當嚴重，她居然沒有罵她母豬，顯示自我克制情緒的技巧高超。「他有話跟妳說，妳好好聽著，清楚了嗎？」

莉賽爾還在吞嚥食物。

「清楚了嗎，妳這個母豬？」

聽到這種口吻，讓她覺得好多了。

莉賽爾點點頭。

莉賽爾回房裡拿衣服的時候，躺在對面床上的人已經翻了身。他蜷曲的身體不再像是根木頭，而是呈現一個「之」字型，從一邊斜斜延伸到另一邊，曲折地將床鋪區隔成好幾塊。

就著陳舊檯燈所發出的光線，她看見他的臉龐。他的嘴張開，皮膚是蛋殼色的，下巴長滿了小鬍子，他的耳朵硬又平，鼻子不大但形狀奇怪。

「莉賽爾！」

她轉身。

「還不走！」

她動身去盥洗間。

換好衣服走到走廊，她就知道她和爸爸要去的地方不遠。爸爸站在地下室的通道前，淺淺微笑，點亮了燈，帶領她往下走。

防漆罩布疊成一堆一堆，整個房間充滿了油漆的氣味。爸爸站在地下室，要她放輕鬆。以前學習識字時他們漆在牆上的字，現在反射著光芒。「有些事情我要告訴妳。」

莉賽爾坐在一堆一公尺高的防漆罩布上，爸爸則坐在一個十五公升容量的油漆桶上。他先花了幾分鐘思索適當的字眼，想好後才起身發表談話。他揉了揉眼睛。

「莉賽爾，」他小聲說：「我以前從來不敢肯定這件事情會真的發生，所以我也從來沒有跟妳提起過，我沒有告訴過妳我自己的故事，沒說過樓上那個男人的故事。」他從地下室的一頭走到另外一頭，光線放大了他的身影，牆壁上的影子活似巨人。他走過來又走過去。

他停止踱步之後，影子隱約尾隨在後，監視著他的一舉一動。總是有人隨時隨地在監視你。

「我有沒有告訴過妳，我的手風琴打哪兒來的？」他問，然後開始講故事。

他詳細說明了第一次世界大戰與埃立克．凡登堡的故事，提到後來他拜訪戰歿士兵的妻子。「那天跑進房間的小男孩，就是現在樓上的那個男人，懂了嗎？」

偷書賊坐著傾聽漢斯．修柏曼的故事，故事整整講了一個小時之久。接著，說實話的時刻到了，他必須明明白白告誡她。

「莉賽爾，妳要好好聽著。」爸爸拉她站起來，握住她的手。

他們面對牆壁。

牆壁上有深色的影子，還有他們練習識字的痕跡。

他緊抓著她的手指。

「記得元首生日那天晚上，我們從祝壽營火那邊走路回家的路上，記得妳答應過我什麼事情嗎？」

莉賽爾隨即對著牆壁回答說：「我答應你，我會保守一個秘密。」

「沒錯。」漆在牆上的文字散佈在兩個手牽手的影子間，有些字停留在他們的肩上，有些在他們頭頂上休憩，有的懸掛在手臂上。「莉賽爾，要是妳對任何人提到樓上那男人，我們全家就麻煩大了。」他得好好嚇唬她，又得要安撫她，讓她能冷靜下來，這之間的尺寸非常難拿捏。他一句一句擊破她的心防，他發出金屬光芒的眼睛望著她，他別無良策，但仍舊平心靜氣。「最好的結果是我跟媽媽被人帶走。」漢斯當然怕自己會恐嚇她過了頭，但是他計算過他們所冒的危險，他寧願深深嚇唬，也不要恐嚇得不痛不癢。莉賽爾必須絕對服從，立場堅定。

談話接近尾聲。漢斯・修柏曼看著莉賽爾・麥明葛，先確定她正專心聽著。

他列舉出可能會發生的後果。

「要是妳跟任何人提到樓上那男人的事情……」

她的老師。

魯迪。

不管是誰。

重要的是，他們都會受到處罰。

「一開始，」他說：「我會先拿走妳全部的書，全都給燒了。」無情的恐嚇。「我會把書丟到爐灶或是壁爐裡。」他扮演著暴君的角色，但這是必要的。「懂了嗎？」

這個恐嚇不偏不倚，漂亮打中她的死穴。

她的眼底湧出淚水。

「懂了，爸爸。」

「還有，」他必須保持冷酷，他必須竭盡所有氣力才得以讓自己冷酷無情，「他們會把妳帶走，妳希望這種事情發生嗎？」

她現在當真哭了起來。「不要。」

「很好。」他緊緊抓住她的手：「他們會拖走樓上那個男人，也許也會拖走媽媽跟我，這樣的話，我們會永遠、永遠都沒有辦法回家。」

這恐嚇奏效了。

莉賽爾快哭到不行了。漢斯好想把她拉到身邊，緊緊抱著她，但他沒有。他蹲下來，直直盯著她的眼睛，說出到目前為止最溫和的一句話：「妳懂我說的話了嗎？」

她點點頭，嚎啕大哭。在充滿油漆氣味的空氣中，爸爸在煤油燈光下摟住了沮喪的她。

「我懂了，爸爸，我懂了。」

莉賽爾靠在爸爸的身上，她的聲音也因此而模糊不清。他倆維持這個姿勢好幾分鐘，莉賽爾抽咽，爸爸揉著她的背。

回到樓上之後，他們看見媽媽獨自坐在廚房裡沉思。她一看見他們，馬上站起來揮手要莉賽爾過去。她注意到莉賽爾臉上一條條乾枯的淚痕，一把將她拉過去，以她特有的粗魯方式給她抱了個滿懷。

「小母豬，沒事吧？」

她不需要聽見回答。

一切都很好。

不過，一切也都糟透了。

沉睡者

麥克斯．凡登堡睡了三天之久。

那三天裡面，莉賽爾偶爾會看著他。到了第三天，探望他、看看他是不是在呼吸，這件事情已經讓莉賽爾著迷不已。她現在明白了，他嘴唇的動作，越冒越多的鬍鬚，足以證明他還活著。還有，還有，他作夢的時候，他的頭每抽動一次，那頭像小枝椏的亂髮就微微晃動一下。

常常，她守視他的時候，她在心底幻想，他剛剛才醒過來，他的眼睛張開看見了她，看到她正在看他。這念頭讓她覺得丟臉死了。被他逮到的念頭一方面折磨她，一方面又令她興奮不已。她害怕被他發現，卻也希望他會知道自己正在看他。而只有媽媽高聲大喊，才會讓她依依不捨離開那裡。離開之後，她鬆了一口氣，但也好失望，因為他醒來的時候，她可能不在現場。

他長長的沉睡清醒過來之前，偶爾會說起夢話。他小聲唸出一串名字，好像點名一樣。伊薩克。露絲舅媽。媽媽。瓦特。希特勒。家人。朋友。敵人。

他們全都與他一塊躺在棉被底下。有時候，他好像在與他自己對抗，「不要。」他輕聲說，重複了許多次「不要」。

經過觀察，莉賽爾已經注意到她和這個陌生人之間的相似點，他們倆都在激動不安的情緒下來到天堂街，兩個人都做惡夢。

時間到了，他醒過來。因為不知身在何處，他害怕得不得了。他睜開眼睛之後，嘴巴張開了一下，接著坐起來，身體呈直角。

「咦！」

一小片聲音從他嘴中溜出。

他看見頭頂有個上下顛倒的女孩子臉蛋，這張陌生的臉孔讓他迷惑了好一陣子。他趕緊回想、思索，想起了自己現在究竟是坐在哪裡，現在是何年何月。過了幾秒鐘，他搔搔頭（發出了獲得啟發的窸窣聲）。他看著莉賽爾，動作斷斷續續，由於眼睛睜開了，他水汪汪的棕色眼睛露出來了，他的眼神既深沉又憂鬱。

出於本能反應，莉賽爾倒退了幾步路。

她的動作太慢了。

這個陌生人的手已經伸出來了，因睡眠而溫暖起來的手，現在捉住她的膀臂。

「麻煩妳。」

他的聲音有點壓抑，好像在咬指甲一樣，他的聲音好似要掐進她的肉裡去。

「爸爸！」她大喊。

「麻煩妳。」他的聲音輕柔。

那時已是黃昏，天色灰暗，夕陽閃耀，由於窗簾布料的關係，只有黯淡的光線進入房內，如果你是樂天派的，就把那黯淡的光線看作是青銅色的吧。

爸爸走過來，他先是站在門口，看見了麥克斯．凡登堡緊握的手指與絕望的臉龐，他的手指與目光都牢牢不肯放開莉賽爾的手臂。「我看，你們兩人已經認識了。」他說。

麥克斯的手指開始鬆開。

交換惡夢

麥克斯．凡登堡保證不再睡在莉賽爾的房間裡。他第一天晚上究竟在想什麼？一想到他睡到人家的房間裡，他就萬分慚愧。

他想替自己找藉口。剛到的時候，他手足無措，所以才會允許這種事情發生。他認為地下室是唯一可以容納他的處所，也沒去想那裡有多麼冷，有多麼孤單。他是猶太人，要是他注定要在某處活下去，那裡要不就是地下室，要不就是一個類似地下室、能讓他躲起來苟活的地方。

「對不起。」他從地下室的階梯上向漢斯與羅莎告解。「從現在開始，我會留在樓下，你們不會聽見我的聲音，我不會發出任何聲音。」

漢斯與羅莎陷在進退兩難的絕望中。他們沒有反駁麥克斯，甚至也沒提到樓下太冷。他們把毛毯搬到地下室，在天花板上裝了煤油燈。羅莎坦承，家中食物不多，聽到這個，麥克斯極力央求她只提供他剩菜剩飯，而且只有在沒人想吃之後才拿給他。

「不用，不用啦。」羅莎向他保證：「我會盡量把你餵飽。」

他們也把莉賽爾房裡空床上的床墊搬下去。她的床上改放防漆罩布，好一場交換啊。

漢斯與麥克斯把床墊搬到地下室的樓梯下，用防漆罩布在一側搭了道布牆。這些布幕長度夠，足以遮蔽麥克斯容身處的三角形入口，而且若麥克斯需要多點空氣，也可以輕易移開布幕。

爸爸對他道歉：「這樣安排很寒酸，我知道這點。」

「比什麼都沒有好。」麥克斯要他放心：「多於我應得的，謝謝你。」

他們把幾個油漆罐擺在適當的位置，漢斯真心認為這樣的擺設看起來像是一堆隨便放在角落裡，又不擋路的廢棄物。唯一的問題是，任何人只要移開幾罐油漆，拿下一兩塊防漆罩布，就能發現裡面躲著個猶太人。

「我們只好希望這樣夠安全了。」他說。

「一定夠安全。」麥克斯慢慢爬進去，他又重複一次：「謝謝你。」

謝謝你。

對麥克斯．凡登堡而言，「謝謝你」也許是他口中吐出最可憐的一句話，只有「對不起」這三個字可以媲美。罪惡感讓他倍受煎熬，時常刺激他衝動地想說出這兩句話。

剛甦醒過來的幾個小時，他真想乾脆走出地下室，離開這間屋子。這個念頭他想過多少次？鐵定有幾百次之多。

不過，每每想起這念頭，他只會心生內疚。

內疚讓這念頭更加可恥。

他想走到屋外，天啊，他多麼希望能夠走出去（至少，他期望自己會想走出去）。不過，他也明白自己不敢跑出去。這種心態，跟他離開司徒加家人的心態十分接近：多麼希望自己留下來，但又知道自己不敢留下來。

活下去。

活著就是活著。

活著的代價是罪惡感與慚愧。

麥克斯剛搬到地下室的前幾天，莉賽爾沒有跟他打交道。她不承認他的存在，不承認他發出沙沙聲的頭髮，不承認他冰冷滑溜的手指。

她不承認飽受折磨之苦的這個人，正在她的家庭中活著。

媽媽與爸爸。

他們之間籠罩著嚴肅氣氛，經過多次的討論之後，他們還是無法做出決定。

他們研究過送他到別的地方的可能性。

「不過，送去哪？」

他們沒有答案。

在這樣的情況下，他們孤獨無依，束手無策。麥克斯·凡登堡無處可去，他只能依靠他們，漢斯與羅莎。莉賽爾從沒見過他們這麼頻繁、這麼嚴肅地相互對望。

羅莎與漢斯兩人負責送食物到地下室，他們還準備一個空的油漆罐收集麥克斯的排泄物。漢斯小心翼翼將排泄物倒掉，羅莎則提了幾桶熱水讓他洗澡，麥克斯身體很髒。

十一月來了。每當莉賽爾要出門，一大團的冷空氣就在門口外等著她。

毛毛雨不停飄落。

落葉被打落到路面上。

沒多久，輪到偷書賊下去地下室，是他們命令她下去的。

她帶著遲疑走下階梯，知道自己一句話也不用講，光是雙腳拖地走路的聲音就足以驚醒他。

她站在地下室中央等待著，覺得自己好像站在一大片幽暗的田野中，成堆的防漆罩布是收成的農作物，太陽隱沒到農作物的後方。

麥克斯走出來，他的手上拿著《我的奮鬥》，他到了墨沁鎮之後，就說要把書還給漢斯，但是漢斯說他可以留著。

端著晚餐的莉賽爾一直盯著那本書瞧。她在ＢＤＭ看過這本書幾次，但她們從來沒有在活動裡面唸過或用過這本書。偶爾，聚會中會提到這本書的偉大，指導員也保證，幾年後她們參加希特勒青年團高年級分部的時候，就有機會研讀這本書。

麥克斯發現她在注意這本書，也跟著瞧了一眼。

「那……」她低聲說。

她的聲音像一縷詭異的線條，在她嘴裡纏啊繞啊，就是說不出口。

麥克斯只好把頭靠近她一點。「妳說什麼？」

她把豌豆湯端給他，匆忙走回樓上。她滿臉通紅，覺得自己好傻。

「那本書好看嗎？」

她在盥洗室裡對著小鏡子練習她想說的話。她下樓之前，麥克斯才剛剛用過油漆罐，所以她身上還聞得到尿液的味道。臭死了，她想，臭死人了啦。

除了自己的尿之外，你大概不會覺得別人的尿是香的。

日子一天天過去了。

每天進入夢鄉前，她聽見爸媽在廚房裡討論他們過去、現在和未來所做的事情。在那段時間裡，麥克斯的影像一直在她身邊逗留，他總是一副既受傷又感恩的表情，還有他那水汪汪的眼眸。

只有一次，廚房裡有人情緒失控。

是爸爸。

「我知道！」

他的聲音充滿了苦惱。他立即壓低聲音，低到讓人聽不清楚。

「不過，我必須繼續去啊。一星期至少去個幾次，我不可能一直都待在家裡，我們需要用錢，要是我把那裡演奏的工作辭了，他們會懷疑我的，可能覺得我幹了奇怪的事情。上星期我跟他們說妳病了，但是現在我們不能表現出情況有異啊。」

問題擺在眼前。

生活出現了嚴重到不能再嚴重的劇變，但是他們又必須表現得好像什麼都沒發生。

你想想看，臉上挨了一個巴掌，卻還得笑臉迎人，還有，還有噢，一天二十四小時都得偽裝出這個樣子。

如果你家藏了個猶太人，這就是你的日常生活。

幾天過去了。接著，幾個星期過去了。撇開其他事情不論，他們好歹帶著煩惱接受了已發生的事實，戰爭、守信用與手風琴所帶來的一切後果。還有，接受事實才不過大半年的時間，修柏曼一家就失去了兒子，而由一名危險的猶太人取而代之。

最讓莉賽爾震驚的莫過於媽媽的改變。媽媽分配食物的計算方式變了，本來惡名昭彰的那張嘴巴開始緘默了，硬紙板般的臉孔甚至露出了比較溫柔的表情。有件事情越來越清楚。

羅莎．休伯曼的特質

她這女人善於面對危機。

麥克斯現身天堂街一個月之後，罹患關節炎的海蓮娜．施密德不再請她們幫忙洗燙衣物了。就算如此，羅莎也只是坐在餐桌前，遞給莉賽爾一個碗。「今天晚上的湯，味道不錯。」

難喝死了。

莉賽爾每天出門上學前，她斗膽跑出去踢足球之前，或者她去送衣服之前，麗莎都低聲交代她：「莉賽爾，還有噢，妳要記住……」她指指莉賽爾的嘴，彼此皆心知肚明。莉賽爾點點頭之後，她會說：「好乖，母豬，出門吧。」

爸爸的話沒錯，連媽媽說的也對，莉賽爾好乖，不管去到哪，她都閉上嘴吧，把秘密深深埋藏心底。

跟平常一樣，她跟魯迪在鎮上閒晃，聽他胡扯些有的沒有的。有時候，他們相互比較從希特勒青年團分部抄來的筆記，魯迪這時才提到法蘭茲．杜伊雀，男孩子分部裡那個性情殘暴的年輕指導員。魯迪談著杜伊雀帶隊的極端手段，或者會反覆敘述他自己打破比賽紀錄的故事，把他上一次在天堂街足球場上的得分經過評論一番，並且重新播報一回。

「我已經知道了。」莉賽爾向他保證：「我人就在現場。」

「所以咧？」

「所以我親眼看到你得分啊，豬腦袋。」

「我哪知道妳看見了啊。我倒認為妳很有可能趴在地上，舔著我得分那一腳踢出去的泥土。」

魯迪的蠢話，檸檬色的金髮，還有趾高氣揚的模樣，大概是讓莉賽爾神志得以保持清醒的原因。他很自然就擁有一種自信，認為生活沒什麼大不了，無須認真對待，生活只是無盡無休的射門、搞笑、一再重複無意義的聒噪話。

另外，莉賽爾的生活還有鎮長夫人，以及在鎮長的書房裡看書。書房現在變得很冷，每去一次就變得更冷一點，但是莉賽爾照樣去。原先，她都選幾本書，每本唸個幾段。有天下午，她發現自己捨不得放下一本叫做《吹哨客》的書。一開始這本書吸引她的緣故是因為她偶爾會碰見天堂街的吹哨客菲菲庫斯，她記得他穿著外套、佝僂著身子的樣子，記得他在元首生日那天出現在祝壽營火旁。

這本書的第一個事件是一宗謀殺案，發生在一條叫做維也納的路上，有人被刺死，那條路離史蒂芬圓頂教堂（也就是大廣場上的天主教教堂）不遠。

摘錄自《吹哨客》的片段

她花容失色地躺在一灘血水之中，聽見了一段詭異的曲調。
她想起了刀子，刀子插進去，又拔出來。還有一抹微笑。
吹哨客總是面帶微笑逃走，逃進謀殺案發生的漆黑夜晚……

莉賽爾分不清楚讓她發抖的是文字，還是洞開的窗戶。每次她到鎮長家拿衣服或送衣服，她總是唸了三頁之後就開始顫抖，唸不下去了。

同樣，麥克斯．凡登堡也沒辦法繼續忍受地下室了，他沒有怨言，因為他沒有資格抱怨。但是他慢慢發覺自己的身體在冰冷氣候裡變得衰弱。最後，救了他一命的是讀書和寫字，還有一本叫《聳聳肩》的書。

「莉賽爾。」漢斯有天晚上喊她：「過來。」

麥克斯住進他們家之後，莉賽爾跟爸爸已經有好久沒有練習讀書了，他認為現在應該繼續練習了。「嗯，過來。」他說：「我不希望妳鬆懈下來，去拿本書過來。拿《聳聳肩》好嗎？」

她手裡拿著書回來，爸爸比比手勢，要她跟他下去以前練習的場所，地下室。莉賽爾有點焦慮不安。

「不過，爸爸，」她告訴他：「我們不行……」

「怎樣？下面有怪獸嗎？」

日子已經邁入十二月初，氣候相當寒冷，每往下走一步水泥階梯，她就覺得地下室更不舒服。

「爸爸，太冷了。」

「以前妳都不當一回事。」

「但是，以前從沒有這麼冷……」

下樓之後，爸爸低聲對麥克斯說：「我們可以借燈用一下嗎？可以嗎？」

麥克斯惶恐不安，把罩布與油漆罐移開，將燈遞給漢斯。漢斯望著火苗，搖搖頭說了一句話：「瘋狂的舉動，對嗎？」麥克斯還沒把手收進去，漢斯恰好注意到他。「麥克斯，請你也加入我們。」

麥克斯．凡登堡於是緩緩拉開防漆罩布，露出消瘦的身軀與臉龐，在潮濕的燈光下，他那副難受的模樣簡直是超乎人能想像的地步，他在發抖。

漢斯觸摸他的手臂，把他拉到身邊。

「耶穌、聖母瑪麗亞、約瑟、我的這些老天爺啊！你不能待在樓下，你會凍死的。」他轉過身，「莉賽爾，去把澡盆放滿水，不要太熱，溫溫的就好。」

莉賽爾跑上樓。

「耶穌、聖母瑪麗亞、約瑟……」

跑到走廊時，她又聽見了這句話。

當麥克斯泡在澡盆裡面的時候，莉賽爾停在盥洗間的門前傾聽。她想像著，當微溫的水溫暖他冰塊似的身體之際，熱氣會發散冒出。在兼做臥室之用的客廳裡，媽媽與爸爸正吵得不可開交，他們壓低的聲音響徹整條走廊。

「他住在地下室會凍死掉的，我跟妳打包票。」

「但是，要是有人往屋內看呢？」

「不會，不會，他只有晚上才上來。大白天的時候，我們什麼都不用隱藏，沒有什麼東西好藏的。而且我們讓他睡這間房間，不是睡在廚房，這樣離前門最遠。」

兩人默不作聲。

後來媽媽說：「好吧……沒錯，你說的對。」

「如果我們要為了一個猶太人冒險，」爸爸馬上接著說：「我寧願為了一個活著的猶太人冒險。」從那一刻開始，新的日常作息誕生了。

每天晚上，爸爸媽媽的房間裡點起爐火，麥克斯靜悄悄地出現。大概是因為這家人的善良，因為僥倖生還的煎熬，因為過度承受燦爛溫暖的壓力，他坐在角落，茫然若失地縮成一團。

窗簾密不透風地夾緊，麥克斯枕著靠墊睡在地板上，爐火逐漸燃燒成灰燼。

一到早上，他就返回地下室。

他是沒有聲音的人。

像隻猶太老鼠返回他的洞穴裡。

聖誕節來了，生活多了一些危險。正如所料，小漢斯沒有回家(謝天謝地，不過也讓人感到不祥與失望)，然而楚蒂與往年一樣回來了。幸運地，一切都很順利。

順利的象徵

麥克斯留在地下室。楚蒂來了又走了，沒有起任何疑心。

雖然楚蒂個性溫順，大家認為還是別信任她比較好。

「我們只相信不得不信任的人。」爸爸說明：「那就是我們三人。」

他們幫麥克斯多預備了食物，同時向他致歉，聖誕節雖不是他的宗教，但是怎麼說也是個習俗。

他沒有抱怨。

他有什麼立場抱怨呢?

他解釋自己受了猶太傳統教育，流著猶太人的血液，但是現在「猶太人」不只是單純的標籤，而是讓人啞然無語的毀滅性標籤。

藉著聖誕節的機會，他也對於修柏曼夫妻的兒子沒返家過節一事表示遺憾。漢斯答覆，這種事情他們無法控制，「畢竟，」他說：「你自己也明白，年輕男人其實還像個男孩。男孩子偶爾有固執的權利。」

說到這裡，他們就停止了。

剛上樓在壁爐前過夜的時候，麥克斯不發一語。他現在每星期會徹底洗一次澡，莉賽爾注意到他的頭髮不再像一窩小樹枝，而是在頭頂上下晃動的一團羽毛球。她在這個陌生人面前還是怯生生的，因此她跟爸爸咬耳朵，告訴爸爸她的發現。

「他的頭髮好像羽毛耶。」

「什麼？」爐火燃燒的聲音讓人聽不清楚她的話。

「我說，」她靠爸爸近點，又偷偷說了一次，「他的頭髮好像羽毛耶。」

漢斯．修柏曼朝麥克斯看過去，他點頭同意莉賽爾的形容，我相信他希望自己擁有莉賽爾那樣的眼力。他們不知道，麥克斯什麼都聽見了。

麥克斯偶爾會帶著《我的奮鬥》上樓，在壁爐旁唸書，因為書的內容而情緒激動。他第三次帶書上樓的時候，莉賽爾終於鼓起勇氣提出問題。

「這本書好看嗎？」

他的眼光從書上移開，十指緊握成拳頭，然後又放鬆。平息憤怒之後，他對莉賽爾微笑，撩起羽毛般的瀏海，然後又放回去。「這是最好的一本書。」他看看爸爸，然後回頭又看看莉賽爾。「這本書救了我的命。」

莉賽爾挪動位置，盤起雙腿。她低聲提出問題。

「是怎麼救了你的？」

從此以後，說故事時間每晚於客廳進行。說故事的音量不大不小，剛剛好讓大家聽得見而已。一個猶太拳擊手的故事，就如拼圖般在大家面前一片一片拼湊出來。

麥克斯．凡登堡偶爾會幽默一下，而他的聲音像是石子在大岩塊上來回擦動的摩擦聲，時而低沉，時而破碎，偶爾又會嘎然不語。當他懊悔之時，聲音最為低沉，若是講完笑話或自我嘲諷之後，他就會忽然停下來。

大家聽了麥克斯的故事之後，最常出現的反應就是「我的天啊！」通常這句話後頭還接了一個問題。

像這樣的問題

你在那個房間待了多久？

瓦特．庫格勒現在人在哪裡？

你知道你家人出了什麼事情嗎？

那個打鼾的女人要去哪裡啊？

十比三的比數輸了！

你為什麼要一直跟他打架？

日後當莉賽爾回憶起往事，那些在客廳裡的夜晚是她最清晰的記憶之一。她能想見燃燒的火光照映在麥克斯蛋殼色的臉龐上，甚至可以分辨他話中的人性滋味。他一點一滴講述他的逃生過程，彷彿把那些故事一片片從身上切下來，擺在盤子上端出來。

「我好自私。」

他說這句話的時候，用手臂遮住了臉。「我把他們留下，自己過來這裡，害得你們每個人都面臨危險……」他一股腦說出心事後，開始懇求他們，臉上堆滿了悲痛與孤寂。「對不起，你們相不相信我？我是真的很對不起，我非常對不起你們，我……」

他伸出手觸摸爐火，然後又猛然收回手。

大夥默默望著他。後來爸爸站起來，走過去坐在他身邊。

「燒到你的手肘了嗎？」

有天晚上，漢斯、麥克斯、莉賽爾坐在壁爐前面，媽媽人在廚房。麥克斯又在讀《我的奮鬥》。

「你知道嗎？」漢斯說，他往壁爐斜靠過去。「其實莉賽爾她自己書讀得很好。」麥克斯放下書本。「而且你們之間的共同點啊，比你知道的還多。」爸爸確認羅莎還沒走過來，「她還是個厲害的拳擊手噢。」

「爸爸！」

莉賽爾靠著牆壁坐著，她快要滿十二歲了，依舊瘦骨如柴，她聽了之後嚇了一跳。「我從來沒有打架過。」

「噓！」爸爸笑了起來，他揮揮手要她小聲點。他的身體又傾斜到一邊，這回是往莉賽爾的方向。「咦，那妳痛扁路維克，蘇麥克那次算什麼，哈？」

「我從來……」她被逮到把柄了，否認是沒有用的。「你怎麼知道的？」

「我在克諾酒吧遇到他爸爸。」

莉賽爾雙手捧著臉蛋。她把手拿開之後，問了關鍵性的問題。「你跟媽媽說過嗎？」

「妳開玩笑嗎？」他對麥克斯眨了眨眼睛，低聲對莉賽爾說：「妳還活得好好的，不是嗎？」

當天晚上，是這幾個月以來爸爸首次在家裡彈奏手風琴，他彈奏了半個小時左右。停止彈琴後，他問了麥克斯一個問題。

「你有學過手風琴嗎？」

坐在角落的麥克斯望著火焰。「學過，」他停頓了許久：「一直學到九歲。那年，媽媽把音樂教室賣了，不教琴了。她只留下一架手風琴，那時候我抗拒著不想練琴，所以她也放棄教我了。我當時好傻。」

「不，」爸爸說：「你當時只是個孩子而已。」

那些夜晚，莉賽爾．麥明葛與麥克斯．凡登堡分享彼此間的共同點。兩人在各自房間裡因惡夢而驚醒，一個在尿濕的被窩中放聲喊叫，另一個在冒煙的壁爐旁做深呼吸。

有時候，莉賽爾和爸爸唸書唸到半夜三點，他們聽到了麥克斯醒來的聲音。「他跟妳一樣作惡夢。」爸爸說。有次，麥克斯焦慮的呼喊聲喚醒了莉賽爾，她決定要下床去看個究竟。她聽了他說的故事之後，雖然不知每天夜裡究竟是哪一段故事出現在惡夢之中，但是她大概知道他看到了什麼。

她躡手躡腳穿過走廊，走進兼做客廳的臥室。

「麥克斯？」

因為才剛醒，她的聲音卡在喉嚨，聽起來輕輕柔柔的。

她一開始沒有聽見回答。不過，麥克斯立即坐起來，在漆黑中尋覓。

爸爸還在她的房間裡，莉賽爾與壁爐另一頭的麥克斯面對面坐著，媽媽在他們身後呼呼大睡，與火車上打鼾的女人功力相當。

爐火只剩下殘存的煙灰，有些已成死灰，有些餘燼猶燃。此夜深更，有人在說話。

交換惡夢

女孩：「告訴我，你在夢裡看見了什麼？」

猶太人：「……我看見自己轉身，然後揮手說再見。」

女孩：「我也會做惡夢。」

猶太人：「妳夢見什麼？」

女孩：「火車。還有死掉的弟弟。」

猶太人：「弟弟？」

女孩：「我要搬到這裡的時候，他死在半路上。」

女孩與猶太人同聲說：「唉。」

那夜，兩人解開了心防。如果我能說，莉賽爾或麥克斯從此再也不做惡夢，那該有多好。可惜事情不是這樣的。惡夢還是會來，就好像你在賽前聽說對方最強的球員受傷或生病，結果他卻現身球場，與其他隊友一塊兒做著暖身操，準備上場比賽。又像一列準點的火車，在深夜抵達月台，以一條繩索拖拉著記憶，慢慢吞吞地到來，一路拖啊拉啊地，那些記憶笨拙地跟著彈啊跳啊。

只有一件事情改變了。莉賽爾告訴爸爸，她年紀夠大了，可以自己面對惡夢。他先是看起來有些受傷，但展現爸爸的一貫作風，他總是知道怎麼說最好。

「唔，謝謝老天。」他露出淺淺的微笑：「那至少我現在可以好好睡覺了，那張椅子讓我很不舒服。」他的手臂搭在莉賽爾的肩上，兩人一塊走入廚房。

隨著時間過去，兩個迥異的世界，天堂街三十三號屋內的世界，與屋外的世界，中間出現了一道分明的界線。重點在於將兩個世界分隔開來。

莉賽爾開始學會善加利用外面世界的資源。一天下午，她提著空衣袋走路回家，發現垃圾桶上方冒出一截報紙，那是每週出刊一次的《墨沁快報》。她拾起報紙帶回家，把報紙交給麥克斯。「我想，」她告訴他：「你可能想玩填字謎遊戲來打發時間。」

麥克斯非常感激莉賽爾的體貼。為了證明報紙不是白白帶回來的，他把報紙從第一版讀到最後一版。幾個小時之後，他把填字謎給她看，只差一個答案就全部填完了。

「真討厭，我居然不知道『直十七』的這個答案。」他說。

一九四一年二月，莉賽爾歡慶十二歲生日。她又收到一本舊書，她非常感激。這本書叫做《泥人》，講的是一對奇怪父子的故事。她擁抱了爸爸與媽媽，麥克斯則站在角落扭捏不安。

「生日快樂。」他露出淺淺的微笑，雙手插在口袋裡。「我不知道，不然的話，我也會準備點東西給妳。」

讓人一眼看破的謊話。他沒有東西可以送人。《我的奮鬥》也許還算個樣子，而他絕對不可能送一本那樣的宣傳手冊給年輕的德國女孩，因為那就像是綿羊遞給屠夫一把刀。

房間裡，默然無聲，四個人都不太自在。

她擁抱了媽媽與爸爸。

麥克斯看起來如此孤單無依。

莉賽爾嚥了一口口水。

她走過去，第一次擁抱他。「麥克斯，謝謝。」

一開始他站著不動。然而她抱著他沒有放開，他逐漸抬起手，溫柔地摟著她的肩胛骨。

直到後來，莉賽爾才理解麥克斯・凡登堡當時臉上無助的表情，她也才發覺到，原來在那一刻，他下定了決心要回報她。我自己也常常在想像以下這個場景，麥克斯當夜整晚躺著沒睡，仔細思索他能送她什麼東西。

一個星期之後，答案揭曉：那份禮物，是包在紙裡面送來的。

清晨時分，他踩著水泥階梯退回他稱之為家的地下室之前，他把禮物送給她。

來自地下室的書頁

整整一星期之久，爸媽說什麼也不讓莉賽爾去地下室。麥克斯的三餐由爸媽配送。

「不行，小母豬。」每當莉賽爾自告奮勇要下去，媽媽就這麼說。媽媽總有新的理由：「不然妳在這裡做點事情，把衣服熨完。妳以為拿著衣服在路上走來走去很了不起嗎？妳給我燙衣服試試看！」倘若你譏諷的功力到了惡名昭彰的地步，那無論是什麼工作，不管人手多麼不足，你都可以搞定。媽媽就是這樣。

在那個星期裡，麥克斯把《我的奮鬥》裡面割下好幾頁，用油漆把正反兩面漆成白色，然後把一條繩子由地下室一頭拉到另一頭，用衣夾把紙晾在上面。紙張乾了以後，困難的工作開始了。他的教育程度雖然足以讓自己勉強不餓死，但是他絕對不是寫作或者美術高手。雖然程度不佳，他先在腦海中拼湊字句，等到他能完全無誤重複故事之後，他才動筆寫在油漆風乾後凹凸不平的紙上。他用一支黑色小刷子寫作。

故事叫做《監看者》。

他算了算，總共需要十三張紙。因此他刷了四十張紙，他估計每次要寫壞兩張，才能完成一張完整的。他先在《墨沁快報》上練習，修改他的笨拙插畫，一直到他自己可接受的地步為止。工作之際，他聽見一個小女孩耳語的聲音。「他的頭髮啊，」她跟他說：「跟羽毛一樣耶。」

完成故事之後，他用小刀在書頁上戳了幾個洞，然後以細繩紮起來。他的作品是一本十三頁的小冊子。像這樣子：

我這輩子都在怕監看我的人。

第一個高高在上俯看我的人，我想應該是我爸。
可是我還來不及有印象，他就不見了。

For some reason, when I was a boy,
I liked to fight. A lot of the time,
I lost. Another boy, sometimes with
blood falling from his nose, would be
standing over me.

也不曉得怎麼搞的，我從小就愛打架，又打不贏人家。
有時，對手把我打趴了（可是他的鼻子也在流血），站在上面看我。

Many years later, I needed to hide. I tried not to sleep because I was afraid of who might be there when I woke up.
But I was lucky.
It was always my friend

好多年以後，為了活下去，我必須逃命。
逃命時我不敢睡，因為我怕醒來後，會有人在旁邊瞪著我。
幸好，每次醒來，在我身旁的都是朋友。

When I was hiding, I dreamed
of a certain man. The hardest
was when I traveled to find him.

我逃命的時候，夢到一個人。
而最痛苦的事情，就是尋找這個人的過程。

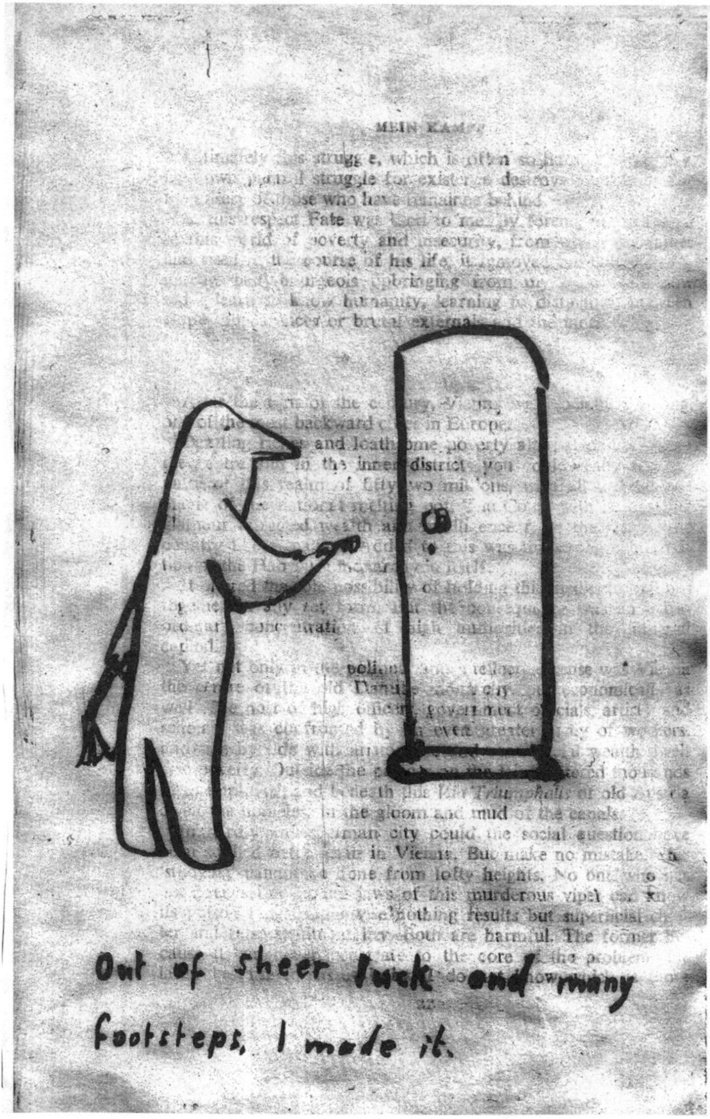
Out of sheer luck and many
footsteps, I made it.

幸好，走了很多路以後，我找到他了。

我在他那邊一直睡，他們說我睡了三天。
醒來以後我看見誰？不是我找的那個人，而是另一個人在看我。

日子久了，我和小女孩發現，我們有好多相似的地方。
火車，作夢，拳頭。

MEIN KAMPF
But there is
one strange thing.
The girl says
I look like something
else.
358

好奇怪，小女孩說，我看起來像一種東西。

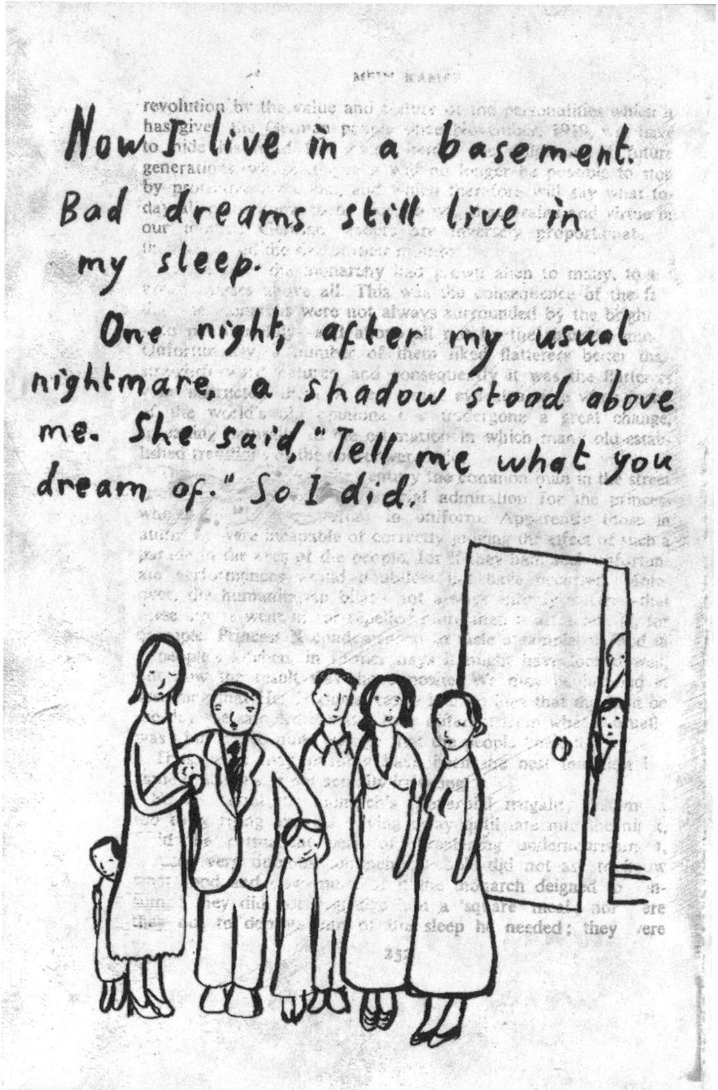

我現在住在地下室，還是一直做惡夢。
有天晚上又做惡夢，醒來後有個黑影子站在我旁邊，
她說：「你跟我講你夢到什麼。」我就講了。

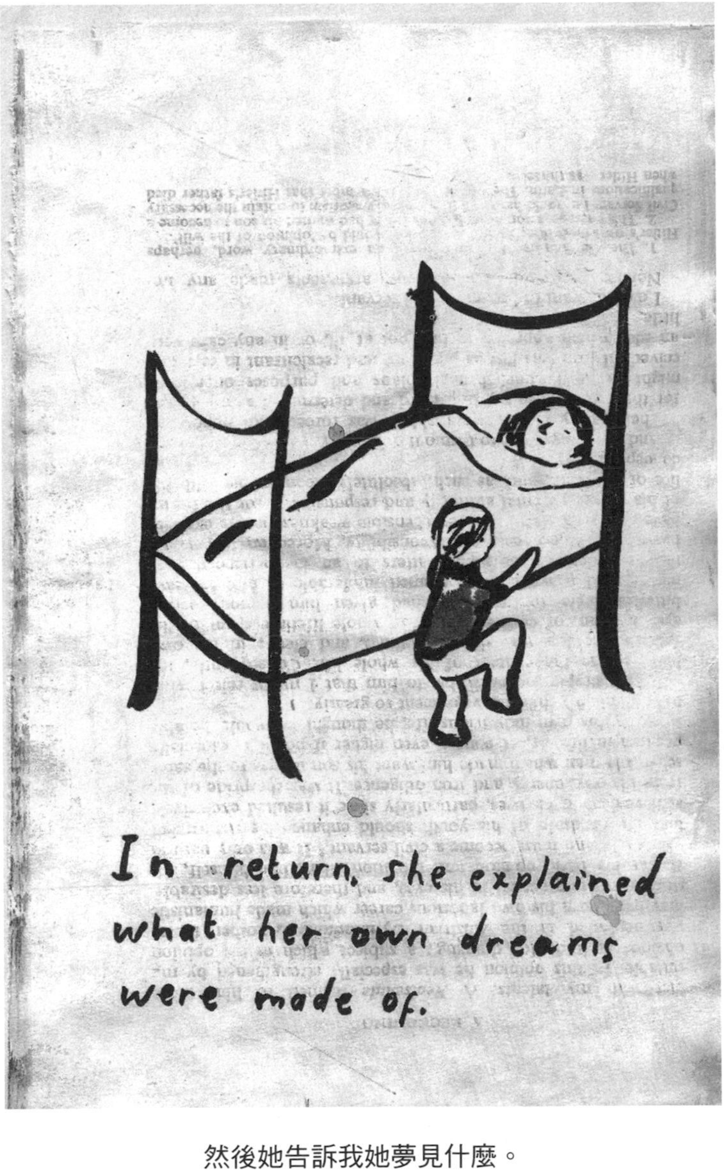

然後她告訴我她夢見什麼。

Now I think we are friends, this girl and me. On her birthday, it was she who gave a gift - to me.
It makes me understand that the best standover man I've ever known is not a man at all...

我覺得我和這個小女孩已經是朋友了。
她生日那天，反而是她送我禮物。
我才明白，我知道的最好的監看者，根本不是男人。

有用、有用、~~有用~~、有用
日光、水、動作、日光、日光

二月下旬某天，莉賽爾半夜醒來，有個人影走進她的臥室。只有麥克斯才可能像是幾乎沒有聲音的影子。

莉賽爾在黑暗中仔細查看，她只能模糊感覺到那個男人朝她走過來。

「嗨？」

沒有人答覆她。

他靠近床鋪之後，把小冊子放在地板上她的襪子旁。除了他近乎無聲的腳步之外，他沒有發出一丁點的聲響。紙頁發出細碎的爆裂聲音，其中一邊在地板上捲起來。

「嗨？」

這次他回答她了。

莉賽爾無法分辨那聲回答是從哪傳來的，重點是她聽見了，她聽見聲音接近她，有個人影在床邊跪下。

「有點晚來的生日禮物，早上起來再看。晚安。」

她昏昏沉沉睡了又醒，醒了又睡，不確信是不是夢到麥克斯走進來。

早上，她醒來一翻身，看見一疊紙放在地上，她伸手撿起來，聽到紙張在她手上發出的聲音。

我這輩子，都在怕監看我的人。

她翻開小冊子，紙張發出雜音，好像以文字寫成的故事出現了靜電干擾似的。

三天，他們說我睡了三天……我醒來的時候，我看見什麼？

莉賽爾翻動書頁，原本是《我的奮鬥》的書頁，已經被油漆塗抹覆蓋，原本書裡文字的嘴巴現在被箝制住，窒息在油漆底下。

我才明白，我認識的最好的監看者……

莉賽爾讀了三次麥克斯送的禮物，每次閱讀都留意到不同的筆觸或者字眼。她唸完三次之後，盡可能安靜地從床上爬下來，走到媽媽與爸爸的房間，壁爐旁麥克斯睡覺的位置上已空無一人。

她想要謝謝麥克斯，想著想著，她想到了一件事情，到《監看者》這本書的製作地點感謝他，其實才是適當的方式，也是更好、更理想的感謝之道。

她走下地下室的階梯，想像自己看見一幅裝框相片龕在牆壁裡，那是讓她無聲微笑的秘密。

不過幾公尺的路，莉賽爾卻花了一番功夫才走到罩布與各式各樣遮掩麥克斯・凡登堡的油漆罐那裡。她提起最靠近牆壁的罩布，拉出一條狹長的縫隙，然後往裡面一看。

她先看見他的肩膀，接著慢慢費力將手伸進狹長的縫隙去碰觸他的肩膀，他的衣服好冰冷，而他沒有醒過來。她感覺到他的氣息，他的肩膀輕微晃動。她望了他好一段時間，然後坐下來倚靠著牆壁。

睏倦的空氣好像一路跟著她到了樓下。

練習時亂寫的字大模大樣留在樓梯旁的牆壁上，歪七扭八，像孩子寫的，非常可愛。這些字看著躲起來的猶太人與小女孩，一個人的手搭著另一人的肩膀。

他們呼吸著。

德國人與猶太人的肺。

《監看者》放在牆壁旁邊，杵在那裡令人滿足，就像是莉賽爾・麥明葛腳上一個美麗的疥癬。

---

①德國以高地德語（Hochdeutsch）為官方語言，但各地區仍保留地方發音或方言。

②水晶之夜（Kristallnacht）發生於一九三八年十一月，為時兩天的大動亂中，納粹黨焚毀七千多家猶太人經營的商店，以及四百多所猶太教會堂。

5

吹哨客

主演：漂流之書——賭徒——小鬼魂——理了兩次髮——魯迪的狂妄年少——輸家與塗鴉——一只哨子與兩隻鞋子——三項愚行——還有雙腿凍僵、內心恐懼的少男

漂流之書（第一部）

一本書順著安培河漂流而下。

有個男孩跳進河裡撈起書。他右手拿著書，咧嘴大笑。

他站在十二月冰冷的河水裡，水深到腰際。

「母豬，要不要來親親嘴啊？」他說。

四周空氣冷颼颼的，很不舒服，更別提浸泡在水中的刺痛感有多難受，從腳趾頭一路到屁股都是僵硬的。

要不要來親親嘴啊？

要不要來親親嘴啊？

魯迪這個可憐蟲。

關於魯迪·史坦納的簡短預告

他死得太不值得了。

在你想像的畫面中，你看見他手指之間仍然卡著潮濕的紙，你看見他額頭前的金色頭髮在顫抖。你搶先推斷，我也輕率猜測，那天他會因失溫而死。沒有，那天他沒有死掉。回想起這天的情況，只是讓我想到，將近兩年之後，他真的不應該遭遇那種命運。

不管怎麼看，叫我去帶走像魯迪這樣的男孩，簡直就是一種強行掠奪的行為。他是這麼的生氣蓬勃，他的人生有這麼多美好的前途。不過我相信，在他死掉的那天晚上，如果他見到驚心動魄的瓦礫堆與充血腫脹的天空，一定覺得很刺激。如果他能看到偷書賊四肢仆倒，跪在他的屍體旁邊，他一定會流下淚來，然後轉過身微笑。如果他能看到她吻了他被炸彈打爛、沾了灰塵的唇，那他一定很高興。

對，我知道他會高興。

在我那顆跳動的陰鬱心臟之黑暗深處，我知道他絕對會想看見那一幕。

看到了吧？

就連死神我，也有一顆心哪。

賭徒（骰子有七面）

對，我是冒失鬼，先說了結局，煞風景。我不但預告了整本書的結局，連這部分的結尾也提了。我提早預告了兩項情節，因為我沒興趣製造懸疑，我討厭懸疑，那是無聊的瑣事。我知道發生了什麼，所以你也同樣該知道會發生的事情。讓我惱怒、困惑、萌生興趣、吃驚震撼的，則是讓事情發展到那種地步的陰謀詭計。

我想起好多事件。

有好多故事可說。

沒錯，故事之中有本名叫《吹哨客》的書，我們實在應該聊聊這本書的故事，並且來瞧瞧，一九四一年聖誕節即將來臨的前夕，這本書為什麼會順著安培河漂流而下。我們應該先講講這個故事，你同意嗎？

就這麼說定了。

我們先來瞧瞧這本書的故事。

故事從賭博開始。藏匿猶太人的日子就像是丟擲骰子，過日子的方法如以下說明。

⊡ 理髮：一九四一年四月中

他們更加努力，無論如何也要讓生活呈現正常的模樣。

漢斯與羅莎夫妻倆人的音量比往常小了很多，不過此時他們正在客廳吵架。莉賽爾跟平常一樣，是旁觀者。

這場爭執的導火線源自前一天晚上。漢斯與麥克斯坐在地下室，兩人被油漆罐、牆上文字、防漆罩布圍繞著。麥克斯問漢斯，能不能安排個時間請羅莎替他理髮。「頭髮長到我的眼睛了。」他說。漢斯回答他：「讓我看看怎麼解決。」

而現在，羅莎動作迅速，正在翻抽屜。她一邊把沒用的雜物亂塞一通，一邊對爸爸丟了一句話：「那把該死的剪刀跑哪去了？」
「沒有在下面的抽屜裡嗎？」
「我已經翻遍那個抽屜了。」
「那妳可能沒看見。」
「我像是瞎子嗎？」她抬起頭大吼：「莉賽爾！」
「我在這啊。」
漢斯身子縮了一下。「妳這個女人很討厭，妳乾脆讓我耳聾算了。」
「你給我閉嘴，豬頭。」羅莎一面繼續亂翻抽屜，一面對莉賽爾說：「莉賽爾，剪刀在哪裡？」不過莉賽爾也不知道。「母豬，妳真沒用。」
「不關她的事。」
頭髮彈性十足的羅莎，與眼睛含銀似的漢斯，兩人一搭一唱。最後，羅莎啪嗒一聲關上抽屜。「反正我可能會把他的頭髮剪得跟狗啃的吧。」
「狗啃的？」爸爸已經氣得要扯下自己的頭髮，他的聲音低得幾乎快要聽不見。「究竟有誰看得到他啊？」他又要繼續說下去，麥克斯・凡登堡羽毛般無聲的出現打斷了他的話。麥克斯既客氣又尷尬地站在門口，他拿著自己的剪刀走進來。他沒有將剪刀交給漢斯或羅莎，而是給了十二歲的莉賽爾，她是最冷靜的人選。他的嘴顫抖了片刻才說：「可以幫我剪嗎？」
莉賽爾接過剪刀，她打開剪刀，生鏽磨損了好幾個地方。她轉向爸爸，爸爸一點頭，她就隨著麥克斯走到地下室。
麥克斯坐在油漆罐上，一條防漆罩布包著他的肩膀。「要剪成怎樣，隨妳高興。」他告訴她。
爸爸停在樓梯上。
莉賽爾拉起第一簇麥克斯的頭髮。

她一面剪著這頭羽毛，一面因剪刀的聲音而感到奇怪，她沒聽到喀嚓喀嚓，而是聽到兩片金屬刀片剪斷一撮撮羽毛所發出的摩擦聲。

麥克斯頭髮剪好之後，有些部分比較平整，有些地方參差不齊。莉賽爾捧著頭髮走上樓，全部扔進爐灶。她點了火柴，看著那團毛髮在又紅又橘的火花中捲縮，消失殆盡。

麥克斯又出現在門外，這次他只走到通往地下室的樓梯口。「莉賽爾，謝謝妳。」他的聲音模糊沙啞，語氣中躲著一個微笑。

話才出口，他就又消失，返回地底下去了。

報紙：五月初

「我家地下室有個猶太人。」

「我家地下室，有個猶太人。」

莉賽爾坐在鎮長家全是書的房間地板上，這句話在她腦海中盤旋。衣袋在她身邊，而形體如鬼魅般的鎮長夫人弓著背，神情迷惘地坐在書桌前。莉賽爾在她前面閱讀《吹哨客》第二十二頁和二十三頁。她仰起頭，幻想自己走過去，輕柔地將她蓬鬆的秀髮撥到一旁，對著她的耳朵偷偷說：

「我家地下室有個猶太人。」

書在她的腿上顫抖，秘密端坐在她的嘴裡，安逸自在地盤腿端坐著。

「我該回家了。」這次她真的開口說話。儘管遠處有陽光的蹤跡，她的手在發抖。一陣柔和的風吹過敞開的窗，木屑般的雨絲跟著飄進屋內。

莉賽爾把書放回原位，鎮長夫人的椅子動了一下，她人走過來了。每次到了最後都是同樣的結局，鎮長夫人伸手拿書的時候，臉上哀傷的皺紋變得更深。

她要把書送給莉賽爾。

莉賽爾躲開她。

「不用。」她說：「謝謝妳，我家裡的書已經夠多了。也許改天吧。我現在跟爸爸在唸另外一本書，妳知道的，那天晚上我從營火中偷來的那本書。」

鎮長夫人點點頭。如果說莉賽爾．麥明葛有什麼值得誇獎之處，那就是她不輕易下手行竊，唯有在不得已的情況下才出手偷書。目前她的書夠多了，她已經看完了四次《泥人》，正在興高采烈地溫習《聳聳肩》。還有，每天晚上上床之前，她會翻閱讓掘墓工作萬無一失的指導大全。掘墓工人手冊下面則是《監看者》，她默念小冊子裡的字句，輕撫插畫上的小鳥，慢慢翻動會發出噪音的書頁。

「赫曼太太，再見。」

她走出書房，經過走廊地板，步出了高大的前門。她有個老習慣，會先停一下，在台階上站一會兒眺望腳底下的墨沁鎮。那天下午，昏黃的霧氣籠罩著小鎮，霧氣輕拍著房子的屋頂，好像在撫摸寵物一樣。霧氣浸潤著街道，宛如讓街道注滿了洗澡水。

偷書賊下坡走回到慕尼黑街。她在撐傘的男男女女中穿梭，穿著雨衣的她不斷從一個垃圾桶跑到另外一個。

「找到了！」

她對著灰銅色的雲朵微笑，慶祝自己的發現，然後伸手拿出破報紙。儘管前後兩版都出現一條條黑色的油墨滴，她還是仔細把報紙對折好，塞到手臂下面。過去幾個月裡，這是她每個星期四的任務。

現在，莉賽爾只剩下星期四這天要外送衣服，她通常會在途中獲得額外的收穫。每次找到《墨沁快報》或其他報刊，就按耐不住內心勝利的欣喜。找到報紙的話，日子好開心；要是報紙上的填字謎遊戲還空著沒做，那天就真是棒透了。回家把門關好之後，她將報紙拿下去給麥克斯．凡登堡。

「填字謎？」他會問她。

「空白的。」

「太棒啦。」

麥克斯帶著微笑收下一疊報紙，然後就著地下室限量供應的光線閱讀。通常麥克斯會先專心讀報，接著完成填字謎遊戲，然後又從頭到尾重讀一次。莉賽爾則望著他。

天氣漸漸回暖之後，麥克斯就一直留在地下室。白天的時候，他們打開地下室的門，讓光線穿過走廊投射到麥克斯附近。走廊本身並非陽光普照，但是在某些情況之下，你只要不太挑剔，黯淡的光總比漆黑無光來得好。而且他們必須節省資源，煤油的供應雖然還沒有少到讓大家提高警覺，小心使用，但是能不用煤油燈，最好還是不用。

麥克斯在填字謎的時候，莉賽爾通常坐在防漆罩布上讀自己的書。他們相距幾公尺，幾乎不交談，地下室只有書頁翻動的聲音。莉賽爾上課的時候，常常把自己的書留給麥克斯。漢斯．修柏曼與埃立克．凡登堡因音樂而連繫在一塊，而麥克斯與莉賽爾則因無聲堆集的文字而湊攏在一起。

「嗨，麥克斯。」

「嗨，莉賽爾。」

然後兩人就坐下來閱讀。

莉賽爾偶爾會望著他。她覺得他是一幅蒼白而專心的人像，米黃色的皮膚，眼眸底下各有一片沼澤，呼吸模樣好似亡命之徒，絕望又無聲，只有胸膛洩漏了他還活著的秘密。

莉賽爾逐漸會闔上眼睛，要求麥克斯考問自己一再拼錯的字。要是她又忘記了，她先罵兩句，然後起身在牆壁上刷寫那幾個字，寫個十來次。兩人一同吸進油漆與水泥的氣味。

「再見，麥克斯。」

「再見，莉賽爾。」

她醒著躺在床上，想像他在地下室的樣子。在那些睡前的想像裡，她總是看見他和衣就寢，鞋子也沒脫，以防又需要再次逃亡。

氣象預報員：五月中旬

莉賽爾一打開門，嘴也跟著張大了。

在天堂街球場，她那隊以六比一的成績痛宰了魯迪的球隊。她洋洋得意衝到廚房，告訴爸媽她得分的經過。然後她衝到地下室，向麥克斯敘述每一次進攻的過程。麥克斯放下報紙，專心聆聽莉賽爾的描述，一面聽，一面跟著她笑。

進球得分的故事說完，兩人默不作聲半晌。然後麥克斯慢慢抬起頭來，「莉賽爾，妳可以幫我一個忙嗎？」

莉賽爾還因天堂街上的個人表現而高興不已，她從罩布堆上一躍而起，她沒有說出口，但是她的動作明白表示，她熱切地想徹底達成他的心願。

「妳告訴我射門得分的全部經過，」他說：「但是我不知道上面天氣是怎樣，我不知道妳到底是在太陽下得分，或者今天是個多雲的日子。」他用手戳弄著平頭，水汪汪的眼睛乞求著再簡單不過的事情。「妳可以上樓去，然後回來告訴我天氣嗎？」

莉賽爾匆匆跑上樓梯，站在沾了痰污的大門外，聚精會神觀察天空。

回到地下室，莉賽爾告訴他：「今天天空是藍色的，麥克斯，有一朵好長好長的雲，像是一條一直延伸的繩子，在繩子的尾端，太陽像是一個金黃色的大洞……」

在那一刻麥克斯才明瞭，只有小孩才可能對他這樣播報氣象。他在牆壁上畫了一條打了緊結的長繩子，繩子的末梢有個滴著油漆的黃色太陽，好像這個大洞能讓人潛下去似的。在繩索般的雲朵上頭，他畫了兩個人，一個清瘦的女孩與一個萎靡的猶太人。他們走在上面，張開手臂保持平衡，朝滴著油漆的太陽走去。在圖畫的下方，他寫了下面這句話。

麥克斯·凡登堡寫在牆壁上的句子

那天星期一，他們沿著鋼索走向太陽。

⚃ 拳擊手：五月底

對麥克斯·凡登堡而言，生活是冰冷的水泥與消磨不完的時間。

幾分鐘的時間讓他感到痛苦。

熬過幾小時的工夫是種懲罰。

在清醒的每分每秒中，他面臨時間對他的控制，時間毫不遲疑地折磨他，帶著微笑勒緊他。活著，原來可以是這麼深切的痛苦。

漢斯·修柏曼每天至少會到地下室一趟，同他聊幾句話。羅莎偶爾拿點剩下的麵包皮下來。然而，倘若是莉賽爾下樓的話，麥克斯發現自己才會再次感覺生活有樂趣可言。一開始，他還想要摒除這種感覺。可是，莉賽爾每天出現，每次都向他報告當天的天氣狀況。蔚藍的天空，又扁又硬的雲層，天氣好像上帝晚餐吃太飽之後坐下來，然後太陽忽地冒了出來。他越來越難抗拒那種感覺。

獨處時，他的思路就不清楚了。所有的衣物都是灰色，就算原本不是灰色的，現在也成了灰的，從長褲、毛衣、外套，都像水一般由他身上滴落。他常常要檢查皮膚是不是正在一片片剝落，因為他感到自己好像正在分解。

他需要一系列的生活規劃。第一個計畫是鍛鍊身體，從伏地挺身開始做起。他趴在冰冷的地下室地板上撐起身體，覺得手臂喀嚓一聲自手肘處斷掉。他幻想心臟跑出來，微弱地落在地板上。他十來歲還住在司徒加的時候，一次可連續做五十下伏地挺身；現在他二十四歲了，比往常少了七公斤體重，連做十下都覺得勉強。一個星期後，他把十六下伏地挺身加上二十二下仰臥起坐作為一組訓練，他可以完成三組。運動之後，他靠著地下室牆壁，與那些油漆罐朋友一塊坐著。他感受到脈搏在牙齒周遭跳動，肌肉摸起來一塊一塊的。

他有時也不禁懷疑，這樣的鍛鍊是否有用。然而，當他的心跳緩和，身體又能活動之後，他關上煤油燈，站在地下室的黑暗中。

他二十四歲了，他還有幻想。

「藍色的角落上，」他壓低聲音轉播賽事：「是世界冠軍，亞利安裔最傑出的人，元首希特勒。」他吸了一口氣後轉身，「而在紅色角落上的，是狡猾的猶太挑戰者麥克斯・凡登堡。」

他腦中的幻想一一浮現在他眼前。

耀眼的白光照射在拳擊場上，一群觀眾站著低語。好多人同時說話的聲音聽來非常奇妙，怎麼人人會在同一個時間內有那麼多的話要說呢？拳擊場設備完善，競技台上鋪著完美的帆布地板，圍繩堅牢可靠，就連厚繩上零星冒出的鬚線都完美無瑕，在白色強光下閃爍著光芒。室內瀰漫菸捲與啤酒的氣味。

阿道夫・希特勒站在斜對面的角落上，身旁站著他的隨扈。他穿著一套紅白袍子，袍子後印了個黑色的納粹黨徽，袍子底下露出兩條腿，八字鬍鬚整齊編排在臉上。他的教練戈培爾低聲交代他，而他兩腳前後左右交互跳動，臉上掛著微笑。當競技台主持人列舉他眾多豐功偉績的那刻，他笑得最開心，崇拜他的觀眾聽了也熱情歡呼鼓掌。「戰無不勝！」主持人讚頌他：「戰勝了許多猶太人，戰勝了任何對於德國完美典範人事物的威脅。元首先生……」他下了總結：「我們向您致敬。」一群眾一陣騷亂。

眾人冷靜之後，輪到介紹挑戰者了。

主持人大搖大擺走向孤獨站在挑戰者位置的麥克斯。他沒有穿著袍子，沒有隨行的人，只是一個孤單的年輕猶太人。他的氣息惡臭，裸著胸膛，四肢細瘦，身上的短褲是灰色的。他的雙腳同樣前後左右移動，但是為了保留體力，他只做最小幅度的運動。為了符合拳擊重量級別，他已在體育館流下大量汗水。

「挑戰者！」主持人高喊：「是……」為了製造效果，他還停頓了一下，「猶太人。」觀眾彷彿噬屍的惡靈，發出一陣噓聲。「重量是……」

主持人之後所講的話沒人聽見，露天看台傳來的辱罵淹沒了他的聲音。麥克斯看到他的對手脫下袍子，於是走到拳擊場中央聽取比賽規則，同時與對手握了握手。

「你好，希特勒先生。」麥克斯點頭致意，但元首只稍微露了一下黃板牙，兩片嘴唇馬上又覆蓋住牙齒。

「各位觀眾。」一名身穿黑色褲子、藍色襯衫的矮個子裁判開始說話，他襯衫的脖子上紮了個領結。「第一，我們要的是一場絕對公正的比賽。」然後他對著元首說：「無庸贅言，希特勒先生，如果你開始輸的話，那就不一定要公平了。要是你真的開始落敗，我樂意睜一隻眼、閉一隻眼，不管你用哪種無恥手段在帆布地板上碾碎這個惡臭的猶太廢物。」他謙恭有禮地點個頭。「清楚規則了嗎？」

元首於是吐出他第一句話：「一清二楚。」

裁判對麥克斯多加了一條警語：「至於你，我的猶太老友，要是我是你的話，我會非常小心自己的每一步路。非常小心。」然後，兩名選手返回各自的角落。

一陣短暫的肅靜。

接著鈴聲大響。

首先出手的是元首。瘦削的他有雙難看的腳，他奔向麥克斯，在他臉上結結實實猛擊了幾拳。觀眾激動不已，他們耳邊還迴響著剛才的鈴聲，他們心滿意足的笑容穿過了圍繩。希特勒低頭對著麥克斯的臉直衝，嘴中呵出的氣息帶著水氣。他擊中麥克斯的嘴唇、鼻頭、下巴，而麥克斯仍舊沒膽離開他的角落。為了抵擋攻擊，麥克斯高舉雙手。但是，元首接著將目標集中在他的肋骨、腰際、胸膛上。噢，那雙眼睛，元首的眼睛，這麼漂亮的褐色，像是猶太人的眼睛，那雙眼睛如此堅定，就連麥克斯在兩只猛擊晃動的手套間見著了那雙眼睛，都不由得愣怔了一會兒。

整場比賽只進行一回合，這一回合持續了幾個小時。大部分時間裡，局勢都是一樣的。

元首彷彿面對著拳擊的練習吊袋，連續猛攻猶太人麥克斯。

麥克斯的血到處飛濺。

彷彿紅色的雨雲，灑在腳底下帆布做成的白色天際。

最後，麥克斯無法打直膝蓋，他的頰骨發出無聲的哀嚎。元首開心的臉龐依舊一下靠近他，一下離開他。他撲地倒在地上，身體掏空了，筋疲力竭了，虛弱不振。

一陣歡呼聲起。

接著一片寂靜。

裁判開始倒數。他有顆金牙，還有茂盛的鼻毛。

慢慢地，猶太人麥克斯．凡登堡站起來，挺直了身體，顫抖的聲音發出邀請：「來啊，元首。」這次，阿道夫．希特勒瞄準他的猶太對手，但麥克斯卻往旁一靠，將元首推入了角落。他用力打了元首七拳，每拳都只瞄準一個地方。

他的八字鬍。

第七拳他沒打中目標，承受這一拳的是元首的下巴。元首猛然撞向圍繩，屈身向下，膝蓋落地。這次，沒有倒數。裁判縮回角落邊上，觀眾坐下繼續喝他們的啤酒。元首跪在地上，嚐了一口自己的鮮血，把頭髮從右到左撥好。他再次站起來的時候，贏得了上千觀眾的認同。他徐徐向前逼進，做了一個相當奇怪的舉動，他背對著麥克斯，取下拳頭上的手套。

觀眾瞠目結舌。

「他放棄了！」有個人悄聲地說。但是過了一會兒功夫，阿道夫．希特勒站到了圍繩上，他對拳擊場四周的觀眾喊話。

「我親愛的德國人民們，」他大喊：「你們今晚在這裡可以明白到一件事情，你們看到了嗎？」他敞露著胸膛，流露出勝利的眼神，指著麥克斯說：「你們可以明白，我們面對的，是一件比我們想像中還要邪惡、更有影響力量的東西。你們看到了嗎？」

觀眾回答：「看見了，元首。」

「你們看，這個敵人已經找到了他卑劣的手段，來突破我們的防禦，而且，很明顯的，我沒辦法單打獨鬥對付他。」他的話清晰明白，像珠寶似由嘴中滾落。「看著他！好好看看他！」眾人看著他，看著渾身是血的麥克斯．凡登堡。「我說話的這個時刻，他正在密謀潛入你們的周圍，他在你的隔壁，他侵擾你的家人，他就要接管你了。他……」希特勒厭惡地瞥了麥克斯一眼。「他馬上就會佔有你。他不會站在你雜貨店的櫃檯前面，他反而要坐在櫃檯後頭抽菸斗。在你還沒留意之前，你已經為了單薄的薪水為他賣命。你怎麼能夠就這樣站在那裡，讓他為所欲為？你怎麼可以學以前的領袖那樣袖手旁觀，讓他們把你的土地給了別人，簽幾個名字就把你的國家賣了？你要軟弱地站在那裡嗎？還是……」他往圍繩上又爬高一層，「要跟我一起登上這個拳擊場呢？」

麥克斯渾身發抖，肚裡的恐懼像是口吃說不出的話。

阿道夫已經擊敗他了。「你們願意爬上來這裡，讓我們齊心打垮敵人嗎？」

在天堂街三十三號的地下室，麥克斯承受著整個國家的拳頭。人民一個接著一個，爬進拳擊場內擊打他，讓他流血，讓他痛苦。數不盡的人民。他想振作站起來……

他看到有一個人爬過圍繩，是個女孩子。她慢慢走過鋪著帆布的拳擊場，他留意到她左臉頰上有滴眼淚滑落，她右手上拿著一份報紙。

「填字謎。」她輕聲說：「還沒做過呢。」然後她把報紙遞給他。

漆黑。

現在除了漆黑之外，什麼都沒有。

只有地下室，只有猶太人。

⚄ 新的夢：幾個晚上之後

那天午後，莉賽爾走下地下室的樓梯，麥克斯的伏地挺身正做到一半。

她看了一下，他沒發現她。後來，她走過去要跟他一塊兒坐著，他則站起來倚靠著牆壁。「我有沒有告訴過妳？」他問她：「我最近做了一個新的夢？」

莉賽爾換了一下位置，好看清他的臉。

「不過，我是醒的時候夢到的。」他指著煤油燈：「有時候我會熄掉燈，然後站在這裡等。」

「等什麼？」

麥克斯糾正她：「不是等什麼，是等誰。」

莉賽爾停了好一段時間沒說話，在這樣的交談中，兩句對話之間常隔著比較長的時間。「你等誰？」

麥克斯動也不動。「元首。」他的話不帶感情。「也是我鍛鍊身體的原因。」

「伏地挺身？」

「對。」他走到水泥樓梯旁。「每天晚上，我在黑暗中等待，等元首走下這排樓梯，他走下來。然後我跟他，我們兩個打拳賽，一打就是好幾小時。」

莉賽爾站起來了。「誰贏？」

他本來想回答沒有人贏。然而在他視線內，他看到了油漆罐、防漆罩布、越堆越高的報紙，他望著牆壁上的字、長長的雲朵，還有兩個人。

「我贏了。」他說。

他彷彿翻開了莉賽爾的手心，把他的回答放在上面，然後又合起她的手掌。

在德國墨沁鎮的地表之下，有兩個人站在地下室講話。這場景聽來像是一個笑話的開場：

「有個猶太人，還有個德國人，一塊兒站在一間地下室裡面，瞭吧？」

⚅ 油漆匠：六月初

麥克斯另一個計畫與《我的奮鬥》所剩下來的頁面有關。他小心翼翼地把每一張紙從書上撕下來，攤在地上，漆上一層油漆。把紙晾起來曬乾，然後又夾回書裡面。有天莉賽爾放學回家，走到地下室，發現麥克斯、羅莎、爸爸都在把油漆塗上紙頁。一條拉開的繩子上頭已用衣夾晾了好多張紙，先前為了《監看者》那本小冊子，一定也經過了這樣的過程。

三個人都抬起頭來說話。

「嗨，莉賽爾。」

「莉賽爾，刷子給妳。」

「早該回家了，母豬。妳跑到哪了，這麼久才回來？」

莉賽爾刷油漆的時候，幻想著麥克斯．凡登堡跟元首對打的情景，完全如他所敘述的那樣。

地下室的幻象，一九四一年六月

一陣混亂的拳打。群眾從牆壁裡爬出來。

麥克斯與元首為了生命而戰，兩個人撞上樓梯又彈回來。

元首的八字鬍上面沾了血跡，頭頂右側的頭髮分線上也有血。

「來啊，元首。」麥克斯說，他揮手要他向前，「上啊，元首。」

幻想結束之後，她漆好了第一張紙，爸爸對她眨了一下眼睛，媽媽責罵她油漆用太多。麥克斯一張一張檢查，他也許看見了他想在上面創作的字跟圖。幾個月後，他還會把這本書的封面用油漆刷過一遍，把他寫下的一個插圖故事，作為這本書的新名字。

那天下午，在天堂街三十三號的秘密地下室，修柏曼夫婦、莉賽爾．麥明葛、麥克斯．凡登堡準備好了新書《抖字手》所需的紙張。

當個油漆匠的感覺真不賴。

攤牌：六月二十四號

接著，骰子的第七面出現了，出現在德國入侵蘇聯的兩天之後，英俄兩國結盟的三天之前。

七點。

你把骰子一丟，看見七點出現，你就曉得這顆不是普通的骰子。你說自己運氣不佳，但是你從頭到尾都知道這是必然的結果。你把厄運帶到房間裡，桌子在你的氣息中聞到厄運的存在，打從一開始，猶太人就從你的口袋探出頭來，沾抹在你上衣的翻領上。你一擲出骰子，就知道一定會出現七點，這個七點會想辦法傷害你。骰子落下，骰子神奇又討厭地凝視著你的眼睛，你轉過身去，骰子啃噬著你的胸膛。

純粹是運氣爛。

你說。

不會有後果發生。

你讓自己相信不會有後果，因為在內心深處，你知道這次命運的輕微改變，預告了以後要發生的事情。你藏了一個猶太人，為此你要付出代價。不管是什麼代價，反正你一定得付出代價。

莉賽爾後來才告訴自己，事情其實沒有那麼嚴重，大概因為她在地下室寫出自己以往經歷的故事之時，外面又發生了更多的事情。從大環境的觀點來看，她推想鎮長和夫人解雇羅莎這件事情，根本稱不上是運氣差。不管怎樣，解雇與他們在家裡藏猶太人無關，反而是與戰爭的大環境相關。不過，在那當下，解雇一事絕對使得修柏曼一家子覺得受了處罰。

事情發生在六月二十四日前一個星期左右。莉賽爾與以往一般，在垃圾桶中為麥克斯．凡登堡尋找報紙。在慕尼黑街旁的小巷內，她把手伸到垃圾桶內，然後將報紙塞在腋下。她把報紙給麥克斯，他隨即瀏覽了一回。他看了莉賽爾一眼，指著頭版的一張圖片說：「這不是妳到府送衣的那戶家人嗎？」

莉賽爾從牆邊走過來。她剛在麥克斯畫的繩索雲與滴漆的太陽旁練習寫了六次「爭辯」這個詞。麥克斯把報紙遞給她，她證實了他剛剛說的話，「是他沒錯。」

她繼續讀報導，報導中引用了鎮長海恩茲．赫曼的話。他表示，雖然戰爭的進展讓人極為滿意，但墨沁鎮的居民都是有責任感的德國人，還是要採取適當的預防措施，因為日子會越來越苦。「你永遠料想不到，」他說：「我們的敵人在想什麼，或者他們要如何打擊我們。」

一個星期之後，鎮長的話導致嚴重的下場。莉賽爾照舊出現在葛蘭德大道，坐在鎮長書房的地板上閱讀《吹哨客》。到離開之前，鎮長夫人都沒有表現出異於往常的行為（或者應該直言說，她沒做任何額外的動作）。

這次，她要求莉賽爾收下《吹哨客》的時候，堅持一定要她帶走。「拜託。」那幾乎是懇求的語氣，她握緊的手謹慎地把書遞出去。「收下，請妳把書帶回去。」

鎮長夫人奇怪的行為感染了莉賽爾，她不能讓夫人再次失望，這本有著灰色書皮、發黃書頁的書於是到了她的手上。她動身往走廊走去，正要問待洗衣物之時，穿著睡袍的鎮長夫人對她做出最後一個悲傷表情，她手伸到抽屜，拿出一只信封。由於不常說話之故，她的聲音結結巴巴，勉強地說：「對不起，這是給妳媽媽的。」

莉賽爾的呼吸停了。

她立即發覺鞋子裡的腳好像騰空站著，有個東西在她的喉嚨中訕笑。她在發抖。等她終於伸手拿信時還留意到，書房時鐘發出的聲音根本不像滴答滴答的聲音，更像是一把鋤頭規律地往地上劈擊的聲音，那是墳墓的聲音。莉賽爾・麥明葛心想：但願我的墳墓已經準備好了。因為在那一剎那，她好想死了算了。其他人家不再雇用媽媽，她不覺得多麼傷心難過，好歹她還有鎮長、鎮長的藏書、她與夫人之間的來往關係。最後一個，就連最後一個希望也沒了。這回她覺得遭到嚴重至極的背叛。

她該怎麼面對媽媽？

對羅莎來說，雖然只是微薄收入，依舊不無小補，多一把麵粉，多一片肥肉。

依爾莎・赫曼想趕緊擺脫莉賽爾，她把睡袍抓得更緊的動作讓莉賽爾看出她的打算。她內心的憂傷讓她言行依舊笨拙，不過她顯然想結束這場尷尬。「告訴妳媽媽，」她再次說話，她正在調整聲音，句子因而斷成了兩節。「說我們很不好意思。」她領著莉賽爾往大門走去。

莉賽爾覺得悲痛，最後一擊的悲痛，壓在她的肩膀上。

就這樣嗎？她在心裡問道，就這樣把我攆出去嗎？

她慢慢提起空衣袋朝大門移動。到了外面，她轉身看著鎮長夫人，這是當天她倒數第二次看她。她看著她的眼睛，帶著幾乎是本能的自尊，她說：「非常感謝妳。」而依爾莎・赫曼疲倦地露出於事無補的微笑。

「要是妳想過來看書，」鎮長夫人開始說謊（至少，在錯愕、傷心之下，莉賽爾將這段話解讀為謊話），「我非常歡迎妳。」

在那一刻，寬敞的大門讓莉賽爾大為吃驚，那麼寬敞的空間，為何需要這麼大的空間好讓人走過一道門呢？要是魯迪在場的話，他會大罵她是個呆瓜，門夠大，才能把他們所有的東西弄進去啊。

「再見。」莉賽爾說。依爾莎悶悶不樂地將門緩緩帶上。

莉賽爾沒有離開。

她坐在台階上眺望墨沁鎮良久。那天氣溫不冷不熱，鎮景一覽無遺，平靜無風。墨沁鎮像是裝在空玻璃瓶裡那般寧靜。

她展開信，鎮長海恩茲・赫曼在信中婉轉又簡潔地說明終止雇用羅莎・修柏曼的理由。最重要的是，他解釋，倘若他一方面繼續維持個人稍嫌奢華的生活方式，另一方面卻又建議大家未雨綢繆，日子會越來越苦，那他就成了偽君子。

她終於起身走回家。當她在慕尼黑街看見了「史坦納裁縫師」招牌那一刻，她出現另一種反應。不再悲傷了，她怒氣沖天。「那個混蛋鎮長。」她低聲咒罵：「那個可憐的女人。」日子會越來越苦，所以才要繼續雇用羅莎啊，但是他們沒有，他們開除了她。不管怎樣，她要他們像普通人那樣洗自己的髒衣服、燙衣服，跟貧窮人一樣。

她手上緊握著《吹哨客》。

「所以妳才給我這本書。」莉賽爾說：「因為可憐我的緣故……好讓妳自己的心裡好過一點……。」其實早在那天之前，依爾莎・赫曼已經有好幾次要把書送給她。但這個事實現在並不重要。

跟上次一樣，她回頭邁開大步，走回葛蘭德大道八號。她好想用跑的過去，但是她克制住自己，因為這樣才能保留足夠的氣力講話。

她回到那裡，失望地發現鎮長不在家。車子沒有好好停放在馬路邊，車子不在那裡也許是好事，倘若車子在的話，在這個貧與富對槓上的時刻，她會對車子做出什麼事情，那就很難說了。

她一腳跨兩層台階跑上去，伸手用力敲大門，大力到幾乎弄傷自己的手。她享受著斷斷續續的疼痛感。

鎮長夫人開門見到她的時候，顯然嚇了一跳。夫人留意到莉賽爾向來蒼白的臉蛋上流露出明顯的憤怒，她蓬鬆的頭髮邊上滲出少許汗水。夫人的皺紋加深，嘴張開，但是沒說話。這樣剛剛好，沒錯，因為發言權就落到莉賽爾的手中。

「妳以為，」她說：「妳用這本書就可以收買我嗎？」她的聲音雖然在發抖，但是像是一記勾拳，一拳擊到鎮長夫人的喉頭上。她的憤慨閃耀著光芒，既深切又令人膽怯。她越來越激動，因而流下了眼淚，必須伸手把眼淚抹去。「妳給我這本跟豬一樣爛的書，以為我回家告訴我媽媽，我們連最後一個客戶都沒了，這樣我就會沒有事情嗎？而妳卻坐在妳這棟豪宅裡面？」

鎮長夫人的雙臂垂下來。

臉龐顯示她已受了傷。

不過，莉賽爾沒有讓步，她的話直接往夫人的眼睛噴灑。

「妳跟妳先生，高高坐在這裡。」她變得惡毒，超乎她想像的惡毒、惡劣。

傷人的言辭。

對，殘忍的言辭。

這些言辭不曉得從哪裡冒出來，對著依爾莎・赫曼厲聲叫罵。「時候到了，」她告訴夫人：「好歹妳該自已洗妳那些發臭的衣服，該面對妳兒子已經死掉的事實，他被殺死了！他被勒死啊，大卸八塊，已經過二十年了。還是他是凍死的？不管他怎麼死的啦，他死了！他已經死了啦，妳坐在自己家裡面發抖，忍著悲痛，好可憐哪。妳以為天下只有妳一個人可憐嗎？」

馬上。

弟弟出現在她身旁。

他在她耳邊低語，要她別說了。不過，弟弟也死了，他的話不值得一聽。

他死在一列火車上。

他們把他埋葬在雪地之中。

莉賽爾看了弟弟一眼，但是她停不下來，還沒說完呢。

「這本書，」她繼續往下說，她把弟弟往台階下面一推，他跌了下去。「我不稀罕。」她的語氣已經冷靜了不少，但還是相當激烈。她把《吹哨客》對準鎮長夫人的拖鞋一丟，書掉到水泥地上時，她聽見一聲碰撞聲。「我才不要妳這本爛書呢。」

她控制住情緒，安靜下來了。

她的喉嚨裡沒有話了，完全無話可說。

弟弟抱著膝蓋消失無蹤。

鎮長夫人不知如何應對，遲疑了一會兒，然後才慢吞吞地向前移動，拾起了書。受到莉賽爾的貶斥，她黯然神傷，莉賽爾可由她的臉上看出來。她的鼻孔流出了血，流到她的雙唇，她的眼睛淤青，傷口破裂，皮膚表面浮現許許多多的創傷。都是因為話語的關係，因為莉賽爾的話語。

依爾莎．赫曼手拿著書，本來身體縮成一團，現在改為駝背的站姿，她又開始想說些道歉的話，但是那些話停在嘴裡沒說出口。

打我一巴掌啊，莉賽爾心想，來啊，打我一巴掌啊。

依爾莎·赫曼沒有打她耳光，她往後退，退回她美麗房子的污濁空氣裡。莉賽爾再度獨自留在門外，她牢牢站在台階上，她害怕轉過身去，因為她知道，一轉身過去，墨沁鎮的玻璃瓶已經砸碎了。她會樂見玻璃瓶砸碎了。

她又把信唸了一次，作為今天任務的總結。當她走近圍欄門的時候，她使出她最大的力量把信扭成一團，然後如扔石子一般，把信團對著大門丟過去。我不知道偷書賊心裡在想什麼，不過，紙團撞上那扇厚實的門板，掉落到階梯上，滾落在她的腳邊。

「倒楣死了。」她一面說，一面把紙團踢到草地上。「沒用的東西。」

回家路上她心想著，下次下雨的時候，當墨沁鎮修好的玻璃瓶又翻過來之時，那封信的下場會是怎樣。她已經想像得到，那些句子會一個字母一個字母暈開，直到最後什麼都看不見，只剩下一張紙，只剩下泥土留在上面。

回到家，莉賽爾走進前門。真是不湊巧，羅莎正在廚房裡面。「怎樣？」她問：「衣服呢？」

「今天沒有要洗的衣服。」莉賽爾告訴她。

羅莎走過來坐到餐桌前，她明白了，她突然看起來變得老好多。莉賽爾曾經想過，若是羅莎解開髮髻，讓頭髮披散在兩肩上，看起來是怎樣的模樣，那會像是一條用橡皮筋似的頭髮所作成的灰毛巾。

「妳這個小母豬，妳在哪裡幹了什麼好事？」她茫然地問道，無法使出她平常的尖牙利嘴。

「是我的錯。」莉賽爾回答：「全是我的錯，我羞辱了鎮長夫人，告訴她不要再為死去的兒子哭哭啼啼了。我說她是可憐蟲，然後他們就不要雇用妳了。拿去。」她走向木杓，抓了幾隻放在羅莎面前。「挑一支。」

羅莎摸到一支拿起來，但是她並沒有揮動起木杓。「我不相信妳說的。」

莉賽爾既悲傷又困惑，這次她巴望被痛打一頓，但是卻沒有人要打她！「是我的錯。」

「不是妳的錯。」羅莎說。她甚至站起來摸摸莉賽爾好久沒洗的油膩頭髮。「我知道妳不會說那種話。」

「我說了！」

「好吧，妳說了那種話。」

莉賽爾離開廚房後，聽到木杓放回金屬罐的卡嗒卡嗒聲音。她回到房間之前，所有的木杓，包括鐵罐在內，都被一手揮落到地。

後來，她走到地下室。麥克斯站在漆黑之中，可能正在和元首打拳擊。

「麥克斯？」微弱的燈光亮起，像是一枚漂浮在角落的紅色硬幣。「你可以教我怎麼做伏地挺身嗎？」

麥克斯示範給她看，偶爾幫忙她撐起身體。不過，雖然她外表瘦削，但身體底子很強，能穩穩撐住自己的體重。她沒有計算次數，但是那天晚上，在地下室的光線中，她完成的伏地挺身次數足以讓她肌肉疼上好幾天。就算麥克斯勸她說已經做太多下了，她還是持續做下去。

她坐在床上與爸爸一同唸書的時候，爸爸知道事情有點不對勁。這天是他那個月第一次到房間陪她坐著，讓她心裡感到安慰，就算只是一點點的安慰也好。不知什麼緣故，漢斯．修柏曼總是知道該說什麼，什麼時候說，何時讓她表達自己。也許他唯一真正精通的是莉賽爾。

「是因為洗衣服工作的事情嗎？」他問。

莉賽爾搖搖頭。

爸爸好幾天沒刮鬍子，他每兩三分鐘就摸摸鬍子，發出沙沙的聲音。他眼睛裡只有銀色，眼神冷靜，帶著幾許溫暖，每次只要有關莉賽爾的事情，他的眼睛就是如此。

爸爸看書的精力慢慢耗盡之後，他睡著了。就在那時候，莉賽爾才說出她一直想說的。

「爸爸，」她低聲地說：「我想我會下地獄。」

她的雙腿暖暖的，膝蓋卻好冰冷。

她記起以前尿床的夜晚，爸爸洗了床單之後，接著就教她字母表上的每一個字母。爸爸的呼吸吹拂過毛毯，她親了親他沙沙作響的臉頰。

「你應該刮鬍子了。」她說。

「妳不會下地獄的。」爸爸回答道。

她看著爸爸的臉，然後才躺下去靠在爸爸身邊，兩人一塊睡著了。他們在現實中睡在慕尼黑；就某個層面而言，他們睡在德國骰子的第七面。

魯迪的狂妄年少

到了最後，她必須給他一點顏色瞧瞧。

他知道如何表演。

一幅魯迪．史坦納的畫像：一九四一年七月

泥土一條條黏在他臉上，領帶像是鐘擺，時鐘早就不走了。

他燈火般的金黃色頭髮凌亂不整，臉上掛著一個又悲傷又愚蠢的微笑。

他站在距離台階幾公尺處，信心十足，手舞足蹈大喊。

「全都是蠢蛋！」他宣布。

全都是蠢蛋！

一九四一年上半年，莉賽爾忙著藏匿麥克斯．凡登堡，忙著偷報紙，忙著數落鎮長太太，魯迪則在希特勒青年團忍受新近的生活變化。自二月初起，每次集會回來，他的心情都比參加集會前更惡劣。有好幾次湯米．繆勒隨他一塊回來，他的心情也很糟糕。他們遇到的麻煩，是由三件事構成。

三階段式的麻煩

一、湯米．繆勒的耳朵。

二、法蘭茲．杜伊雀：脾氣暴躁的希特勒青年團指導員。

三、魯迪的雞婆。

但願六年前，慕尼黑有史以來最冷的那天，湯米．繆勒沒有迷路七小時。他耳腔感染的問題和神經損傷的毛病，到現在還是害得希特勒青年團的分列式隊伍走得東倒西歪。我跟你保證，這不是什麼好事。

首先，事情惡化的速度還算緩和。但是幾個月後，湯米持續惹惱希特勒青年團的指導員，特別是遇到分列式的時候更是如此。記得前一年希特勒生日時發生的事件嗎？湯米耳朵感染問題日益嚴重，嚴重到湯米的聽力真的出現了問題。大家排成一列預演分列式，他聽不清楚指導員對著隊伍大喊的命令，無論是在禮堂或室外，在雪地、泥地或是大雨中，他都聽不清楚。

分列式的目的，永遠是希望每個人能同一時間立正站好。

「喀嚓一聲立正站好。」指導員告訴他們：「這是元首唯一想聽到的聲音，大家要團結一致，上下一心！」

但是有湯米在。

我想是他的左耳，他的左耳比較容易惹麻煩。每個人的耳朵都聽得見一聲高亢的「停！」湯米卻沒聽見，滑稽地繼續向前進。霎時間，一排隊伍就因他成了一盤散沙。

七月的第一個星期六，剛過三點半，已經有好多次的分列式失敗，都是歸咎在湯米的頭上。法蘭茲．杜伊雀（偏激納粹少年黨員的怪姓名）已經忍無可忍了。[1]

「繆勒，你這個搗蛋鬼！」杜伊雀頭上的濃密金髮上下晃動，他的話改變了湯米的表情。「你這隻猿猴，你是怎麼搞的？」

湯米低著頭膽怯地退回隊伍中，他的左臉居然發癲似地，愉快地抽搐了一下。他看來不光只是得意嘻笑，還歡天喜地收下了解雇通知。但是法蘭茲．杜伊雀根本不允許這種事情發生，他的眼睛直逼著他。

「怎樣？」他問：「你要怎麼解釋？」

湯米臉上的痙攣不減反增，抽搐地越來越快，越來越嚴重。

「你在取笑我嗎？」

「希特勒……」湯米的臉又抽搐了一下，他絕望地想爭取一點認同，但是無法說出「萬歲」這兩個字。

就在那個時候，魯迪挺身而出。他仰頭看著法蘭茲．杜伊雀，「長官，他有點毛病……」

「我看得出來！」

「他耳朵有毛病，」魯迪想把話說完：「他不能……」

「行了，夠了。」杜伊雀搓揉雙手。「你們兩個，六圈操場。」他們照辦，但是跑得不夠快。「快一點！」

杜伊雀的聲音在後面追著他們跑。

跑完六圈之後，他們接受另一套體罰，重複跑步、倒下、站起來的步驟。過了漫長的十五分鐘之後，他們聽從命令站起來，這應該是最後一次了。

魯迪看著地面。

下面一團歪曲的泥土對著他笑。

你在看什麼呢？泥土好像這樣問他。

「趴下！」杜伊雀命令他們。

魯迪自然而然跳起來，然後肚子朝下臥倒。

「起立！」杜伊雀笑了。「往後一步。」他們於是往後退了一步。「趴下！」

杜伊雀的指令很清楚，魯迪照辦。他朝著泥巴撲下去，屏住呼吸，耳朵貼在濕答答的地上。體罰結束了。

法蘭茲．杜伊雀禮貌地說：「紳士們，非常感謝。」

魯迪爬起來跪在地上，他掏掏耳朵裡的泥土，看著隔壁的湯米。

湯米閉著眼睛，他的臉又抽搐了。

那天他們回到天堂街的時候，莉賽爾正與幾個年紀小的孩子在玩跳房子，她還穿著ＢＤＭ的制服。她從眼角看見兩個落寞的身影朝著她走過來，其中一個身影喊了她的名字。

他們在史坦納家像鞋盒似的房子前面台階見面，魯迪把當天發生的事情告訴她。

十分鐘後，莉賽爾坐下來。

十一分鐘之後，坐在她身邊的湯米說：「都是我的錯。」湯米想先笑一下然後繼續說話，魯迪揮手阻止他，他的手指把臉上一條泥巴切成兩半。「都是我……」湯米還想再講一次，但是魯迪徹底打斷了他的話。他指著他。

「我求你，湯米。」魯迪臉上有種少見的滿足，莉賽爾從沒見過有人能如此悲慘落魄卻又真心地充滿活力。「你只要坐在那裡，抽搐你的臉部肌肉，做什麼都好。」他繼續把故事說完。

他踱來踱去。

他扭扯著領結。

然後，他忽然對著坐在水泥台階上的莉賽爾說。

「那個杜伊雀，」他輕鬆地下了結論：「他整了我們，對吧，湯米？」

湯米點點頭，臉抽搐了一下，然後才開口說話（不一定是按照這樣的動作順序）：「都是因為我的關係。」

「湯米，我剛說什麼？」

「哪時候？」

「現在！你給我安靜閉嘴就好。」

「好，魯迪。」

一會兒過後，湯米孤零零地走路回家，而魯迪正試驗一招看似出色的新戰術。

他在裝可憐。

站在台階上，他仔細研究制服上像是硬殼的乾泥巴，然後絕望地看著莉賽爾的臉。「母豬，要不要賞我一個？」

「賞一個什麼？」

「妳知道的……」

莉賽爾以她一貫的口氣回答。

「豬頭！」她笑著抄捷徑回家。泥巴與悲慘加在一塊的窘境，與親吻魯迪．史坦納，根本是兩件八竿子打不著的事情。

魯迪在台階上苦笑著，他一隻手撥著頭髮大聲高喊：「有一天，」他警告她：「會有那麼一天的，莉賽爾。」

兩年多以後，莉賽爾趁半夜在地下室寫作的時候，常會想要跑到隔壁去看看魯迪。她後來也知道，很可能就是在希特勒青年團的那些潮濕日子加深了他犯罪的欲望，接著也加深了她自己的犯罪欲望。

雖然平日依舊飄落陣陣的小雨，夏天終究到來了。青蘋果應該已經成熟了，還有更多行竊要幹呢。

輸家

說到偷東西，莉賽爾跟魯迪一開始相信人多好辦事。安迪．蘇麥克邀他倆人到河邊碰面，除了講幾件事之外，還要討論偷水果的行動策略。

「所以，現在是你帶頭嗎？」魯迪問道。但是心情低沉的安迪沮喪地搖搖頭，顯然他希望自己有當頭的資格。

「不是我。」他冷漠的聲音難得出現熱情，他還是個稚嫩的傢伙。「另外有人當。」

亞述．伯格的接班人

他頂著一頭像被風吹亂的頭髮，好似烏雲密佈的陰鬱眼神。
像他這種青少年慣犯，偷東西不為其他，只因為喜歡偷竊這檔事。
他叫做維克多．坎莫。

維克多．坎莫跟其他偷東西的人不一樣，他什麼都不缺。他住在墨沁鎮最高級的地段，在山丘的別墅區那裡，猶太人被驅離之後，那一區還消毒過呢。他有錢花，有菸捲抽，但是他並不滿足。

「想多擁有一點東西不是罪過。」這是他的主張。他躺在草地上，一群男孩子圍繞著他。「身為德國人，想多擁有一點東西是我們的基本權利，我們的元首是怎麼說的？」他自問自答：「我們必須取得我們應當擁有的！」

從表面上看來，維克多·坎莫根本就是我們常見那種十來歲的鬼扯蛋。不幸地，在他表現鬼扯功夫的同時，他也擁有某種魅力，吸引人「跟我來」的魅力。

當莉賽爾與魯迪走近河邊那群人，她聽見維克多又問了一個問題，「你們一直吹噓的兩個怪胎在哪裡？都已經十點四分了。」

「我手錶的時間還沒到。」魯迪說。

維克多·坎莫以一隻手肘撐起身體，「你沒有戴手錶啊。」

「要我有錢，戴得起手錶，我人會在這裡嗎？」

新的頭頭兒坐直身體，笑了，露出一排整齊潔白的牙齒。他接著漫不經心注意到莉賽爾，「這個小娼婦是誰？」莉賽爾已經習慣接受人身攻擊，她聽了之後，只是看著維克多朦朧的眼睛。

「去年，」她開始列舉：「我至少偷了三百顆蘋果，還有好幾十顆馬鈴薯。我不怎麼害怕帶刺的鐵絲網。我跟得上這裡任何一個人的腳步。」

「妳講真的？」

「真的。」她沒有畏懼，也沒有掉頭走開。「我只要求分到一小部分我們偷來的東西，十來顆蘋果就好。拿一些剩下的分給我跟我朋友。」

「嘿，這是沒問題的。」維克多點了一根菸捲塞到嘴裡，他使出全力往莉賽爾臉上呼了一口煙。

莉賽爾沒有咳嗽。

這群的成員跟去年一樣，只有帶頭的換了人。莉賽爾覺得納悶，怎麼沒有其他的男生要接下帶頭的位子呢？但是她端詳一張一張的臉，才明白沒有人足以擔當這個角色。這群小孩雖然不會因偷竊而感到良心不安，但是他們喜歡人家發號施令叫他們去偷，而維克多．坎莫喜歡當這個發號施令的人。這真是人類世界的縮影版。

有片刻的時間，莉賽爾好想再見到亞沭．伯格的身影。會不會他自己也服膺於維克多．坎莫的領導呢？那不重要，莉賽爾只曉得亞沭．伯格沒有一絲專橫的氣息，而這個新頭頭兒卻一身專橫的傲骨。去年，她知道要是她卡在樹上，亞沭雖然嘴上說過不會理她，但一定會為了她而回頭。一比之下，今年她立刻注意到，如果她被卡住，維克多．坎莫連回頭看她一眼都懶。

維克多站起來凝視眼前瘦高的男孩以及看來營養不良的女孩。「所以你們想跟我一起偷東西？」有什麼損失嗎？他倆點點頭。

他靠近他們一步，一把抓起魯迪的頭髮。「我要聽見回答。」

「當然想。」魯迪回答之後，維克多甩開他的瀏海，魯迪順勢退了一步。

「那妳呢？」

「當然參加。」莉賽爾動作夠快，避免了相同的待遇。

維克多笑了，他壓扁菸捲，深深吸了一口氣，搔搔胸口。「紳士們，我的小娼婦，購物時間到了。」

大家動身之後，莉賽爾和魯迪落在最後，就像以前一樣。

「妳喜歡他嗎？」魯迪低聲問道。

「你呢？」

魯迪停頓了一下，「我覺得他是個不折不扣的混蛋。」

「我也是。」

其他人已經離他們越來越遠。

「趕快，」魯迪說：「我們落後了。」

走了幾哩路，他們抵達第一座農場，眼前所見的景象讓他們驚訝不已。他們以為樹上會結滿了水果，但這些果樹看起來脆弱不堪，受過重創，每根樹枝上都只有可憐的幾顆蘋果掛著。下一座農場也是同樣的情形。或許今年收成不佳，或許他們挑選的時間點不對。

那天下午的工作結束前，所有的戰利品都繳交出來，莉賽爾和魯迪一同分到一顆超小顆的蘋果。平心而言，他們的收穫確實難以置信地稀少，但是維克多的分配太嚴苛了。

「你說，這個叫做什麼？」魯迪手掌端著蘋果問道。

維克多連轉頭都沒轉，「那看起來像什麼？」他的話從肩膀前傳過來。

「一顆爛蘋果？」

「拿去。」他朝他們拋了一顆吃了一半的蘋果，蘋果掉在泥土上，咬過的那面朝下。「你們可以把這顆也拿去。」

魯迪火大了。「你去死啦！我們走幾哩遠的路耶，可不是為了一顆沒肉的蘋果，才不是咧。對吧？莉賽爾？」

莉賽爾沒有回話。

因為她來不及回答。在她開口之前，維克多．坎莫已經將魯迪撲倒。他的雙膝抵住魯迪的手臂，兩手掐住他的喉頭。維克多一聲命令，除了安迪．蘇麥克以外，誰都不能撿蘋果。

「你快弄傷他了。」莉賽爾說。

「會嗎？」維克多又笑了。她討厭他的笑容。

「他不會弄傷我的。」魯迪一口氣脫口而出。維克多的蠻力讓他滿臉通紅，他的鼻子開始流血。

維克多．坎莫使勁往下強壓。過了一會兒才放開魯迪，從他身上爬開，漫不經心地走了幾步路。他說：「站起來，老弟。」而魯迪聰明地選擇了聽話。

維克多．坎莫若無其事地又靠近魯迪，看著他，輕輕摩擦他的手臂。他低聲說：「除非你想要我讓那點血變成噴泉，我建議你走開，老弟。」他看著莉賽爾說：「順便帶走你的小娼婦。」

沒有人移動。

「喂，你在等什麼？」

莉賽爾抓了魯迪的手準備要離開，魯迪卻又最後轉過頭。他對著維克多・坎莫的腳底吐了口混著血的唾液，引來了最後一句批評。

一句簡單的威脅

維克多・坎莫對魯迪說：「朋友，日後你會為此付出代價的。」

隨便你怎麼看待維克多・坎莫這個人，不過他的確擁有耐心與超強的記憶力。過了差不多五個月的時間，他實現了他的恫嚇。

塗鴉

一九四一年的夏天在魯迪與莉賽爾這群人身旁築起一道牆，而寫作與畫畫兩件事情則走進了麥克斯・凡登堡的生活。在地下室最孤單的時刻，文字開始在他四周盤堆，他腦裡想像的場景湧流而出，這些場景也偶爾從他的手中緩緩、費力走出來。

他有幾件他說是限量配給的工具：

一本油漆過的本子。

幾枝鉛筆。

滿腦子的想法。

像拼湊一幅簡易的拼圖，他把這些想法拼綴在一塊。

原先麥克斯打算寫下自身的故事。

他的構想是寫出他經歷的所有事情，也就是那些讓他最後到了天堂街地下室的經歷，結果最後的成品不是那些故事。麥克斯的流亡生活產生了截然不同的東西，產生了大量的胡亂念頭，他決定好好掌握這些想法。他覺得這些想法是真的，比他寫給家人與朋友瓦特．庫格勒的信（他深知這些是永遠無法寄出的信）還真實。由他不屑一顧的《我的奮鬥》上撕下的書頁，變成了一系列的塗鴉，一頁接著一頁，這些塗鴉而成的故事草稿最後變成他現在生活的總結，以前的日子已經不再有了。有幾篇塗鴉在幾分鐘內就完成了，有些卻花了好幾個小時。他下了決心，塗鴉本完成之後，當莉賽爾長大了，但願有一天這些荒謬的事情都結束之後，他要把它送給莉賽爾。

在第一張漆過的紙頁上用鉛筆寫了幾個字之後，他將本子闔上。他在睡覺的時候，往往這個本子就擱在他的身邊，或握在手中。

有天下午做完伏地挺身與仰臥起坐，他倚靠著地下室的牆壁睡著了。莉賽爾下樓，發現本子擱在他身邊，斜靠在他腿上。出於好奇，她過去把本子撿起來。她等麥克斯醒過來，但是他並沒醒。麥克斯坐著，頭顱與肩骨靠著牆壁，她幾乎聽不見他的呼吸聲音，他呼吸絲毫不費工夫。莉賽爾翻開本子，隨便瀏覽了幾頁……

Not the Führer- the conductor!

他不是元首——是樂團指揮。

日子多麼美好啊。

這些內容嚇到莉賽爾了，她把本子放下，不偏不倚放在原本的位置，就靠在麥克斯的腿旁。

一個聲音嚇了她一跳。

「謝謝。」這個聲音說。她順著聲音的來源看過去，找到聲音的主人，猶太人的嘴唇上有個小小的滿意符號。

「討厭。」莉賽爾倒抽了一口氣：「麥克斯，你嚇到我了。」

他繼續睡覺，莉賽爾拖著這個想法爬上樓去。

麥克斯，你嚇到我了。

《吹哨客》與鞋子

同樣的生活模式持續到夏天結束，日子進入秋天。魯迪盡力在希特勒青年團求生存，麥克斯練習伏地挺身與寫作，而莉賽爾搜尋報紙，在地下室的牆壁上寫字。

值得一提的是，每種生活模式都會有缺陷，總有一天這種模式會改變，或者從某張紙上掉到另一張紙上。在這個例子中，主角是魯迪。魯迪，還有剛施過肥的操場，都是主角。

十月底，一切看來與往常無異。一個髒兮兮的男孩走在天堂街上，幾分鐘之後，他的家人會看到他回家。他會告訴他們，希特勒青年團分部的每個人都在操場上做了額外的操練。這是謊言。他的父母親甚至會期待聽見他的笑聲，但他們是聽不到的。

今天的魯迪缺乏笑聲與謊言。

在這個星期三，莉賽爾仔細觀察了魯迪．史坦納之後，發現他沒穿襯衫，而且他怒氣衝天。

「發生了什麼事情？」她問。他步伐艱困，走過她的身邊。

他沒有答覆問題，先拉出了襯衫。「妳聞聞看。」他說。

「什麼？」

「妳耳聾了嗎？我說：妳聞聞看。」

莉賽爾心不甘情不願地靠過去，聞到褐色衣服上有股可怕的味道。「耶穌、聖母瑪麗——我的這些老天爺啊！這是……」

魯迪點點頭。「我的下巴也有，我的下巴！我命大，沒有吞下去。」

「耶穌、聖母、約瑟！」

「希特勒青年團的操場才剛剛施肥。」他又大略看了一次噁心的襯衫。「我猜是母牛糞做的肥料。」

「那個叫什麼名字的……杜伊雀，他知道那裡有糞肥嗎？」

「他說他不知道，但是他笑得可樂的很呢。」

「耶穌、聖母、我的老……」

「妳可不可以不要再說那句話了？」

此時此刻，魯迪需要贏得一場勝利。對付維克多．坎莫他已經輸了，在希特勒青年團裡，他則一次又一次被人找碴。他只想要一點勝利的滋味，而且，他決心一定要贏。

他繼續走回家，然而走到水泥台階時改變了心意。他打定主意，緩緩走回莉賽爾身邊。

他小心翼翼輕聲說：「妳知道什麼會讓我開心起來嗎？」

莉賽爾縮成一團，「要是你以為我會……在這種情況下……」

她似乎讓他失望透頂。「不是，不是那個。」他嘆了口氣，往前走了一步。「另外一件事情。」他想了片刻之後稍微抬起頭來。「看看我，我髒死了，聞起來有牛屎的臭味，還是什麼狗屎味道的。不管妳覺得那是什麼味道啦，我跟平常一樣，我要餓死了。」他停頓了半晌。「我需要勝利，莉賽爾，我是說真的。」

莉賽爾明瞭了。

要不是因為他身上的臭味，她剛剛的猜測會更加接近正確答案。

偷竊。

他們必須去偷點什麼。

不對。

他們必須去把什麼偷回來，不管什麼都好，只是動作得快點。

「這次就妳跟我兩個。」魯迪建議：「不要找維克多．坎莫那票人，不找安迪．蘇麥克，就妳跟我。」

莉賽爾無法說不。

她的雙手發疼，心跳加快，嘴角露出微笑。「聽起來是個好主意。」

「那就一言為定。」雖然魯迪努力不笑出來，但是他臉上逐漸浮現出一抹施過肥的笑意。「明天嗎？」

莉賽爾點頭同意。「明天。」

他們的計畫完美無缺，只有一個小問題：

他們不知道從哪下手。

偷水果是完全不可能的。魯迪想要偷點洋蔥、馬鈴薯，而他們不想捉弄奧圖，史圖姆第二次，去偷他腳踏車上的農產品。偷一次不道德，偷兩次那真是低級到了極點。

「那麼我們究竟要到哪？」魯迪問道。

「我哪會知道去哪？是你的主意，不是嗎？」

「並不表示妳就不必動腦筋啊，不能什麼都讓我想啊。」

「你腦筋都沒有在用的……」

他們一邊拌嘴，一邊穿過小鎮。他們在小鎮外圍見到第一座農場，看見果樹彷彿憔悴的雕像樹立，枝幹如死灰。他們仰起頭看著果樹，除了光禿禿的樹枝跟空蕩蕩的天空以外，什麼也沒有。

魯迪吐了一口口水。

他們返回墨沁鎮的路上，兩人輪流提出建議。

「迪勒太太的店怎樣？」

「迪勒太太怎麼辦？」

「也許我們先高喊『希特勒萬歲』，然後再偷東西，應該就會沒事的。」

他們在慕尼黑街上閒遊了一個小時左右，天光漸漸消失，他們幾乎要放棄了。「沒有用的。」魯迪說：「我從沒覺得這麼餓過，天啊，我餓扁了。」他又走了十來步，然後停下來轉頭一看。「妳是怎麼了？」因為莉賽爾早已停下來，一步路也沒走，她的臉上出現豁然開朗的表情。

怎麼剛剛都沒有想到呢？

「怎麼了？」魯迪漸漸失去了耐心。「母豬，什麼事情？」

就在那一刻，莉賽爾打定了主意。她真能實現心裡所打的如意算盤嗎？她真能用這種手法報復嗎？她能討厭某人討厭到這種地步嗎？

她開始朝反方向走去。魯迪追上她之後，她減慢了速度，希望自己能再想清楚一點，卻沒有用。犯罪的意圖已經出現了，由上往下灌溉了水，種子已經長成了一朵有著黑色葉片的花朵。她衡量著自己是否真能做出這種事情，到了十字路口，她停下腳步。

「我知道有個地方。」

他們過了河，往小山丘走去。

在葛蘭德大道上，他們仔細觀察豪宅。打磨過的大門閃耀著光澤。屋頂的瓦片層層相疊，像是男士的假髮，梳理得一絲不苟。牆壁與窗戶經過整修，煙囪簡直像是吐出一只只煙做成的戒指。

魯迪站穩腳步。「鎮長的家？」

莉賽爾嚴肅地點點頭，猶豫了片刻。「他們把我媽開除了。」

他們朝房子曲折前進，魯迪這才問起他們到底該怎樣進到屋內，不過莉賽爾知道路徑。「在地人的智慧。」她回答：「在地人……」但是等他們從房子外看見書房窗戶的時候，莉賽爾大為震驚。窗戶是關著的。

「怎麼？」魯迪問。

莉賽爾緩緩轉了身，倉卒地跑開。「不要今天下手。」她說。魯迪笑了。

「我就知道。」他趕上她。「我就知道，妳這隻死母豬，就算妳有鑰匙，妳都不可能進去的。」

「不要這樣好嗎？」她越跑越快，把魯迪的評語當作耳邊風。「我們必須等待適當的機會。」在她內心，她因為窗戶沒開而感到開心，但是她不願面對這種感覺。她責備自己，為什麼呢？莉賽爾？她自問：他們不再雇用媽媽工作的時候，妳為何一定要大發脾氣呢？為什麼妳就是不能閉緊妳的大嘴巴呢？妳都知道了，妳對鎮長夫人大吼大叫之後，她現在完全變了。也許她變了個人，讓自己振作精神了。也許她再也不會讓自己在房間中發抖了，以後窗戶永遠都會關起來……妳這個笨蛋死母豬！

不過，一個星期後，他們第五次到墨沁鎮的山丘住宅區，窗戶開了。

一陣風從敞開的窗戶吹進去。

那是他們行竊所需的唯一條件。

先停下腳步的是魯迪，他用手背拍拍莉賽爾的肋骨。「那窗戶是開著的嗎？」他壓低聲音問道。他熱切的期盼從嘴裡傾倒而出，像是一隻手臂搭上了莉賽爾的肩膀。
「是開著。」她回答：「絕對是開著的。」
然後，她的心開始發燙。

□

前幾次，他們每次都看見窗戶關得緊緊的，莉賽爾表面的失望掩飾了她的如釋重負。她敢厚著臉皮進去嗎？而且她進去到底是為了誰？為了什麼？為了魯迪？為了找點吃的？
不，矛盾的事實是這樣的：
她不在乎食物，她雖然不願意這麼想，不過魯迪在她的計畫裡只是輔助的腳色。她要的是書。她要《吹哨客》。她無法容忍從一個寂寞可憐的老女人手中收下這本書，若換個方式把書偷來，她就比較能接受。就某種病態的意義來說，偷書像是她贏了這本書。

天色轉為晦暗。
他們兩人被那棟美觀宏偉的房子吸引，七嘴八舌討論起來。
「妳餓嗎？」魯迪問道。
莉賽爾回答：「快撐不住了。」沒書看，快撐不住了。
「瞧，樓上剛剛亮起一盞燈。」
「我看到了。」
「母豬，還快撐不住嗎？」
兩個人緊張笑了笑，互相推來擠去，看看誰應該先進去，誰應該站哨。身為一個有用的男人，魯迪自然以為自己應當進去，但是知道地點的是莉賽爾，那就由她進去吧，她知道窗戶裡面有什麼。

她說了出口：「非我莫屬。」

莉賽爾緊緊閉上眼睛。

她強迫自己回想鎮長與他太太的模樣，她看到自己與依爾莎．赫曼建立起的友誼，確信見到那份友誼被踢到腳底下，留在路邊。這招見效，她討厭他們倆夫妻。

伺探路上情況之後，他們靜靜穿過庭院。

他們蹲在一樓窗戶下，呼吸聲音變得明顯。

「來。」魯迪說：「鞋子給我，這樣妳動作會比較安靜。」

莉賽爾沒有異議。她解開磨損的黑色鞋帶，把鞋子留在地上。她站起來，魯迪輕輕將窗戶推開到剛好能讓莉賽爾爬進去的大小，窗戶推動的聲音在頭頂上方傳來，像是低空飛行的飛機一樣大聲。

莉賽爾兩手一撐，爬上了窗臺，接著費了一番功夫鑽進窗戶裡。她發現，原來不穿鞋子真是個妙計，因為她落到木板地板的動作比預期要沉重許多。她的腳底板腫起來好疼，一路痛到襪子口。

房間與從前一樣。

站在灰濛濛的房間裡，莉賽爾拋開懷舊的心情。她躡手躡腳往內走，眼睛慢慢適應光線。

「怎樣？」魯迪突然從外頭低聲問了一句。不過莉賽爾反手一揮，意思是「不要出聲」。

「吃的。」他提醒莉賽爾：「找吃的，還有妳找得到的話，找菸捲。」

不過，那些是她心中最不重要的兩樣東西。鎮長的藏書五顏六色，無所不包，書上的刻字或金或銀。站在書堆之中，她如魚得水般自在，她聞到書頁的氣味，周圍的書重重相疊，她簡直品嚐到了文字的滋味。她的腳往右邊的牆壁移動，她知道自己想要的書的在哪裡。但是，當她走到《吹哨客》平常放置的書架，書卻不在上面，那個位置空出一小塊缺口。

她聽見頭頂上方出現腳步聲。

「燈！」魯迪低聲喊道，他的聲音從開啟的窗口傳進來，「燈關了。」

「該死。」

「他們下樓來了。」

頃刻的時間變得分外漫長，做出決斷的霎時成了無止盡的永恆。她的雙眼掃視房間，然後發現到《吹哨客》靜靜擱在鎮長的書桌上。

「快一點。」魯迪發出警告。但是莉賽爾極為冷靜俐落，走過去拿起書，謹慎地退出房間。她的頭先探出窗口，爬到窗外之後，她想辦法讓腳先著地。她又再次感到一陣疼痛，這次痛的是腳踝。

「走！」魯迪乞求她：「跑，快跑，快一點！」

他們一跑到轉回安培河與慕尼黑街的路口，莉賽爾就停下腳步彎腰喘息。她的胸腔貼著大腿，透不過氣來，耳朵一再感到脈搏的跳動。

魯迪也是一樣。

他望了莉賽爾一眼，見到她手臂下的書，他費了一番勁才得以開口說話。「那……」他提出他的疑問，「那本書要幹嘛？」

夜幕漸漸落下。莉賽爾喘噓噓的，等呼吸回復順暢後說：「只有找到這個。」

她運氣不佳，魯迪看穿了她的謊話。他頭一歪，說出了他以為的真相。「妳不是進去找吃的，妳是去偷到妳想要的……」

莉賽爾聽了這句話，挺直了身體。她接著想起一件事情，忍不住要反胃。

她看看魯迪的腳，又看看他的雙手，接著看看他周圍的地面。

鞋子。

「怎麼？」他問：「怎樣了？」

「豬腦袋。」她責備他：「我的鞋子呢？」魯迪的臉色慘白，莉賽爾一看就知道答案了。「鞋子還在房子那裡，我說的對吧？」她說。

儘管事實已擺在眼前，魯迪依舊拼命地在附近尋找，祈禱自己搞不好有帶著鞋子。他假想自己確實撿起了鞋子，他希望自己的確撿了，但是他並沒有找到鞋子。那雙鞋子擱在葛蘭德大道八號的外牆邊，無用武之地，或者更糟，已成了指控他們犯罪的證據。

「笨驢！」他責備自己，甩了自己一個耳光，慚愧地低頭看著莉賽爾像是繃著臉生氣的襪子。「笨蛋！」沒多久，他就下定決心要彌補過錯。他認真地說：「妳在這裡等我就好。」接著轉過街角，倉皇往回跑。

「不要被逮到啊。」莉賽爾在後面大喊，不過他沒有聽見。

他不在的幾分鐘，時間過得好緩慢。

天色已然全暗。莉賽爾相當肯定，回到家的時候，大概會面臨一頓處罰。「快點啊。」她喃喃自語，但是魯迪還是不見蹤影。她幻想聽到警車警報器的聲音，嗚咿嗚咿地把聲音拋出去，又轉回來，收集自己播放的聲音。

還是沒半個人影。

直到她穿著又濕又髒的襪子走回十字路口，她才看見魯迪。他快步從容走回來，臉上流露出愉悅的勝利表情，眉開眼笑，露出一排牙齒，鞋子掛在他手上晃啊晃的。「他們差點把我宰了，」他說：「但是我成功拿到了。」一過了河，他把鞋子交給莉賽爾，她把鞋子扔到地上。

她坐在地上，仰望她最要好的朋友。她說：「謝啦。」

魯迪欠了身，「榮幸之至。」他想多要求一點回饋，「我想，就算我問看看，幫妳個忙可否得到一個吻，也是白問的吧？」

「因為你跑去拿回來你忘記拿的鞋子嗎？」

「很公平，很公平。」他舉高雙手。他們一邊走，魯迪一邊喋喋不休，莉賽爾儘量不理會他，她只聽見最後一段話。「以後我不想再親妳了，如果妳的口氣聞起來跟妳鞋子差不多的話，我不想吻了。」

「你好噁心。」她說。她期望魯迪沒看見她嘴角不由自主揚起的一朵微笑。

到了天堂街，魯迪把書搶了過去。站在街燈柱下，他唸出書名，他想知道書的內容是什麼。

莉賽爾含糊地回答：「只是一個殺人犯的故事。」

「就這樣嗎？」

「還有一個警察拼死拼活要逮到他。」

魯迪把書還給莉賽爾。「說到這個，我想我們兩個回家之後，都免不了要遭殃的，尤其是妳。」

「為什麼尤其是我？」

「妳知道的啊，妳媽媽。」

「她怎麼了？」莉賽爾開始行使每個家庭成員都有的招數，也就是對自己家人犯嘀咕啊、批判啊、罵啊，這都完全沒有關係，但可不准別人對自己家人這樣。這種時候，你要挺身出來，表現出對家人的忠誠。「她有什麼不對嗎？」

魯迪退了兩步。「對不起，母豬，我不是故意要得罪妳。」

雖然已經夜深了，莉賽爾發現魯迪長大了，他的臉形變長，一球一球雜亂的金髮顏色稍微變深了，五官也不同了，但是有件事情永遠不會改變：他是不可能讓人氣惱他太久的。

「今晚妳家有什麼好吃的嗎？」他問。

「恐怕是沒有。」

「我家也是。可惜書不能吃，亞述．伯格有次說過類似的話，記得嗎？」

回到回家之前，他們一路重溫過去那段美好的時光。莉賽爾不時低頭看一眼《吹哨客》，看著灰色封皮，看著黑色的刻版標題。

他們回到自個兒家之前，魯迪停了半晌，然後才說：「再見，母豬。」他露出微笑，「晚安，偷書賊。」

這是莉賽爾第一次被冠上這個名號，她不否認自己很喜愛這個稱呼。我們都知道了，她早就偷過書了，但是在一九四一年十月底，偷書成了她正式的工作。那天晚上，莉賽爾．麥明葛真的成了偷書賊。

魯迪．史坦納的三件蠢事

天才魯迪．史坦納

一、他偷了鎮上馬莫雜貨店裡最大顆的馬鈴薯。

二、他在慕尼黑街上與法蘭茲．杜伊雀較量。

三、他翹掉所有希特勒青年團的集會。

魯迪的第一個行動會出問題，原因在於他的貪婪。事情發生於一九四一年十一月中旬，一個標準的沈悶午后。

起初，他在拿著配給券的婦女之間穿梭自如。我敢說，他簡直展現出天賦異稟的犯罪才能，幾乎沒人留意到他。

他一點也不惹眼，然而，他卻去偷那批農產品中最大顆的馬鈴薯，好多個排隊的人也一直觀望的那一顆。

當一個十三歲大的青少年伸出手掌抓住那顆馬鈴薯，這些人全都看到了，黑加思家的粗壯女眷們齊聲指摘他的犯罪行為，湯瑪斯，馬莫朝著沾著泥土的馬鈴薯衝過來。

「我的馬鈴薯。」他大喊。

馬鈴薯還在魯迪的雙手上（他一隻手拿不下），婆婆媽媽們彷彿一群摔角選手將他團團圍住。他必須說些花言巧語來矇騙大家。

「我的家人，」魯迪開始解釋，恰巧他的鼻孔開始慢慢淌出一道透明的液體，他很聰明，沒有立即擦掉鼻涕。「我們都要餓死了，我妹妹需要一件新的外套，她以前那件被偷走了。」

馬莫老闆可不是笨蛋，他依然抓著魯迪的衣領不放，他說：「那你是打算讓她穿馬鈴薯嗎？」

「不是的，老闆。」他斜眼看著逮住他的老闆，只看得見他的一隻眼睛。馬莫老闆人高馬大，但是一雙眼睛只有彈丸般大小，牙齒像是一群踢足球的，亂擠在一塊。「三個星期前，我們拿所有的配額點數換了一件外套，所以現在我們沒東西吃。」

雜貨店老闆一手拎著魯迪，另一隻手拿著馬鈴薯，對他太太喊出了可怕的字眼：「警察。」

「不要。」魯迪求他：「求求你。」稍後他將會告訴莉賽爾，他一點也不害怕，但是在那當下，我保證他的心臟快要跳出來了。「不要叫警察，拜託，不要叫警察來。」

「警察。」馬莫老闆不動如山，魯迪則在半空中扭動掙扎。

那天下午，排隊人群之中有一位是學校裡的林克老師，他是學校裡少數不具備神職人員身份的老師。魯迪看見他，以眼神對他打招呼。

「林克老師！」這是他最後的機會，「林克老師，求求你跟老闆說，告訴他我家有多窮。」

老闆帶著詢問的眼神看著老師。

林克老師往前一站，他說：「馬莫老闆，沒錯，這個小孩家裡很窮，他住在天堂街。」婆婆媽媽當下一聽，開始交頭接耳討論，她們知道天堂街與墨沁鎮田園般的恬靜生活相差甚遠，大家都知道那一帶住著貧苦人家。「他有八個兄弟姊妹。」

八個！

魯迪雖然還沒脫離危險，但是他得開始憋起笑容，他竟然讓老師扯起謊話來，不知為何他把史坦納家多加了三個小孩。

「他常常沒吃早餐就來上學。」這群女人又開始交頭接耳，這句話為了這段情節又上了一層漆，添加了些許額外的說服力與氛圍。

「那他就可以偷拿我的馬鈴薯嗎？」

「還拿最大顆的那個！」有個女人突然喊道。

「安靜，梅辛太太。」馬莫老闆提醒她，她隨即安靜下來。

一開始，大家的注意力本來都集中在魯迪與他的頸子上。後來，他們的注意力來來回回，一下看著魯迪，一下看著馬鈴薯，然後又望著馬莫老闆，從外表最好看的一路看到最醜陋的。而究竟是什麼讓老闆決定放魯迪一馬，這問題永遠無解。

是魯迪天生的可憐模樣？

林克老師的地位？

討人厭的梅辛太太？

不管理由是什麼，馬莫老闆把馬鈴薯丟回成堆的農產品之後，拖著魯迪離開他的勢力範圍。他穿著靴子的右腳狠狠踢開魯迪，他說：「不要給我再出現在這裡。」

魯迪站在店外觀望。馬莫老闆走回櫃檯，他一邊拿食物給客人，一面挖苦道：「我很好奇，你會想要哪顆馬鈴薯。」他一邊說著，一邊提防著魯迪。

對魯迪來說，這只不過是又一次的失敗罷了。

□

第二個蠢事也一樣危險，只是危險的原因不同。

魯迪以烏青的眼睛、壓碎的肋骨、與一次理髮經驗結束了這次的爭鬥。

在希特勒青年團集會上，湯米．繆勒又惹了麻煩。法蘭茲．杜伊雀就等著魯迪多事插手，他沒有等待多久。

魯迪跟湯米又接受另一套包含各式操練動作的訓練，其他人則進到屋內上戰略課程。他們在冷冽的氣候中跑步，從窗戶可看見室內暖烘烘的腦袋瓜與肩膀。即便他們與其他人會合之後，操練還沒有完全結束呢。魯迪坐回角落，在窗戶旁撣掉袖子上的污泥時，法蘭茲．杜伊雀忽然問起魯迪一個希特勒青年團最愛問的問題。

「我們的元首阿道夫．希特勒的出生年月日？」

魯迪抬起頭來，「你說什麼？」

杜伊雀又重複一次問題，魯迪．史坦納這個大笨蛋，他根本清清楚楚知道元首的生日是一八八九年四月二十日，卻居然回答了耶穌的生日，他還加上一句「伯利恆」作為補充說明。②

杜伊雀搓著雙手。

這表示事態非常嚴重。

他走到魯迪身邊，命令他回去外面再跑幾圈操場。

魯迪自己獨自跑步，每跑一圈回來，又再次被詢問元首的出生日期。他一直跑完了七圈才回答出正確的答案。

集會過後幾天，最嚴重的麻煩才爆發。

魯迪在慕尼黑街上留意到杜伊雀同幾個朋友走在人行道上，他覺得不對他丟顆石頭是不行的。大家可能理所當然地問：他究竟腦袋在想什麼啊？答案是：他大概什麼都沒有在想。他說不定會聲稱，他是行使上帝賦予他做蠢事的權利。如果不是上述兩個答案之一，那就是一見到法蘭茲·杜伊雀就讓他鼓起自毀的衝動。

雖然石頭丟出的力道未如期待的強烈，但是卻正中目標，打在杜伊雀的背脊上。杜伊雀轉過身，很高興見到魯迪站在那裡，旁邊還跟著莉賽爾、湯米、湯米的妹妹克莉蒂娜。

「趕快跑。」莉賽爾催促魯迪，但是他沒有移動。

「現在我們又不是在希特勒青年團。」他告訴她。那群比他們年長的男孩子已經走過來了，莉賽爾還是留在她朋友身邊，臉部肌肉在抽搐的湯米與嬌滴滴的克莉蒂娜也沒走掉。

「史坦納先生。」杜伊雀高喊一聲，接著把魯迪拎起來往人行道一扔。

魯迪起身站起來，讓杜伊雀看了更加火大。他又再次將他推倒在地，自己也順勢往下去跪，一腳膝蓋抵住魯迪的胸腔。

魯迪又一次站了起來。年紀大的幾個男孩子們開始嘲笑他們的友人，這對魯迪而說是個壞消息。「你就無法令他害怕你嗎？」最高的男生問，他的眼睛跟藍天一樣冰冷，一樣的顏色，他的話正是杜伊雀所需要的刺激，他決計要把魯迪撞倒在地，讓他爬不起來。

圍觀的人數增加。魯迪朝著杜伊雀的肚子揮拳，一拳也沒擊中。同時，他覺得左眼窩在發熱，還跟著眼冒金星，還沒搞清楚狀況之前，他已經倒在地上。在相同的位置，他又挨了一拳。他可以感覺到瘀傷同時出現了黃、青、黑三種顏色，三層刺激的疼痛感。

聚集的人群越來越多，他們帶著看好戲的心態，觀看魯迪是否再站起來。他沒有，這一回，魯迪留在冰冷潮濕的地上，感覺涼意與濕氣滲過衣服，延伸到他全身上下。

他還在滿眼金星。等到杜伊雀拿著一把全新的袖珍小刀跨在他身上，他才注意到他，為時已晚，他已經要蹲下來刺他。

「不要！」莉賽爾出聲阻撓他，但是那個高個子的男孩子把她拉回來。他深奧又不留情面的話傳入她的耳邊。

他錯了。

「不用擔心。」他向她保證：「他不會傷害他的，他沒有那個膽。」

杜伊雀越來越逼近魯迪，他的膝蓋慢慢著地，他低聲問：「我們元首出生年月日是什麼時後啊？」他對著他的耳朵清清楚楚說出每一個字。「回答我，魯迪，他是什麼時候出生的？你告訴我，那你就沒事，不用害怕。」

魯迪呢？

他怎麼回答呢？

他有沒有好好想過才回答呢？還是又放縱痴呆的個性，讓自己陷入更深的困境之中？

魯迪歡喜地看著杜伊雀的淺藍色眼睛，低聲回答：「復活節後的星期一。」

幾秒之內，小刀割下他的頭髮。這是莉賽爾在這段日子裡，第二次見識到的理髮場面，一把生鏽的剪刀剪下一個猶太人的頭髮；而她最好的朋友，讓人以一把閃閃發亮的小刀伺候。她明白沒有人會真的花錢剪頭髮的。

至於魯迪，今年到目前為止，他已經吞過泥土，泡在糞肥中，差點被一個未來的罪犯給掐死，現在他正承受某件簡直可說是雪上加霜的事件：在慕尼黑街上公然受辱。

最嚴重的侮辱是他的劉海遭人恣意切斷，每割一刀，總有幾根苟延殘喘的頭髮被連根拔起，每次頭髮一被拔起，魯迪人就縮一下。在理髮的過程之中，他烏青的眼睛不斷悸動，肋骨感到一陣又一陣的疼痛。

「一八九八年四月二十號！」杜伊雀訓斥他，然後領著他的同伴揚長而去。觀眾散去後，現場只剩下莉賽爾、湯米與克莉蒂娜陪著他們的朋友。

魯迪靜靜地躺在地上，衣服越來越濕。

所以，我們只剩下第三件蠢事還沒說：他翹掉所有希特勒青年團的集會。

他沒有馬上停止參加聚會，因為他要讓杜伊雀明瞭，他並不害怕他。但再過了幾個星期之後，魯迪與那裡就沒有任何瓜葛了。

他傲慢地穿著制服，離開了天堂街之後，又繼續往前走，身邊跟著是他忠實的隨從湯米。

他們沒有出席希特勒青年團的集會，他們離開了小鎮，沿著安培河走下去。他們在石頭上蹦蹦跳跳，使勁舉起龐大的石塊往河裡丟，讓制服逐漸變髒，等到制服髒到可以混過媽媽那一關，至少可以混到收到第一百缺席通知書之前。當他聽見廚房裡傳來恐怖的叫喊，那就是第一封缺席通知書抵達之時。

一開始，他的父母恐嚇他，而他卻依然不肯前去。

然後，他們懇求他出席，他拒絕了。

最後，有個機會可以加入另一個分部，讓魯迪改變了主意。這個機會帶了好運，因為要是魯迪再不露面，史坦納夫妻就會因為他的缺席而被罰款。他的哥哥庫爾特問魯迪，要不要加入專門認識飛機與飛行的飛行分隊，他們的集會內容主要是拼組模型飛機，而且，那裡沒有法蘭茲．杜伊雀那類的人。魯迪接受了這個機會，湯米也加入了，這是在他生命之中，愚蠢的行為首度為他帶來了實質的好處。

在新的分隊裡，魯迪無論何時被問到最有名的元首問題，他總是笑嘻嘻地回答：「一八八九年四月二十號。」然後，他在湯米耳朵邊低語其他的答案，像是貝多芬生日，或是莫札特、史特勞斯的生日。學校教過他們這些作曲家，雖然魯迪明明很笨，但是他在這方面比其他人厲害。

漂流之書（第二部）

十二月開始之際，魯迪．史坦納終於贏了一場勝利，不過，贏的方式甚為罕見。

那天天氣寒冷，但清靜無風。差不多快要下雪了。

放學後，魯迪與莉賽爾在艾立克．史坦納的店內稍作停留。要回家時，看見了魯迪的老友法蘭茲．杜伊雀從街角處走過來。這些日子裡，莉賽爾手上一直拿著《吹哨客》，這天也不例外。她喜歡手裡拿著書的感覺，不管是摸摸平滑的書脊，還是撫摩粗糙的紙邊。她先看到杜伊雀。

「看那邊！」她手一指，杜伊雀與另一名希特勒青年團指導員朝著他們的方向走來。

魯迪縮成一團，摸摸漸漸痊癒的眼睛。「現在不想看見他們。」他左右張望。「要是我們從教堂旁邊走過去，可以沿著河往下走，再從那裡加快腳步走回去。」

莉賽爾二話不說跟著他。他們順利避開了折磨魯迪的傢伙，結果卻直接朝著另一個會給他苦頭吃的傢伙而去。

一開始，他們壓根沒有想到這個可能性。

橋上那票抽著菸捲的人，有可能是任何人。兩方人馬認出彼此的時候，魯迪與莉賽爾已經來不及轉彎了。

「唉喲，該死了啦，他們已經看見我們了。」

維克多．坎莫笑咪咪的。

他的語氣非常友善，這表示他等下會表現出最危險的一面。「喲，喲，這不是魯迪．史坦納跟他的小娼婦嗎？」他油嘴滑舌打了招呼，一把將莉賽爾抓牢的《吹哨客》奪下，「我們看的是什麼書啊？」

「這是我們兩人之間的事情。」魯迪打算同他講道理：「跟她沒有關係，行了吧，把書還給她。」

「《吹哨客》。」他開始對莉賽爾講話：「好看嗎？」

她清清嗓子，「還可啦。」可惜她洩漏了自己喜歡那本書的秘密，因為她的眼睛流露出激切的眼神。莉賽爾看一眼馬上就知道，維克多．坎莫已經將書看成是有利可圖的東西了。

「讓我告訴妳吧，」他說：「五十馬克，妳就可以把書拿回去。」

「五十馬克！」叫喊的是安迪．蘇麥克，「你行行好吧，維克多，那麼多錢都可以買一千本書了。」

「我有請你說話嗎？」

安迪沉默下來，他的嘴巴拉上了拉鍊。

莉賽爾擠出一副沒表情的臉。「那你自己留著那本書好了，我已經唸完了。」

「結局是什麼？」

該死！

她還沒唸到那麼後面。

她遲疑了片刻，維克多．坎莫登時明白。

魯迪已經衝向維克多。「可以了吧，維克多，不要對她做這種事情，你要找麻煩的人是我，我會做任何你希望的事情。」

維克多沒理會魯迪，他用力將他推開，把書舉高，然後糾正魯迪。

「你錯了。」他說：「是我會做任何我自己希望做的事情。」他往河邊走去，每個人都連走帶跑，加快腳步跟上他。有些人反對他的做法，有些人鼓動他。

他的動作很快，心情相當輕鬆。他提了一個問題，口氣親切卻又帶著嘲弄意味。

「告訴我，」維克多問：「最近在柏林舉辦的奧林匹克運動大會中，鐵餅金牌得主是誰？」他轉身面對大家，活動一下手臂。「是誰？該死，我明明知道他是誰的，美國人，對嗎？叫做卡本特還是什麼……」

「不要！」魯迪大喊。

朝河水下墜。

維克多．坎莫已經轉了一圈。

書從他手上漂亮地拋出去，掀開的書頁上下拍動，書在半空中飛過地面時候，發出撲刺刺的聲音。出乎意料之外，書突然停住，好似要被吸入河水中一般，然後才落到水面，發出轟然一聲，往下游漂流而去。

維克多搖搖頭，「不夠高，這一拋好遜。」他又露出笑咪咪的模樣，「但還是可以獲勝，嘿？」

莉賽爾和魯迪沒有留在原地聽他的笑聲。

尤其是魯迪，他已經沿著河岸飛奔下去，要找書的蹤影。

「你看見了嗎？」莉賽爾大喊。

魯迪跑下去。

他沿著河岸繼續跑，指出書的位置給她看。「在那裡！」他停下來用手一指，又往下跑去追趕。不久，他脫下外套跳到水中，涉水走到河中央。

莉賽爾減慢速度改用走的，她可以想像，魯迪的每一步都痛苦萬分，一定感覺到刺骨的冷意。

距離夠近之後，她看到書由魯迪身旁漂過。不過魯迪立刻追上去，手伸進水裡，拎起一團濕漉漉的硬紙書封跟紙張，「《吹哨客》！」魯迪大喊。當天只有這一本書是順著安培河漂流下來的，不過他仍然覺得有必須要宣布書名。

還有一點很有趣，魯迪拿到書之後，並沒有打算立刻離開冰冷刺骨的小河，他在水中待了大概足足一分鐘的時間。他從沒有向莉賽爾解釋過原因，但是我認為她非常明白他的兩點理由。

魯迪・史坦納凍僵的動機

一、經過好幾個月的失敗，這是他唯一可以陶醉在某種勝利感的時刻。

二、他表露了無私精神，正是向莉賽爾提出他一貫請求的好時機。

她怎麼可能拒絕他呢？

「母豬，要不要來親親嘴啊？」

他站在水裡，水深直達他的腰際。好一陣子之後，他才爬出來，把書交給她。他的褲子貼在皮膚上，而他沒有停止腳步。實際上，我想他在害怕，魯迪・史坦納害怕偷書賊的吻。他一定相當渴望得到這個吻，他一定愛她到了難以想像的程度，愛到了他永遠都不會要求親吻她雙唇的地步。在他走入墳墓之前，他都沒有親吻過她。

---

① 杜依雀 Deutsche 的字面意義為德國男人。

② Bethlehem。是耶穌降生之地，位於耶路撒冷南方十公里左右處。

6 夢的挑夫

主演：死神日記——雪人——十三份禮物——下一本書——夢見猶太死屍的惡夢——報紙糊成的天空——訪客——竊笑男——還有，中毒臉上之最後一吻

死神日記：一九四二年

這年，是歷史無法遺忘的一年。隨便列舉一兩個類似的年份吧，比方說西元七九年，①比方西元一三四六年。②不要再提鐮刀了，該死！我需要的是掃帚或拖把。還有，我需要休假。

一則小真相

我沒提短柄鐮刀，也沒扛著長柄大鐮刀。
天冷的話我只會穿上連帽黑袍子。
你們從遙遠的距離觀察我，看來是喜歡把骷髏般的五官加諸在我的臉上，

其實我的長相不是那樣的。

想知道我的真實模樣嗎？好，我幫你。

我一邊繼續說故事，你去給自己找面鏡子來瞧瞧。

現在我想要一股腦說出自己的事情，講我的行程，告訴你一九四二年我見到的事情。從另一方面來看，你是人，所以你也懂得自動是怎麼一回事。重點是，我把我當時的見聞告訴你，這是有道理的，因為這些事影響了莉賽爾．麥明葛，拉近了戰爭與墨沁鎮的距離，連帶把我也牽扯進去湊熱鬧。

那年我有好幾趟巡迴旅程，由波蘭跑到蘇聯，又跑到非洲，然後折返回頭。或許有人會說，不管是哪一年，我都來來回回。不過，有時候人類喜歡讓事情加速進行，加速製造屍體及飄離屍體的靈魂。通常幾顆炸彈，或是什麼毒氣室，或者遠處槍枝的隨意射擊，就足夠達成目標。如果這些活動都無法達到製造屍體的目標，那也會剝奪人類的棲身之所。我到處都看到無家可歸的人。當我在慘遭破壞的城市街道上閒逛時，這些流離失所的人經常緊隨著我，乞求我帶他們一起離開。他們搞不清狀況，我已經忙到焦頭爛額了。「會輪到你的。」我勸他們，同時盡量不要回頭多看一眼。有時我會希望自己能說出類似「你看不出我盤子上已經裝夠多了嗎」這一類的話，然而我從沒說出口。我一面在心底埋怨，一面忙著四處工作。有好幾年，靈魂和屍體與應有的總額不符合，總數量暴增。

一九四二年點名名單（精簡版）

一、窮途末路的猶太人：我們坐在屋頂上，在吐冒熱氣的煙囪旁，他們的魂魄在我的大腿上。

二、蘇聯士兵：他們攜行少量彈藥，不足的彈藥則從戰歿袍澤那裡取來使用。

三、法國某個海岸上浸泡腫脹的屍體：擱淺在砂礫與沙粒之上。

我可以繼續列舉，但是我認為以目前情況而言，三個例子已經夠了。這三個例子起碼讓你品嚐到灰燼的滋味。那年我的生活特色，就是灰燼的滋味。

這麼多人。

多麼繽紛的色彩。

他們一再擾動我的內心，弄亂我的記憶。我看到他們一個疊著另外一個，越堆越高。我聞到空氣裡有塑膠般的味道，天地交接處好像上了最後一層黏著劑。我看見了人類加工過的天空，天空破了洞，還漏水，還有煤炭色的雲，像黑色心臟般在撲動。

接著。

死神來了。

穿過這一切。

從外表看：我鎮定，不動搖。

在骨子底：我不安，無自制力，驚惶失措。

說實話（我知道我怨言太多了），我還沒有從蘇聯史達林的舉動給我的震驚中恢復過來。他所謂的「二次革命」，根本是謀殺自己的國民。

現在又來了一個希特勒。

大家說，戰爭是死神最好的朋友。但是，我一定要讓你知道另一種說法。對我而言，戰爭像是新任老闆，他期待不可能完成的工作，他站在你的肩頭旁，不斷重複一句話：「把事情做好，把事情做好。」所以你更加賣力工作，你把事情做好。不過，老闆並不感謝你，他要你做更多的事情。

我常常回想那段期間，我巡遊各地所見到的一絲美感。我苦讀我藏書之中的故事。

事實上，我已經拿了一本書在手裡。

我想，你已經知道一半的故事了。如果你跟著我，我會告訴你剩下的故事，我會告訴你偷書賊的後半段故事。

雖然她不知道，但她正等待著我剛剛簡略提過的事件發生。還有，她也在等你。

她搬著雪，哪裡不搬去，搬到地下室去了。

少許結霜的水份，大概就足以讓所有人面露微笑。可惜無法助人遺忘。

她過來了。

雪人

站在莉賽爾．麥明葛的立場來看，一九四二年頭幾個月的生活概況如下：

她滿十三歲，胸部還是扁平的，初經還沒來，她家地下室的年輕男子正躺在她的床上。

問與答

麥克斯．凡登堡怎麼會躺到莉賽爾的床上去了呢？

他病垮了。

意見紛紜，但是羅莎．修柏曼斷言，病因在去年聖誕節就種下了。

十二月二十四日那天，一家人正挨餓受凍，不過這樣有個好處，重要的好處：沒有人會來逗留太久。小漢斯正朝著蘇聯人開槍，並且持續家庭生活罷工，不參與家庭活動。楚蒂只在聖誕節前的週末很快來了一趟，待了幾個小時而已，因為她要跟雇主一家到別的地方，那是德國另一個社會階級過節的方式。

在聖誕夜，莉賽爾兩手捧了雪下樓，當作是送給麥克斯的禮物。「閉上眼睛。」她說：「伸出手來。」雪交到麥克斯手上，他一面發抖，一面大笑。依舊閉著眼睛，他很快嚐了一口雪，雪滲透了他的雙唇。

「這是今天的氣象報導嗎？」

莉賽爾站在他身邊。

她輕輕撫摸他的手臂。

他又把雪捧到嘴邊。「莉賽爾，謝謝。」

這是有史以來最棒的聖誕節序幕，食物不多，沒有禮物，但是地下室裡有一個雪人。

莉賽爾捧了兩手雪下樓之後，她又去確定屋外沒人，然後把她所能找到的水桶與鍋子都搬出去。把原本覆蓋在天堂街的雪冰裝滿這些容器，拿進屋裡搬到地下室。

公平競爭。她先對著麥克斯丟了一顆雪球，然後自己肚子上挨了一個。漢斯．修柏曼走下地下室樓梯時，麥克斯連他身上也扔了一顆。

「討厭的傢伙！」爸爸痛得大叫。「莉賽爾，那裡的雪給我一點，整桶拿來！」幾分鐘後，他們收手，停止喊叫。但是他們忍不住，還是零星蹦出笑聲。他們只不過是在雪地玩耍的平凡人，在屋子內的雪地裡玩鬧。

爸爸看著裝滿雪的鍋子。「剩下這些要怎麼辦？」

「雪人。」莉賽爾回答：「我們堆個雪人出來。」

爸爸大喊羅莎的名字。

熟悉的聲音從遠處叫囂回來。「豬頭，現在是要幹嘛？」

「下來這裡，好嗎？」

羅莎一出現，漢斯．修柏曼冒著生命危險，對她丟了一顆結結實實的雪球。雪球沒丟準，一砸到牆壁就散開了。媽媽於是逮到了咒罵的機會，一口氣罵了好久。脾氣發完之後，她幫忙大家堆雪人，還拿了鈕扣作為眼睛跟鼻子，一條細繩當雪人微笑的嘴，甚至還提供了圍巾跟帽子給這個兩呎高的雪人。

「小矮人。」麥克斯說。

「他融化以後，我們要怎麼辦？」莉賽爾問道。

羅莎知道答案。「妳拿拖把拖乾淨，母豬，動作要快點。」

爸爸不同意。「他不會融化的。」他搓搓雙手，朝著手心呵氣。「下面這裡冷的要命。」

雖然雪人後來真的融化了，但是在每個人的心坎底，雪人仍舊豎立在那兒，那是他們聖誕夜入睡前所見的最後一幅畫面，他們耳朵聽到了手風琴的琴聲，眼睛見著了雪人。而莉賽爾的心中，她還回想著自己離開火爐旁的麥克斯之前，他說的最後幾句話。

麥克斯．凡登堡的聖誕祝賀

「我常常希望這一切結束，莉賽爾。

但是，妳卻莫名做出像是手捧著雪人走到地下室的事情。」

不幸地，從那個晚上開始，麥克斯的健康情況嚴重惡化。一開始的徵狀看來還好，只是身體冰冷，雙手冒汗，常幻想他與元首打拳擊。一直等到他做伏地挺身與仰臥起坐也無法讓身體熱起來，他才真的開始擔心。他盡量靠近爐火坐著，卻無法恢復健康。日子一天天過去，他頭重腳輕，不能順利做完體能練習，他的健身計畫做不下去了，臉頰抵著地下室陰冷的地板。

整個一月份，他努力讓自己挺過去。二月初，麥克斯已經到了令人擔心的地步。他在壁爐旁竭力保持清醒，卻是一路昏睡到天亮。他的嘴角變形，兩頰骨頭突出，就算問他身體如何，他也說他很好。

二月中旬，莉賽爾快滿十三歲的前幾天，他快要虛脫了。他走到火爐旁，差點跌到火爐裡面。

「漢斯。」他低聲喊著，臉龐揪成一團，雙腿一軟，他的頭撞上了手風琴的琴盒。

羅莎．修柏曼立即把木杓丟進湯鍋裡，衝到他的身邊。她扶著麥克斯的頭，對著房間另一端的莉賽爾咆哮：「不要光是站在那裡，去拿毛毯，把毛毯搬到妳的床上去。還有你！」她接下來命令爸爸：「幫我把他扶起來，抬他到莉賽爾的房間去。動作快一點！」

爸爸因為擔心而繃著臉，銀灰色的眼睛好像發出鏗鏘的金屬聲。他獨自一人抱起麥克斯，麥克斯跟小孩子一樣輕。「我們不能把他放在這裡嗎？放在我們的床上？」

羅莎已經考慮過這點了。「不行，我們白天必須拉開窗簾，不然看起來太奇怪了。」

「妳說的對。」漢斯把麥克斯抱出去。

莉賽爾手抱著毛毯看著。

站在通道上，她看見麥克斯軟綿綿的雙腳與披散的頭髮，一隻鞋子掉在後面。

「讓開。」

媽媽在他們後頭，一搖一擺地跟上去。

麥克斯一躺在床上，他們立刻將毛毯往他身上堆，緊緊包裹著他的身體。

「媽？」

除了這句話，莉賽爾說不出其他的話語。

「妳說什麼？」羅莎的髮髻纏得好緊，讓人從後面看了會害怕，她重複問題的時候，髮髻好像變得更緊點。「妳說什麼，莉賽爾？」

她走近一步，害怕聽見答案。「他還活著嗎？」

髮髻上下晃了晃。

羅莎接著轉身，拍拍胸脯對莉賽爾保證。「來，妳聽我說，莉賽爾，我把這個男人弄到我家來，不是要看他死在這裡的，懂嗎？」

莉賽爾點點頭。

「好，滾出去。」

爸爸在通道上給她一個擁抱。

她急切地需要一個擁抱。

稍晚，她聽見漢斯與羅莎在半夜裡的談話內容。羅莎讓莉賽爾睡在他們的房間，她在他們床邊的地板上，躺在他們從地下室拉上來的床墊上。（他們曾擔心床墊可能已經感染了病毒，但是他們的結論是，這樣的想法是憑空揣測，麥克斯不是因為病毒而生病。因此他們把床墊搬上樓，換上乾淨的床單。）

媽媽以為莉賽爾睡著了，脫口道出她的想法。

「那個該死的雪人。」她低聲地說：「我敢保證，就是那個雪人造成的，下面已經很冷了，還亂玩冰啊、雪啊的。」

爸爸的觀點比較有哲學意味。「羅莎，是阿道夫造成的。」他爬起來：「我們應該去瞧瞧他的狀況。」

一個晚上的時間，麥克斯被探望了七次。

麥克斯的訪客紀錄表

漢斯．修柏曼：兩次

羅莎・修柏曼：兩次
莉賽爾・麥明茲：三次

□

到了早上，莉賽爾從地下室為麥克斯拿來了他的塗鴉本，她將本子放在床頭桌上。去年她看過本子之後，覺得心神不安，這次，出於對麥克斯的尊敬，她緊緊闔上本子。

爸爸進來的時候，她沒有轉頭看他，她對著麥克斯身旁的牆壁說話。「為什麼我就一定要把那些雪搬到下面去呢？」她問道：「都是因為雪的關係才會這樣的，是不是，爸爸？」她緊握雙手，好像在禱告。「為什麼我一定要堆雪人呢？」

爸爸態度堅持向她保證。「莉賽爾，」他說：「妳一定要那樣做。」

她坐著陪了麥克斯好幾個小時，麥克斯邊發抖邊昏睡。

「不要死掉。」她低聲地說：「求求你，麥克斯，不要死掉。」

他是第二個在她眼前融化的雪人，只是這一次不一樣，這次的狀況很弔詭。體溫越低，他就融化越多。

十三份禮物

麥克斯再次重現他初抵天堂街時的情節。

羽毛般的頭髮又變成了小枝椏，光滑的臉變得毛茸茸。莉賽爾需要的證據出現了，他還活著。

一開始幾天，莉賽爾坐在那裡跟他說話。她生日當天，她告訴他，若是他醒過來的話，廚房裡會有一個好大的蛋糕等著。

他沒有醒來。

廚房裡沒有蛋糕。

摘錄自深夜的工作日誌

很久以後，我才發現，我確實曾在那段時間造訪天堂街三十三號。

我一定是在小女孩沒有陪伴他的少數時段去的，

因為我只看見一個躺在床上的男人。

我跪下來，正要把手伸進毛毯裡，他忽然醒過來，死命抗拒我的力量。

我撤退了。眼前還有那麼多工作，在那黑暗的小房間遭人擊退，也好。

離開屋子之前，我甚至讓自己閉上眼睛，享受片刻的寧靜。

第五天，麥克斯張開眼睛。雖然他只張開眼睛一下子，大家都欣喜若狂。他看見的主要是（這樣的特寫鏡頭一定很嚇人）羅莎・修柏曼，她簡直是捧著整鍋湯往他嘴裡灌。「吞下去。」她吩咐他：「別想，吞下去就是了。」媽媽把碗遞過去，莉賽爾努力要再看一眼他的臉，但是媽媽餵他喝湯的後背擋住了她的視線。

「他還活著嗎？」

羅莎轉過身來，她無須回答這個問題。

約莫一個星期後，麥克斯二度醒來，這次莉賽爾與爸爸在房間裡。當床上的麥克斯發出一小聲呻吟之際，他們兩個都望著他。爸爸簡直從椅子上跌了出來。

「喂。」莉賽爾倒吸了一口氣。「不要睡著，麥克斯，不要睡著。」

他看了她兩眼，但是卻認不出她來，他兩隻眼睛打量著她，好像她是一個謎團，接著又昏迷過去了。

「爸爸，怎麼了？」

漢斯落回椅子內。

後來，爸爸建議她唸書給麥克斯聽。「來，莉賽爾，雖然那本書打哪裡來的，對我們都是個謎，不過妳最近書讀得很好了。」

「我跟你說過啊，爸爸，學校一個修女給我的。」

爸爸雙手高舉假裝抗議。「好，好。」他嘆了一口氣。「小心……」他慢慢地選擇遣詞用字，「不要被抓到。」這句話出於偷藏了一個猶太人的德國男人嘴裡。

從那天起，莉賽爾大聲朗誦《吹哨客》給床上的麥克斯聽。她常常卡住，因為好多頁在曬乾的時候處理不當，黏在一塊了，害她略過一整章節的故事。不過，她還是努力下去，一直唸到差不多整本書的四分之三。這本書有三百九十六頁。

在外面的世界，莉賽爾每天從學校衝回家，期望看見麥克斯身體好轉。「他有醒來嗎？他有吃東西嗎？」

「妳回到外面去。」媽媽懇求她，「妳這樣一直問問問，把我弄得好煩哪。去，去，妳行行好，出去踢足球。」

「好吧，媽媽。」她準備要打開門。「但是要是他醒了的話，妳要過來叫我，妳會吧？妳只要編點故事，大吼大叫，好像我做錯什麼一樣破口大罵，每個人都會相信妳是來真的，不用擔心。」

就連羅莎聽了都不得不笑了。她兩手插在腰上說，莉賽爾小小年紀，說這種話還是得接受處罰。「還有，要射門得分。」她威脅她：「不然不要給我回家來。」

「一定的，媽媽。」

「要踢兩分，母豬！」

「好啦，媽。」

「還有，不要再回嘴了。」

莉賽爾腦子還在想，人卻已跑到街上，在泥濘滑溜的馬路上與魯迪對賽。

「妳來晚了，摳屁眼的。」他們搶球的時候，他以一貫的方式歡迎她。「妳是到哪去了？」

一個半小時以後，足球被天堂街罕見的路過車輛壓扁，莉賽爾於是找到了給麥克斯．凡登堡的第一份禮物。小孩子們判定球無法修補以後，全都悻悻然回家，只留下球攤在冰冷的馬路上。莉賽爾與魯迪兩人沒走，他們彎腰看著球的屍體，球的側面各有一破洞，好像一張嘴。

「你要嗎？」莉賽爾問道。

魯迪聳聳肩膀。「我要這個壓扁成廢物的球幹嘛？已經沒有辦法打氣了，不是嗎？」

「你要還是不要啦？」

「不，謝了。」魯迪小心翼翼地用腳戳了一下球，好像那是隻死去的小動物，或者快要死去的小動物。

魯迪走回家後，莉賽爾撿起足球，夾在手臂之下。她聽見魯迪大喊：「嘿，母豬。」她等候著下面一句。

「母豬！」

她的性子變溫和了。「怎麼？」

「我這裡還有一輛沒輪子的腳踏車，妳要也可以拿去。」

「自己留著吧。」

從她站在街道上的位置，她最後聽見的是魯迪．史坦納那個豬頭的笑聲。

回到屋內，她走進臥室，她要把球送給麥克斯。她將球放在床尾。

「對不起。」她說：「這個禮物不怎麼樣。不過，你醒來以後，我會告訴你這顆球的故事。我會告訴你，那天下午，你能想像天氣有多灰暗，天氣就多灰暗。這輛車沒打燈，直接就輾過了球。然後那個男人下車對我們大吼大叫，然後，他問了路，他有夠厚臉皮的……」

醒來！她好想大喊。

或者搖一搖他。

她沒有那樣做。

莉賽爾能做的只有望著球，看著那癟成一片的球。這是許多禮物中的第一份禮物。

第二份到第五份禮物

一條緞帶。一顆松果。一顆鈕釦。一塊石子。

足球給了她一個點子。

莉賽爾無論何時上下學，都注意著路上有哪些廢棄品，可能對家裡那位垂死的人有價值。一開始她也不懂為何這個動作這麼要緊，一件看來不重要的東西，為什麼可以帶給人安慰呢？水溝裡面的緞帶，街上的松果，碰巧在教室牆壁邊上的鈕扣，河邊拾來的扁平圓石子。就算這些禮物沒什麼大不了，至少顯示出她關切之情，而且等麥克斯醒來以後，他們可以聊聊這些東西。

只有她獨自一個人的時候，她自行導演這些對話。

「那些是什麼啊？」麥克斯問：「這些垃圾是什麼？」

「垃圾？」在她的想像之中，她坐在床邊。「麥克斯，這不是垃圾。這是讓你醒來的東西。」

第六份禮物到第九份禮物

一根羽毛。兩份報紙。一張糖果紙。一片雲。

這根羽毛非常精緻，它卡在慕尼黑街教堂的門鉸鏈上，歪歪扭扭突出來，莉賽爾趕緊將它搶救下來。羽毛的左邊排列得平平整整的，不過右邊的羽毛除了纖細的邊緣外，還有部份成了鋸齒狀的三角形。除了這樣，她不知道該怎麼把這根羽毛描述得更詳盡了。

兩份報紙從垃圾桶的冰冷深處而來（說到這樣就好了）。壓平的糖果紙褪了色，她在學校附近找到之後，對著光線看這張糖果紙，上面印著許多腳印。

還有一片雲。

你要怎麼送給人一片雲朵呢？

二月底，她站在慕尼黑街上，看到一朵好大的雲從小山丘那邊飄過來，像是一隻白色的怪獸。這朵雲爬過了群山，遮蔽了太陽，太陽的位置上面，出現了一隻有著灰色心臟的白色怪獸，牠正俯瞰著小鎮。

「你看一下那裡好嗎？」她對爸爸說。

漢斯翹起下巴，然後提出一個他覺得一點也不奇怪的主意。「你應該把那朵雲送給麥克斯，莉賽爾。看看妳能不能夠把它留在床頭的桌子上，就像妳留著其他東西一樣。」

莉賽爾看著爸爸，好像爸爸的腦袋不正常。「不過，要怎麼做？」

他用指節輕輕敲打著她的腦袋瓜。「記住這畫面，然後寫下來。」

「……就像是一隻龐大的白色怪獸，」下次她在床邊守護他的時候，她說：「它翻山越嶺而來。」

修改幾次之後，她完成了句子。莉賽爾覺得自己已經把雲朵送給麥克斯了，她想像這朵雲穿過毛毯，從她手上交到麥克斯手上的畫面。她把句子寫在一張小紙片上，用石頭壓住那張紙。

第十份禮物到第十三份禮物

一個玩具士兵。一片神奇的葉子。吹完哨子。一段傷悲。

士兵埋在距離湯米．繆勒家不遠的泥土中，上面有刮痕與踐踏過的痕跡，但是對莉賽爾來說，這就是重點：即使傷痕累累，士兵依舊屹立。

葉子是楓葉，她在學校掃帚櫃中發現的，夾在水桶跟雞毛撢子中間，櫃子的門半掩著，又乾又脆的葉子像是烤過的土司，葉面上佈滿了丘陵溪谷。這片葉子不知道怎麼跑進了學校的走廊，跑進了那個櫃子裡，像是帶著葉柄的半顆星星。莉賽爾伸手拿出來，用兩隻手指捻轉葉子。

其他的禮物都放在床邊的桌子上，但這片葉子沒有。在開始朗讀《吹哨客》最後的三十四頁前，她把葉子釘在緊閉的窗簾上。

那天傍晚她沒有吃晚餐，沒有去洗手間，沒有喝水。在學校整天，她一直提醒自己，今天要把那本書唸完，麥克斯．凡登堡會聽到她唸書的聲音，他馬上就要醒過來了。

爸爸坐在角落的地板上，跟平常一樣，沒人肯給他漆油漆的工作，不過幸運的是，他馬上就要帶著手風琴去克諾酒吧。他的下巴擱在膝蓋上，聽著他曾經辛苦教導字母的莉賽爾唸書，她自豪地朗誦，對麥克斯．凡登堡吐露書中最後幾段驚悚內容。

《吹哨客》最後的情節

那天上午，維也納的天空起了霧，迷霧籠罩著火車窗。眾人漫不經心準備搭車上班時，兇手以口哨吹出了快樂的曲調。他買了車票，看見警察對乘客與車掌打招呼，還讓位給一名老婦人，並且與一位談論美國賽馬的賭徒禮貌性地交談。畢竟吹哨客是喜歡說話的，他對人說話，唬得讓大家喜愛他、信任他。當他動手的時候，在折磨受害者與轉動刀子之際，他也對受害者說話。只有找不到人說話時，他才會吹起口哨。這也就是為何他犯下謀殺案之後，他就吹起口哨……

「所以你認為跑道適合七號馬，對嗎？」

「當然。」賭徒笑嘻嘻的，兩人之間已經建立起信任。「牠會迎頭趕上，贏過整場的馬兒。」他的叫嚷聲壓過火車上的嘈雜。

「既然你這樣認為，我就相信你的話。」吹哨人裝出不自然的笑容，而且他終於起了好奇心，想知道檢查員的屍體何時會在全新的寶馬汽車中被人發現。

「耶穌、聖母瑪麗亞、約瑟、我的這些老天爺啊！」漢斯壓抑不住懷疑的口氣。「修女會給妳這種書？」他站起來走過去，親親她的額頭。「再見，莉賽爾，克諾酒吧的客人在等我。」

「再見，爸爸。」

「莉賽爾！」

她不理會這聲呼喊。

「過來吃東西。」

於是她回話了。「媽，我馬上來。」這句話她其實是對著麥克斯說的，因為她把讀完的書放在床邊的桌子上，與其他東西放在一塊。她在麥克斯的四周徘徊，無法克制自己的情緒。「不要這樣，麥克斯。」她低聲地說，連聽見媽媽出現在她背後的聲音，也無法讓她停止無聲的落淚，無法讓她眼睛止住一大把一大把鹹鹹的淚水，淚水滴到麥克斯・凡登堡的臉上。

媽媽捉住她。

她的手臂將她整個人抱住。

「我知道。」她說。

她知道的。

新鮮空氣、舊惡夢、怎麼處理猶太死屍

他們站在安培河邊。莉賽爾告訴魯迪，她想從鎮長家再偷一本書。《吹哨客》唸完了之後，她在麥克斯的床邊唸了幾次《監看者》，唸一回只需要花幾分鐘的功夫。她還改唸《聳聳肩》，甚至唸了《掘墓工人手冊》，但是沒有一本書唸起來的感覺是對的。她心想：我想要一本新的書。

「妳連最後一章都唸完了？」

「我當然唸完了。」

魯迪朝著河面拋了一顆石頭。「好看嗎？」

「當然好看。」

「我當然唸完了，當然好看。」他模仿著她，然後想從地上再挖一顆石子，不料割傷了手指。

「活該學到教訓了吧。」
「母豬。」
當某個人最後一句應答是「母豬」或者「豬頭」或者「屁眼」的時候，你知道自己吵贏了。

□

就偷竊這件事來看，當時的條件非常理想。那是三月初的陰沉午后，氣溫只有幾度，這種溫度總是比零下十度還令人難受，街上人很少，雨絲像灰色的鉛筆刨花。
「要走了嗎？」
「騎腳踏車去。」魯迪說：「妳可以騎一輛我們家的車。」
這回，魯迪比上次更積極想進到屋子裡。「今天輪我了。」他說。他們擱在腳踏車把手上的手指凍僵了。
莉賽爾的腦筋轉得很快。「你不應該進去的，魯迪。那裡面到處都是東西，而且很暗，像你這樣的笨蛋，一定會絆倒或是撞到東西的。」
「真是謝謝妳噢。」魯迪難以掩飾心中的不悅。
「還有，從窗戶到地上的高度，比你想像的還高。」
「妳是在說，妳認為我辦不到嗎？」
莉賽爾踩在踏板上站起來。「你不可能辦到的。」
他們騎過木板橋，左彎右拐騎上小山丘，朝著葛蘭德大道前進。窗戶是敞開的。
跟上次一樣，他們先觀察了屋子的狀況，隱隱約約看到樓下點了一盞燈，可能是廚房的燈，有個身影來回走動。

「我們先在這一帶騎幾圈。」魯迪說：「幸好我們有騎腳踏車來。」

「最好記得要把腳踏車騎回家。」

「笑死人了，母豬。腳踏車比妳臭鞋的體積大多了。」

他們騎了約莫十五分鐘的腳踏車之後，鎮長夫人仍舊待在樓下，與他們距離太近，使他們渾身不自在。夫人竟敢提高警覺佔據著廚房！對魯迪而言，廚房毫無疑問是他的目標，可以的話，他會走進去，劫掠他所能到手的一切食物，然後如果（只有在這個如果的情況下）他還有多一點點的時間，出來之前，他會塞本書在褲子裡。什麼書都行。

不過魯迪的弱點是性子急。「越來越晚了。」說完後他就往回家的方向騎去。「一起走吧？」

莉賽爾沒有跟上去。

她無路可退。她費了好大一番功夫把生鏽的腳踏車一路騎上來，沒有書，她是不會離開的。她把腳踏車放到溝裡，留意鄰居的動靜，接著走到窗戶邊。她的速度很快，但不焦躁。她用雙腳把鞋子勾下來，腳趾頭踩在鞋跟上。

她的十指抓緊窗臺，她進去了。

這回，她覺得心情多少輕鬆一點。在這珍貴的短暫時間裡，她在房間裡面打轉，想找一個吸引她的書名。有好幾次她就要出手了，她甚至想過多拿幾本書，但是她還是不想破壞某種無形的規矩，她現在只需要一本書。她研究書架，等候那本書的現身。

朦朧的暮色從她身後的窗戶攀爬進來，粉塵與偷竊的味道在隱密的空間內閒蕩，她看見了那本書。

書是紅色的，書脊上印著黑色的字，《夢的挑夫》。她想起麥克斯．凡登堡與他的夢，他因罪惡感而作夢，夢見自己倖存著，夢到離開家人，夢見自己與元首挑戰。她也想起自己的夢，夢中她看到弟弟在火車上死去，還有夢見他在這房間外轉角處的台階上現身，偷書賊看到自己親手推開他，他的雙膝淌出鮮血。

她悄悄把書從書架上拿下，夾在臂膀下，然後爬上窗臺跳出去。所有動作一氣呵成。

魯迪拎著她的鞋子，已經把腳踏車準備妥當，她一穿好鞋子，他們就騎走了。

「我的這些老天爺啊！麥明葛。」他從沒喊過她麥明葛：「妳真的是個不折不扣的瘋子，妳知道嗎？」

莉賽爾像瘋子似地踩著踏板，她同意這個說法。「我知道。」

到了橋上的時候，魯迪為當天下午的活動下了總結。「那家人若不是全瘋了，」他說：「不然就是他們只喜歡呼吸新鮮的空氣。」

無關緊要的聯想

或許，葛蘭德大道上有個女人把窗戶開著，為的是另外一個理由。

不過，那只是我自私的猜想，或者是因為我相信人間有希望。

也可能兩者理由皆有。

莉賽爾把《夢的挑夫》放在外套下，從到家的那一刻起開始唸。坐在床旁的木椅上，她翻開書低聲說：「麥克斯，這是一本新的書，只送給你。」她開始唸書。「第一回：夢的挑夫出生的時機恰好：全鎮居民都在睡覺之際……」

莉賽爾每天唸兩回，早上上學前唸一回，放學回家之後立刻唸起第二回。有時她無法入睡，又多唸了半回。偶爾她唸到睡著，一頭栽倒在床邊。

這成了她的工作。

她告訴麥克斯《夢的挑夫》的故事，好像只要有文字就能提供他養分。有個星期二，她覺得麥克斯動了一下，她敢發誓，他的眼睛睜開了。若是他的眼睛當真睜開了，那也只是短暫片刻。那大概只是她的想像，只是她的期望。

到了三月中，裂痕出現了。

某天下午，羅莎・修柏曼這個擅於面對壓力的女人，在廚房裡瀕臨崩潰。她先是提高音量，然後又壓低聲音。莉賽爾停止唸書，安靜地走到通道。她站得很近，勉強聽得到媽媽所說的話。聽到媽媽說的那番話之後，她真希望自己沒有聽到，因為內容非常恐怖，而且是事實。

媽媽話語的內容

「要是他沒有醒來怎麼辦？要是他死在這裡怎麼辦啊？
阿漢？你告訴我啊。老天啊，我們要怎麼處理他的屍體？
我們不能把屍體留在這裡，味道太可怕了……
我們也不能把屍體搬出去外面，拖到街上去。
光說『你們一定猜不到我今天居然在地下室發現了什麼……』是沒有用的，
他們會把我們關上一輩子的。」

她說的一點也沒錯。

一具猶太人屍體是個迫切的難題。修柏曼一家人必須要讓麥克斯・凡登堡甦醒過來，這不光只為了他，也為了他們自己。就連爸爸，他總能以極度冷靜的態度安撫大家的心情，這次也感受到壓力。

「聽好。」他的口氣冷靜但沉重。「要是發生這種事情，要是他死了，我們自然得想辦法。」莉賽爾發誓，她聽到了爸爸吞嚥口水以克制情緒，每吞嚥一口口水，就像是對著氣管吹了一口氣。「我的油漆推車，加上幾條防漆罩布……」

莉賽爾走進廚房。

「莉賽爾，現在不要鬧。」說話的是爸爸。他根本沒有看著她，他從倒過來的湯匙上望著自己變形的臉，他的手肘撐在桌上。

偷書賊並沒有退卻，她向前走了幾步坐下來。她冰冷的雙手摸著衣袖，嘴中吐出了一句話：「他還沒死。」這句話落在桌子上，停在正中間，當場三個人都看著桌子中間的那句話，內心不敢點燃任何希望。他還沒有死，他還沒有死。然後羅莎說話了。

「誰肚子餓了？」

唯一沒受麥克斯病情影響的大概是晚餐時間。無可否認，這三個人坐在餐桌上，分到多一些麵包、湯、或是馬鈴薯，他們都想著這件事情。但是沒人說話。

幾個小時後，莉賽爾在夜裡醒來，好奇自己「心臟的極限」在哪裡。（她從《夢的挑夫》中學到了這個辭。這本書基本上完全是《吹哨客》的對比版，故事是說一個想要當神父的棄兒。）她坐起來，夜色吞沒了她。

「莉賽爾？」爸爸翻過身。「怎麼了？」

「沒事，爸爸，一切都沒事。」但是一講完話，她卻確實想起了夢裡發生的事情。

小畫面

這場夢的大部分情節與往常無異，火車以相同的速度行駛，弟弟咳個不停。

但是，莉賽爾這次在夢裡看不見弟弟盯著地板的臉。

她慢慢靠過去，輕輕從下巴托起弟弟的臉，

在她面前出現的卻是麥克斯・凡登堡睜大眼睛的臉。
他瞪著她，一根羽毛落到地上，他的身體漸漸變大，大到與臉相配。
火車發出一聲尖嘯。

「莉賽爾？」

「我說了，一切都沒事。」

她顫抖著從床墊上爬起來，恐懼讓她全身麻木。她走到麥克斯那裡，在他身邊待了幾分鐘，讓自己的情緒平復下來。她想要解讀夢境，那是預告麥克斯快要死了嗎？或者只是因為那天下午在廚房中的對話呢？麥克斯已經取代了弟弟在她心中的地位嗎？這樣的話，她怎麼可以把自己的血肉至親如此拋棄？也許，那個夢顯露她心坎深處期望麥克斯死掉的秘密，畢竟，死亡對弟弟韋納算是好的結局，對這個猶太人而言，也算是不差的下場吧。

「這是妳心裡想的嗎？」站在麥克斯床邊，她低聲問自己。「不是。」她不能相信這是真的。她堅持她的答案，因為夜色逐漸消散，床旁桌上大小不一、形狀相異的東西輪廓也漸漸顯露，那些都是她送的禮物。

「醒過來吧。」她說。

麥克斯沒有醒過來。

他又昏睡了八天。

在學校裡，教室大門響起一陣敲門聲。

「進來。」歐稜德老師說。

門一打開，看到出現在門口的羅莎・修柏曼，全班小朋友都露出訝異的表情，幾個學生一看見她就倒吸了一口氣。一個和櫃子一樣矮胖的女人，唇上帶有譏諷的意味，眼神凌厲。這個畫面真是經典，羅莎穿著她最稱頭的衣服，不過一頭亂髮看起來像是橡皮筋編織成的毛巾。

老師顯然非常害怕。「修柏曼太太……」她看著全班大喊：「莉賽爾？」

莉賽爾看了一眼魯迪，然後站起來。她迅速走向門口，好儘快結束這場尷尬。她順手帶上門，與羅莎單獨站在走廊上。

羅莎沒有看她。

「媽媽，怎麼了？」

羅莎轉過身來。「妳不要媽媽怎麼了，媽媽怎麼了，妳這隻小母豬？」羅莎說話的速度刺傷了莉賽爾。「我的梳子！」一股笑聲從門底下冒出來，但是立刻被老師制止。

「媽媽？」

媽媽的臉色凝重，但卻露出笑容。「妳到底對我的梳子做了什麼？妳這個笨蛋豬頭，妳這個小偷？我已經跟妳說過一百次了，不要碰我的梳子，我的話妳有在聽嗎？當然沒有。」

羅莎又怒罵了一分鐘上下，莉賽爾拼命猜幾個梳子可能所在的位置。羅莎忽然中斷了怒罵幾秒鐘，藉機拉過莉賽爾，雖然兩人靠得那麼近，但羅莎的耳語幾乎聽不見。「妳跟我說過，要對妳大吼大叫，妳說大家都會相信我是真的在罵妳啊。」她左張右望，聲音跟針線一樣細。「他醒了，莉賽爾，他醒了。」她從口袋裡掏出刮痕累累的玩具士兵。「他說把這個交給妳，這是他最喜歡的禮物。」羅莎把玩具交給莉賽爾，然後面帶微笑，雙臂緊緊相抱。就在莉賽爾來得及回答之前，羅莎又接續把這場戲演完。「怎樣？回答我啊！妳還想到妳可能把梳子放在哪裡嗎？」

他活著，莉賽爾心裡想著。「……不知道，媽媽，對不起，媽媽，我……」

「唔，那麼，妳這孩子還真是乖啊？」她放開手臂，點了個頭，人就走掉了。

莉賽爾在寬敞的走廊站了半晌，細看手掌中的士兵，本能地想要立刻跑回家，但是理智卻不允許她這麼做。於是她將破舊的士兵放在外套裡，走回教室。

每個人都在等她。

「討厭死的老母牛。」她壓低聲音說。

同學們又哄堂大笑，歐稜德老師卻沒有笑。

「妳說什麼？」

莉賽爾心情開心得不得了，覺得自己天不怕地不怕。「我說，」她對歐稜德老師說：「討厭死的老母牛。」

不到一秒鐘，老師的手賞了她一個耳光。

「不准妳這樣說自己的母親。」她說。但是這句話沒什麼作用，莉賽爾站著努力想憋住笑容，畢竟她是全班最禁得起處罰的人。「現在回到妳的座位上去。」

「是，歐稜德老師。」

在她隔壁的魯迪好大膽，竟然敢跟她說話。

「耶穌、聖母、約瑟、我這些老大爺啊，」他低聲說：「妳臉上可以看見她的手耶，一張紅色的大手，五根手指頭耶！」

「太好了。」莉賽爾這麼回答他，因為麥克斯還活著。

那天下午她回到家時，麥克斯正坐在床上，他的大腿上擺著癟掉的足球。他的鬍鬚讓他皮膚發癢，大大的眼睛死命不願闔上，禮物旁擺了一只空湯碗。

他們沒有說嗨打招呼。

兩人之間氣氛有點緊張。

門一推開，發出咯吱咯吱聲，莉賽爾進來，她站在麥克斯的面前看著湯碗。「媽媽把湯往你喉嚨灌下去？」

他點點頭，他的表情既滿足又疲倦。「不過，湯非常好喝。」

「媽媽煮的湯？真的好喝嗎？」

他勉強擠出一個笑容。「謝謝妳的禮物。」他聲音略為哽咽。「謝謝妳給我的雲，爸爸跟我提到了那個禮物。」

一個小時後莉賽爾坦露實情。「要是你死掉，我們不知道該怎麼辦，麥克斯，我們……」

麥克斯很快就懂了。「妳是說，怎麼把我弄走？」

「對不起。」

「沒關係。」他並沒有生氣。「你們是對的。」虛弱的他玩著球。「你們那樣想是對的，對你們來講，一個死掉的猶太人，就算危險程度沒有提高，也跟活著的猶太人一樣危險。」

「我也有做夢。」她手裡緊握著士兵，仔細描述了夢境的內容，正當麥克斯要插嘴的時候，她險些又要開口道歉。

「莉賽爾，」他要她看著他：「永遠不要對我道歉，應該是我向你們道歉才是。」他看著她為他帶回來的每件物品。「妳看看這裡的東西，這些禮物。」他拿著鈕扣。「還有，羅莎說妳每天都為我唸兩次書，有時候三次。」他看著窗簾，就像他能看透它一樣。他坐起來，很多話說不出口，他遲疑不定，臉上露出不安的神情。他對莉賽爾說，「莉賽爾，」他稍微往右挪了一下，「我很害怕。」他說：「害怕又再睡著了。」

莉賽爾的態度堅決。「那我唸書給你聽，要是你開始打瞌睡，我打你巴掌，我會把書闔上，一直搖你，搖到你醒過來為止。」

那天下午，莉賽爾為麥克斯唸書，一直唸到晚上。他坐在床上，聽著故事，十點過後都還一直保持清醒。當莉賽爾放下《夢的挑夫》休息片刻，她眼光越過書本，看見麥克斯睡著了。她緊張地輕輕推擠他，他醒了過來。

他又睡著了三次，她推醒了他兩次。

接下來的四天，他每天早晨在莉賽爾的床上醒過來。接著，換成在壁爐旁醒來。最後，到了四月中旬，他已經搬回地下室去了。他的健康狀況轉好，鬍子不見了，體重也增加了一些。

到了那個時候，莉賽爾內心世界裡的大石頭放下了。而在外面的世界中，局勢開始動蕩不安，三月底，一個叫做呂比克的地方受到炸彈轟炸，③接著下一個被炸的城市是科隆。德國境內其他城市也陸續遭受轟炸，慕尼黑包括在內。

沒錯，我的老闆靠在我的肩頭上。

「把事情做好，把事情做好。」

炸彈就要來了，我也跟著來到。

死神日記：科隆

五月三十日的淪陷時分。

一千多架轟炸機朝著一個叫科隆的城市飛去之際，我打包票，莉賽爾．麥明葛正睡得香甜。以我的眼光來看，這事件的結果是五百人左右死亡，還有五千人無家可歸，在陰森的瓦礫堆附近茫然走動，想辨識方向，設法得知哪片斷壁殘垣原來是誰的家。

五百個靈魂。

我用十指拎著，就像拎著手提箱一樣，再不然，我就將他們拋在肩頭上。只有小孩，我才會用雙手抱著。

在我下班前，天空成了黃顏色，彷如焚燒中的報紙。仔細看的話，我還可以看見報章中的文字呢，報導頭條新聞或者評論戰事進展等等。我多想把那些文章全都扯下，把報紙糊成的天空擰成一卷之後拋開。我的手隱隱作痛，而且我不能冒險讓手指燙傷，還有那麼多的工作待完成。

就跟你想的一樣，好多人當場就死了，有些人苟活久一點。我還有更多地方要去，拜會幾片天空，接取其他靈魂。稍晚，等最後一批飛機來襲過後，我又再度返回科隆，我注意到一件非常特別的事情。

當我陰鬱地仰頭，看著被硫煙燻過的天空，我手上正抱著一名青少年燒焦的靈魂。有一群十歲大的小女孩在我左右，其中一個女孩大喊一聲。

「那是什麼？」

她伸出手臂，一隻手指著由天空緩緩降落的黑色物體。一開始，那看來像是一片輕柔飄揚的黑色羽毛，要不然應該是一片灰燼。物體逐漸變大，剛才那位女孩子有一頭紅頭髮，一臉如句號般的雀斑。她又開口說話，這次的語氣更引人注意。「那是什麼？」

「是屍體。」另外一個女孩推斷。她的黑色頭髮繫成兩個馬尾，中間有一條歪斜的頭髮分線。

「又是炸彈！」

炸彈的話，速度不可能如此緩慢。

我手上的年輕靈魂還在燃燒。我隨著其他人走了幾百公尺的距離，就像這群女孩一樣，我依舊留意著天空。我最不願意做的事情，就是低頭看見手上年輕孩子那張無依無靠的臉，她是個漂亮的女孩，死亡已經領先了她。

我跟其他人一樣，聽到一個聲音衝過來，不禁往後退了一步。那是個心情欠佳的父親，他命令孩子們進去屋裡。紅頭髮女孩的雀斑拉長成了逗號。「可是，爸爸，你看看嘛。」

爸爸走了幾小步路，就瞭解那是什麼東西了。「是燃料。」他說。

「你說什麼？」

料用光了，所以空的箱子要丟掉。看，那邊又有一個。」

「燃料。」他又重覆一次。「飛機的副油箱。」這爸爸是個禿頭，披著一身破爛的床單。「那個箱子裡的燃

「那裡也有！」

小孩就是小孩，在那一瞬間，每個孩子都瘋狂地找尋，想找到一個飄落到地面的空燃料箱。

第一個箱子落地，砰地發出沈悶的一聲。

「爸爸，我們可以留著這個嗎？」

「不可以。」這個做爸爸的像是被炸到了一樣嚇一跳，他顯然沒有那種心情。「我們不可以留著。」

「為什麼不可以？」

「那我要去問我爸爸，看我可不可以拿回家。」另外一個女孩子說。

「我也要去問。」

在科隆的瓦礫堆旁邊，一群孩子收集敵人拋棄的空燃料箱。我照慣例接走了人。我好累，而那一年甚至連一半都還沒過完。

訪客

大家為了天堂街的足球賽又找來一顆球，這是個好消息。而令人不安的消息是，納粹黨某一黨部的人，不知為何朝著他們走過來。

他們從墨沁鎮口一路走到墨沁鎮尾，一條街接著一條街，一棟房子接著一棟房子。現在他們停在迪勒太太

的店裡，趕忙抽幾口菸，等下要繼續工作。

墨沁鎮已經有了幾個隨便充數的防空洞。不過科隆大轟炸之後，上頭馬上決定，多幾處防空洞也無妨。黨部正一間間房子檢查，好看看誰家的地下室有資格當防空洞之用。

小孩子從遠處觀望他們。

他們看到那群人吞雲吐霧。

莉賽爾才剛走出來。她走到魯迪跟湯米身邊，哈洛，莫倫豪正跑去撿球。「那邊發生了什麼事情？」

魯迪雙手插在口袋裡。「納粹黨。」他正盯著哈洛，莫倫豪在侯莎菲女士家圍欄前撿球。「他們在檢查每戶人家和公寓。」

莉賽爾立即感覺口乾舌燥。「為什麼？」

「妳什麼都不知道嗎？湯米，說給她聽。」

湯米一臉茫然。「喔，我不知道。」

「沒救了，你們兩個。他們需要防空洞。」

「啥？地下室嗎？」

「不是，是閣樓。廢話，地下室啦。天啊，莉賽爾，妳腦袋真的是一團漿糊嗎？」

球撿回來了。

「魯迪！」

魯迪繼續踢球，莉賽爾則還停在原地。她該怎麼回家去，才能讓人不起疑心呢？迪勒太太店門前的煙霧消散一空，幾個男人解散開來。莉賽爾心生一陣恐慌，焦慮的感覺湧上喉嚨，她覺得呼吸困難。她心想：想辦法，快啊，莉賽爾，想辦法，想想辦法啊。

魯迪得了一分。

遠處傳來恭賀他的聲音。

想辦法啊，莉賽爾……

有了。

她決定了，就這麼辦吧，但是她得表演地很逼真。

納粹黨黨員沿著街道往下執行任務，他們在某幾戶人家的門上漆了ＬＳＲ三個字母。足球騰空飛過，傳到個頭較高大的克勞斯，柏律手中。

ＬＳＲ

德文「防空洞」的縮寫④

莉賽爾一上場，克勞斯，柏律正好抱著球轉了個身，他們倆這麼猛烈一撞，連比賽都自動停下來了。球滾開之後，場上的孩童都跑過來。莉賽爾一隻手抱著擦破皮的膝蓋，另一隻手護著頭，克勞斯，柏律只抱著右小腿，還扮著鬼臉咒罵。「她在哪？」他破口大罵：「我要宰了她！」

他沒有宰了她。

事情的發展比這更糟糕。

一位好心的黨員看到了這場意外，盡職地跑到這群小孩身邊。「發生什麼事？」他問。

「嗯，她抓狂了。」克勞斯指著莉賽爾，黨員伸手扶她站起來，他的呼吸帶有菸草味道，一吐氣就在她臉前形成了一座煙霧籠罩的小山丘。

「小丫頭，我想以妳現在的情況，不應該繼續踢球。」他說：「妳住哪裡？」

「我沒事。」她回答：「真的，我可以自己回家。」放開我的手啦，放開我！

就在那個時候，魯迪插手了，他永遠都會插上一手。「我扶妳回家。」他說。他難道不能只管自己的事情就好嗎？

「真的沒事。」莉賽爾說：「你繼續踢足球吧，魯迪，我可以自己回家。」

「沒關係，沒關係。」他是不會改變的，固執的個性。「只要一兩分鐘而已。」

她必須再想個辦法，於是她又想出了個點子。魯迪扶她站起來後，她故意再次摔倒，人躺到地上。「我爸爸。」她說。她注意到天空是一片蔚藍，連朵雲也沒有。「魯迪，你可以叫我爸爸來嗎？」

「待在這裡。」他朝著右手邊大喊：「湯米，顧好她，好嗎？不要讓她亂動。」

湯米迅捷進入戰鬥狀態。「我會顧好她的，魯迪。」他站在她身邊，臉部肌肉抽搐著，同時努力憋住笑容，莉賽爾則密切觀察著那名黨員。

一分鐘之後，漢斯．修柏曼冷靜地高高站在她上方。

「嗨，爸爸。」

他的嘴角露出一個失望的微笑。「我還在想，這種事情什麼時候會發生哩。」

他扶起莉賽爾帶她回家。足球比賽繼續進行，納粹黨的人已經走到前面幾戶人家的門前，但是沒有人應門。魯迪又大喊。

「修柏曼先生，你需要幫忙嗎？」

「不用，不用，你繼續踢球，史坦納先生。」他喊他史坦納先生。你不得不喜愛莉賽爾的爸爸。

一進到屋子，莉賽爾想告訴漢斯這個訊息，她試著在爸爸的沉默與失望中找到空間插嘴。「爸爸。」

「不要說話。」

「納粹黨啊。」她低聲地說。爸爸停下來，他抑制住開門查看街上情形的衝動。「他們在檢查地下室，找適合的防空洞。」

他讓莉賽爾坐下來。「好聰明啊妳。」他接著找來羅莎。

他們只有一分鐘可以想辦法，大夥七嘴八舌提出想法。
「我們可以讓他待在莉賽爾的房間。」這是媽媽的主意。「躲到床底下。」
「這樣嗎？要是他們決定也搜查房間呢？」
「你有更好的主意嗎？」
修正：他們的時間剩下不到一分鐘。
天堂街三十三號的大門被敲了七下，已經來不及讓誰換到哪個房間了。
有人說話。
「開門！」
三人怦怦的心跳聲彼此互毆，亂成一團。莉賽爾努力吞下自己的心，心的味道不甚美味。
羅莎低聲喊：「老天！」
這天起身面對問題的是爸爸。他衝到通往地下室的門，往樓梯下丟了一句警告。返回廚房之後，他又快速又流暢地說：「聽好，沒時間玩花招，我們可以用一百種不同方法分散他的注意力，但是解決的方法只有一個。」他看了大門一眼，然後下了總結：「那就是什麼事都不做。」
這不是羅莎想聽見的答案，她瞪大眼睛。「什麼都不做？你瘋啦？」
外面的人繼續敲門。
爸爸口氣十分嚴厲。「什麼都不做，我們甚至不要跟著他們下去地下室，我們一概不在乎。」
大家激動的情緒和緩下來。
羅莎接受了這個方法。
她憂心忡忡地甩了甩頭，然後走去開門。
「莉賽爾，」爸爸銳利的口氣好像一片一片切開她，「妳只要保持冷靜，懂嗎？」
「知道了，爸爸。」

她努力把注意力集中在流血的腳上。

「唉喲。」

羅莎還在門口詢問來訪之目的，這名好心的黨員已經注意到莉賽爾。

「抓狂的足球員！」他哈哈大笑，「妳的膝蓋好點沒？」一般人想像不到納粹黨員開朗聒噪的模樣，但這個傢伙就是這副德行。他走進屋子，準備彎腰查看莉賽爾的傷口。

他知道嗎？莉賽爾心想，他會察覺我們藏了一個猶太人嗎？

爸爸從水槽拿過一塊濕布蓋在莉賽爾的膝蓋上。「會痛嗎？」他銀色的眼睛流露關懷之情，卻又沉著冷靜，眼底的恐懼很容易被誤以為是在擔心莉賽爾的傷勢。

羅莎從廚房另一端大喊：「痛不到哪去，不過也許會讓她學乖點。」

黨員笑著站起來。「我想，這丫頭不會因為這種事情學乖的。請問怎麼稱呼？」

「我們姓修柏曼。」媽媽臉上的硬紙板扭成一團。

「……修柏曼太太，我想她會讓別人學乖點。」他對莉賽爾笑了笑。「讓那裡每個男孩子都學乖點，我說的對嗎，小丫頭？」

爸爸把濕布往擦傷一按，莉賽爾沒有回嘴，只是痛得退縮了一下。漢斯倒是開口說了話，他對莉賽爾輕輕說了聲「對不起」。

接著房內出現一陣令人如坐針氈的沉默，那黨員這才想起他來訪的目的。「要是不介意的話，」他說：「我必須看一下你們家地下室，一兩分鐘就得了，看看下面適不適合當作防空洞。」

爸爸在莉賽爾的膝蓋上輕輕拍了最後一下。「莉賽爾，妳這裡也會出現一塊明顯的瘀青。」他一派輕鬆地抬起頭對那傢伙說：「沒問題，右邊第一個門下去，下面亂七八糟的，真是不好意思。」

「不擔心，不可能比今天我見識過的幾戶人家還髒亂……這扇門嗎？」

「對，那個門。」

他們必須先逃過檢查的這一關。

我覺得他們三人都沒膽考慮，萬一地下室被指定為防空洞的話該怎麼辦。

莉賽爾彷彿受到嚴刑拷打，膝蓋、胸膛、手上的肌肉都受到拷打。

爸爸坐在餐桌前，羅莎待在角落默禱，

修柏曼一生中最漫長的三分鐘

他們聽著那個納粹黨員在地下室走動的聲音，聽到捲尺的聲音。莉賽爾一直在想，想著麥克斯坐在樓梯下方，抱著塗鴉本縮頭縮腳，將本子摟在胸前。

爸爸站起來，他又有點子了。

他走到通道大喊：「下面一切都可以吧？」

答覆沿著麥克斯．凡登堡頭頂上方的樓梯傳上來。「大概再一分鐘就好！」

「要不要來杯咖啡？還是茶？」

「不了，謝謝你。」

爸爸回到廚房，他命令莉賽爾拿本書來，命令羅莎開始煮飯，他認為他們最不該做的事情就是一臉焦慮坐著。「喲，行了吧。」他大聲吆喝：「快去，莉賽爾，我才不管妳的膝蓋有多痛，妳必須把那本書唸完，妳自己說過的。」

莉賽爾努力使自己不要突然哭出來。「知道了，爸爸。」

「那還杵在那做什麼？」她看得出來，爸爸費了好大的勁才對她眨了個眼睛。

到了走道，她差點撞上了那個納粹黨員。

「跟妳爸爸鬧彆扭嗎？嘿嘿，不要在意，我跟我自己的小孩也一樣。」

他們各自走開。莉賽爾一回到房間關上門，不顧腳會更痛，直接跪倒在地上。她一開始先聽見納粹黨傢伙斷言地下室深度太淺。他說了再見，又朝著通道說了一聲：「再見囉，抓狂的足球員。」

她猛然想到自己忘了禮貌，趕緊補上：「再見！」

《夢的挑夫》在她手中越來越燙。

根據爸爸的說法，那個納粹黨員一走，羅莎腳一軟，就在爐灶旁倒了下去。

他們先去莉賽爾房間，然後一塊走到地下室，移開巧妙佈置的罩布與油漆罐。麥克斯坐在樓梯下，手中用拿刀的方式握住生鏽的剪刀，他腋下的衣服溼透了，受了傷似的話語從他嘴裡掉出來。

「如果被發現的話，我不會用剪刀的。」他小聲地說：「我……」他把生鏽的剪刀抵著前額。「我好對不起你們，讓你們承受這種壓力。」

爸爸點起一根菸捲，羅莎拿過剪刀。

「你活著。」她說：「我們都活著。」

已經來不及說抱歉的話了。

竊笑男

幾分鐘之後，門口又響起敲門聲。

「天啊，又來了！」
焦慮之情立刻重返心頭。
他們藏好麥克斯。
羅莎步履艱難地爬上地下室的樓梯。但是這次她打開門一看，外面不是納粹黨的人，不是別人，是魯迪．史坦納。他站在那裡，帶著一頭黃色金髮與一片好意。「我只是過來看看莉賽爾怎樣了。」
莉賽爾聽見他的聲音，動身爬上樓梯。「這個我可以應付得來。」
「她男朋友。」爸爸對油漆罐說，吐出一口煙霧。
「他不是我的男朋友。」莉賽爾反駁，但是她並沒有氣惱，經歷了剛才的千鈞一髮，她不可能為此生氣。「我上樓去是因為媽媽隨時都可能破口大喊。」
「莉賽爾！」
她爬到第五個階梯。「聽，來了吧！」

她到了門口，魯迪侷促不安動來動去。「我只是過來看看，」他說下去。「那是什麼味道？」他用力嗅著。「妳在屋裡抽菸嗎？」
「噢，我剛剛跟爸爸坐在一塊。」
「妳還有菸捲嗎？搞不好我們可以拿一些去賣。」
莉賽爾沒有心情偷東西，她把聲音壓低到媽媽聽不見。「我不能偷爸爸的東西。」
「但是妳偷別人的東西啊。」
「你最好給我講話再大聲一點。」

魯迪竊笑。「偷東西是有多嚴重？妳怕成那付德行。」

「說的一副好像你沒偷過東西一樣。」

「我是偷過。不過妳聞起來就有小偷的味道。」魯迪當真認真起來了。「也許，那根本不是菸味。」他靠過去，接著露出微笑。「我可以聞到罪犯的味道。妳該洗澡了。」他回頭對著湯米・繆勒大叫：「嘿，湯米，你應該過來聞聞這個味道。」

「你說什麼？」你得相信湯米的話是真的：「我聽不到你說的！」

魯迪朝著莉賽爾搖搖頭。「沒用的傢伙。」

她準備關起門來。「給我滾，豬頭，你是我現在最不需要的人！」

魯迪得意洋洋準備走回馬路，走到信箱的時候，他想起了他一直想要查證的事情是什麼了，他退回幾步路。「一切都好嗎，母豬？我是說傷口？」

當時是六月，他們身在德國。

衰亡已經開始了。

莉賽爾並不知道。對她而言，她家地下室的猶太人尚未被發現，她的養父母沒有被帶走，她個人在這兩件事情上出了很多力。

「一切都好。」她回答道，她指的並不是可以用言語形容的足球傷口。

她很好。

死神日記：巴黎人

夏天來了。

對偷書賊來說，一切都順利得很。

對我，天空是猶太人的顏色。

當他們的身體停止找尋門上的隙縫，當他們的靈魂冉冉上昇，當他們的手指在木頭上刮出痕跡，或者指甲在情急之下使勁插入了木頭中，他們的魂魄朝著我而來，來到我的手臂上。我們爬出那些淋浴設施，[5]爬上屋頂，往上攀升，攀升至壯闊的來世。

我永遠忘不了抵達奧許維茨集中營的第一天，[6]到訪茂特豪森集中營的第一趟。[7]在茂特豪森，當時間緩緩流逝，他們的逃亡計畫慘烈失敗，我從峭壁底拾起他們的靈魂，谷底有粉身碎骨的屍體，還有了無氣息的心臟。然而，這樣的死法比毒氣室好多了，有些人才跌落至半空中，我就已接住他們。救到你了，我心想。我在半空中接住了他們的靈魂，而他們生命剩餘的部分，也就是臭皮囊，則筆直落到地面。他們每個人都好輕盈，像是挖空的核桃殼。那些地方的天空煙籠霧鎖，聞起來有暖爐的味道，但是卻仍舊那樣的淒冷。

一想起這些，我就打寒噤，因為我不想面對這些事實。

我朝著雙手呵氣，想使手溫暖起來。

但是，當靈魂還在發抖的時候，我很難讓手心暖和。

上帝。

想到這裡，我總是喊著這個名字。

上帝。

我喊了兩次。

我唸著祂的名字，也不指望祂能理解。「但是，你的職責不在於理解。」回答的是我本人，上帝從來不說話，你還以為自己是祂唯一沒有回應的人嗎？「你的職責是……」我不再聽從自己。因為坦白說，我討厭我自己。我一這樣想，就變得筋疲力竭，而我沒有時間讓自己沉緬於疲勞中，我必須繼續工作，死神不等人的。雖然我說的並非世上每一個人，但是對多數人來說，死神不會等待的；就算等候，也不會等太久。

一九四二年六月二十三日，在波蘭，有一群法籍猶太人關在德國人管理的監獄裡。我帶走的第一個人離門口很近，他的心智先是全速行進，然後減慢速度，變成踱步，然後慢下來，慢下來……

那天我拾起每個靈魂，好像這些靈魂才剛出生似的。請相信我的說法，我甚至還吻了幾張中毒的疲倦臉頰，我傾聽他們最後喘著氣的喊叫，聽著漸漸聽不見的話語，我看著他們對愛的憧憬，將他們由恐懼之中釋放出來。

我把他們全都帶走。如果我真有需要轉移注意力一下的時候，就是這個時刻。我滿心淒涼地看看上方的世界，我望著天空由銀色轉成灰色，接著轉成雨的顏色，就連浮雲也想要掙脫。

有時候我會猜，雲端上面是怎樣的景象，雖然心知肚明太陽是金黃色的，無邊無際的大氣層是一隻巨大的藍眼睛。

他們是法國人，他們是猶太人，他們就是你。

①西元七十九年，義大利境內維蘇威火山（Vesuvius）爆發史上最著名的噴發，吞沒了今日已挖掘出的龐貝城（Pompeii），死亡人數估計達兩千人左右。
②西元一三四六年，俗稱黑死病的流行性淋巴腺鼠疫席捲歐洲，短短數年間，四分之一的歐洲人口病死。

③ Lübeck。德國北部古城，現已列入聯合國教科文組織的世界文化遺產保護名單，亦是英國皇家空軍於二次世界大戰期間，第一個大規模轟炸的德國城市。

④ 德文為 Luft Schutz Raum。

⑤ 許多納粹集中營的毒氣室偽裝成淋浴間，毒氣由淋浴設備中洩出。

⑥ Auschwitz。位於波蘭境內。

⑦ Mauthausen。位於奧地利多瑙河畔，是德國在國境外所建立的第一座集中營。

7 杜登大辭典

主題：香檳與手風琴——三部曲——幾場警報——偷天空的盜賊——
提議——長途步行到達考——平靜——還有，笨蛋與兩個穿大衣的人

香檳與手風琴

一九四二年的夏天，墨沁鎮正為著必然發生的事情預作準備。還是有人不願相信，這個位在慕尼黑郊區的小鎮可能成為空襲的目標。但是大多數居民都心知肚明，問題不是「假使空襲發生的話」，問題是「空襲何時發生」。他們把防空洞的標記做得更明顯，把窗戶漆成黑色，使得晚上屋內的光線不會透出，人人都知道離家最近的地下室或是地窖在哪裡。

對漢斯．修柏曼而言，這個緊張的局勢暫時幫了他一把。在這時節欠佳的日子，他的油漆生意沒頭沒腦好轉起來，家有百葉窗的人家拼了命也要僱他來把窗戶漆成黑色。他遇到的問題是，黑色油漆一般是用來調色，增加其他顏色的濃淡度，結果黑色油漆很快就用完了，而且補貨不易。但是他具有好工匠應有的本領，

一個好工匠可用的招數繁多，他投機取巧，在油漆中加進煤屑攪拌均勻。墨沁鎮很多房屋窗戶裡的光線，都因為他的功勞，才免於被敵人的眼睛發現。

有工作的日子，莉賽爾偶爾陪他一塊上工。

他們用手推車帶著油漆在鎮上來去。有些街道上，他們看見忍飢挨餓的人們，在其他的地方則又因當地的富裕生活而搖頭嘆息。好幾次在返家途中，身無分文又帶著孩子的婦女跑出屋外，懇求漢斯為她油漆家中的百葉窗。

「哈菈太太，不好意思，我沒有黑色油漆了。」他先這麼回答，但是走了幾步路之後，他總是會忍不住。高大的他站在長長的街道上，「明天。」他下了承諾：「一早就來。」第二天，天才破曉，他人已經在那兒油漆百葉窗了。他分文不收，或者只吃片餅乾，喝杯溫熱的茶。在前一天的夜裡，他已經找到把藍色、綠色、米黃色油漆變成黑漆的新法子。他從不要那些居民把家裡的毛毯拿來遮住窗戶，因為他知道冬天來了之後，他們就需要毛毯。大家也知道，他願意為了半根菸捲替人油漆窗戶，他坐在屋前的台階上，與屋主分著一根菸抽，笑聲與菸霧在談話之中冒出，抽完菸後，他們才繼續前往別的地方工作。

莉賽爾．麥明葛後來記下這些故事，我清楚記得那個夏天她記下來的是什麼故事。因為年代久了，許多字句都褪色了，紙張在我口袋裡磨損。不過，我卻記得好多文字。

莉賽爾所寫文字的一小段例子

那個夏天是一個新的開始，一個新的結束。

當我回想起那段時間，我想起自己沾滿油漆、滑溜溜的雙手，

還有爸爸在慕尼黑街上走動的腳步聲。

同時，我知道一九四二年有一小段夏天時間只屬於一個男人，

有誰會為了半根菸捲的代價為人上漆呢？
只有爸爸，那是爸爸會做的事情。我愛他。

每天他們一塊兒工作的時候，他就告訴莉賽爾他的故事，提到第一次世界大戰，說他歪七扭八的筆跡怎麼救了他一命，還談到他遇到媽媽那天的故事。他說，她曾經非常美麗，而且講話非常小聲。「很難相信，我知道，但是這是千真萬確的事。」她每天聽一個故事，若是同個故事他不止說了一次，她也會原諒他。

有時候，她做起白日夢，爸爸就用刷子在她眉心中間輕輕刷一下。要是他失手了，刷子上沾了太多油漆，一道細細的油漆就從她鼻子旁邊淌下。她哈哈大笑，想要以牙還牙，但是漢斯．修柏曼工作認真，才不會讓人搶走他的刷子。只有在工作的時候，他才有充沛的活力。

不管何時，當他們休息吃點東西，喝點飲料的時候，漢斯彈著手風琴，這就是莉賽爾記憶最深的部分。每天早上，爸爸推著或拉著油漆車，莉賽爾則抱著手風琴。「我們可以忘記帶油漆，」漢斯告訴她：「但不要忘了帶手風琴。」當他們停下來吃東西，他切開麵包，抹上配給到的少許果醬，或者在上面擺一小片肉。他們坐在油漆罐上一起吃，爸爸嘴裡最後幾口食物還在咀嚼，就會先揩乾淨手指，鬆開手風琴琴盒的扣鐶。

麵包屑落在他工作服的摺縫裡，沾著油漆漬的雙手在按鈕上四處活動，在鍵盤上平行移動，或壓住某個音符良久。他的手臂操縱著風箱，提供樂器呼吸的空氣。

每天，莉賽爾兩手擱在膝蓋上坐著，沐浴在斜陽中。她希望那段歲月中的每一天都不要結束。每當黑暗大步逼近，她就好失望。

刷油漆這個工作，莉賽爾覺得最有趣的就是調色。她跟多數人一樣，以為爸爸只要推著車子到油漆店或五金行就可買到需要的顏色，然後一走了之。她不知道原來大多數油漆都是一個個磚塊形狀的方塊，得用空的香檳瓶輾平。（漢斯解釋，香檳瓶是理想工具，因為香檳瓶子比一般酒瓶粗一點。）一旦油漆方塊輾平後，還要加上水、白堊粉、膠水等，更不用說調配正確顏色的功夫有多複雜。

爸爸的職業技巧讓莉賽爾尊敬他的程度更上一層，與爸爸一起分享麵包跟音樂是一件快樂的事情，但是瞭解到爸爸優秀的工作能力，更讓她覺得欣喜雀躍。能幹的男人深具吸引魅力。

爸爸解說調色技巧過後有一天，他們在慕尼黑街東邊一戶家境富裕的人家工作。中午才過不久，爸爸把莉賽爾叫進屋內。他們要動身前往下一個工作地點了，莉賽爾卻聽到他以少見的大聲音量說話。

進屋之後，莉賽爾被領到廚房，那裡有兩位年長婦人與一個男子，他們坐在精美時髦的椅子上，兩名婦人都盛裝打扮，男子則蓄著一頭白髮與籬笆般的鬢角。桌上放著高腳杯，裡面裝滿了滋滋冒泡的液體。

「來吧。」男子說：「一起喝吧。」

他拿起高腳杯，鼓勵在場其他人也舉杯。

那天的天氣候暖和，冰涼的杯子讓莉賽爾有點遲疑，她望著爸爸徵求同意。爸爸笑著說：「乾杯，丫頭。」杯子對碰，發出音樂般的聲響。莉賽爾剛把杯子舉到嘴邊，就讓嘶嘶冒泡、微甜的香檳給咬到了，她本能把口裡的東西往爸爸的工作服上吐，冒著泡沫的香檳淌下來，其他人哄堂大笑，漢斯鼓勵她再喝一口試試看。嘗試第二口的時候，她吞了下去，同時因為打破了平常的生活規矩，讓她覺得光榮得意。感覺真是太美妙了，氣泡好像在螫她的舌頭，扎她的胃，就連他們走往下個工作地點的時候，她都還可以感覺到肚子在發麻。

爸爸拉著推車告訴她，那些人說自己沒錢。

「所以你要他們付香檳？」

「不可以嗎？」他望向遠方，眼神顯露出前所未有的銀亮。「我不希望妳以為香檳瓶子只是用來輾油漆的。」他提醒莉賽爾：「就是別跟媽媽提這件事情，一言為定？」

「我可以跟麥克斯說嗎？」

「當然可以，妳可以告訴麥克斯。」

日後她在地下室寫下自己的故事，她發誓自己永遠不再喝香檳，因為香檳的滋味，永遠沒辦法像那個七月溫暖的午後如此美好。

手風琴也是一樣。

好幾次，她想請求爸爸教她彈琴，但是不知道為何總是沒有啟齒。也許有個直覺告訴她，她永遠無法彈得如同漢斯．修柏曼一樣。沒錯，就連世界上最出色的手風琴手也比不上漢斯，他們永遠無法與爸爸臉上那種漫不經心的專注相比，演奏者的嘴上也不會叼著一根刷油漆換來的菸捲，永遠無法以事後三個音節的笑聲來彌補彈錯的小地方，無法以他的風格辦到。

偶爾她在地下室醒來，耳朵聽見手風琴的樂聲，甘甜的香檳扎痛她的舌頭。

有時候她倚著牆壁坐著，熱切期待油漆像隻溫暖的手指，再次從她的鼻翼蜿蜒流下，或者渴望見到爸爸像砂紙般粗糙的雙手。

但願她能繼續這麼天真就好了。但願她能享有這麼深切的愛，不必刻意去感覺這份愛的存在，以為這份愛只是笑聲與抹上果醬的麵包。

那是她一生中最美好的時光。

然而，那是德國飽受地毯式轟炸的歲月。

可別搞錯了。

無拘無束又歡喜的快樂三部曲從夏天延續到秋天，然後嘎然而止，因為歡樂打開了道路，讓苦難進來。艱困的歲月到了。

像是遊行隊伍般來到。

《杜登辭典》解釋一

快樂：源自「樂」，欣悅滿意。

關聯詞：喜悅、開心、好運、順遂。

三部曲

莉賽爾工作的同時，魯迪在練習跑步。

他在修貝特體育場以順時鐘方向跑了一圈又一圈。整條天堂街的人，從街尾到街頭迪勒太太的店鋪，幾乎每個人都跟他比賽過。魯迪讓他們先起跑。

有幾次，莉賽爾在廚房幫忙媽媽，羅莎往窗外一看說：「那個小豬頭在忙什麼啊？一直在外面跑來跑去。」

莉賽爾走到窗戶邊。「還好他沒又把自己全身塗黑。」

「唔，那這還算好的，不是嗎？」

魯迪的動機

希特勒青年團運動會將於八月中旬舉辦，魯迪打算要贏得四項賽跑比賽：

一千五百公尺、四百公尺、兩百公尺，當然還有一百公尺。

他喜歡目前青年團的指導員，希望自己能討得他們歡心，而且他想要教訓教訓他以前的同志：法蘭茲．杜伊雀。

「四面金牌，」有天下午，莉賽爾跟魯迪在修貝特體育場跑步時，魯迪說：「就像杰西．歐文斯一九三六年那樣。」

「你怎麼還對他念念不忘？」

魯迪的腳步配合著呼吸節奏。「不是那樣。但是，那樣也不錯啊，不是嗎？可以證明給那些說我瘋子的混蛋瞧瞧，他們會知道其實我一點也不笨。」

「但是，你真的贏得了這四項比賽嗎？」

跑到跑道終點，他們漸漸停下來，魯迪雙手插在腰上。「我一定要贏。」

他練習了六個星期。八月中，運動會來臨，當天艷陽高照，萬里無雲。草地上站滿了希特勒青年團的成員與家長，穿著褐色襯衫的指導員也塞滿了運動場。魯迪．史坦納處於巔峰狀態。

「瞧，」他的手比過去，「法蘭茲．杜伊雀。」

在人群中，象徵希特勒青年團一切準則的法蘭茲．杜伊雀正在指示他所領導的兩位團員，團員點點頭，偶爾伸展伸展手腳，其中一個用手遮住照到眼睛的陽光，好像做出敬禮的動作。

「你想要打招呼嗎？」莉賽爾問。

「不，謝啦。我等下再打招呼。」

等我贏了之後。

他沒說出這句話，但那句話顯然存於魯迪的藍眼睛，以及杜伊雀指導選手的雙手之間。

首先是一定要舉行的繞場分列式。

國歌。

「希特勒萬歲」。

接著賽事開始。

魯迪所屬的分齡組集合，準備一千五百公尺賽跑，莉賽爾用德國的習俗祝他好運。

「祝你摔斷脖子摔斷腳，豬頭！」

依照習俗，祝人好運的時候要說反話。

男孩們在圓形操場的最遠一頭準備，有人做伸展操，有人集中注意力，剩下的人集合在那裡，是因為被迫參加比賽。

莉賽爾的身邊是魯迪的媽媽芭芭拉，她與魯迪的妹妹們坐著，薄毯上坐滿了小孩，還有雜草。「你們看得到魯迪嗎？」她問大家。「他是最左邊的那個。」芭芭拉·史坦納十分親切，頭髮永遠看來像是剛梳理過的樣子。

「哪裡啊？」一個女兒問，可能是貝蒂娜，年紀最小的那個。「我完全看不見他。」

「最後的那一個。不是，不在那裡，那邊那個才是。」

槍響與煙霧從發令員的訊號槍中施放，他們還在指認魯迪到底是哪一個。史坦納家的小孩都衝到跑道邊。

第一圈的時候，有七個小男生領先；到了第二圈的時候，剩下五個；再跑完一圈，剩下四個；進入最後一圈之前，魯迪都跑在第四位。一個站在右邊的男子說，跑第二順位的男孩看起來最有希望，因為他的個子最高。「妳等著瞧吧。」他對著他一臉尷尬的太太說：「剩下兩百公尺，他會衝過去。」這個男子錯了。

一名褐衣的高大工作人員通知參賽者只剩最後一圈，這個工作人員肯定沒有因為配給制度而餓到。領先的幾個男孩衝過終點線的時候，他大聲疾呼，加速趕上的不是跑第二位的，而是跑第四位的男生。而且他領先了兩百公尺。

魯迪跑啊跑。

不管跑到哪裡，他都沒有回頭看。

他就像一條彈力繩，一直拉開領先的距離，一直跑到其他人想贏得比賽的念頭啪地一聲斷掉了。其他三名跑者在他身後互搶後面的名次，他順著跑道跑下去。在最後一段直線跑道上，只見到一頭金髮與空曠的跑道。他過了終點線之後並沒有停下來，也沒有高舉雙手，連彎腰鬆口氣也沒，他又走了二十公尺的距離，然後才轉頭看著其他人跑過終點線。

返回家人身邊時，他先與他的指導員碰頭，然後遇上了法蘭茲．杜伊雀。兩個人點頭示意。

「史坦納。」

「杜伊雀。」

「看來，我命令你跑的那些圈數，不是白跑的啊？」

「好像是這樣。」

四面金牌到手之前，他是不會露出微笑的。

與未來有關的一件事情

魯迪不但已經被視為學校裡的好學生，還是天賦異稟的運動員。

莉賽爾參加了四百公尺賽跑，她跑了第七名。接著，她在兩百公尺預賽中跑出第四名的成績，她眼睛只看見跑在前頭的女孩子的小腿與上下搖晃的馬尾。在跳遠比賽中，沙子包圍腳掌帶給她的快樂勝過她的成績，擲鉛球也沒有讓她得意洋洋。她知道，今天是屬於魯迪的。

在四百公尺決賽之中，他一路領先直達終點。另外，他以些微的差距，贏得兩百公尺項目的金牌。

「你累了嗎？」莉賽爾問他，那時候已經過了正午。

「當然還沒。」他一面深呼吸，一面伸展他的小腿。「妳說什麼鬼話啊，母豬，妳知道個頭。」

一百公尺預賽開始集合，他慢慢站起來，落在其他小孩的後面，朝著跑道走去。莉賽爾追上去。「嘿，魯迪。」她拉拉他的袖子。「祝你好運。」

「我不累啊。」

「我知道。」

他對她眨了一下眼睛。

他累了。

魯迪在預賽中跑了第二名。又過了十分鐘，進行了幾項賽程之後，決賽準備集合。有兩名參賽男生看起來很厲害，莉賽爾隱約感覺到魯迪贏不了這場比賽。湯米．繆勒陪著莉賽爾站在欄杆邊，他在預賽中跑了倒數第二。「他會贏的。」他告訴她。

「我知道。」

不，他不會贏的。

決賽者抵達起跑線之後，魯迪跪下來，動手挖掘土洞。一個禿頭的褐衣男子隨即走去制止他。莉賽爾看著那個大人的手比畫來比畫去，魯迪揉搓雙手的時候，她見到泥土落到地面。

當決賽者聽從指令往前走，莉賽爾抓緊了欄杆。一個男生犯規偷跑，訊號槍鳴響兩下，那個人是魯迪。幹員又過來同他說話，魯迪點了點頭，若再犯規一次，他就出局了。

決賽者預備第二次起跑，莉賽爾全神貫注地看著。一開始莉賽爾幾乎不敢相信她眼睛見到的情況：又有人起跑犯規，又是同一個運動員所犯下的。莉賽爾幻想她會目睹一場完美的比賽：魯迪先落後，但在最後十公尺，他迎頭趕上，贏了比賽。而她實際所看到的，卻是魯迪被取消資格，被帶到跑道旁，被喝令站在那裡。只有他一個人留下，其他的男孩子都往前跨了一步。

他們排成一列開始起跑。

一個赭色頭髮的男孩子步伐很大，贏了第二名至少五公尺的距離。

魯迪還留在原地。

□

一天結束，太陽離開了天堂街，莉賽爾跟好友坐在人行道上。

他們什麼都聊，從一千五百公尺賽跑結束後法蘭茲．杜伊雀臉上的表情，聊到一個十一歲小女生輸了鐵餅之後大發脾氣。

就在他們各自回家之前，魯迪的聲音傳入她耳朵中，他告訴莉賽爾真相。真相先在她的肩膀停了片刻，她的頭腦裡轉過幾個念頭之後，真相傳入了她的耳朵裡。

魯迪的聲音

我是故意的。

莉賽爾聽懂了魯迪的話之後，只問了一個問題。「為什麼？魯迪？為什麼你要這樣子？」

他站起來，一隻手擱在腰上，沒有回答，只露出一種他自己心知肚明的微笑，然後懶洋洋地走回家。他們之後再也沒談過這件事情了。

莉賽爾日後常常好奇，若當時她逼問魯迪，那他的答案會是什麼呢？也許贏了三面金牌已經足以證明他想證明的，也許他擔心會輸掉最後一場比賽。最後，她接受的理由來自於她內心一個十幾歲少女的聲音。

「因為他不是杰西．歐文斯。」

她起身準備離開之際，注意到三個仿金的金牌放在她旁邊。她敲敲史坦納家的門，把獎牌遞給他。「你忘記拿了。」

「沒，我沒忘記。」他關上門，莉賽爾帶著金牌回家了。拿著金牌，她走到地下室，告訴麥克斯關於她好友魯迪的事情。

「他笨死了。」這是她的結論。

「沒錯。」麥克斯同意她的意見，但是我懷疑他是否有被魯迪唬到。

他們接著開始工作。麥克斯在本子上隨筆塗鴉，莉賽爾閱讀《夢的挑夫》。她已經讀到故事後面了，年輕的牧師遇到了一個神秘而優雅的女士，懷疑起自己的信仰。

她把書蓋在大腿上，麥克斯問她，什麼時候會唸完？

「最多再過幾天。」

「然後再唸一本新的？」

偷書賊看著地下室的天花板。「麥克斯，我可能會唸一本新書，」她闔上書本，身子往後一靠，「要是我運氣不錯的話。」

下一本書

你可能以為會是《杜登大辭典》，不是那本。

不是那本。那本辭典要到三部曲結束之前才會出現，現在才講到第二段故事。在這段故事中，莉賽爾唸完了《夢的挑夫》，另外偷了一本叫《黑暗之歌》的書。就和以前一樣，書是從鎮長家拿來的；不同的是，這次她獨自前往丘陵住宅區，魯迪沒有參與。

那天上午艷陽高照，滿空卷雲。

莉賽爾站在鎮長的書房裡，手指貪婪地撫摸著書，嘴裡默唸著書名。這次她已經熟悉到可以用手指滑過書架，就好像她以前首度走進這個書房的動作一樣。她的手滑過一排排的書架，嘴裡低聲唸了好幾本書的名字。

《櫻桃樹下》。

《第十個少尉》。

果然，許多書名都吸引她，但是在房間待了一兩分鐘之後，她勉強接受了《黑暗之歌》，主要是因為這本書是綠色的。她還沒有綠色的書。書皮上的刻字是白色，書名跟作者名字中間有一個長笛圖案的小標記。她拿了書，爬出窗戶，離開時說了聲「謝謝」。

魯迪不在身邊的時候，她總覺得少了什麼東西。但是那天早上，偷書賊莫名地心花怒放，她做自己的事情，在安培河畔讀書，遠離維克多．坎莫與亞述．伯格以前那幫人的總部。沒人出現，無人打擾，莉賽爾讀了《黑暗之歌》前面簡短的四章，開心快活。

她愉快又滿足。

因為自己漂亮地幹了一票。

一個星期後，快樂三部曲全都到齊了。

八月底，有份禮物出現了。事實上，應該說他們注意到一份禮物。

有天近傍晚時分，莉賽爾在天堂街上看著克莉蒂娜，繆勒玩跳繩，魯迪．史坦納騎著他哥哥的腳踏車經過，一個煞車之後，他停在她面前。「妳有空嗎？」他問。

她聳聳肩。「要幹嘛？」

「妳最好跟我過去一下。」他把腳踏車一扔，回家去牽另一輛。莉賽爾看見腳踏板在她面前轉啊轉。

他們騎上葛蘭德大道後，魯迪才停下來。

「嗯，」莉賽爾問：「什麼事情？」

魯迪手指一比。「到近一點的地方看。」

他們慢慢騎到視線比較開闊的位置。在一棵青色雲杉長滿了針葉的枝幹後面，莉賽爾注意到緊閉的窗戶，然後看到了屋內倚在玻璃窗上的東西。

「那個是……？」

魯迪點點頭。

他們盤算了好幾分鐘，才同意有必要動手。那件物品顯然是蓄意放在那裡，就算是個陷阱，也值得一偷。

莉賽爾站在滿是塵土的青色樹枝之間，她說：「一個偷書賊是會下手的。」

她拋下腳踏車，注意街道動靜，然後穿過庭院。雲朵的陰影埋藏在微暗的草葉間，這些陰影是讓人中計的陷阱嗎？還是可供人躲藏的一小塊有遮掩之地呢？她的想像力帶著她滑進其中一個陷阱，落入鎮長本人討厭的手中。不管怎樣，這些念頭起碼分散了她的焦慮，她比預期的還早抵達窗戶。

此時就像重演偷竊《吹哨客》的過程。

她的手心因為緊張而發燙。

胳肢窩滲出一絲絲汗水。

她抬起頭看到了書的名字，《杜登大辭典》。她立即返回魯迪身邊，以嘴型默念說：「一本辭典。」他聳聳肩膀，攤開雙手。

她按部就班著手，往上扳開窗戶，心中還一直在猜想，如果從屋內往外看會是怎樣的情景。她想像會看見自己偷書的手伸高，把窗戶扳上去，直到書自動掉落下來為止。書像一棵要倒塌的樹木慢慢落下。

拿到了。

幾乎沒有引起騷動或發出聲響。

書就這樣掉下來了。她用另一隻手接住，還平穩地關上窗戶，接著轉身經過地上雲朵所作成的陷阱，走回魯迪身邊。

「幹得漂亮。」魯迪一面說，一面把腳踏車交給她。

「謝謝你。」

他們倆人往街角方向騎去，到了那裡，那天最重要的大事出現了。莉賽爾明白，又是那種感覺，那種被監視的感覺。她的內心有股聲音在踩動踏板，踩了踏板兩圈。

看一下窗戶，看一下窗戶。

她不得不看一眼。

內心的聲音強逼她。

就像身上有地方在發癢，亟需用指甲抓一抓，她覺得有股停下來的強烈欲望。

她兩腳踩到地上，轉頭面向鎮長的房子，看著書房的窗戶。她看到了，她確實應該知道這就是會發生的事情，但是，當她親眼見到鎮長夫人站在玻璃窗後，她還是無法掩飾內心的震驚。夫人的身影是這麼清楚可見，站在那裡，她蓬鬆的頭髮一如往昔，她的眼神、嘴吧、神情都流露出傷悲。她看到了。

她以非常慢的速度舉起手，對街上的偷書賊招手，一個沒有動作的招手動作。

震驚之餘，莉賽爾什麼也沒對魯迪說，也沒對自己說。她鎮定情緒，然後舉起手，對窗戶裡的鎮長夫人打招呼。

《杜登辭典》解釋二

原諒：不再生氣、憎惡、或憤慨。

關聯詞：赦罪、無罪開釋、減刑。

回家途中，他們停在橋上檢查那本厚重的黑皮書。魯迪很快翻了幾頁，發現一封信。他拿起信，慢條斯理轉向偷書賊。「上面有妳的名字。」

河水川流不止。

莉賽爾收下信紙。

信

親愛的莉賽爾：

我知道妳覺得我值得同情，面目可憎（如果不知這詞彙的意思，請查辭典），但是我必須要告訴你，我沒笨到看不出書房出現了妳的腳印。當我發現第一本書不見的時候，我以為只是自己放錯位置了。但是後來就著光線，我見到地板上的腳印。

我就笑了。

我很高興妳拿走妳應當擁有的書。我當時沒有多想，還以為事情就這樣結束了。

等妳再次進來，我本來理當生氣，但是我沒有。上次我聽到妳的聲音，不過我決定不去驚動妳。妳每次只拿一本書，所以妳得來一千次之後才可以把全部的書通通拿走。我只希望有天妳會敲敲前門，用比較文明的方式走進書房。

我再度表示歉意，因為我們不能再雇用妳的養母了。

最後，我希望妳在閱讀偷來的書籍時，會發現這本字典對妳有所助益。

依爾莎．赫曼 謹上

「我們該回家了。」魯迪建議，但是莉賽爾不肯走。

「你可以在這裡等我十分鐘嗎？」

「當然好。」

□

莉賽爾舉步維艱，走回葛蘭德大道八號，坐在她熟悉的前門入口。書雖然留在魯迪手上，她卻拿了信。她的手指撫摸著對摺的信紙，身旁的台階變得越來越陡峭。她四度想以手敲敲令人畏懼的大門木板，但是她辦不到。她能做到的只有把關節輕輕放在溫暖的木板上。

弟弟又出現了。

他站在台階的最下層，膝蓋上的傷已經好了。他說：「去啊，莉賽爾，敲門。」

她再次逃開。不久之後就遠遠看見魯迪站在橋上的身影，風吹過她的髮，她的雙腳隨著踏板打轉。

莉賽爾．麥明葛是個罪人。

不過，她的罪行並不是她爬進去敞開的窗戶，而且偷了好多書。

妳應該敲門的，她心想。雖然她感到深切的罪惡感，她也浮現了孩子氣的笑顏。

她一面騎著車，一面拼命告訴自己一件事情。

妳不應該這麼快樂，莉賽爾，真的不應該。

快樂可以用偷的嗎？或者，這只是另一項人類與生俱來的使壞本領呢？

莉賽爾聳聳肩，甩開這些念頭。她過了橋，叫魯迪動作快點，而且不要忘記拿書。

他們騎著生鏽的腳踏車回家。

他們騎了兩三哩的路回家，他們從夏天騎到秋天，從寧靜的夜晚騎到了慕尼黑受到轟炸後的嘈雜煙霧中。

空襲警報聲

漢斯用夏天賺來的一點錢買了台二手收音機回家。「這樣，」他說：「空襲來的時候，我們在警報還沒響之前就可以先收聽到消息。廣播會先播放咕咕、咕咕的聲音，然後宣布危險的地區。」

他把收音機放在廚房餐桌上，轉開收聽。為了配合麥克斯，他們也試過在地下室收聽，不過喇叭裡除了斷斷續續的靜電干擾之外，什麼也聽不到。

九月，他們睡覺的時候並沒有聽見收音機傳出任何咕咕聲。可能是收音機已經快壞了，或者是廣播聲音一下了就讓空襲的尖銳警報聲給淹沒了。

莉賽爾在睡夢中，一隻手輕輕碰了她的肩膀。

爸爸的聲音出現，語氣中流露出恐懼。

「莉賽爾，醒來，我們得離開這裡。」

莉賽爾的睡眠被打斷，她迷惘地醒來，勉強分辨出爸爸的輪廓。唯一真正清楚的是他的聲音。

他們在走廊上停下來。

「等一下。」羅莎說。

他們穿過黑暗衝到地下室。

煤油燈亮著。

麥克斯從油漆罐與防漆罩布後頭側著身子露出臉，他的神色疲倦，拇指緊張地勾著褲子。「你們該走了，是嗎？」

漢斯走過去。「對，要走了。」他握握麥克斯的手並拍拍他的手臂。「我們一回來就來看你，行吧？」

「那當然。」

羅莎擁抱麥克斯，莉賽爾也抱了一下。

「麥克斯，再見。」

幾個星期前，他們曾經討論過，應該全部一塊留在自家的地下室，還是三個人沿著馬路走到一戶姓菲德勒的人家去。麥克斯說服了他們。「他們說過，這裡不夠深，我已經讓你們承受太多危險了。」

漢斯點點頭。「可惜我們不能帶你一塊去，真是遺憾。」

「事情本來就是這樣。」

在屋子外頭，警報對著家家戶戶狂吼。眾人離開屋子，有人跑著，有人蹣跚而行，也有人怕得直往後退。夜空注視著人群，有些人回望夜空，想要找到飛過天空的轟炸機。

亂糟糟的人群沿著天堂街前進，人人都使勁搬著自己最珍貴的家當。對有些人來說，最珍貴的是小孩，有些人則拿著一疊相片簿或是某個木盒子，莉賽爾把書夾在手臂跟肋骨之間。侯莎菲女士雙眼突出，邁著小步，奮力扛著一只皮箱，吃力地走在人行道上。

爸爸什麼都忘了拿，連他的手風琴也不管。他衝回侯莎菲女士身邊，把她緊抱著的皮箱搶下來。「耶穌、瑪麗亞、約瑟、我的這些老天爺，你這裡面裝的是什麼啊？」他問：「鐵砧嗎？」
侯莎菲女士跟著他往前走。「生活必需品。」
往下走的第六棟屋子中住著菲德勒一家。他們一家四口，全是小麥色的金頭髮，標準的德國人種眼睛。更重要的是，他們家的地下室很深。可供二十二個人擠進去，包括了史坦納一家、侯莎菲女士、菲菲庫斯、一個年輕人，還有一家姓傑森的。為了維護公共秩序，有鑑於羅莎．修柏曼與侯莎菲女士之間的樑子很深，她們兩人被隔開。
一顆燈泡從天花板上吊下來，地下室又濕又冷，牆壁凹凸不平，不斷戳弄著大家的背脊。人人站著說話。模糊的警報聲不知怎麼從遠處傳入，大家聽著變調的警報聲滲進地下室裡面。雖然他們擔心防空避難所的安全性，但是至少空襲結束的時候，他們能夠聽見三響解除警報聲，知道空襲已經結束了，安全已無疑慮。他們無需空襲督導員的協助。
魯迪立刻找到莉賽爾，挪到她身邊站著，他的頭髮往天花板上翹。「這裡不錯吧？」
她忍不住要譏諷他。「太舒服了呢。」
「唉，別這樣，莉賽爾，不要這樣講話。除了我們被壓扁、被炸開，還有炸彈能做的破壞以外，還可能發生什麼更慘的事情嗎？」
莉賽爾環顧四週，一一打量臉孔，開始編排一份「最害怕的人是誰」名單。

「最害怕的是誰」人氣排行榜

一、侯莎菲女士
二、菲德勒先生

三、那個年輕人

四、羅莎・修柏曼

侯莎菲女士的眼睛睜得斗大，瘦削的身軀佝僂著，嘴巴形成圓形。菲德勒先生忙著詢問他人的感受，有時候還重複問到同一人。年輕人叫做羅夫・舒茲，自個兒躲在角落，對著四周的空氣默念，雙手牢牢插在口袋裡。羅莎前後搖動，動作非常輕柔。「莉賽爾，」她低聲喊道：「來這裡。」她從背後環抱住莉賽爾，牢牢抓著她。她唱著一首曲子，音量小到讓莉賽爾聽不清楚，曲調隨著她的呼吸而生，在她唇邊就已死亡。爸爸待在她們身邊，沉默不語，一動也不動。後來，他把溫暖的手放在莉賽爾冰冷的腦袋瓜上，那隻手告訴她：妳不會死的。這句話說的沒錯。

他們的左手邊是艾立克・史坦納與他的妻子芭芭拉，還有他家最小的兩個小孩：艾瑪跟貝蒂娜，兩個小女孩貼著媽媽的右腿。老大庫爾特以標準的希特勒青年軍姿勢凝望著前方，手牽著比實際七歲年齡看來還小的卡琳，十歲大的安娜瑪莉玩著水泥牆的凹凸表面。

史坦納一家的右邊則是菲菲庫斯與傑森一家。

菲菲庫斯忍著不吹口哨。

留著鬍子的傑森先生緊緊抱住妻子，兩個孩子時而說話，時而安靜，兩人偶爾逗弄對方，不過真快要吵起來的時候，就又控制住自己。

過了十分鐘左右，大家注意到地下室呈現某種停滯不動的狀態，眾人的身軀焊接在一塊，只會改變腳的位置或承受的壓力，臉上肌肉靜止不動。他們望著彼此，等待著。

《杜登辭典》解釋三

恐懼：由於預期或察覺到危險而感覺到強烈的不安情緒。

在別的防空洞裡，有些人唱著國歌《德意志人之歌》，有人在自己呼出的污濁氣息中吵架。在菲德勒家的防空洞裡，沒有這樣的事情，那兒只有恐懼與擔憂，還有死在羅莎．修柏曼硬紙板似嘴中的曲調。解除警報響起，通知空襲結束之前，艾立克．史坦納（他是個面如木板般無表情的男人）把小孩從妻子腿邊哄騙過來，他伸手抓住兒子空空的手，庫爾特依舊帶著堅忍的表情凝視前方，他一手握住父親，另一手溫柔地抓牢妹妹的手。不久，地窖之中，每個人都握著另一人的手，一群德國人圍成一圈，冰涼的手慢慢溫暖起來，有人感受到他人蒼白僵硬的皮膚表層傳來的脈搏跳動，有人閉上眼睛等待最後的結局，或者期待著空襲終於結束的信號。

他們的人生是否理當更美好呢？這些人？有多少人因為希特勒的短暫凝視而神魂顛倒，而積極迫害他人，重複他的句子，他的文字章節，他的著作？藏了個猶太人的羅莎．修柏曼要負責任嗎？或是漢斯？他們全都該死嗎？這些孩子們？

我當然不能讓這些問題迷惑我，可是我對每個問題的答案都很有興趣。而我只知道，除了年紀最小的幾個孩子以外，那天晚上，每個人都感覺到我的存在。他們想到我，聽見我的消息，想像我的腳走進廚房，走到通道。

這種情況常常發生在人類身上。當我在偷書賊的文字中讀到這些人的反應，我憐憫他們，儘管我對他們的憐憫，不如我從集中營拾起靈魂時感受到的同情那般深切，但地下室的德國人毫無疑問是值得同情的。不過，他們至少還有機會。地下室不是淋浴間，他們沒有被送去洗澡。對於地下室的人來說，生命仍有實現的機會。

在不規則的圓圈裡，時間在汗水中流逝。

莉賽爾握住魯迪與媽媽的手。
只有一個念頭讓她憂心忡忡。
麥克斯。
若是炸彈落到天堂街，麥克斯還能活嗎？
她還顧菲德勒家的地下室，它比天堂街三十三號的地下室更堅固、更深。
她無聲地問爸爸。
你也在想著他嗎？
不論爸爸是否聽見這個無聲的疑問，他迅速地對莉賽爾點點頭。幾分鐘過後，預報和平重新來臨的三聲解除警報響起。
在天堂街四十五號的人如釋重負坐下。
有些人先緊閉雙眼，然後才又張開。
一根菸捲傳來傳去。
正當魯迪．史坦納要把這根菸送到嘴裡，他的爸爸一把奪下。「你不可以抽，杰西．歐文斯。」
小孩子抱著父母親。幾分鐘之後，他們才明白自己還活著，他們會活下去，這才移動雙腳爬上階梯，走上賀伯特．菲德勒的廚房。
屋子外面，一行人安靜順著馬路走回家。許多人仰起頭感謝上帝保住他們的生命。
修柏曼一家回家之後，直接往地下室走去，麥克斯卻不在那裡。在微弱昏暗的燈光下，他們沒有看見他，也沒聽見回應。
「麥克斯？」
「他不見了。」

「麥克斯，你在嗎？」

「我在這裡。」

他們原先以為這句話是從防漆罩布與油漆罐後方傳出來的。但是，莉賽爾首先發現他就在眼前，油漆工具與罩布遮蔽了他的倦容，他坐著，眼神與嘴角露出受驚的表情。

他們走過去，麥克斯又說話了。

「我忍不住……」他說。

回答他的是羅莎，她蹲下去看著他。「你在說什麼，麥克斯？」

「我……」他吞吞吐吐說：「一切都安靜下來之後，我到走廊，客廳的窗簾有一道小縫隙……我看到外面，看著屋外的景象，只看了幾秒鐘。」他已經有二十二個月沒看過屋外的世界了。

沒有氣憤，沒有責備。

爸爸啟齒問他。

「外面看起來怎樣？」

麥克斯又悲痛又驚惶地抬起頭，「外面有星星，」他說：「星光刺痛了我的眼睛。」

他們四個人。

兩個人站著，兩個保持著坐姿。

那天晚上，他們全都領悟到許多事情。

這是真的地下室，這時大家才感受到真實的恐懼。麥克斯情緒穩定之後，他站起來往罩布後面移動，並祝大家晚安。然而，他們沒讓麥克斯回到地下室，莉賽爾得到媽媽的允許，陪伴麥克斯直到天明，她閱讀《黑暗之歌》，而麥克斯在他的本子上畫畫、寫字。

從天堂街的一扇窗戶看出去，他寫道，星光縱火燒了我的眼睛。

事後發現，原來第一場空襲只是假警報。若是有人想等著看轟炸機飛過，他們會站上整個晚上而沒看到東西。這就說明了為什麼收音機沒有發出咕咕、咕咕的聲音。《墨沁快報》報導，有個高射砲的射手，由於情緒過度激動，信誓旦旦地說自己聽見了飛機的聲音，看到飛機出現在地平線外，因此他送出了警報。

「他可能是故意的。」漢斯．修柏曼指出這點，「你會想要坐在高射砲塔上，對著攜帶炸彈的飛機射擊嗎？」

沒錯，當麥克斯在地下室閱讀這則報導的時候，報導上面說，這位有著古怪想像力的男子，已經由原本的工作崗位引咎辭職了，被派到其他單位做事。

「祝他好運。」麥克斯說，他似乎可以理解此人的舉動。他翻到下一版開始做填字遊戲。

下一次空襲是來真的。

九月十九日晚上，收音機傳出咕咕、咕咕的聲音，緊接著一個低沉的聲音通知大家，墨沁鎮也被列為可能的目標。

天堂街上再次排了一長串的人，爸爸也再度留下他的手風琴，媽媽提醒他帶著，但是他婉拒了，他解釋說：「我上次沒有帶，所以我們才活下來了。」戰爭顯然模糊了邏輯與迷信之間的界線。

詭異的氣氛跟隨著他們直到菲德勒家的地下室。「我覺得今天晚上是來真的。」菲德勒先生說。小孩們注意到，這回爸爸媽媽甚至更擔心害怕，當房子在晃動的時候，最小的幾個只能做出他們唯一知道的反應：嚎啕大哭。

即使身在地下室裡，他們恍惚聽見炸彈咻咻落下的音調，氣壓像是天花板似地往下沉，好像要把世界輾碎。墨沁鎮空曠的街道被咬去了一大塊。

羅莎激動地握著莉賽爾的手。

小孩子哭喊的聲音像在拳打腳踢。

儘管魯迪筆直地站著，偽裝出冷靜的表情，他也因惶恐的氣氛而情緒緊繃。眾人的手臂與手肘碰來撞去，幾個大人想要安撫嬰孩，其他人則徒勞無功地安撫自己。

「叫那個小孩閉嘴！」侯莎菲女士吵著，但是她的話只是防空洞一片混亂激動中又一個無助的聲音罷了。小孩的眼睛流下污穢的淚水，空氣中混雜了悶了整天的口腔氣味、腋下的汗味、舊衣物的臭味，都在醃泡著人類的大汽鍋中燉煮。

莉賽爾就坐在媽媽身旁，她仍不由得大喊：「媽媽？」再喊一次：「媽媽，妳快要把我的手壓碎了！」

「什麼？」

「我的手！」

羅莎放開她的手。莉賽爾為了讓自己心情平靜，不去理會地下室的喧囂聲，她翻開一本書開始朗讀。放在最上面的是《吹哨客》，她大聲唸出聲音好讓自己專心。唸第一段的時候，她耳朵聽不到自己的聲音。

「妳說什麼？」媽媽喊她，但是莉賽爾並沒有理會，她繼續專心朗讀第一頁。

等她翻到第二頁，魯迪是第一個注意到莉賽爾正在朗誦故事的人，他輕輕拍拍哥哥跟妹妹們，要他們學他聆聽莉賽爾說故事。漢斯．修柏曼往莉賽爾身邊走近一步，然後大喊一聲，擁擠的地下室中，一個人接著一個人安靜下來。到了第三頁的時候，除了莉賽爾以外，每個人都默不出聲。

她不敢抬頭看，但是她可以感覺到，當她費力辨識書上文字，輕輕唸出聲的時候，大家恐懼的眼睛盯著她瞧。有個聲音在她內心彈奏著曲調，這聲音告訴她，這就是妳的手風琴。

翻書的聲音把她演奏的曲調切成兩半。

莉賽爾不斷唸下去。

她至少為眾人說了二十分鐘的故事，她的聲音安撫了最年幼的幾個孩子，其餘的每個人都看到了吹哨客從犯罪現場逃跑的畫面。偷書賊莉賽爾卻沒有看見，她只見到文字的排列組合，這些字擱淺在紙張上，被踩平在地，好讓她走過去。走到句點與下一個大寫字母之間的缺口處，她想起麥克斯，她想起他病倒的時候，自己為他唸過書。她很想知道，此刻的他在地下室嗎？還是又偷偷瞥了一眼天空呢？

有趣的想法

一個是偷書賊，另外一個則偷了天空。

每個人都等待著地面晃動。

等待是不變的事實，不過，拿著書的女孩至少分散了大家的注意力。一名年幼的男孩本來打算又要放聲大哭，莉賽爾卻在那個時候停止唸書，她模仿著爸爸，也可說是模仿魯迪，她對小男孩眨眨眼睛，然後才繼續唸下去。

警報又傳入地下室之後，莉賽爾的朗讀才被人打斷。「我們安全了。」傑森先生說。

「噓！」侯莎菲女士說。

莉賽爾抬起頭，「這一章只剩下兩段就結束了。」她說，然後接著唸下去。她沒有誇張語氣，也沒有加快速度，只有文字從她嘴裡出來。

《杜登辭典》解釋四

文字：用以表示語言、承諾、短評之陳述或是對話的符號。
關聯詞：用語、名稱、措辭。

為了尊敬莉賽爾起見，大人們讓大家保持安靜，莉賽爾於是唸完了《吹哨客》的第一章。大夥要爬樓梯上去的時候，小孩子匆匆忙忙經過她的身邊，但是許多年長的人，甚至包括了侯莎菲女士、菲菲庫斯（多麼適合啊，想想看她唸的書的名稱），都對莉賽爾表示感謝，感謝莉賽爾讓他們轉移了注意力。他們一邊謝謝她，一邊倉卒上樓，趕緊離開屋子，去看看天堂街是否遭受破壞。

天堂街還是原貌。

唯一的戰爭跡象是一朵從東飄移到西的雲塵。它從窗外往裡窺探，想找到進入屋子的通道。雲塵變濃密的同時，也往四處散開，一大群人因此成了亡靈。

街上再也沒有人了。

人人都成了傳言，提著家當的傳言。

回到家，爸爸告訴麥克斯事情的經過。「煙霧跟塵埃還飄在空氣中，我覺得他們太早讓我們出來。」他轉向羅莎，「我該不該出去？去看看炸彈炸到的地方有沒有需要幫忙的？」

羅莎聽了並沒有感動。「別傻了。」她說：「你會被彈塵嗆到。不行，不行，豬頭，你給我留在這裡。」她想起一件事情，她表情認真地看著漢斯，事實上，她的臉上洋溢著驕傲。「你給我留在這裡，告訴他莉賽爾的事情。」她稍微提高音量說：「關於書的事情。」

她增強了麥克斯的注意力。

「《吹哨客》，」羅莎告訴他：「第一章。」她把防空洞中發生的事情一字不漏地說了。

莉賽爾站在地下室的一角，麥克斯望著她，一隻手摸著下巴。我自已以為，就是在此時此刻，他構想出他塗鴉本裡面下一個作品的主題。

《抖字手》。

他想像莉賽爾在地下室朗讀的模樣，他必然看到她把文字一一分發給眾人的模樣。不過，跟以往一樣，他必然也見到了希特勒的影子，他或許已經聽見希特勒朝著天堂街走來的腳步聲，頃刻間就會來到地下室。

大家靜默了好一段時間，等到麥克斯看似要開口的時候，莉賽爾搶先說了。

「你今天晚上有看到天空嗎？」

「沒有。」麥克斯望著牆壁，他的手一比，大家都看到了，牆壁上有他在一年多之前寫的字與畫的畫，那是一條繩索與滴著油漆的太陽。「今晚我只看到了那片天空。」那句話之後，沒有人再開口，只各自想著心事。

我不知道麥克斯、漢斯跟羅莎在想什麼，但我知道莉賽爾・麥明葛心底所想的。她在想，倘使炸彈真的炸了天堂街，麥克斯不但生還的機會比其他人低，而且他會孤單地死去。

侯莎菲女士的提議

一大早，眾人檢查了小鎮受毀的程度。沒有人死亡，但有兩排公寓大樓分解成石礫砌成的金字塔。魯迪最愛的希特勒青年團操場被挖出了一個大洞，半數的鎮民圍著這個大洞站著，他們猜測這個洞的深度，並與自己昨晚避難的防空洞相比。幾個男孩、女孩對著坑洞吐口水。

魯迪站在莉賽爾旁邊。「看起來他們好像需要再施一次肥。」

其後的幾個星期都沒有空襲，日子幾乎回復正常。不過，兩個真情流露的時刻就要到來。

十月的兩件事件

侯莎菲女士的手。

猶太人組成的行進隊伍。

她的皺紋好似會詆毀你的名譽，她的聲音簡直像要給你一頓棒打。他們運氣實在好，從客廳的窗戶先看見了侯莎菲女士走過來。她用手指敲門的聲音堅決有力，表示她是要來談正經事的。

莉賽爾聽見她最怕的話。

「去開門。」媽媽說。莉賽爾很清楚，她最好照著她的話去做。

「妳媽媽在家嗎？」侯莎菲女士詢問她。五十五歲的她，身體瘦削健壯，站在前門的台階上，她一再回頭張望街道。「妳娘那隻母豬今天有在家嗎？」

莉賽爾轉身大叫。

《杜登辭典》解釋五

機會：適合前進或進展的時機。

關聯詞：指望、機緣、好運。

羅莎隨即出現在她身後。「妳到這裡想做啥？妳現在也想在我廚房地板上吐痰嗎？」

侯莎菲女士完全沒被嚇唬倒。「這就是妳歡迎客人的禮貌嗎？沒水準！」

莉賽爾非常倒楣，夾在兩個人中間作夾心餅乾，只能等在那裡。羅莎把她從中間拉開，「那麼，要不要跟我說說看妳大駕光臨，有何貴幹啊？」

侯莎菲女士又看了一眼街上，接著轉頭說：「我想向妳提出一項提議。」

媽媽鬆懈了防備。「是這樣嗎？」

「那麼，妳問我幹嘛？」

「不是，不是向妳，不是。」她的聲音滿不在乎的，她不理會羅莎，眼光落在莉賽爾身上。「是妳。」

「唔，我至少需要妳的同意。」

莉賽爾暗忖：天啊，救救我，侯莎菲到底要我做什麼啊？

「我喜歡妳在防空洞朗誦的那本書。」

不行，妳不能拿去。莉賽爾打定了主意，「所以呢？」

「我希望能在防空洞聽完後面的故事，不過，我們現在好像是沒事了。」她轉轉肩膀，拉直腰背的鐵絲。

「所以我希望妳能到我那裡唸給我聽。」

「侯莎菲，妳好大的膽子啊，」羅莎正在考慮要不要發飆，「要是妳以為……」

「我以後不在妳門口吐痰。」她打斷羅莎的話，「我也可以把配給的咖啡給妳。」

羅莎決定不發飆了，「再加上一些麵粉才行。」

「啥？妳是猶太人嗎？我只給你咖啡，妳自己拿咖啡跟別人換麵粉。」

就這麼說定了。

大家談好了條件，卻沒問莉賽爾意見。

「那麼，很好，就這麼辦了。」

「星期一跟星期五，四點鐘。還有今天，現在。」

「閉嘴，死母豬，去，去拿妳的書。」媽媽又看著侯莎菲女士，「妳哪幾天方便？」

「媽媽？」

莉賽爾跟著侯莎菲女士整齊規律的步伐走到她的住處，她家的格局與修柏曼家一模一樣，只是稍微大了點。

莉賽爾坐在廚房桌子前面，侯莎菲女士對著窗坐在她的正前方。「唸。」她說。

「第二章？」

「不是，第八章。當然是叫你唸第二章！趕快給我唸，不然我把妳丟出去。」

「是，侯莎菲女士。」

「不要在那邊『是，侯莎菲女士。』給我翻開書，我們時間不多。」

莉賽爾心想：我的好老天爺啊，這就是我偷竊行為的懲罰吧，我終於被逮到了。

她朗讀了四十五分鐘。唸完第二章的故事後，一包咖啡已經放在桌上了。

「謝謝妳。」侯莎菲女士說：「故事很有趣。」她轉身面對爐灶，開始處理馬鈴薯，她沒有回過頭，她說：

「妳還在，是嗎？」

莉賽爾認為這是她應該離開的暗示。「非常謝謝妳，侯莎菲女士。」她看見門口旁的相框中，放著兩名著軍裝的年輕人相片，因而脫口說出「希特勒萬歲」，並在廚房中高舉她的臂膀。

「沒錯。」侯莎菲女士兩個兒子都在蘇聯，她既驕傲又擔心。「希特勒萬歲。」她把水放下去煮開，然後居然想起禮數，陪著莉賽爾走了幾步路到前門。「明天見？」

明天是星期五。「對，侯莎菲女士，明天早上見。」

莉賽爾算過，那群猶太人被押解經過墨沁鎮之前，像這樣為侯莎菲女士唸書的時段共有四次。猶太人要前往達考集中營，接受集中式的管理。

後來她在地下室寫道：唸四次書，兩個星期就過去了。兩個星期能改變世界，十四天能毀滅世界。

長途步行至達考

有人說是因為卡車拋錨了，但是我本人可以擔保，才不是這麼一回事情，我人在那呢。

當時的確出現了一片有著白浪般雲朵、似海的天空。

還有，那裡不只一輛車，不會三輛卡車都同時故障吧。

士兵為了共享食物與菸捲，順便玩弄這票猶太人，把車子停在路旁。後來一個囚犯因飢病交加而虛脫衰竭。我不知道這群隊伍是從那裡出發的，但是當時距離墨沁鎮約莫四哩遠，離達考集中營則還有更長一段路要走。

我從卡車的擋風玻璃爬進去，找到了病死的人，然後由車尾跳出來。他的靈魂消瘦，鬍鬚結成球狀。我的雙腳落到碎石上時，發出了沉重的聲音，士兵與囚犯什麼聲響也沒有聽見，但是都感受到了我的到來。

回憶告訴我，那輛卡車的後車廂裡有許多的心願，發自內心的聲音向我呼喊。

為何是他，不是我呢？

感謝老天，不是我。

另一方面，士兵忙著討論另一件事情。帶頭的長官壓扁菸捲，一邊吐煙，一邊問了旁人一個問題：「上回，我們把這些下流胚子放出來呼吸新鮮空氣是什麼時候？」

一名中尉抑制住咳嗽，「他們當然會自己呼吸，不會嗎？」
「噯，那是怎麼樣？我們還有時間吧？」
「報告長官，我們永遠都有時間。」
「而且，今天天氣非常適合遊行，你不覺得嗎？」
「是的，長官。」
「那你還在等什麼？」

聲音傳到天堂街，莉賽爾正在踢足球。大家都停下來的時候，兩名男孩正在球場中央搶球，連湯米．繆勒都聽到了，「是什麼聲音？」他站在球門前問道。

腳步拖曳與受人宰制的聲音越來越近，人人都轉頭朝聲音方向看去。
「是一群牛嗎？」魯迪問：「不可能，牛群的聲音不是那樣的，對不對？」

街上的小孩慢慢朝著這個引人好奇的聲音方向，朝著迪勒太太店鋪的方向而去。每隔一陣子，叫嚷聲中就出現一兩聲更哀戚的聲音。

在慕尼黑街轉角的一棟公寓高樓上，一名老婦人預言家似的聲音為大家解開了喧鬧的切確來源。她高踞窗前，臉如一面帶有淚眼與咧嘴的白色旗子，她的話語自殺似地，咚一聲掉在莉賽爾的腳上。

她有一頭灰色的頭髮。
雙眼是很深、很深的藍色。
「猶太人。」她說。

《杜登辭典》解釋六

苦難：艱苦、不幸、與痛苦。

關聯詞：苦惱、折磨、絕望、悲慘、悲哀。

一群猶太人與罪犯被押解經過街上，出現在街道上的人多了起來。也許死亡集中營在當時依然是秘密的單位，但是納粹黨偶爾會向人民展示、誇耀像達考這一類的勞動集中營。

在莉賽爾所站的位置對面，遠遠的地方，有位拉著油漆車的男人正不安地用手拂過頭髮。

「對面，過去一點，」她指給魯迪看，「我爸爸在那裡。」

他們倆人一同過了馬路，順著馬路走上去。漢斯．修柏曼起先想將他們倆帶開。「莉賽爾，」他說：「也許……」

不過，他隨即瞭解，莉賽爾想要留下來，也許這是她應當見識的場面。在秋日的和風中，他一聲不響陪她一塊站著。

他們站在慕尼黑街上觀望。

有人靠過來擋在他們前頭。

他們見到猶太人像一部顏色的目錄，順著街道走過來。偷書賊不會用「顏色的目錄」來描述他們，但是我可以告訴你，他們看起來根本就是顏色的目錄，因為好多人最後會死，他們的屍骸如煙霧般空幻，靈魂拖曳在後面，人人都和我打招呼，如同看到最後一位真心的朋友。

所有的人都抵達後，他們的腳步在地面上敲出規律的聲響，眼睛在肌瘦的臉上看來好大。而塵土，塵土附著在身上。士兵的手推擠得他們腳步踉蹌，迫使他們歪歪扭扭快跑了幾步，而後又慢慢回到營養不良的走路姿態。

越過一片擁擠的人群上方，漢斯的眼光看著猶太人，我相信他睜大的眼睛發出銀色的光澤。莉賽爾從人群間的縫隙或是他人肩頭上觀望。

他們見到衰疲的男男女女的受苦臉龐，他們乞討的不是協助，他們不再需要協助了，他們要求的是一個解釋，能減低他們困惑的解釋。

他們的腳幾乎沒有從地面離開過。

大衛之星貼在他們的襯衫上，彷彿他們的苦難是被指派的，緊緊綁在身上。「別忘了你們的苦難……」這句話藤蔓似地攀爬在這些人身上。

士兵跟在他們一旁走過街道，命令他們加快腳步，停止哀嚎。有些士兵不過只是大孩子，他們的眼光流露出希特勒的特質。

莉賽爾見了這番景象，在她的文字中提到，她相信這是生存在這世上最悲慘的靈魂。這些人憔悴的臉龐因痛苦而扭曲變形，他們忍飢受餓往前走，有些人望著地面，避免與一旁路人的眼神接觸，有人哀求地看著前來觀看他們受辱模樣的群眾，有人祈求路人，無論是誰都好，往前一步扶住他們的手臂。

沒有人這樣做。

無論他們是帶著驕傲、冒昧或者慚愧的心情來看這場遊行，沒人挺身而出中斷遊行。還沒人站出來。

偶爾，某個男人或女人——不對，他們不是男人、女人，他們是猶太人——在人群中瞥見莉賽爾的臉，他們挫折的眼神望著她，偷書賊什麼也不能做，只能在那漫長的片刻無力地回望他們，直到他們從她眼前消失。她只巴望他們看得出她臉上深切的傷心難過，企望他們知道她的傷心難過是真實的，而非一閃即過的。

我家地下室裡有個跟你們一樣的人！她想說，我們還一起堆過雪人！他病倒的時候，我送給他十三樣禮物！

莉賽爾一個字也沒有說。

說了有什麼用呢？

她明瞭自己對於那群人是全然無用處的，沒有人能拯救他們，而且就在幾分鐘之內，她將親眼目睹想幫助他們的人會落得什麼下場。

遊行隊伍中有個人落在後頭，隊伍中最年長的老先生。

他蓄著鬍鬚，穿著破舊的衣裳。

他的眼睛是垂死掙扎的顏色，他幾乎沒有重量，雙腳無力地支撐著身體。

他跌倒了好幾次。

一邊的臉龐抵著路面。

每回跌倒，士兵就高高站著，對著地面喊：「站起來。」

老人跪起來，費盡氣力站起來之後，又繼續往前走。

每次爬起來趕上隊伍的尾巴，很快又失去了動力，再次絆倒在地。他身後還有許多人，足足有一卡車之多，極有可能會壓倒他，踐踏他。

他疼痛的手臂顫抖著要奮力撐起身體，情景慘不忍睹。他的手臂再次撐不住身體，在他站起來往前走幾步路之前，他又一次摔倒在地。

他筋疲力盡。

這位老先生筋疲力盡。

要是再給他五分鐘，他一定會跌到路旁的水溝而死。所有人會眼睜睜看著他跌死。

接著，出現一個人。

漢斯．修柏曼。

事情發生在轉眼之間。

當老先生勉強走過去，原本緊握莉賽爾的手忽然鬆開，她的手落在自己的身體旁，她覺得手掌啪一聲打在屁股上。

爸爸的手伸到油漆推車，他拿了一樣東西，穿過人群，走到馬路上。

老先生站在他面前，以為又要被奚落一番。他與別人一起望著，望著漢斯．修柏曼伸出手，像是變魔術一般遞給他一片麵包。

當麵包交到老先生的手上，他向下滑倒，他跪在地上握住漢斯的腳踝，臉埋在他的兩腿上。他感謝漢斯。

莉賽爾看著這一幕。

她的眼中泛出淚滴，她看見老先生又往下移動，他把爸爸往後一推，然後對著他的腳踝哭泣。

其他的猶太人走過去，都看見了這場於事無補、希望渺茫的奇蹟。他們像是條人河流過，那天，有少數人流到了海洋，收到了一頂小浪花做成的白帽子。

一名士兵馬上衝進人群，進入犯罪的現場。他仔細打量跪倒的老先生與爸爸，然後看看群眾。想了幾秒鐘之後，他自腰際取下鞭子，動手揮打。

猶太老先生挨了六下，鞭子打在他的背上、頭上、還有腿上。「下流胚子！你這隻豬玀！」血從他的耳朵滴下。

然後輪到爸爸。

一隻手握住了莉賽爾的手，她驚恐地往旁一看，是魯迪。看著漢斯．修柏曼在街上遭到鞭打，他吞下口水抑制情緒。鞭打的聲音讓她聽了想吐，她料想爸爸的身體出現了裂傷。挨了四下之後，爸爸也跌倒再地。

猶太老先生最後一次爬起來往前走。他回頭看了一眼，憂傷地看了本身也跪倒在地的漢斯一眼。漢斯的背上有四條火紅發燙的鞭傷，膝蓋疼痛不已。至少，老先生會像個人一樣死去，至少帶著他曾是個人的念頭而死去。

而我呢？

我不敢斷言，當個人到底好不好。

莉賽爾與魯迪穿過人群，他們扶起漢斯。他們四周圍繞著許多聲音，許多的話語與陽光，這是她記得的情景，陽光在馬路上閃耀著光芒，圍觀者的言談像是波浪似地在她背後碎成片片浪花。離開馬路之前，他們才注意到那片麵包還在路上。

魯迪來不及撿，一個經過的猶太人就搶走了麵包，另外兩個人一邊為了麵包大打出手，一邊走向達考集中營。

漢斯的銀色眼睛面臨著猛烈的抨擊。

推車被翻倒了，油漆流到路面上。

他們叫他「挺猶太的」。

其他的人無言地幫他退到安全的地方。

漢斯．修柏曼傾斜著身子，伸直一隻手臂抵著牆壁，剛才發生的事情讓他完全不知如何是好。

他的腦海閃過一幅隱藏著危險的畫面。

天堂街三十三號的地下室。
恐懼的念頭夾雜在他一呼一吸的喘氣之間。
他們馬上會到來，他們會到來。
啊，天啊，啊，我的天哪！
他看看莉賽爾，然後閉上眼睛。
「你受傷了嗎，爸爸？」
她得到的不是回答，而是問題。
「我剛剛腦袋在想什麼？」他的眼睛閉得更緊。然後他張開眼睛，他的工作服全是縐痕，手上沾了油漆與血跡，上頭還有麵包屑，與那年夏天的麵包多麼不一樣。「噢，我的老天啊，莉賽爾，我幹了什麼好事？」

是。
我必須同意。
爸爸幹了什麼好事？

平靜

當天晚上十一點剛過，麥克斯．凡登堡走到天堂街，手中提著一只裝滿食物與保暖衣物的皮箱。他吸進了德國國土中的空氣，黃色的星星在燃燒。他走到迪勒太太店鋪的時候，他回頭看了三十三號最後一眼。他看不見廚房窗戶前的人影，但是她看得見他，她揮揮手，他卻沒有向她招手。

莉賽爾仍舊能夠感覺到他的嘴親吻自己的前額，她能夠聞到他說再見時候的氣息。

「我留了一樣東西給妳。」他說：「但是等妳準備好了才拿得到。」

他離開了。

「麥克斯？」

他沒有回來。

他從她的房間走出去，安靜地關上房門。

通道傳來沙沙的聲音。

他走了。

她走進廚房，媽媽跟爸爸駝著背站著，帶著醉醺醺的表情，他們用那副樣子站了三十秒之久，像永恆般漫長的三十秒。

《杜登辭典》解釋七

沉默：不說話、不出聲。

關聯詞：緘默、沉靜、平靜。

平靜。

多完美啊。

靠近慕尼黑的某個地方，有個德裔猶太人走進了幽暗之中，他與漢斯．修柏曼約好，四天之後碰面（如果他沒有被逮捕的話），碰面地點在安培河往下走一點，那裡有座斜靠在河流與樹叢之間的斷橋。

他走到那裡，但是他待的時間不過幾分鐘而已。

四天後爸爸也走到了那兒，他唯一發現的是樹幹底下有張壓在石頭下的字條，上面沒有指名寫給誰，僅寫了一句話。

麥克斯．凡登堡的最後一句話

你做的已經夠多了。

天堂街三十三號從來不曾像現在這麼寂靜無聲，莉賽爾注意到《杜登大辭典》的解釋根本是錯的，尤其是關聯詞那部份。

沉默不是緘默或者沉靜，也不是平靜。

笨蛋與穿大衣的男子

遊行隊伍路過的那天夜裡，笨蛋坐在廚房裡，大口大口喝下侯莎菲女士的苦澀咖啡，巴望著有根菸捲可抽。他等著蓋世太保、士兵、警察，等著任何人來帶走他，因為他覺得自己罪有應得。羅莎吩咐他上床睡覺，莉賽爾在門口流連，他要兩個人都走開。他雙手捧著頭等著了幾個小時，直到清晨。

沒有人出現。

分分秒秒，他都期待敲門與恐嚇的聲音出現。

他們沒有出現。

唯一的聲音發自於他自己。

「我幹了什麼好事？」他再次呢喃自語。

「天哪，我好想抽根煙。」他回答。他已經精力全失。

莉賽爾聽見這兩句話重複好多次。站在門口的她心裡好掙扎，她好想安慰他，可是她從沒見過有人心力憔悴到這個程度。那天夜裡，沒有人說安慰的話，麥克斯走了，這都要怪漢斯．修柏曼。

廚房的碗櫃是內疚的形狀，他做過的事留下了記憶，讓他兩手滑膩。他一定滿手是汗，莉賽爾心想，因為她自己的手一路濕到了手腕。

她在自己的房裡祈禱。

她趴在地上，前臂抵著床墊。

「上帝啊，求求你……讓麥克斯活下來，求求你，主啊，求求你……」

她的膝蓋忍著痛。

她的雙腳挨著疼。

第一道晨光灑落，她醒了，她走回廚房。爸爸睡著了，他的頭平放在桌面，嘴角淌著口水。咖啡的味道充滿了整間廚房，漢斯．修柏曼愚蠢的善行形象還在半空之中，就像是一組數字或是地址，反覆多次之後，就會牢牢記住。

她喚他的時候，他沒有感覺。她輕輕推動他的肩膀，他的頭忽然從桌上抬起來。

「他們來了嗎？」

「沒有，爸爸，是我。」

他喝光馬克杯中剩下的走味咖啡，喉結上下滑動。「他們早該來了，為何還不來呢，莉賽爾？」

真是欺人太甚。

他們早就該出現，把屋子裡裡外外檢查一次，找尋他偏袒猶太人或是叛國的線索。現在，看來麥克斯其實是白走了，他大可以繼續在地下室睡覺，或者在本子上寫字。

「爸爸，你不可能事前預料到他們不會出現。」

「我應該早料想到的，我不應該拿麵包給那個男人。我沒用大腦。」

「爸爸，你沒有做錯事情。」

「我不相信妳。」

他站起來，走出廚房的門，沒關門。那天看來是個美麗的早晨，爸爸受的傷害以及羞辱也就更深了。

四天過去了。爸爸沿著安培河走了好遠，他帶回了一小張字條，把字條放在廚房餐桌上。

又一個星期過去了，漢斯．修柏曼仍舊等候著處罰的到來。他背上的鞭痕漸漸結了疤，大部分時間他都在外面走來走去。店鋪老闆娘迪勒太太往他的腳上吐口水，雖然侯莎菲女士遵守承諾，不再朝修柏曼的家門口吐痰，但是有人就近代替了她。「我早知道了。」老闆娘詛咒他：「你這個下流的、挺猶太的賤胚。」

他不以為意繼續走。莉賽爾時常在安培河畔看見他，他站在橋上，手臂擱在欄杆上，上半身越過欄杆邊緣。小孩子們騎著腳踏車從他身邊衝過，或者大聲呼嘯跑過，他們的腳步在木板上發出啪啪聲，他全然不為所動。

《杜登辭典》字義八

懊悔：充滿渴望、失望、或失落的遺憾。

關聯詞：後悔、懺悔、哀悼、悲傷。

「妳有看見他嗎？」他問。那天下午她與他一塊靠在欄杆上，「在水裡？」

河水流動的速度不快，在緩緩推進的細浪中，莉賽爾看見麥克斯．凡登堡臉蛋的輪廓，看見他羽毛般的頭髮與五官。「他曾經在我們家地下室跟元首進行拳擊比賽。」

「天哪，怎會這樣呢？」爸爸雙手緊抓著裂開的木條。「我是個笨蛋。」

爸爸，你不是笨蛋。

你只是個凡人。

過了一年多之後，她在地下室寫作的時候，才想起了這句話。她希望在那當下，她想到了這句話。

「我又蠢，心腸又軟。」漢斯．修柏曼告訴他的養女：「使我成為世界上最愚蠢的笨蛋。問題是，我希望他們來抓我，任何下場都比這樣苦等要好多了。」

漢斯．修柏曼需要洗刷自己的罪名，他想要知道麥克斯．凡登堡是基於充足的理由，才離開他家的。

最後，過了將近三個星期的等待，他以為他等候的時刻到了。

當時天色已晚。

莉賽爾正要從侯莎菲女士的住處回家，她看見兩個穿黑色大風衣的男人，她跑進屋子裡。

「爸爸！爸爸！」她差點把廚房的桌子壓垮，「爸爸，他們來了！」

媽媽先出來，「母豬，妳大呼小叫做什麼？誰來了？」

「蓋世太保！」

「阿漢！」

他出來了，他走出屋子，要去向那兩人打招呼。莉賽爾想要隨他一塊出去，但是羅莎把她拉回來。她們從窗戶觀看屋外的情況。

爸爸在圍欄前猶豫不決，焦慮不安。

媽媽緊緊地抓住莉賽爾的手臂。

那兩個男人一路走過去。

爸爸驚慌回頭看了窗戶一眼，接著他走出圍欄外，從背面喊了那兩個人。「嘿，我就在這裡，我是你們要找的人，我住在這一棟。」

穿大衣的男人只停下片刻，他們對照本子上抄寫的筆記。「不是，不是找你。」他們低沉的聲音告訴漢斯：「可惜，你比我們的目標老一點。」

他們繼續往下走，但是沒有走多遠，他們停在門牌三十五號前面，穿過了敞開的圍欄門。

前門打開了，「史坦納太太嗎？」他們問。

「對，我是。」

「我們是來與妳商量一件事情。」

穿大衣的男人站著，史坦納家鞋盒式的房屋門前彷彿多了兩條穿大衣的圓柱子。

他們來找一個男孩。

穿大衣的男子要的人是魯迪。

8 抖字手

主演：骨牌與黑暗——裸體的魯迪——懲罰——守信者之妻——收集員——吃麵包的人——藏起來的塗鴉本——還有叛亂份子的西裝

骨牌與黑暗

按照魯迪年紀最小妹妹的說法，廚房裡坐著兩隻怪獸。當史坦納家三個小孩在門這一頭的房間裡玩骨牌，兩隻怪獸的聲音慢條斯理推揉著門的另一面。其他三個孩子在臥室裡收聽收音機，沒有留意客人來了。魯迪希望他們的到訪，與上星期在學校發生的事情無關。那件事他沒有告訴莉賽爾，也沒有在家中提起。

灰色的午后

狹小的學校辦公室

三個男孩排成一列，他們的課業成績跟身體健康接受了徹底的檢查。

第四局骨牌遊戲結束之後，魯迪動手將骨牌一列一列立起，要在客廳的地板上擺出一個曲折蜿蜒的陣式。依照他的習慣，他會留下幾個空隙，以免哪個妹妹調皮的手壞了他的作品，這種事情常常發生。

「魯迪，我可以把骨牌推倒了嗎？」

「還不行。」

「那我呢？」

「不行，我們一起推倒。」

他組了三個獨立的陣式，所有骨牌都倒向中間的骨牌塔。他們一同看著小心排列的骨牌依序倒塌，一起微笑觀賞摧毀所帶來的美感。

此時，廚房裡的交談聲音越來越大，一個聲音蓋過另一個聲音，你一言，我一句，搶著引起人注意。最後，一個原本安靜無語的聲音插了嘴。

「不行。」她說。然後重申一次：「不行。」雖然其他人還在爭吵不休，這個聲音讓他們安靜下來，並且掌握了氣勢。「拜託，」芭芭拉．史坦納乞求他們，「不要選我的孩子。」

「魯迪，我們可以點一根蠟燭嗎？」

這是他們父親常常陪他們一塊做的事情，他關了燈，讓大家在燭光中看著骨牌倒下，不知為何緣故，燭光讓骨牌崩塌的畫面變得更加華麗壯觀。

反正他的腳開始疼了起來。「我去找火柴。」

燈的開關在門邊。

他一手拿著火柴盒，一手拿著蠟燭，靜悄悄走向開關。

在門的另外一頭，三個男人與一個女人的爭執到了關鍵點。「他是班上成績最好的，」其中一隻怪獸說，他的聲音低沉冷淡，「更不用提他的體能。」該死，他為什麼在運動會上一定得贏所有的比賽呢？

杜伊雀。

那個該死的法蘭茲．杜伊雀！

但是，魯迪馬上就瞭解了。

那不是法蘭茲．杜伊雀的錯，是他自己的錯。他想向曾經折磨他的人展現他的能力有多強，他同時也想要向每個人證明自己的能力。現在，每個人都在廚房。

魯迪點亮了蠟燭，關了燈。

「好了嗎？」

「可是，我聽說過那裡發生的事情。」錯不了，是他那橡樹般的爸爸所發出的聲音。

妹妹在喊了。「快啊，魯迪，快來。」

「沒錯，但是你要瞭解，史坦納先生，這一切都是為了一個重要的理想，想想看你兒子將擁有的機會，這的確是一項殊榮。」

「魯迪，蠟燭在滴油了。」

他揮手要妹妹們走開，他正等著聽艾立克．史坦納的回答。他回答了。

「殊榮？比方說打著赤腳在雪地裡跑步嗎？像是從十米高的跳板跳到將近三呎深的水裡面嗎？」

魯迪的耳朵貼在門上，蠟油流到他的手上。

「謠言。」這個講話聲音低沉冷淡，就事論事，對於每件事情都有答案。「我們學校是有史以來最好的，比世界頂級的還好。我們以元首的名義，培養一群德國的精英公民……」

魯迪聽不下去了。

他撥掉手上的蠟油，從門縫透出的光線中脫身。他坐到地上，結果因為動作太大，把蠟燭弄熄了。房間一片黑暗，唯一可見的光，是一個長方形的白色鏤空圖案，那是廚房門的形狀。

他又點了一根火柴，重新點燃蠟燭，同時聞到火與碳粉交雜的香甜味道。

魯迪與妹妹們各自輕輕推了一面骨牌，看著骨牌連續倒下，直到中間的高塔垮下。妹妹們興高采烈發出歡呼。

哥哥庫爾特走進房間。

「它們看起來好像屍體。」他說。

「你說什麼？」

魯迪抬頭盯著黑暗中的臉龐，庫爾特沒有回答他的問題，他已經留意到廚房裡傳來的爭執聲音。「那裡發生了什麼事情？」

一個妹妹回答了問題，是最小的貝蒂娜，才五歲。「有兩隻怪獸。」她說：「他們來找魯迪。」

又來了，人類的小孩，精明到不行。

稍後，穿大衣的男子離開之後，兩個男孩，一個十七歲，另外一個十四歲，鼓起勇氣去面對廚房裡的父母。

他們站在門口，眼睛因光線耀眼而刺痛。

庫爾特開口：「他們要帶他走嗎？」

母親的手肘攤在桌上，手心朝上。

艾立克．史坦納抬起頭。

非常沉重。

他臉上的表情又清楚又肯定，像是才剛雕刻上去的。

他僵硬的手撥開木板碎片般的瀏海，有好幾次打算要開口說話。

「爸爸？」

不過，魯迪沒有走向他的父親。

他走去坐在餐桌前，握住了母親向上攤開的手心。

骨牌像是屍體在客廳倒下的同時，艾立克．史坦納夫妻與客人說了什麼話，他們沒有透露。要是魯迪繼續在門口聽下去，要是他多聽幾分鐘的話……

其後的幾個星期，魯迪告訴自己，或者我應該這麼說，他為自己辯護，要是他那天晚上有聽見門後面的對話，他早就衝進去廚房了。「我去。」他會這麼說：「請你帶我去，我已經準備好了。」

要是他打斷了對話，也許一切都會變得不一樣吧。

三件可能發生的事情

一、艾立克．史坦納可能不會遭到像漢斯．修柏曼那樣的處罰。

二、魯迪可能離家參加特訓學校。

三、還有，這只是一個可能，他可能因此活了下來。

不過，殘酷的命運並不打算讓魯迪．史坦納在適當的時機進入廚房。

他回到妹妹的身邊玩骨牌。

他坐下來。

魯迪．史坦納哪裡也沒去。

裸體的魯迪

有個女人。

一直站在角落。

她的辮子是他平生所見過最粗大的，紮成一條垂在背後，她不時把辮子撥到肩膀前面，辮子在她雄偉的胸口像是隻餵得過飽的寵物。其實，她全身上下都像放大過的一樣，雙唇、雙腳、整齊的牙齒。她的聲音宏亮率直，一點時間都不浪費，她命令他們：「過來，站在這邊。」

相比之下，醫生像是快要禿頭的老鼠，個子矮小，行動敏捷。他在學校的辦公室裡踱來踱去，動作與態度好像是罹患躁鬱症的病人，但是他又非常講求效率。還有，他感冒了。

三個男孩中，是誰聽到命令後最不情願脫衣服，這點很難斷定。第一個男孩來回看著每個人，從衰老的老師看到身材巨大的護士，再看到矮小的醫生。站在中間的男孩光只是看著自己的腳。最左邊的覺得慶幸不已，好險自己是在學校辦公室裡，而不是在一條陰暗的巷弄中。魯迪認為這個護士只是外表嚇人而已。

「誰要先來？」她問。

回答她的是在一旁督導的賀根史達勒老師，與其說他是個人，不如說他是一套黑色的西套，他臉上長滿鬍鬚。仔細觀察男孩之後，他下了決定。

「史華茲。」

倒楣的榮格．史華茲極度彆扭地解開制服，最後只穿著鞋子跟內褲站著，一隻運氣不好的跳蚤被孤孤單單放逐到他的臉上。

「還有呢？」賀根史達勒先生問：「鞋子呢？」

他脫下兩隻腳上的鞋襪。

「還有內褲。」護士說。

魯迪與另一個男孩歐拉夫．史匹革也動手脫衣服，不過，他們離榮格．史華茲現在的危險局勢還很遠得很呢。榮格．史華茲在發抖，他比其他兩個男孩小一歲，但個頭卻高一點。脫下內褲之後，他站在狹小冰冷的辦公室裡覺得難堪受辱，自尊低落到了腳踝的高度。

護士專心打量他，她的雙手互抱在雄偉的胸前。

賀根史達勒要求其他兩個男孩動作快點。

醫生搔搔頭，咳了幾聲，感冒讓他好難受。

三個裸體的男孩站在冰冷的地板上，一個接著一個接受檢查。他們的雙手扣住生殖器官，身體跟德國的前景一樣在顫抖。

在醫生一下咳嗽、一下氣喘的過程中，他們完成了檢查。

「吸氣。」醫生吸鼻涕。

「吐氣。」醫生又吸鼻涕。

「現在手臂伸出來。」他咳了一聲。「我說手臂伸出來。」一陣可怕的咳嗽聲。

人就是人，三個男孩不時彼此互望，想找尋相互之間的同情心，但是卻沒有找到。三個人把手從陰莖上移開，伸出手臂。魯迪感覺不到自己是屬於優秀民族的一份子。

「培育未來的新世代，」護士告訴老師：「這項任務由我們完成。這群德國新世代在體能、心智方面，都將領先他人，他們將成為統帥的階級。」

相當不巧，醫生居然哈腰對著男孩脫下的衣物猛咳，打斷了護士的佈道大會。他咳到滿眼熱淚。魯迪不由得感到困惑。

新世代？像他這樣的人？

他很聰明，沒有講出心中的想法。

檢查完畢，他平生首度裸體做出「希特勒萬歲」的口號與動作。因為故意作對的個性，他覺得這樣做的感覺很不錯。

男孩子的尊嚴掃地之後，獲准穿回衣服。被帶出辦公室的時候，他們聽見身後正在討論與他們面子有關的事情。

「他們比一般的年紀要大了點，」醫生說：「不過我想，至少有兩個符合條件。」

護士同意他的說法。「第一個跟第三個。」

三個男孩站在外頭。

第一個跟第三個。

「史華茲，第一個是你耶。」魯迪說，接著他問歐拉夫．史匹革：「誰是第三個？」

史匹革算了算，護士是指排在第三個的呢？還是第三個接受檢查的？無所謂，他知道自己想要相信的答案是什麼。「我想是你吧。」

「放屁啦，史匹革，是你。」

簡短的保證

穿大衣的男子知道誰是第三個。

他們來過天堂街的隔天，魯迪與莉賽爾坐在他家門前的台階上，他完整說出這段奇妙的故事，連最小的細節也說了，坦承了那天在學校被帶出教室之後發生的事情。說到護士雄偉的胸部，還有榮格．史華茲表情的時候，他們甚至還哈哈笑了幾聲。不過，這個故事大致上充滿了焦慮，尤其是講到廚房對話聲音的那一段，還有提到彷佛屍體一般的骨牌。

在莉賽爾腦海中，有個念頭好幾天揮之不去。

她不斷想起三個男孩子接受檢查的畫面，老實說吧，她其實一直想起的是魯迪。

她躺在床上想念麥克斯，不知他身在何處，她祈禱他還活著。然而在這些思緒之中，她也想起魯迪。

在漆黑之中，魯迪閃閃發光，一絲不掛。

那樣的景象十分嚇人，尤其當他被迫拿開手的那一刻，不用說，那個畫面讓她感到不好意思。但是不知道為什麼，她就是一直想起那個畫面。

懲罰

納粹德國的物資配給卡上並沒有列出懲罰這個項目，然而，每個人必然會輪流配給到懲罰。有些人戰死異鄉，戰後全歐洲知道遭屠殺的猶太人高達六百萬，有些人因而承受貧困與罪惡感的折磨。許多人一定早就預見未來一定會有報應和懲罰，但是只有極少數人歡迎懲罰的到來。漢斯．修柏曼就是其中一個。

一般人不會在大馬路上幫助猶太人。

一般人不會在地下室偷藏猶太人。

一開始，他的懲罰來自道義。他害得麥克斯．凡登堡離開了地下室，這個不經意的錯誤折磨他。當他沒動晚餐，莉賽爾看見懲罰出現在他的盤子旁邊，或者與他一起站在安培河的橋上。他不再彈手風琴了，銀色眼睛的樂觀精神受了傷，不再活躍。那樣的懲罰已經相當嚴厲了，但卻只是個開頭而已。

十一月初的星期三，真正的懲罰寄到了信箱。表面上看起來卻像好消息。

廚房裡的信

我們欣然通知你，你申請加入「國家社會主義德國工人黨」的請求，業已獲得核可……

「納粹黨？」羅莎問：「我以為他們不要你。」

「他們是不要我啊。」

爸爸坐下來又讀了一次信。

他們沒有以叛國或者幫助猶太人等等罪名，將漢斯．修柏曼送上法庭受審，他反倒獲得了獎勵。大家難免會想，這種事情怎麼可能會發生呢？

「一定不光這樣而已。」

沒錯。

星期五，另一封通知書送達，上面寫道，漢斯．修柏曼已被德軍徵召入伍。信末還提及，身為黨員理應樂意為德軍效力；否則會有不良後果。

莉賽爾才剛從侯莎菲女士那兒唸完書回來，廚房裡瀰漫著湯的熱氣。她見到漢斯與羅莎兩張茫然的臉，爸爸坐著，媽媽站著，湯要燒焦了。

「老天，請不要送我去蘇聯。」爸爸說。

「媽媽，湯燒焦了。」

「妳說什麼？」

莉賽爾快步走過去，把湯從爐灶上拿開。「我說湯啊。」她順利搶救了湯之後，轉身看著養父母，他們的臉有如鬧鬼的小鎮。「爸爸，發生什麼事情了？」

漢斯把信交給她，她一邊讀，手一邊開始顫抖，字字句句都是狠狠戳印在信紙上。

莉賽爾．麥明葛所想像的情節

廚房裡，一家三口因炸彈的震盪而驚嚇過度。

在接近爐灶的地方，莉賽爾幻想看見了一台快磨損的寂寞打字機，

放在遠方一間空蕩蕩的房間裡，鍵盤褪色了，一張耐心等候的白紙直立著。

白紙因窗口吹來的微風而微微晃動，休息時間即將結束，

另一疊和人一樣高的紙張隨意放在門旁，很容易就會冒起煙來。

其實後來在記錄這段故事的時候，莉賽爾才想出那台打字機的情節。她懷疑當時到底有多少類似的信件寄給漢斯．修柏曼或艾立克．史坦納這種人來作懲罰，懲罰那些膽敢幫助可憐人的人，懲罰那些不願孩子離開身邊的人。

這是德國軍隊逐漸走投無路的徵兆。

他們在蘇聯節節敗退。

國境內的城市不停遭受轟炸。

他們需要更多人力，也需要更多強拉人力的方法。而且，在多數情況中，最爛的工作往往分配給最不適任的人。

莉賽爾瀏覽著信，她從信紙上的打孔洞看到了木頭餐桌。「義務」、「責任」一類的字眼平躺在信紙上，她

開始流口水，因為她很想吐。「這是什麼意思？」

爸爸低聲地回答：「我以為我教過妳認字，丫頭。」他的口吻沒有生氣，也沒有挖苦之意，語氣跟臉色一樣茫然。

莉賽爾看看媽媽。

羅莎的右眼下出現一道小裂縫，沒幾分鐘的時間，她硬紙板般的臉龐破了，但不是從中間破開來，而是往右邊扯開，一道弧形的裂痕劃過臉頰，一路破到了下巴。

二十分鐘之後，有個女孩站在天堂街上

她看著天空低聲私語。「麥克斯，今天的天空很柔和，雲朵是那樣的柔軟，那樣的哀傷，那樣……」

她移開視線，環抱住雙臂。想到爸爸要上戰場，她抓住了外套。

「而且，天氣好冷啊，麥克斯，好冷好冷……」

她連續觀察天氣四天，第五天的時候，她沒有機會仔細查看天空。

芭芭拉．史坦納坐在隔壁前門的台階上，頭髮梳理得很整齊。她抽著菸捲，人在發抖。莉賽爾想走過去，走到半途望見庫爾特走出來，於是停下了腳步。庫爾特走出屋外與他母親一同坐著，當他看見莉賽爾，他出聲喊她。

「過來啊，莉賽爾。魯迪立刻就出來了。」

莉賽爾遲疑了一下，才繼續走向台階。

芭芭拉抽著菸。

菸捲上，一截縐巴巴的灰燼搖搖欲墜。庫爾特接過菸捲，撣掉菸灰，吸了一口，然後還給他的母親。

菸抽完之後，魯迪的母親抬起頭來，她一隻手撥著她那整齊的頭髮。

「我們家的爸爸也要去當兵。」庫爾特說。

接著一片寂靜。

迪勒太太的店鋪附近，有一群小孩在踢球。

「如果有人來跟你要一個小孩，」芭芭拉·史坦納說明原因，但她沒有指明聽眾是誰，「你應該要答應才是。」

守信者之妻

地下室：上午九點

現在距離分別的時刻：六個小時。

「我彈了手風琴，莉賽爾，一架別人的手風琴。」

他閉上眼睛，「贏得滿場喝采。」

不算去年夏天那杯香檳酒的話，漢斯·修柏曼已經有十年時間滴酒未沾。日子已經來到他要離家受訓的前一天夜晚。

當天下午，他與艾立克·史坦納一同前往克諾酒吧，一直待到晚上。兩個男人都沒理會太太的告誡，都喝到不醒人事。克諾的老闆迪特，威賽瑪提供的免費酒也沒讓他們清醒過來。

漢斯看起來還算清醒的時候，受邀上台演奏手風琴。他配合情境，彈奏了有名的《憂鬱的周日》，[1]一首從匈牙利傳來的自殺名曲。漢斯的演奏充分傳達出這首曲子著名的哀傷味道，贏得全場喝采。莉賽爾想過當時的情景和聲音，客人大口大口喝酒，空的啤酒杯裡流著一道道的泡沫，風箱發出嘆息般的聲音，演奏完畢後聽眾鼓掌叫好，他們灌滿啤酒的嘴發出歡呼，迎接他走回吧台。

當他們勉強找到路回家時，漢斯連門上的鑰匙孔都找不到，因此敲了好幾下門。

「羅莎！」

他敲錯門了。

侯莎菲女士一點也不開心。

「死豬！你走錯門了。」她對著鑰匙孔大喊：「隔壁才對，你這個愚蠢的豬頭。」

「謝謝妳，侯莎菲女士。」

「白痴，要真感謝我的話，你知道要怎麼做嗎？」

「抱歉，我沒聽懂？」

「給我回家去。」

「謝謝妳，侯莎菲女士。」

「我不是才跟你說過，要真感謝我的話，你知道要怎麼做嗎？」

「有嗎？」

（聽了這段交談，再加上莉賽爾在這個難搞老女人廚房裡的朗誦經驗，你勾勒出的侯莎菲女士形象一定很嚇人。）

「給我走開，行嗎？」

克服了重重困難，爸爸終於回到家。他沒有上床睡覺，反而走到了莉賽爾的房間，醉醺醺地站在門口，看著睡夢中的莉賽爾。她醒過來，立即以為那是麥克斯。

「是你嗎？」她問。

「不是。」他回答，他完全知道她想到什麼，「是爸爸我。」

他離開房間，她聽見他下樓走去地下室的腳步聲。

在客廳中，羅莎的鼾聲大作。

隔天早上九點，羅莎在廚房裡命令莉賽爾：「把那邊那個水桶拿給我。」

她把水桶裝滿冷水，提著往地下室走。莉賽爾尾隨在後，一直想要阻止她，卻沒有用。「媽媽，妳不能這樣做！」

「不能嗎？」她在樓梯上看了莉賽爾一眼，「母豬，是不是有什麼事情我不知道啊？現在這裡是妳在做主嗎？」

兩人安靜下來。

莉賽爾沒有回答。

「不是的。」

她們繼續往下走，看到了漢斯躺在防漆罩布疊成的床上，他覺得自己不配躺在麥克斯的床墊上。

「現在，我們來看看。」羅莎舉起水桶，「看看他是不是還活著。」

「豈有此理！」

他胸口上半截一直到頭頂都是橢圓形的水痕，他的頭髮貼在一邊，連眼睫毛都在滴水。「這是幹嘛？」

「你這個老酒鬼！」

「耶穌、聖母瑪麗亞、約瑟、老天啊……」

水蒸氣奇妙地從他衣服上冒出，他顯然還在宿醉，肩頭起伏，彷彿掛著一袋未乾的水泥。

羅莎把水桶從左手換到右手，「還好你要去打仗了。」她說，她伸出一隻手指，在半空中肆無忌憚地比畫著，「不然的話，我會親自宰了你，你知道我會的，是不是？」

爸爸抹掉喉嚨上的水。「妳就一定得潑我水就是了嗎？」

「對，我就是一定要潑你水。」她爬上樓梯，「五分鐘內你不上來，還會再被我潑水。」

莉賽爾留在地下室陪著爸爸，並且忙著用防漆罩布把流下來的水擦乾。

爸爸用濕漉漉的手制止莉賽爾，他抓住她的手臂說：「莉賽爾？」他的臉緊盯著她瞧，「妳認為他還活著嗎？」

莉賽爾坐下來。

她盤起雙腳。

潮濕布條上的水弄濕了她的膝蓋。

「我希望他還活著，爸爸。」

這好像是很蠢的一句話，不用說也知道的一句話，但是聽起來好像有其他的可能性存在。

莉賽爾心想，好歹說些有意義的話，讓他們兩個都別再想著麥克斯了，於是她蹲下來，把一根手指放在地板的小水窪之中。「早安，爸爸。」

漢斯眨眨眼睛回應她。

不過，這次的眨眼與以前的不一樣，爸爸的眼睛比較沉重、比較笨拙，那是麥克斯走後，以及他宿醉時的眨眼睛方式。他坐起來，告訴她前一天晚上彈奏手風琴與侯莎菲女士的事情。

廚房：下午一點

現在距離分別的時刻：兩個小時。

「不要走，爸爸，求你不要走。」她握著湯匙的手在發抖，「我們已經失去了麥克斯，我現在不能連你也失去。」

宿醉的爸爸聽了後，手肘頂著餐桌，手蓋住右眼。

「莉賽爾，妳是半個大人了。」他快崩潰了，但是控制下來，一口氣把話講完。「照顧媽媽，好嗎？」莉賽爾微微動了一下頭表示同意。「爸爸，我會的。」

他帶著宿醉、穿著西裝離開了天堂街。

艾立克．史坦納四天之後才離開，漢斯一家出發前往車站的一個小時前，他先過來祝福漢斯一切順利。他全家大小都來了，全家人一一與漢斯握手，芭芭拉給他一個擁抱，親吻他的雙頰，「要活著回來。」

「我會的，芭芭拉。」他的口氣充滿了信心，「我當然會活著回來。」他甚至擠出一個微笑，「你們也知道，只是一場戰爭而已。我以前也從戰場生還過。」

當他們沿著天堂街往上走，隔壁體格瘦削堅強的女人跑出來站在人行道上。

「侯莎菲女士，再見，我為昨晚的事情向妳道歉。」

「再見，漢斯，你這個喝醉的豬頭。」不過，她語氣中也流露了感情，「早日歸來。」

「我會的，侯莎菲女士，謝謝妳。」

她甚至還繼續糾纏下去。「要真感謝我的話，你知道該怎麼做。」

到了街角，迪勒太太防禦性的眼光從店鋪的窗戶射出來，莉賽爾握起爸爸的手。她一路握著他的手，經過了慕尼黑街，走到了火車站，火車已經停靠在那裡。

他們站在月台上。

羅莎先擁抱他。

她一句話也沒說。

她把頭深深埋在他的胸膛前，然後放開他。

接著輪到莉賽爾擁抱爸爸。

「爸爸？」

爸爸沒有回答。

不要走，爸爸，不要走，你留下，讓他們來抓你吧。不過就是別走，求求你，別走。

「爸爸？」

火車站：下午三點

現在距離分別的時刻：零分零秒。

他抱著她想說句話，什麼話都好。

他在她肩頭上說：「莉賽爾，妳可以幫我照顧手風琴嗎？我把它留在家裡。」

他接著想起真正要說的話了，「要是以後還有空襲，妳在防空洞裡要繼續唸書。」莉賽爾感覺胸脯緩緩發育，當胸部碰到漢斯肋骨的時候，感到一陣疼痛。

「好的，爸爸。」她盯著就在她鼻尖前的西套布，對著他的身體說：「你回來的時候，會彈個曲子給我們聽嗎？」

漢斯對著女兒笑了，火車即將離站，他伸出手，溫柔地用手捧著她的臉頰，「我保證一定會。」說完後，他就走進車廂。

火車開動的時候，他們彼此對望。

莉賽爾跟羅莎揮著手。

漢斯．修柏曼的身影越變越小，除了空氣以外，他的手什麼也握不到。

四周人群從月台上消失，最後一個身影也不留，只剩下體型如衣櫃般的女人與一個十三歲的女孩。

接下來的幾個星期，漢斯・修柏曼與艾立克・史坦納在不同的訓練基地接受密集訓練，天堂街變空曠了。魯迪也不一樣了，他不說話了。媽媽也變了，不再罵人。莉賽爾也受到了影響，雖然她一直想說服自己，偷書會讓她開朗起來，但就是提不起一絲偷書的欲望。

艾立克・史坦納離家十二天之後，魯迪再也忍不下去了。他急忙穿過圍欄，敲敲莉賽爾家的門。

「要跟我去嗎？」

「好。」

她不在乎他去哪裡，不在乎他的計畫，但是沒有她的話，他是不會行動的。他們走到天堂街口，沿著慕尼黑街，離開了墨沁鎮。大概過了一個小時之後，莉賽爾才問出了重要的問題。在那之前，她只有斜眼瞥一下魯迪堅毅的表情，或者看看他僵直的手臂與口袋中的拳頭。

「我們要去那裡？」

「答案不是很明顯嗎？」

她努力跟上他的腳步。「嗯，跟你說實話好了，我不太確定耶。」

「我要去找他。」

「你爸爸？」

「對。」他想了一下，「不對，其實我要找的是元首。」

莉賽爾加快腳步。「為什麼？」

魯迪停下來。「因為我想殺了他。」他甚至對著四周大聲喊出自己的想法：「你們這些混蛋，聽見沒有？」他大吼大叫，「我想要殺了元首。」

他們繼續走了幾哩路後，莉賽爾想掉頭回去。「魯迪，天快黑了。」

他繼續向前走。「那又怎樣？」

「我要回去了。」

魯迪停下來望著她，彷彿她背叛了他似的。「好啊，偷書賊，現在就從我這裡滾開。我打賭，要是這條路的盡頭有本破破爛爛的書，妳就會繼續走下去，是不是啊？」

他們兩人默不作聲。不久，莉賽爾下了決心說出心中的話。「你以為只有你一個人是這樣嗎，豬頭？」她轉過身去，「只有你一個人沒了爸爸嗎？」

「妳是什麼意思？」

莉賽爾花了幾分鐘做算數。

媽媽、弟弟、麥克斯・凡登堡、漢斯・修柏曼，他們全都離開了，而且她甚至沒有真正的父親。

「我的意思是，」她說：「我要回家了。」

她獨自走了十五分鐘。魯迪氣喘噓噓，臉上冒汗，小跑步回到她身邊之後，他們又一個多小時沒說話。他們只是一塊走回家，帶著一雙疼痛的腳與一顆疲倦的心。

在《黑暗之歌》中，有一章的故事叫〈疲倦之心〉。有個心性浪漫的女孩子想嫁給一位年輕人，後來這個年輕人跟女孩最要好的手帕交一起跑走了。莉賽爾確定那是第十三章的故事。「我的心好疲倦，好疲倦啊。」那個女孩坐在一間小教堂裡寫日記的時候這麼說。

莉賽爾一邊走著一邊想：不對，疲倦的是我的心。一顆十三歲的心不應該有這樣的感覺。

當他們走回墨沁鎮外圍，莉賽爾對魯迪丟出幾句話，她看到了修貝特體育場。「記不記得我們在那裡賽跑過，魯迪？」

「當然記得，我自己才在想那件事情，想我們兩個是怎麼跌倒的。」

「你說你滿身的屎。」

「那只是爛泥而已。」此時，他再度發揮自己插科打諢的個性。「我在希特勒青年團那裡才是滿身的屎，妳搞混了，死母豬。」

「我才沒有搞混了。我只是告訴你你自己說過的話。一個人說的跟實際發生的常常是不同的事情，魯迪，尤其是你說過的話。」

兩人之間的氣氛變好了。

當他們又返回慕尼黑街，魯迪停在他父親店鋪的櫥窗前往裡頭瞧。艾立克離開前與芭芭拉商量過，他不在的時候她應該繼續經營生意。後來他們打消了這個主意，反正近來生意也很蕭條，而且納粹黨員到處都是，多少會造成一點威脅，他們算是滋事者，滋事者的生意是永遠不可能繁榮的。他們必須倚賴軍餉來應付所有的生活開支。

店裡的西裝掛在衣架上，人體模特兒擺出可笑的姿勢。過了一會兒，莉賽爾說：「我覺得那個模特兒喜歡你耶。」她在提醒他該回家了。

走回到天堂街，羅莎．修柏曼與芭芭拉．史坦納一同站在人行道上。

「噢，天啊。」莉賽爾說：「她們看起來很擔心嗎？」

「她們看起來很生氣。」

到家之後，他們被問了很多問題，大多是像「你們兩個到底給我死到哪去了」之類的問題，不過寬心即刻取代了憤怒。

芭芭拉倒是一直追問答案。「怎樣，魯迪？」

莉賽爾代替他回答：「他想去殺了元首。」魯迪臉上由衷的滿意表情掛了很久，使得莉賽爾看了也很開心。

「再見，莉賽爾。」

幾個小時過後，客廳出現一個聲音，聲音傳到了躺在床上的莉賽爾耳朵中。她醒了，保持不動，心想是鬼？是爸爸？是外人闖進？還是麥克斯回來了？她還聽見東西打開與物品拖拉的聲音，接著聽到若有似無的寂靜。無聲總是最誘惑人的。

別動。

她想了好幾次別動，但是想得不夠多次。

她的雙腳踏上地板。

空氣灌進她睡衣的袖口。

她穿過漆黑的走廊，朝著原本吵雜卻又安靜下來的方向，朝著落在客廳的月光走去。她停下腳步，感覺到腳踝與腳趾頭裸露在外，她定睛凝視。

她的眼睛費了好長的時間才適應了光線。適應之後，事實出現在她的眼前，羅莎．修柏曼坐在床沿，胸前緊抱著丈夫的手風琴，而她的手指停留在鍵盤上。她動也不動，看起來連呼吸也沒有。

這幅景象映入了走廊上女孩的眼簾中。

一幅畫像

羅莎抱著手風琴。黑暗中的月光。

五呎一吋 × 樂器 × 寂靜

莉賽爾留在原地看著。

幾分鐘的時間一滴一滴前進，偷書賊想聽到音樂的欲望也耗盡了，音符還是沒有出現。羅莎沒有按下鍵盤，沒有拉動風箱。客廳只有彷彿是窗簾上一縷長髮的月光，客廳裡還有羅莎。

手風琴的背帶依舊綁在她的胸口，當她低下頭的時候，手風琴落到她的腿上。莉賽爾望著這一幕，她知道往後幾天裡，媽媽身上會帶著手風琴烙印下的痕跡，她會帶著這些印記走來走去。她也承認，當下目睹的這一幕實在動人心弦，因此她選擇不要去打擾媽媽。

回到床上睡著後，她看見了媽媽，聽見了無聲的音樂。稍晚，惡夢又讓她驚醒，她躡手躡腳走到走廊，羅莎還在，手風琴也還在。

手風琴像是船錨那樣把羅莎往下拉，她的身體慢慢沉下去，好像死去了似的。莉賽爾自忖，那樣的姿勢是無法呼吸的，然而一旦走近，她就聽見了。

媽媽又在打鼾。

她心想，有一對那樣的肺，誰還會需要風箱呢？

最後，莉賽爾回到床上，羅莎．修柏曼抱著手風琴的畫面在她腦海中揮之不去。偷書賊睜著眼睛，等待睡眠帶走她的呼吸。

收集員

漢斯．修柏曼與艾立克．史坦納都沒有被送到前線。艾立克被派到奧地利，在維也納市區外的軍醫院。因為他有裁縫的技術，所以分發到一個接近他專長的工作。每個星期都有一車車的制服、襪子、上衣送到醫院，他負責把需要修補的衣服加以修補妥當，即便這些衣物已經破爛到在俄國受苦受難的士兵只能當作內衣來穿，他還是必須修補。

諷刺的是，漢斯一開始先被派到司徒加，後來換到埃森。他分派到人們最不願做的大後方工作：LSE。②

必要的解釋

LSE

空襲特勤隊

LSE的工作是在空襲時候留在地面上，負責滅火、頂住建築物外牆，還有救助空襲時的受困者。漢斯隨即瞭解，這三個字母還有另一層意思。頭一天，部隊的同袍就對漢斯解釋，其實LSE真正的意思是死屍收集員。③

漢斯報到後，他一直在猜他的隊友到底是犯了什麼錯，才會被派遣來從事這樣的任務。反過來，他們對他也有同樣好奇的想法。小隊長包瑞斯．施柏中士開門見山問了他，漢斯詳盡說明麵包、猶太人與鞭子的故事之後，圓臉的中士突然蹦出一陣短促的笑聲，「你沒死，命很大。」他還有一對渾圓的眼睛，有事沒事就伸手揉揉眼睛，其實眼睛既不疲憊也沒有發癢，也不是燻到了煙或是沾上灰塵。「記住一點，這裡的敵人不會站在你的面前。」

漢斯正打算順著他的話提出疑問，另一個聲音從他身後傳出，聲音的主人是個瓜子臉的年輕人，臉上掛著戲謔的微笑，他是藍侯．祖克。「在我們這裡，」他說：「敵人不是在山丘的那頭，也不在任何具體的方向，敵人就在四面八方。」他把注意力拉回到他正在寫的信上面，「你等著瞧吧。」

過了幾個月的混亂日子之後，藍侯．祖克會死，漢斯．修柏曼的座位會害死他。

敵軍飛進德國境內的次數越來越頻繁，漢斯每次的輪班工作都以同樣的方式展開。部隊先在卡車上聽取簡報，瞭解被炸的地點、接下來可能被炸的地方、工作搭檔的分配。

沒有敵人來襲的時候，要做的工作還是很多。他們會坐車前往受災的城鎮進行災後整理工作。卡車上面坐著十二名無精打采的男人，人人隨著馬路坑洞的高低起落而上下跳動。

打從一開始，每個人所分配到位子就很清楚。

藍侯．祖克坐在左排中間的位子。

漢斯．修柏曼的位子在卡車最後面，可以照到日光，他沒多久就學會了要注意卡車裡面扔來扔去的垃圾。漢斯特別喜愛菸屁股，菸屁股嗖嗖飛出來的時候，還沒熄滅呢。

一封完整的家書

親愛的羅莎與莉賽爾：

這裡一切都好。我希望妳們兩個安好。

愛妳們的爸爸

十一月底，他首次嚐到了一場煙霧瀰漫的空襲滋味。卡車上堆滿了瓦礫，到處有人奔跑，有人尖叫。好多地方失火，炸壞的建築物堆積成一堆堆的土墩，房屋傾斜，還在冒煙的炸彈彷彿豎立在地面上的火柴桿。這個城市的肺臟充滿了煙霧。

漢斯．修柏曼的小組共有四名成員，他們排成一列，由包瑞斯．施柏中士帶隊，煙霧中看不清他的手臂，他的後面站的是凱斯勒，接著是布魯聶威，最後才是漢斯。包瑞斯．施柏中士提著水管澆熄火焰，後面兩個人拿水管往中士身上澆，而為了保險起見，漢斯提著水管淋濕前面三個人。

一棟建築在他背後先發出嗚咽的聲音，跟著就塌了下來。

那棟樓從正面坍塌，距離他的腳跟只有幾公尺，水泥聞起來好像是剛混拌不久，牆壁的粉塵迎面奔騰而來。

「修柏曼，該死！」這句話從火焰中掙扎冒出來，三個男人隨著這聲音趕緊逃開。他們的喉嚨卡滿了灰塵，等他們逃到轉角，遠離失事現場，倒塌建築所冒出的沙塵依然跟著他們。那片沙塵又白又溫熱，悄然無聲地尾隨他們。

到了暫且安全之處，他們猛然倒在地上，咳嗽不止，咒罵連連。中士重複他先前的感嘆：「修柏曼，該死！」他把嘴抹乾淨，好讓嘴唇可以活動。「到底發生了什麼事情？」

「房屋倒了，就在我們的正後方。」

「我早就知道了。我的問題是，那棟樓多高？一定有十層樓高。」

「沒有，長官。我想只有兩層樓高。」

「耶穌、瑪麗亞啊，」他突然一陣猛咳。「這些老天爺啊！」他使勁擦掉眼窩裡汗水與粉塵所結成的糊狀物，「這種事情我們真的無能為力。」

一名隊員抹著臉說：「拜託一次就好，看在老天的份上，他們轟炸酒吧的時候讓我在現場，我想喝啤酒想瘋了。」

每個人都往後躺下。

他們都嚐到了啤酒的滋味，啤酒澆熄了他們喉頭裡的火焰，緩和了濃煙的嗆鼻。這真是個美妙的願望，同時也是不可能實現的心願。他們都明白，在這種街道上流出的任何啤酒，都已經不再是啤酒了，而是奶昔或者麥片粥狀的液態物。

四個男人身上都抹了一層厚重的灰白色塵塊，他們起身繼續工作，只有透過幾條裂紋才看得見底下的制服。

中士走向布魯聶威，狠狠在他胸口上拍了兩下，又拍了幾下。「這樣好多了，朋友，你那裡剛剛有些灰塵。」布魯聶威笑了，中士轉身對著剛加入部隊的漢斯說：「這次你帶隊，修柏曼。」

他們花了幾個小時才把火全都熄滅。他們用手邊一切材料來撐住受損的建築物，有些建築的牆壁破了，殘餘的斷壁像是突出的手肘。這是漢斯．修伯曼最拿手的工作，他尋找悶燒中的木條或者零碎的水泥塊來撐起這些手肘，使它們有所依靠，他逐漸開始喜歡這份工作了。

他的雙手密密麻麻都沾了碎片，塵埃的殘餘粒子在牙齒上凝結成塊，嘴唇沾粘了已經硬掉的潮濕灰塵。制服的每個口袋、每一根線、每一條隱藏的摺縫，都覆蓋一層炸彈灰的薄膜。

這份工作最難處理的是人。

每過一陣子就有人頑強地在濃密的煙塵中行走，他們大部分都重複說著同一句話，總是喊著某人的名字。

有時候，有人喊著沃夫甘。

那些人的手印還留在漢斯的外套上。

「你有看見我的沃夫甘嗎？」

「史黛芬！」

「漢西！」

「古斯特！古斯特．史托保！」

濃煙漸漸退散，在殘破的街道上，點名工作緩慢而費力地進行著。有時，點名的結果是一個充滿灰燼的擁抱；有時，點名的結果是有人跪倒在地，哀聲哭嚎。一個小時又一個小時過去，這些情節慢慢堆砌，像是還沒發生的夢，又甜又酸的夢。

所有的威脅，包含粉塵、煙霧、突發的火苗、受傷的人，交融在一起，漢斯與部隊裡其他人一樣，都需要好好練習「忘卻」這個技巧。

「你還好嗎，漢斯？」中士問他，他的肩膀上有火苗。

漢斯有點擔心地對著他的肩膀點點頭。

工作到一半的時候，有個手無縛雞之力的老人，跌跌撞撞在街道上穿梭。漢斯完成一幢房屋的支撐工作後，轉身看見老人躺在地上，安靜等候輪到他讓漢斯撐起來。他的臉上有一道血跡，往下延伸到喉嚨與脖子，白色襯衫的領口已經變成暗紅色。他屈膝抱著腳，好像腳就在他的身旁一樣。「你現在可以把我撐起來嗎？年輕人？」

漢斯扶起他，抱著他走出薄霧。

傷心的小筆記

正當漢斯．修伯曼手上還扶那個男人的時候，我拜訪了那條小城街道。當時，天空是白馬似的灰色。

漢斯把他放到一片覆滿水泥灰塵的草地上，才發現他已經逝世了。

「什麼東西？」一個隊員問道。

漢斯只能用手比畫示意。

「噢！」一隻手把漢斯拉開，「修伯曼，這種事你要習以為常。」

剩下的時間，他埋首工作中，不想聽遠處其他人喊叫的迴聲。

大約兩個小時後，他、中士以及其他兩名隊員從一棟建築內衝出來。漢斯沒有留意地面的狀況，摔了一大跤。他翻身坐在地上之後，見到其他人難過地望著絆倒他的障礙物，這才明瞭是什麼東西讓他跌倒。

有具屍體趴在地上。

屍體上覆蓋了一層粉塵，死者雙手摀著耳朵。

是個男孩。

大概十一或十二歲左右。

他們沿著大街繼續向前，走沒多遠，有個女人嘴裡喊著魯迪這個名字。她看到這四個男人，他們在薄霧中碰上她。她的身體虛弱，因焦慮而駝背。

「你們有看見我的兒子嗎？」

「他多大？」中士問道。

「十二歲。」

噢，天啊，噢，我的老天啊。

他們心裡都想著同樣一件事情，但是中士就是無法鼓起勇氣告訴她事實，也不敢指引她方向。

這名婦人想從他們身邊擠過去，包瑞斯．施伯一把抓她回來。「我們才從那條街過來。」他向她保證：「妳在那裡找不到他的。」

這名駝著背的婦人依然緊抓著希望不放，她半跑半走，一面左右張望，一面叫喊著：「魯迪！」

漢斯於是想起另外一個叫做魯迪的孩子，生長在天堂街的魯迪。拜託，他向著看不見的天空乞求，保佑魯迪平安無事。他的思緒自然接著想起莉賽爾與羅莎，想起史坦納一家，想起麥克斯。

他們與其他隊員會合之後，漢斯跌到地上，他躺下來。

「躺在下面感覺如何？」有人這樣問他。

漢斯的肺裡滿滿都是天空。

幾個小時後，他梳洗一番，吃了點東西又吐了出來。他想寫一封詳盡的信寄回家，但卻控制不住自己的手，只好逼迫自己寫短一點。當他回家以後，要是他有回家的那一天，要是他能鼓起勇氣，他要親口告訴他們所有的故事。

他開始動筆寫信：親愛的羅莎與莉賽爾，……

這九個字，他花了好幾分鐘才寫好。

吃麵包的人

這一年，對墨沁鎮的人來說，是漫長又多事的一年，而這年終於進入尾聲了。

一九四二年的最後幾個月，莉賽爾一直惦記著她所謂的三個處於絕境的男人，她很想知道他們人在何處，正在做什麼。

有天下午，她從琴盒裡拿起手風琴，用塊破布擦拭琴身。準備把琴收回去之前，她做了媽媽沒做到的動作。就這麼一次，她把手指放在琴鍵上，輕輕擠壓風箱。羅莎說的沒有錯，彈琴只會讓房間覺得更空曠。

無論何時她遇到魯迪，她總會問起有沒有收到他爸爸的隻字片語。有時候，魯迪會向她詳細轉述艾立克．史坦納的來函內容，一比之下，她自己爸爸的那封來信多少讓人感到失望。

當然，麥克斯的部分，就全仰賴她自己的想像力了。

抱持著高度的樂觀，她想像他獨自走在無人的道路上。有時候，她幻想他跌落在某個安全地點的門口，他的身分證件足以讓他混過去。

這三個男人到處都會出現。

她在學校的窗戶上看見爸爸；麥克斯常常與她一同坐在壁爐旁；她與魯迪把腳踏車往慕尼黑街上一拋，朝著店裡張望，艾立克·史坦納就會出現，也盯著他們瞧。

「看看那些西套。」魯迪說，他的頭與手緊貼著玻璃，「好可惜啊。」

奇怪的是，侯莎菲女士反而變成了莉賽爾最喜歡的休閒活動。現在朗讀的時段增加了星期三，她們已經唸完了泡過水的《吹哨客》，開始在朗讀《夢的挑夫》。侯莎菲女士有時候會泡杯茶，或者給莉賽爾一點湯，味道沒有那樣稀薄，比媽媽煮的好吃多了。

十月到十二月之間，猶太人又走過墨沁鎮一次，之後又有一群人經過。跟上次一樣，莉賽爾衝到慕尼黑街上，這次她是去瞧瞧麥克斯·凡登堡有沒有在裡面。她的內心十分矛盾，一方面渴望見到他，知道他還活著；另一方面，假使他不在隊伍中，那麼就有很多可能性，其中一個可能性是他已經自由了。

十二月中旬，一群猶太人與囚犯又被帶往達考集中營，途中路過慕尼黑街。這是第三次的遊行隊伍。

魯迪下了決心，走回天堂街家裡，當他從門牌三十五號出來的時候，提了一個小袋子，牽了兩輛腳踏車。

「妳要賭賭看嗎？豬頭？」

魯迪袋子內的東西

六片快發霉的麵包，每片撕成四塊。

他們踩著踏板，趕在隊伍之前朝著達考方向騎去。他們停在半路的空地上，魯迪把袋子遞給莉賽爾。「抓一把。」

「這個主意行得通嗎？」

他把麵包啪地一聲放在她的手心。「妳爸爸做過這種事情。」

她無話可答，他還為此挨了一頓鞭打。

「我們動作快一點就不會被逮到了。」他把麵包分散在地上，「所以，妳快點動手啦，母豬。」

莉賽爾不得不跟著做。她與自己最好的朋友魯迪．史坦納把麵包放到路面上，臉上露出一絲笑容。完成之後，他們牽了腳踏車，躲到針葉林後面。

馬路又冰又直。沒多久，士兵就跟著猶太人來了。

在樹蔭下，莉賽爾望著魯迪。世事變化好大，他已經從偷水果的小竊賊變成了分送麵包的人，他金色頭髮的顏色逐漸加深，看來依舊像燭光。她聽到他肚子正在咕嚕咕嚕地叫，他卻把麵包分送給其他人。

這是德國嗎？

這是納粹統治的德國嗎？

帶頭的士兵沒見到麵包，因為他肚子不餓。然而走在排頭的猶太人看到了。

衣衫襤褸的他伸手下去撿起一片麵包，欣喜若狂，將麵包胡亂塞到嘴裡。

莉賽爾心想：那是麥克斯嗎？

她看不見，所以挪了位置好讓視線清楚點。

「喂！」魯迪非常生氣，「不要動啦。要是他們發現我們在這裡，把我們跟麵包想到一塊，我們就不用活了啦！」

莉賽爾繼續觀察隊伍。

又有猶太人彎下腰從路面上撿起麵包，而偷書賊則站在樹林的邊緣，仔細觀察每一位猶太人。還好，麥克斯・凡登堡不在隊伍裡。

她的心情只輕鬆了一下子。

有個士兵注意到有囚犯把手伸到地面，讓她嚇了一跳。士兵命令隊伍全部停下來，然後仔細地檢查馬路，而囚犯則趕緊靜悄悄嚼碎麵包，不約而同大口吞了下去。

士兵撿起幾片麵包，接著查看馬路兩側的狀況，囚犯也隨之張望。

「在那邊！」

一名士兵大步走過來，朝著站在馬路邊樹木下的莉賽爾走過來，他也看見魯迪了。兩人拔腿就跑。

他們選擇了不同的方向。頭上的樹枝像是撐起屋頂的椽木，高大的樹林則成了天花板。

「繼續跑，不要停，莉賽爾！」

「腳踏車怎麼辦？」

「他媽的！爛東西，我才不在乎！」

他們跑啊跑，跑了一百公尺之後，她直覺感到士兵的呼吸越來越近，士兵悄悄從她身旁追上來，她等著伴隨呼吸而至的那隻手逮住她。

她十分僥倖。

她所受到的懲罰只有靴子在屁股上的一踢，還有一句話：「小丫頭，趕快走，這裡不是妳該來的地方！」她又持續跑了至少一哩路才停下來。樹枝劃傷了她的手臂，松果在腳底下滾來滾去，她的肺吸滿了松樹針葉的氣味。

等她重返原地，時間已經過了整整四十五分鐘。魯迪坐在生鏽的腳踏車旁，他已經收集起剩餘的麵包，正嚼著一片發霉的硬麵包。

「我跟妳說過，不要太靠過去。」他說。

她讓他看看她的臀部，「上面有腳印嗎？」

藏起來的塗鴉本

耶誕節前幾天，又來了一次空襲；不過，炸彈沒有掉在墨沁鎮。根據收音機的新聞報導，大多數的炸彈落在空曠的鄉間。

要緊的是眾人在菲德勒家防空洞中的反應。先前莉賽爾的幾位支持者就定位之後，開始嚴肅地等候，帶著期待的眼光望著她。

爸爸的聲音出現了，他在她耳朵大聲說話。

「要是以後還有空襲，妳在防空洞裡要繼續唸書。」

莉賽爾拖延了片刻，她想確定大家真的想聽她朗誦。

魯迪為大夥說出了心裡的話：「唸啊，母豬。」

她翻開書，書中的文字再度傳給防空洞裡的每一個人。

警報解除，可以離開防空洞了。回家後，莉賽爾和媽媽坐在廚房裡。羅莎，修伯曼出神發呆，不一會兒，她拿起一把小刀起身。「跟我來。」

她走進客廳，從床墊的邊緣翻起床單。床墊側面有個縫起來的裂縫，若是事先不知道位置，幾乎不可能發現裂縫的存在。羅莎小心翼翼拆開裂縫，把手伸進去，直到整隻手臂都沒入床墊。她把手伸回來的時候，手上握著麥克斯·凡登堡的塗鴉本。

「他說，等妳準備好的時候，就把這個東西給妳。」她說：「我本來想在妳生日的時候才給妳，然後又打算提早到聖誕節。」羅莎，修伯曼停下來，臉上出現奇怪的表情，並非出自驕傲，反而像是想起了模糊而沉重的回憶。她說：「莉賽爾，我認為妳早就準備好了，從妳到這個家的那一刻開始，妳緊抓著圍欄門，妳就注定要擁有這個本子了。」

羅莎把本子交給她。

本子的封面是這樣的：

《抖字手》

塗鴉本

獻給莉賽爾・麥明葛

莉賽爾柔軟的手捧著本子，凝望著它。「媽媽，謝謝妳。」

她擁抱媽媽。

她同時渴望告訴羅莎，修伯曼她愛她，可惜她沒有說出口。

為了紀念往日的美好時光，她打算在地下室讀這本子，可是媽媽勸她不要。「麥克斯在下面生了大病是有原因的，」她說：「有件事情我很肯定，丫頭，我是不會讓妳生病的。」

於是她在廚房翻閱這本塗鴉本。

爐灶中燃燒著紅黃交雜、高低起伏的火苗。

《抖字手》。

◻

她一路往下翻，看了好多篇短文、故事，還有附帶說明的圖畫。有張圖畫畫了魯迪站在高臺上，脖子上懸掛了三面金牌，下方寫著：檸檬色的金髮。雪人也出現了，還有十三份禮物的清單。當然還記載了在地下室或壁爐旁度過的無數夜晚。

本子裡還有許多關於司徒加、德國、元首的想法、短文、幻想，還有麥克斯對家人的追憶。他終究是寫下了他對家人的懷念，他必須寫下他對他們的回憶。

接著翻到第一一七頁。

《抖字手》本人登場了。

這到底是一個寓言或神話故事，莉賽爾也不確定。就算幾天後她在《杜登辭典》查閱這兩個詞，還是分不清楚這到底是寓言還是神話。

在第一一六頁，麥克斯寫了一小段的說明。

第一一六頁

莉賽爾，這個故事我是亂寫的。我想妳也許已經大了，不適合這種故事，不過，也許這故事與年紀無關。我想到妳、妳的書，還有文字，這個怪異的故事於是從我腦袋中冒出。我希望妳能從故事中獲得益處。

她翻到下一頁。

從前有個奇怪的矮男人，替自己的人生規劃了了三大要事：

一、他的頭髮分邊，要和其他人都不一樣。

二、他要留奇怪的小鬍子。

三、有一天，他要統治世界。

這個年輕人晃蕩了好久，一直思索、計畫、想辦法，到底怎樣才能擁有整個世界。後來有一天，他想到了一個完美的計畫。他看到有個母親與小孩走在一塊，後來媽媽罵小男孩，小孩就哭了。沒幾分鐘，媽媽又用非常溫柔的口氣跟小孩說話，小男孩得到安慰，甚至還笑了。

這個年輕人衝到那位媽媽面前，給她一個擁抱。「文字！」他開懷大笑。

「你說什麼？」

不過他沒有回答，他人已經走了。

沒錯，元首決定用文字來統治世界。「我永遠不開槍。」他擬好計畫，「我永遠都不必開槍。」他也沒有草率行動，我們得承認，他是很有計畫的人，畢竟他不笨。他的第一個進攻計畫是在祖國栽種文字，越多地方栽種文字越好。

他日日夜夜種下文字、栽培文字。

他看著文字長大，最後，一片又一片的文字森林在德國各地出現……德國成了一個培植「思考」的國家。

文字成長的期間，我們年輕的元首也播下符號的種子。這些符號同樣開花結果。於是時機到了，元首做好準備了。

他從森林中精選出最迷人、最惡劣的文字，用這些文字來吸引人民，邀

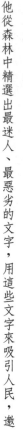

請人民前來認同他自己獨見的精闢見解。於是人民去了。

他們全都被放到一條輸送帶上，通過一架運轉的機器。十分鐘內，他們經歷了整輩子的一切事情，文字灌輸到他們腦中，時間不再存在，他們知道了這輩子所需要的所有事情。他們被催眠了。

接著，他們身上被安裝上符號。每個人都好開心。

不久，對於迷人又惡劣的文字與符號之需求大增，於是國家就增加人手來照料森林。有人受雇爬到樹上，把文字拋給下面的人。這些文字正好用來餵給元首的人民，人民還會回頭，要求要吃更多的文字呢。

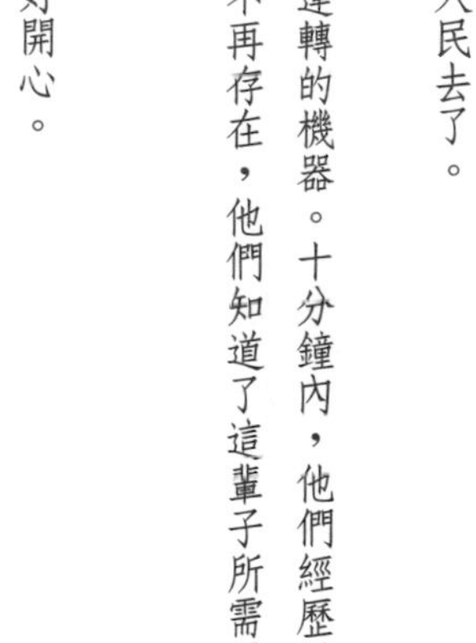

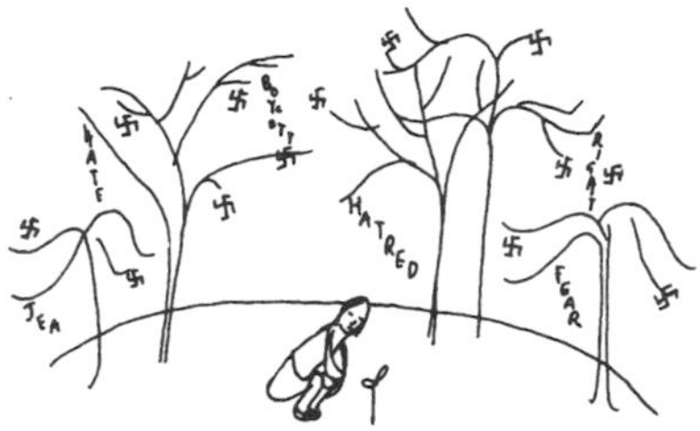

爬樹的人稱為「抖字手」。

最高明的抖字手是瞭解文字真正力量的人，他們可以爬到最高的樹上。其中有個高明的抖字手是個瘦小的女孩子，她成了地方上最傑出的抖字手。因為她知道，若沒有文字，人會變得多麼軟弱無力。

這就是為什麼她可以爬得比任何人都高的原因：她熱切追求文字。

不過有一天，她遇到了一個生在她的祖國，卻受她同胞唾棄的男人，他們成了好朋友。當這個男人生病的時候，抖字手落了一滴眼淚在他的臉龐上，這滴眼淚是由「友誼」

兩個字構成的。淚滴乾枯之後變成了一顆種子，下回女孩到森林去的時候，她把種子種在樹林間，每天為它澆水。

一開始，沒有東西長出來。有一次，她整天都在樹上搖落文字。到了下午，她去看種子，一株新芽已經冒出來。她盯著新芽看了好久好久。

這棵樹一天一天長大，成長的速度比其他樹木更快，最後，它成了森林裡最高最大的樹。每個人都跑來看這棵樹，他們全都竊竊私語討論著它，然後等待著……元首的出現。

他火冒三丈，立刻命令人把這棵樹砍掉。就在這時候，抖字手排開群眾，四肢跪倒在地。「求求你，」她哭著說：「你不能把樹砍掉。」

但是元首不為所動，他一個也不能放過。當抖字手被拉開之後，他轉身告訴他的得力助手，「請拿把斧頭來。」

就在那個時候，抖字手掙脫開來，起身逃跑，爬到了樹上。就算元首拿著斧頭砍著樹幹，她還是繼續往上爬，直到爬上了最高的樹幹。她不斷聽見人聲與隱隱約約的斧頭敲打聲。一片雲飄過，就像是隻有灰色心臟的白色怪獸。抖字手雖然心裡面在害怕，但是她十分固執，她留在樹上，等候樹倒下來。

但是樹並沒有搖動。
砍了好幾個小時，元首的斧頭卻沒有在樹幹上留下痕跡。
元首快要氣昏了，於是命令另一個人過來接手繼續砍。

幾天過去了。
幾個星期過去了。
一百九十六名士兵拿抖字手的樹一點法子也沒有。
「但是，她怎麼吃東西呢？」大家問：「她要怎麼睡覺呢？」
他們並不知道，其他的抖字手會拋補給品給她，女孩會爬到比較低的樹幹去接補給品。

下雪，落雨，春來秋去，四季輪迴。抖字手還在上面。
最後一個拿斧頭的人放棄了，他往上對她大喊：「抖字手！妳現在可以下來了！沒有人可以砍倒這棵樹！」

抖字手只能模模糊糊聽到這個男人的話，她小聲回答他，她的咕噥聲音順著樹幹傳到下面去。「不了，謝謝你。」她說，因為她知道，只有她才能保護這棵樹繼續茁壯挺拔。

沒有人知道過了多久。不過，有天下午，又有人拿著斧頭走進鎮上。他看起來連自己的袋子都背不動了，他的眼皮下垂，筋疲力竭拖著腳步。
「樹。」他問大家：「那棵樹在哪裡？」

有群觀眾跟隨著他，等他到了樹的位置，樹頂被幾片雲遮住。抖字手聽見群眾大喊，有個新來的人拿了斧頭，要終結她守護樹木的歲月。

「她不肯下來，」眾人說：「不會為任何人下來。」

大家不知道這個拿斧頭的人是誰，他們也不知道，沒有事情能夠攔得了他。

他打開袋子，掏出一個比斧頭還小很多的東西。

大家都笑了，他們說：「這把老舊的鐵鎚，砍不倒一棵樹的。」

這位年輕人並沒有理會他們的話，他只管在袋子裡面找鐵釘。他把三根鐵釘含在嘴裡，然後把第四根鐵釘敲進樹幹。距離地面最近的樹枝也長得很高了，他估計要用四枚鐵釘當作踏腳，才能爬上樹。

「看這個傻瓜。」有個圍觀的人大喊：「人家用斧頭都砍不倒這棵樹了，這個傻瓜以為他可以用……」

這個男人停止說話。

他捶了五下，把第一根鐵釘敲進大樹中，牢牢卡在樹幹上。

接著，第二根鐵釘也進去了，年輕人動身往上爬。

到第四根鐵釘，他已經爬到大樹枝上了，而且還繼續往上爬。他想要像以前一樣大喊，但是他決定先不要。

他好像爬了幾哩高的樹，花了好幾個小時的功夫才抵達最高的樹枝。他到的時候，看到抖字手裹在毛毯與雲朵裡面，她睡著了。

他看著她好一陣子。
溫暖的太陽，慢慢讓雲朵搭成的屋頂變溫暖了。
他伸出手，摸摸她的手臂，抖字手醒過來。
她揉揉眼睛，仔細看著他的臉好久。她說話了。
「真的是你嗎？」
她心想：我是不是從你的臉上拿到這顆種子的？
男人點點頭。
他的心晃了一下，他把樹枝抓得更緊一點。「是我。」

他們一塊兒待在樹頂，等待雲朵消散。雲朵消散之後，他們看見了整片森林。
「森林一直在擴張。」她向他解釋。
「不過，這棵樹也在長大。」年輕人看著他手抓著的樹枝，他說得有道理。

等到看飽了，聊夠了，他們開始往下爬，毛毯與剩餘的食物就留在上面。

大家都不敢相信自己的眼睛，當抖字手與年輕人的雙腳踏到地面，這棵樹上面終於開始出現斧頭的痕跡。以前砍伐的痕跡，現在出現了，樹幹上面多出一道道裂痕，地表開始震動。

「樹要倒了！」一名年輕的婦人高聲尖叫：「那棵樹要倒了！」她說的沒錯，

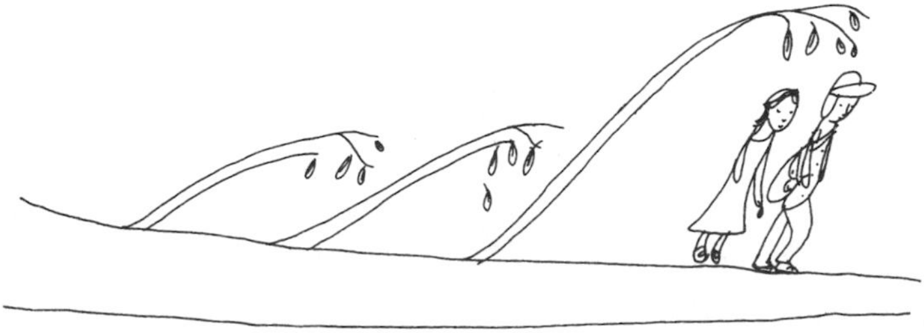

抖字手的樹，已經長得好高好高，開始慢慢傾斜下來。大樹發出嗚咽的聲音，土地把大樹吸了下來。世界在搖晃。等到四周又回歸平靜之後，大樹壓在森林其他的樹木上。雖然大樹無法完全摧毀這個森林，但至少，森林裡面已經多出了一條五彩繽紛的小路。

抖字手與年輕人爬上橫倒在地的樹幹，走過樹枝之間。等他們回頭一看，發現好多圍觀的人民正走回各自的崗位，走回這兒，走回那兒，回到森林裡。

不過他們一面往前走，一面停下了腳步聆聽，站在抖字手的樹上，他們聽見了背後的聲音與文字。

莉賽爾坐在廚房餐桌前良久，好想知道麥克斯．凡登堡現在是躲在那片森林裡面什麼地方。光線灑落她的四周，她睡著了。媽媽要她上床，她聽從媽媽的話，胸口緊緊抱著麥克斯的塗鴉本。

幾個小時後她醒來，她的問題有了答案。「那還用說，」她喃喃自語：「那還用說嗎？我知道他在哪啊。」然後她又進入夢鄉。

她夢見了那棵大樹。

叛亂份子的西裝

天堂街三十五號，十二月二十四號

由於兩家父親都不在，史坦納一家邀請羅莎，修伯曼、楚蒂與莉賽爾到家裡來。他們到的時候，魯迪還在解釋衣服的事情，他看著莉賽爾，嘴角上揚，露出一抹微笑。

一九四二年的聖誕節前，每天都飄著濃密的白雪。莉賽爾讀了好幾次《抖字手》，從故事本身讀到故事前後的短文與記事。聖誕夜當天，她決定要為魯迪做一件事情，才不管什麼太晚不能出門。

天黑前她走到隔壁告訴他，她有份禮物要送他，一份聖誕禮物。

魯迪看看她的雙手，看看她腳的左右兩側。「唔，禮物在哪裡？」

「好吧，當作沒這回事算了。」

但是魯迪明白得很，他看過她這付模樣，危險的眼神，唱反調的十指，他可以聞到她渾身上下的偷竊味道。「這禮物，」他判斷：「妳還沒弄到手，是吧？」

「還沒。」

「妳也不是要用買的吧？」

「當然不是用買的，你以為我身上有半毛錢嗎？」雪還在飄落，草皮凝結著像碎玻璃的冰霜。「你有鑰匙嗎？」她問。

「哪裡的鑰匙？」但是魯迪馬上就懂了。他走回屋內，隨即又出來。套句維克多．坎莫的話：「購物時間到了。」

夜幕降臨得非常快。除了教堂以外，整條慕尼黑街的商店都因聖誕節而暫停營業。魯迪的腳步邁得比莉賽爾的大步，所以於她必須加快腳步才能趕上他。他們抵達了目標的櫥窗，上面的招牌寫著：「史坦納裁縫師」。經過幾個星期的風吹雨打，玻璃穿著一層薄薄的泥塵。人體模特兒像是目擊證人似地站在櫥窗裡面，它們表情嚴肅，體面的打扮看起來荒謬可笑。這些模特兒真的很像在注視著他們的一舉一動。

魯迪把手伸進口袋。

今天是聖誕夜。
他的父親遠在維也納。
他認為父親不會介意他們擅自闖入他鍾愛的店鋪。全是因環境所逼。

他們三兩下就把門打開。走進店內，魯迪的第一個本能反應是打開電燈，但是電源早已經被切斷了。

魯迪很氣餒。「鑰匙是我帶來的。何況這是妳出的點子。」

「有帶蠟燭嗎？」

兩人對話時，莉賽爾被一塊凸起的地板絆倒，一個人體模特兒也隨著她倒下。模特兒撫弄她的手臂，上面的衣服掉下來覆蓋在她身上。「把這個東西從我身上弄開！」模特兒散成四大塊：連著頭的軀幹、帶著兩隻腳的下半身、兩隻分開的臂膀。莉賽爾掙脫之後，站起來喘氣，「天啊。」

魯迪找到一隻模特兒的手臂，他用手掌的部分輕輕拍打莉賽爾的肩膀，她嚇得轉過身，他友善地遞出那隻手，他說：「很高興認識妳。」

他們在店鋪裡狹小的走道上摸索了幾分鐘。魯迪先走去櫃檯，摔倒在一個空盒子上，又喊又罵，於是他又走回到店門口。「太誇張了。」他說：「妳在這等一下。」莉賽爾手拿著模特兒的手臂坐下，直到他提著一盞點亮的燈籠從教堂走回來。

一圈光影映在他的臉龐上。

「嗯，妳一直吹噓的那個禮物在哪裡？最好不要是個鬼一樣的模特兒噢。」

「把燈籠拿過來這邊。」

當他走到店鋪的最左邊，莉賽爾一手接過燈籠，一手迅速翻動吊掛著的西套。她先拉出一套，很快又放回去，接著又拿出另外一套。「不行，還是太大了。」又看了兩套衣服之後，她在魯迪．史坦納面前高舉一套藍色的西裝，「這個看起來差不多是你的尺寸吧？」

莉賽爾坐在漆黑的店裡，魯迪則在一間布簾隔間內試穿西裝，隔間內有一小圈的光影，還有正在打扮自己的身影。

魯迪走出來之後，他舉高燈籠讓莉賽爾看個詳細。沒有布簾的遮擋，燈籠光線像是一條柱子，把光線反射到精美的西裝上，也照亮了西裝裡面骯髒的襯衫與魯迪磨平的鞋子。

「妳看怎樣？」他問道。

莉賽爾繼續仔細查看，她在他身邊轉了一圈，然後聳聳肩膀。「還可以。」

「還可以！我看起來不只『還可以』好不好？」

「那雙鞋子讓你看起來遜了點，還有你的臉。」

魯迪把燈籠放在櫃檯上，假裝生氣地朝著她走過去。莉賽爾無法否認，她的情緒一度緊張起來，等到她看見他絆倒，跌在失寵的模特兒上頭，她一方面鬆了一口氣，卻也感到了一股失落。

魯迪在地板上哈哈大笑。

然後他閉上眼睛，緊緊地閉上眼睛。

莉賽爾衝過來。

她趴在他的身上。

親他啊，莉賽爾，親他啊。

「你還好吧？魯迪？魯迪？」

「我想念他。」魯迪側著臉朝著對面的地板說。

「聖誕快樂。」莉賽爾回答他，她扶他站起來，幫他把西裝拉平。

---

① Gloomy Sunday，匈牙利的作曲家賽理斯（Rezso Seress）於一九三〇年代的名曲。
② 德文原文為 Luftwaffe Sondereinheit。
③ 德文原文為 Leichensammler Einheit。

9 最後的人間陌路人

主演：下一個誘惑——橋牌賭徒——史達格林勒的降雪——永遠不老的弟弟——意外事故——苦澀的疑問——一只工具箱、一個流血的人、一隻泰迪熊——一架損毀的飛機——還有，回家

下一個誘惑

這回，那裡出現了餅乾。

不過餅乾已經不新鮮了。

那是耶誕節剩下來的新月形餅乾，擺在書桌上少說已有兩個星期。這些餅乾像是淋了一層糖霜的小小馬蹄鐵，底層的黏在盤子上，其他的疊在上面，堆成一座又軟又黏的小山丘。當莉賽爾的十指緊扣住窗臺，她就聞到了餅乾的味道。書房裡聞起來有糖跟麵團的香氣，還有幾千頁書的味兒。

桌上沒有字條，不過，莉賽爾隨即就瞭然於心，依爾莎又來這招了，莉賽爾才不會以為這盤餅乾不是要給她的。她走回窗戶邊，朝窗外發出一聲輕呼，喊了魯迪的名字。

那天他們是走路來的，因為馬路太滑，沒法騎腳踏車。魯迪在窗戶下站著把風，她一喊，他的臉冒出來。她把盤子遞給他，他二話不說收下了。

他的雙眼忘情地盯著餅乾看，又提出幾個問題。

「還有其他的東西嗎？有牛奶嗎？」

「什麼？」

「牛奶。」他稍微提高音量重覆一次，倘若他聽出莉賽爾的口氣快發火了，他可能不敢說得那樣清楚。

偷書賊的臉又出現在他的頭上方。「你是笨蛋嗎？我可以只偷書嗎？」

「當然可以，我只是要說……」

莉賽爾走到書桌後面，在上層的抽屜找到幾張紙與筆。她在紙上寫下「謝謝妳」，並把字條留在離窗戶最遠的書架上。

在她的右手邊，有本書像根骨頭突出來，書名的黑色刻印字幾乎像淺色書皮上的疤痕，《最後的人間陌路人》。她把書從書架上取下，書輕輕地沙沙作響，一陣塵埃飄落。

她站在窗戶旁，正準備動身爬出去的時候，書房的門吱嘎一聲打開了。

她的腳已經爬上去，偷了書的手抓穩了窗臺。她直視聲音的來源，發現鎮長夫人穿著全新的浴袍與拖鞋，浴袍胸前的口袋上繡著一枚納粹黨徽。宣傳工作連浴室也沒放過。

她們互相望著對方。

莉賽爾看著依爾莎．赫曼的胸口，舉起手臂，「希特勒萬歲！」

正準備要離開之際，她忽然想通了一件事情。

餅乾。

餅乾已經放在那裡好幾個星期了。

這表示，倘使鎮長本人使用這間書房的話，他一定看到了餅乾，他一定會問：餅乾為何在那裡？該不會……這根本就不是鎮長的書房，是她的，是依爾莎．赫曼的書房。這個想法讓莉賽爾心裡充滿了對人生不可思議的信心。

她不明白這個領悟為什麼這麼重要，然而她又很高興知道，這整間的書是屬於鎮長夫人的。一開始，是她帶領她走進這間書房，為她開啟一扇通往機會的窗戶，甚至後來為她打開了窗戶。這樣的真相讓她更開心，好像非常切合她的故事。

莉賽爾要走的時候，她突然停下來問：「這是妳的書房，是嗎？」

鎮長夫人變得緊繃起來。「我以前在這裡唸書，跟我的兒子，不過，後來……」

一陣風從莉賽爾背後吹拂到她的手上，她看見一個做媽媽的坐在地板上唸書，小孩的手指著圖片與文字，接著在窗戶上望見一幅戰爭的畫面。「我知道。」

屋外傳進來一聲驚呼。

「妳說什麼？」

莉賽爾壓低聲音朝著身後嚴斥：「豬頭，不要講話，注意馬路上的動靜。」對依爾莎．赫曼說話的時候，她的語氣則比較和緩。「所以這裡所有的書……」

「大部分是我的，有些是我先生的，還有妳知道的，有些是我兒子的。」

莉賽爾覺得十分尷尬，她的雙頰發燙。「我一直以為這是鎮長的書房。」

「為什麼？」鎮長夫人似乎覺得有趣。

莉賽爾留意到她兩隻拖鞋前端也有納粹黨徽。「他是鎮長，我以為他讀很多書。」

鎮長夫人把手插進浴袍的口袋。「最近，是妳使用這個房間的次數最頻繁。」

「妳有讀過這本書嗎？」莉賽爾舉起《最後的人間陌路人》。

伊爾莎仔細看了一下書名。「有，我讀過。」

「好看嗎？」

「不錯。」

她急著想離開，但是又莫名其妙覺得有義務留下來。她換了個姿勢想說話，但是可說的話太多，不停湧上她的喉嚨，好幾次她幾乎要脫口而出。不過鎮長夫人先主動講話了。

她從窗戶看到了魯迪的臉，正確地說，她看到了他燭光般的頭髮。「妳快走吧。」她說：「他在等妳呢！」

回家的途中，他們吃著餅乾。

「妳確定沒有其他東西嗎？」魯迪問：「一定還有其他的東西。」

「我們有餅乾可以吃，已經很幸運了。」莉賽爾檢查魯迪手上的戰利品。「你老實說，我爬出來之前，你有沒有偷吃一口餅乾？」

魯迪很生氣。「嘿，妳才是小偷，我不是耶。」

「不要耍我，豬頭。我看見你嘴角旁邊有糖粉。」

魯迪頑固地以單手托著盤子，另一隻手擦拭著嘴吧。「我什麼都沒吃，我發誓。」

他們走到橋頭的時候，手上的餅乾已經吃掉一半。其餘的餅乾，等回到天堂街之後，他們跟湯米・繆勒分著吃光了。

吃完了餅乾，他們只有一個想法，最後是魯迪說了出口。

「我們到底要怎麼處理這個盤子啊？」

正當莉賽爾與魯迪吃餅乾的同時，LSE隊員正在埃森附近不遠的小鎮休息和打牌。他們剛剛大老遠從司徒加回來，現在用菸捲做賭注賭博。藍侯・祖克很不爽。

「他耍老千，我發誓。」他喃喃自語。他們在一間改為兵營的庫房，漢斯・修伯曼連贏了三把。祖克憤憤不平丟出手上的牌，然後用三根髒手指撥攏他那頭油膩的頭髮。

關於藍侯・祖克的二三事

他二十四歲，只要贏了橋牌就洋洋得意，把一條條圓柱狀的香煙拿到鼻子前，品聞菸捲的味道。「勝利的氣味。」他會這麼說。

噢，還有一件事情，他死的時候，嘴巴是張開的。

漢斯・修伯曼與他左手邊的年輕人不同。贏了牌之後，他不會露出洋洋得意的表情，他甚至大方地分給每位同袍一根菸捲，並且為他們把菸點著。除了藍侯・祖克以外，每個人都接受了漢斯的招待。祖克奪下菸捲，丟回翻倒的盒子上。「我才不需要你的施捨，老頭。」他起身離開。

「他吃錯了什麼藥？」中士問。沒人想回答這種問題。藍侯・祖克只是個二十四歲的大男孩，玩牌保不住他的性命。

如果他沒有把自己的菸捲輸給了漢斯・修伯曼，他就不會討厭漢斯；如果他沒有討厭漢斯，幾個星期後，在一條安全平穩的路上，他就不會去霸佔漢斯的座位。

一個座位，兩個男人，一場短暫的爭吵，還有我。

有時候，人類的死法真是讓我吃不消。

史達林格勒的降雪

一九四三年一月中旬，天堂街顯露出它黯淡、悲傷的一面。莉賽爾關上圍欄的門，走到侯莎菲女士的家。出來應門的人讓她嚇了一跳。

她第一個念頭是，這男人絕對是她兩個兒子中的一個，但是看來又不像門旁相框內照片上的兩兄弟中任何一位。雖然她無從判斷他是否就是侯莎菲女士的兒子，但是他看起來好像年紀又太大了。他臉上佈滿了鬍鬚，眼神看來既痛苦又頑強，外套袖子前端露出一截綁著繃帶的手，繃帶上滲出櫻桃大小的血跡。

「妳晚一點再過來。」

莉賽爾想要窺探他身後的狀況，差點就要張口大喊侯莎菲女士，但是這男人擋住她。

「小朋友，」他說：「晚一點再來，我會去叫妳，妳住哪？」

三個多小時之後，有人敲著天堂街三十三號的大門。那個男人站在莉賽爾的面前，櫻桃般的血跡已擴大成桃子般大小了。

「她現在可以見妳了。」

走到屋外，在灰色的朦朧光線中，莉賽爾忍不住問那男人，他的手怎麼了。他的鼻孔先擤了一下，發出哼的一聲，然後才回答她的問題。「史達林格勒。」

「什麼？」他迎著風說話，莉賽爾沒聽見，於是又問：「我聽不見你說的話。」

他又回答了一次，這次稍微提高音量，把答案全部說出來。「我的手在史達林格勒出事了，我被槍射中肋骨，三根手指炸斷。這樣有回答到妳的問題嗎？」他完好無缺的手插在口袋裡，臉上流露出屈辱的神情，身體因寒風而顫抖。「妳覺得這裡冷嗎？」

莉賽爾摸著一旁的牆壁，她無法說謊。「當然覺得冷。」

男人笑了。「這不叫做冷。」他掏出一根菸捲放在嘴裡，想要用單手點燃火柴。在淒風苦雨的天氣裡，用兩隻手點火柴都不見得容易了，更何況只用一隻手。他把紙板火柴扔掉，破口咒罵。

莉賽爾撿起火柴。

她把他的香菸拿來放在自己的嘴裡，同樣也無法點著菸。

「妳必須先吸一口。」男人向她說明：「在這種天氣裡，妳要先吸一口，菸捲才會點得著，懂了嗎？」

她又試了一次，試著想起爸爸的做法。這次，她吸進了一嘴的煙，煙輕敲她的牙齒，搔弄她的喉嚨，但是她忍著沒咳嗽。

「幹的好。」他把菸捲拿過去吸了一口，伸出沒有受傷的左手。「麥可．侯莎菲。」

「莉賽爾．麥明葛。」

「妳是來讀書給我媽媽聽的嗎？」

就在這時候，羅莎出現在莉賽爾身後，莉賽爾能感覺到背後的震驚。「麥可？」她問：「你是麥可嗎？」

麥可．侯莎菲點點頭。「妳好，修柏曼太太，好久不見。」

「你看起來好……」

「老？」

羅莎依然處在驚愕之中，但是她努力鎮定心神。「你要不要進來坐一下？我看到你已經認識我的養女了……」當她注意到流血的那隻手之後，她的聲音慢慢減低變弱。

「我弟弟死了。」麥可．侯莎菲說。這個消息的打擊太大了，麥可就算用他那隻健全的手，也沒辦法把這個打擊傳遞得更委婉一點。羅莎踉踉蹌蹌晃了幾步路。戰爭自然意味著死亡，但是聽見一個曾經活著、在你周遭呼吸過的人戰死的消息，腳底下的地面終究還是會搖晃移動。羅莎一路看著侯莎菲兩兄弟長大。

這名蒼老的年輕人設法在情緒不失控的情況下，把發生的事情詳細說明。「我在一棟用來當醫院的房子裡，看到他們把他帶進來，當時我再過一星期就可以回家了。那個星期，我在他身邊整整坐了三天，一直坐到他斷氣為止……」

「發生這種事情，我很難過。」這句話聽來不像是羅莎說的，而是出自於那晚站在莉賽爾．麥明葛身後的人，但是莉賽爾不敢回頭看那人。

「請妳，」麥可阻止羅莎說下去，「不要再多說了，我可以帶這丫頭過去讀書嗎？我懷疑我媽媽會不會聽她唸，但是她說了要她過去。」

「好，帶她過去吧。」

他們沿著人行道走去，走到半路，麥可．侯莎菲想起一件事情，他掉頭回去。「羅莎？」過了半晌，媽媽才又把門打開。「我聽說妳兒子在那邊，在蘇聯。我碰到墨沁鎮來的人，他們告訴我的。不過，我相信妳已經知道這件事情了。」

羅莎不讓他離開，她衝出去抓住他的衣袖。「不，我不曉得這件事情。有天他離開這裡，然後就沒有再回來過了。我們想辦法找過他，但是後來發生了那麼多事情，發生了……」

麥可．侯莎菲想要迴避她，他最不想聽見的就是又一個讓人哀泣的故事。他掙脫了羅莎的手，他說：「據我所知道，他還活著。」他走到圍欄門與莉賽爾會合，但是莉賽爾並沒有移動步伐往隔壁走，她望著羅莎的臉龐。羅莎抬起頭來，下巴是垮的。

「媽媽？」

羅莎舉起手。「去吧！」

莉賽爾站著不動。

「我說妳去吧。」

莉賽爾追上麥可之後，這名剛返鄉的士兵一直找話題與莉賽爾攀談，他一定很後悔對羅莎說錯話了，所以想說其他的事來忘卻自己的錯誤。他高舉綁著繃帶的手說：「我還是沒辦法讓它停止流血。」莉賽爾其實很高興自己已經走到了侯莎菲家的廚房，越快開始唸書越好。

侯莎菲女士坐著，臉上有著金屬絲一般的淚痕。

她的兒子死了。

但是那只是真相的一半。

她永遠不會知道他確實的死因，我可以一口咬定告訴你，我們之中有個人知道。只要降雪加上槍枝，再加上人類語言的混亂場面，我好像老是知道接下來會發生什麼事。

我從偷書賊寫下的文字去想像侯莎菲家廚房的情景，我看不到爐子或木杓或汲水機，我看不到那一類的東西。不管怎樣，我不會先想到那些東西。我望見的是蘇聯的冬天，我看到雪花自天花板飄落，我看見侯莎菲另一個兒子的死。

他的名字是羅伯特，他的結局是這樣的。

一個戰場上的小故事

他的雙腿從小腿處炸開，他死在冰冷惡臭的醫院。他的哥哥看顧著他。

事情發生在蘇聯，時間是一九四三年一月五日，又是另一個冰封的日子。在這城市的冰天雪地之中，遍地都是橫死的蘇聯人與德國人。尚存的人對著眼前的茫茫白雪開槍射擊。三種語言交織著：俄文、子彈、德文。

我走過這些倒斃的靈魂，有個男人說：「我的肚子好癢啊。」他重覆說了好幾次。他雖然受到驚嚇，還是慢慢匍匐前進，朝著一個不成人形的黑色身影前進，那個身影坐著，血不停流到地面。腹部受創的士兵到了那身影旁邊，發現那是羅伯特・侯莎菲。他的手凝凍在血中，他正把冰雪堆積到小腿上面，上次爆炸從那裡劈斷了他的兩條腿。他的雙手滾燙，血流成一條紅色小河。

蒸氣自地面冒起，他看到、也聞到了正在腐爛的雪。

「是我啊。」士兵對他說：「我是比特。」他拖著身子爬行了幾吋的距離。

「比特？」羅伯特問。他的聲音漸漸消逝無聲，他一定感應到我在附近。

他又問了一次：「比特？」

為了某種緣故，垂死之人總會提出他們已知答案的問題，也許就是因為如此，他們死的那一刻，才可以曉得自己是對的吧。

四周突然只剩下一種聲音。

羅伯特・侯莎菲在士兵的右手邊虛脫，跌到冒氣的冰冷地面。

我肯定，他那個時候就以為已經看見我了。

還沒有。

那個年輕的德國人運氣不佳，那天下午我沒有帶他走。我手裡提著其他可憐的靈魂跨過他的身體，走回到蘇聯人身邊。

我往返於蘇聯和德國的陣地之間。

支離破碎的人。

我可以告訴你，這不是在滑雪度假。

正如麥可告訴他母親的情形，過了漫長的三天，我終於回來尋找那位在史達林格勒失去雙腳的士兵。我現身在野戰醫院，也可說是受邀而來，而我怕死了那股味道。

一個手紮著繃帶的男人告訴另一位滿臉驚慌、說不出話的士兵，他一定會活下去的。「你馬上就可以回家了。」他向他保證。

對，回家。我心想，永遠地回家了。

「我會等你。」他繼續說：「這個星期結束，我就可以回家了，但是我等你。」

他哥哥的句子才講到一半，我就收聚了羅伯特・侯莎菲的靈魂。

通常在室內，我要很用力才能看穿天花板。但是在那棟樓房裡，我運氣很好，屋頂已經破了一小塊，我可以直接往上看。距離我一公尺外，麥可・侯莎菲還在講話，我看著頭上方的洞口，讓自己忽視他的存在。天空是白色的，但是卻快速在惡化中。就像平常一樣，天空變成一條偌大的防漆罩布，鮮血流出，骯髒的雲朵像是融雪中的腳印。

腳印？你問。

嗯，我很想知道那是誰的腳印。

在侯莎菲女士的廚房中，莉賽爾讀著書。她費力一頁接著一頁唸，侯莎菲女士完全聽不進去。而我，當蘇聯的景象在我眼底逐漸消失，雪花依舊不肯停止自天花板飄落，水壺覆上了雪花，桌子也是，人類的頭頂與肩膀上也穿戴著一塊一塊的雪片。

做哥哥的在發抖。

做媽媽的在流淚。

而莉賽爾繼續朗誦，因為這是她在那裡的理由。在史達林格勒降雪之後的餘波中，能夠為他人做點什麼，那種感覺很好。

永遠不老的弟弟

過幾個星期，莉賽爾．麥明葛要滿十四歲了。

她的爸爸依然在遠方。

她又為隔壁身心崩潰的女人唸了三次書。好幾個晚上，她見到羅莎抱著手風琴坐著，下巴擱放在風箱上禱告。

因此她心想：時機到了。通常來說，偷竊會讓她心情開朗，但是在這一天，送東西回去才能讓她心情變好。

她把手伸到床底下，取出盤子，用最快的速度在廚房洗好，然後出門去了。她穿過墨沁鎮，往山丘住宅區走，心情自在。沉悶的空氣刺骨，像是殘酷的老師或是修女所加的處罰。她的腳步聲是慕尼黑街上唯一的聲音。

過了河，陽光在雲層後面若隱若現。

到了葛蘭德大道八號，她走上台階，把盤子放在前門，接著敲了敲門。門還沒打開，她已經走到了街角。

莉賽爾沒有回頭看，但是她知道，倘若自己回頭張望，她又會看見弟弟站在最底層的台階上，他膝蓋上的傷口痊癒了，她甚至還聽到他的聲音。

「這樣做好多了，莉賽爾。」

弟弟永遠都是六歲，她領悟到這點時，內心難過不已，可是懷著這樣想法的她，也努力擠出一個微笑。

她停在安培河，站在爸爸以前常倚靠著的橋上。

她笑了又笑，笑夠了才走回家。弟弟後來再也沒有回到她的夢裡。她還是懷念著弟弟，但是她再也不必惦記著弟弟死後，無神的眼睛盯著火車地板的樣子，再也不必記住奪走弟弟生命的那陣咳嗽聲音。

那天晚上，偷書賊躺在床上，弟弟只在她閉起眼睛前出現一下子。在房間裡，一直有人來拜訪莉賽爾，弟弟是其中一個。爸爸站著說她是半個大人了，麥克斯在角落寫《抖字手》，魯迪裸著身子在門旁。有時候，她的親生媽媽會站在床旁的火車月台上，房間如一道橋似地延伸到一座無名的小鎮，在遙遠遙遠的那一端，韋納在墓園的雪地裡嬉戲。

在走廊的盡頭，羅莎打鼾的聲音像是這些幻影的節拍器。莉賽爾醒著躺在床上，包圍在幻影之中。她還想起最近偷來的書上的一段話。

《最後的人間陌路人》，第三十八頁

城市的街道處處是人。然而，即便街道空曠無人，
陌路人也不會比現在更孤寂。

清晨來臨之後，幻影消逝無蹤。莉賽爾聽著從客廳傳來的輕聲吟誦，羅莎正抱著手風琴坐著禱告。

「讓他們全都活著回來吧。」她再三重覆唸道：「求求你，神啊，求求你，全都要活著。」就連她眼睛四周的皺紋也都合掌在祈禱。

手風琴一定擠壓得她好痛，她卻依舊牢牢抱著它。

羅莎永遠不會對漢斯透露她曾為他禱告的那些時刻，但是莉賽爾相信，一定是這些禱告，所以爸爸才能從埃森的意外事件中生還。就算這些禱告沒有益處，也絕不會有壞處。

意外事故

這天下午，天氣出人意外的晴朗。隊員爬上卡車，漢斯．修柏曼才剛坐到他分配到的位置，藍侯．祖克就高高站在他面前。

「走開。」他說。

「你說什麼？」

祖克在車篷下彎著身子。「我說：走開，屁眼。」他油膩膩、亂七八糟的瀏海黏成一團落在前額。「我跟你換位置。」

漢斯被他弄糊塗了，後面的位置大概是全車最不舒服的地方，吹到的風最強也最冷。「為什麼？」

「需要原因嗎？」祖克不耐煩地說：「說不定我想要搶第一個下車去尿尿。」

漢斯隨即注意到，部隊裡其他人已經注意到這兩個人之間的小爭吵。他不想讓步，但也不想顯得小家子氣，此外，他們才剛結束令人疲累的工作，他沒有力氣跟他耗下去。於是他弓著背走到卡車中間的空位子。

「你幹麼要讓那個混蛋？」鄰座的男人問他。

漢斯點了火柴，表示要與他合抽一根菸捲。「後面那裡的風會直接吹到我的耳朵。」

墨綠色的卡車正駛向十哩外的軍營。布魯聶威正在講一個法國女服務生的笑話，左前方的輪胎突然爆胎，司機控制不住車子。卡車翻滾了好幾圈，隊員在騰空中隨著火花、垃圾、菸草一起翻筋斗，一面不停地咒罵。他們手腳並用，找尋可抓住的東西，外面的藍天從天花板變成地面。

卡車停止翻滾後，所有人全都擠在卡車的右側，臉龐緊貼著隔壁夥伴的髒制服。大夥紛紛詢問是否平安無事，隊員安迪，阿爾瑪大叫：「把這個混蛋從我身上弄開！」他接連喊了三次，目不轉睛看著藍侯．祖克眨也不眨的眼睛。

在埃森的損失

六個男人被菸燙傷，兩人斷了手，好幾個折傷了手指，

漢斯．修柏曼斷了一條腿。藍侯．祖克的脖子斷了，幾乎是從耳垂那裡折斷的。

他們互相拖拉爬出車體，最後只剩下一具屍體留在卡車上。

司機赫慕．布羅曼坐在地上，搔著頭解釋：「輪胎，輪胎剛好就爆胎了。」幾個人跟他坐著，反覆說那不是他的錯。還有幾個人抽著菸走來走去，詢問彼此的傷勢是不是嚴重到可以除役的標準。還有兩三個圍在卡車後頭檢視屍體。

漢斯．修柏曼待在一棵樹旁，他腿上那道淺淺的傷口還在擴大，好痛。「死的應該是我。」他說。

「你說什麼？」中士從卡車那裡大喊。

「他坐在我的位置上。」

赫慕．布羅曼回過神來之後，爬回駕駛座。他側著身體想要發動引擎，但是發動不起來。軍營派了另外一輛卡車過來，當作是救護車，因為救護車沒來。

「你們知道這表示什麼，對吧？」包瑞斯．施柏說。他們知道。

他們繼續上路返回軍營，每個人都努力別往下看見藍侯．祖克張著嘴的輕蔑表情。「我跟你說過，把他翻過去，讓他臉朝下。」有人提起。好幾回，某人就是忘記了，把腳擱到屍體上去。到軍營之後，大家都設法避免擔起拖他下車的任務。工作完成之後，漢斯．修柏曼走了幾小步路，腳上的傷又裂開了，害得他跌倒在地。

一個小時之後，醫生檢查他的腳傷。醫生告訴他，他的腳已經斷了，中士也在現場，似笑非笑地站著。

「唔，修柏曼，看來你得逞了，是吧？」他抽著菸，搖晃圓臉，一一細數接下來會發生的事情。「你好好休息一陣子，他們會來問我要怎麼處理你的問題，我會告訴他們，你工作表現很好。」他又吐出幾口煙。「然後我想呢，我會告訴他們，你已經不再適合待在ＬＳＥ工作了，應該派你回去慕尼黑，在辦公室工作，或者看那裡需要怎樣的善後工作人手，你就去做。聽起來如何？」

漢斯痛苦的表情隱藏不了他的笑意，他回答：「聽起來很棒，長官。」

包瑞斯．施柏抽完菸捲。「該死，居然會聽起來很棒。你命好，我剛好喜歡你這個傢伙，修柏曼。你命大，剛好是個大好人，對菸捲大方而不吝嗇。」

在隔壁房間裡，其他的隊員正在敷藥。

苦澀的疑問

莉賽爾二月中旬生日過後的一個多星期，她與羅莎終於收到了漢斯．修柏曼寄來的一封詳細家書。她從信箱衝進屋內，把信拿給媽媽看。羅莎要她大聲把信唸出，當莉賽爾唸到腿斷掉的部分，母女倆激動不已。接下來的句子內容讓莉賽爾過於震驚，她只能無聲地唸給自己聽。

「下面說什麼？」羅莎催促她。「母豬？」

莉賽爾的眼睛從信紙上抬起來，她幾乎想放聲尖叫，中士說話算話。「他要回家了，媽媽。爸爸要回家了！」

她們在廚房相互擁抱，身體壓扁了信。斷了一條腿當然是值得慶祝的事情。

莉賽爾把消息帶到隔壁，芭芭拉．史坦納也欣喜若狂。她撫摸莉賽爾的手臂，大叫孩子們出來。在廚房中，史坦納一家似乎因漢斯．修柏曼即將返家的消息而受到了鼓舞。魯迪露出了笑容，還發出了笑聲，但莉賽爾可以看得出來，他是在勉強自己，她還可以感覺到他口中苦澀的疑問。

為何是他？

為什麼是漢斯．修柏曼？而不是艾立克．史坦納？

我同意他的想法。

一只工具箱、一名流血的人、一隻玩具熊

自從魯迪的父親在去年十月應召入伍，魯迪的憤怒一天比一天加深，漢斯．修柏曼返家的消息，刺激了他採取進一步的手段。他沒有把自己的想法告訴莉賽爾，他沒有抱怨世事不公，他的決定是行動。

在天色漸暗的午后，竊案常發生的時段，他提著一個金屬箱子沿馬路往天堂街頭走去。

魯迪的工具箱

工具箱紅色的外殼斑駁，長度像超大號鞋盒一般，裡面裝著：

生鏽的摺疊型小刀一把

小型手電筒一個

榔頭兩把（一中、一小）

毛巾一條

螺絲起子三把（大小不一）

滑雪面罩一個

乾淨的襪子三雙

泰迪熊玩偶一隻

莉賽爾從廚房的窗戶看見他，他堅定的腳步與鐵了心的表情，正如那天他跑去找他父親一模一樣。他用力握住工具箱的把柄，他的動作因為憤怒而僵硬。

偷書賊把手上的毛巾一扔，冒出一個念頭。

他要去偷東西。

她跑出去與他會合。

他們連打招呼的話都沒說。

魯迪逕自往前走，對著前方的冷空氣說話。快走到湯米．繆勒家的時候他說：「知道嗎？莉賽爾，我在想，妳根本不算是什麼小偷。」他沒有給她回嘴的機會。「是那個女人放妳進去的。拜託，她甚至還留了餅乾給妳。我才不認為妳那叫做偷東西。軍隊做的事情才叫做偷，他們偷了妳爸爸，偷了我爸爸。」他踢起一塊石頭，石頭在圍欄門上撞出鏗鏘聲，他越走越快。「住在上面那些有錢的納粹黨，葛蘭德大道，蓋柏大道，海德大道。」

莉賽爾能做的只有盡全力跟上他。他們過了迪勒太太的店鋪，接著轉彎走到慕尼黑街上。「魯迪。」

「總歸一句話，感覺是怎樣？」

「什麼怎樣的感覺？」

「妳拿走那裡的書的時候。」

就在那一瞬間，她決定停下腳步，倘若他想知道答案，他就會走回來。他的確走回來了。「怎樣？」不過，莉賽爾連嘴都還未張開，魯迪又回答了。「感覺很爽，對吧？把人家的東西偷回家？」

莉賽爾硬讓自己的注意力轉到工具箱上，想要緩和他的情緒。「你那裡面裝了什麼？」

他彎下腰把工具箱打開。

每件東西都有道理，只有泰迪熊玩偶除外。

他們一邊往上走，魯迪一邊說明工具箱的作用，以及他將如何利用每一項物件。比方說，榔頭是用來敲破窗戶，毛巾用來包榔頭，以降低音量。

「那泰迪熊呢？」

泰迪雄是安娜瑪莉，史坦納的，比莉賽爾的書本還嬌小，絨毛磨舊了，眼睛、耳朵已經縫過好幾次，然而，這隻小熊看起來還是很友善。

「那個啊，」魯迪回答：「我靈機一動想到的。要是我在屋子裡，碰巧有個小孩走進來，我就把泰迪熊給他，讓他乖乖安靜。」

「那你打算要偷什麼？」

他聳聳肩。「錢啊，吃的啊，珠寶啊，碰到什麼就偷什麼。」說得一副很容易的樣子呢。

過了十五分鐘，莉賽爾終於看見他表情突然變得沈靜下來，她就知道魯迪・史坦納已經不想偷東西了。他的決心消失了，雖然他還很在意那份他想像中偷竊可以帶來的光彩，不過莉賽爾看得出來，他已經不相信那份光彩了，他只是用力讓自己去相信。這可不是好徵兆。他犯罪的目標現在展現在眼前了，他們慢下腳步注視著一棟棟的房子，莉賽爾真心鬆了一口氣，同時也感到悲傷。

眼前是蓋柏大道。

座落在街上的房子看來神秘又巨大。

魯迪脫下鞋子，用左手拿著，右手則提著工具箱。

雲朵之間，月亮在那裡，投射出大概一哩長的月光。

「我在等什麼呢？」他問，不過莉賽爾沒有回答。魯迪又張開嘴，但是沒有說話，他把工具箱放在地上，然後坐在上面。

他的襪子受潮變冰。

「幸好工具箱裡面還有別雙襪子。」莉賽爾提醒他，她看到他不由自主強忍笑意。

魯迪挪到一旁，背對莉賽爾，工具箱上因此有了空位，讓莉賽爾坐下。

在大馬路中間，偷書賊跟她最好的朋友背靠著背，坐在一個斑駁的紅色工具箱上，兩人各自看著不同方向。他們坐了良久，等他們站起來準備回家之前，魯迪換了一雙襪子，把舊的襪子留在街上，當作禮物送給蓋柏大道。

魯迪說出的真心話

「我想，與其偷東西，不如留點東西下來。」

幾個星期之後，工具箱至少在一件事情上派上了用場。魯迪把螺絲起子與榔頭拿出來，打算在工具箱裡面收納史坦納家的貴重物品，下次躲空襲就可以帶著走。工具箱裡唯一還留著的是泰迪熊。

三月九日，警報聲響再度傳到墨沁鎮，魯迪提著工具箱出門。

史坦納一家沿著天堂街往下衝之際，麥可．侯莎菲焦急地敲著羅莎．修柏曼的門。羅莎與莉賽爾出來之後，他說出他碰到的困難：「我媽媽不肯出來，她坐在廚房餐桌前。」梅子大小的血跡還在他的繃帶上。

這幾個星期以來，侯莎菲女士的精神始終沒有恢復正常。莉賽爾到她那裡唸書的時候，她只盯著窗戶看，說話聲音微弱，幾乎動也不動。她臉上再也沒有出現殘暴與怒斥的表情，對莉賽爾說再見或者拿咖啡謝謝她的通常是麥可。而她現在不肯出門躲避空襲。

羅莎採取行動。

她一搖一擺地快步穿過圍欄門，站到敞開的大門前。「侯莎菲！」除了警報與羅莎的聲音以外，沒有其他的聲音。「侯莎菲，妳給我出來，妳這個可憐的老豬母！」羅莎．修柏曼從來沒學會講話要得體。「要是妳再不給我出來，我們全都要死在大馬路上了！」她轉身看著人行道上兩個無助的身影，一聲尖銳的警報聲恰好結束。「現在怎麼辦？」

麥可聳聳肩膀，他已經六神無主，不知所措。莉賽爾把書袋拋下，她看著麥可，另一聲警報又開始呼嘯，她大叫：「我可以進去嗎？」她還沒有聽到回答，就在人行道上跑了幾步，從羅莎身邊擠進去屋內。

侯莎菲女士一動也不動坐在餐桌前面。

莉賽爾心想：我要說什麼呢？

警報聲再度響起，她聽見羅莎大喊：「莉賽爾，不要管她好了，我們不能不走了！要是她不想活了，那是她家的事情。」警報又繼續鳴放，聲響傳進屋裡，羅莎的聲音已經聽不見了。

現在廚房只剩下喧囂聲、莉賽爾、還有瘦削頑固的侯莎菲。

「侯莎菲女士，求求妳！」

此刻很像莉賽爾收到餅乾那天，與依爾莎・赫曼對話的情況，她想到很多話可以說。但不同的是，今天有炸彈，情況比較緊急。

莉賽爾的選項

「侯莎菲女士，我們必須離開這裡。」

「侯莎菲女士，要是我們還待在這裡，我們會死掉的。」

「妳還有一個兒子活著啊。」

「每個人都在等妳呢。」

「炸彈會把妳的頭炸掉。」

「要是妳不跟來，我就再也不來唸書給妳聽，也就是說，妳連唯一的朋友都沒了。」

她選擇了最後一句話。在警報聲中，她直接了當大喊，雙手用力撐在桌面上。

侯莎菲女士抬起頭做了決定，她沒有起身。

莉賽爾只好離開，她推開桌子，由屋內往外衝。

羅莎讓圍欄門敞開著。她們準備往四十五號跑去的時候，麥可・侯莎菲還是一籌莫展站在天堂街上。

「走啊！」羅莎懇求他，但是這個返鄉的負傷士兵猶疑不決。正當他要走回屋內，一個畫面讓他轉過身：只有他殘廢的手靠在圍欄門上。他滿面羞慚鬆開了手，隨著她們往下走。

他們全都回頭看了好幾回，仍舊沒有見到侯莎菲女士的身影。

馬路看來好空曠，最後一聲警報消散在空中，天堂街上最後三個人走進了菲德勒家的地下室。

「妳怎麼這麼久才來？」魯迪問，他手裡拎著工具箱。

莉賽爾把書袋放到地上，然後坐在上面。「我們費了一番功夫想帶侯莎菲女士過來。」

魯迪環顧一圈。「她人呢？」

「在家，在廚房裡。」

麥可在防空洞的角落裡瑟縮顫抖。「我應該留下來的。」他說：「我應該留下來的，我應該留下來的……」他的聲音幾近無聲，他的眼睛卻睜得比任何時候都大，他緊握住自己殘廢的手，血液自繃帶內滲出，兩顆眼球在眼窩裡激動地跳動。

羅莎出聲制止他。

「不要這樣，麥可，這不是你的錯。」

但是這個右手只剩下幾根手指的年輕人聽不進去，羅莎看著他蹲下去。

「告訴我，」他說：「因為我不明白……」他往後一靠，倚靠著牆壁坐著。「告訴我，羅莎，我還想要活下去，她怎麼可以坐在那裡準備好要受死呢？」血跡變得更濃。「我為什麼想要活下去？我不應該希望自己活著的，但是我想活下去啊。」

羅莎把手放在麥可的肩膀上，麥可痛哭流涕，哭了好幾分鐘。其他人望著他們，連地下室門打開又關上，侯莎菲女士走進防空洞，麥可都還在哭。

麥可抬起頭。

羅莎走開。

麥可看著侯莎菲女士的眼睛，他開口道歉：「媽媽，對不起，我應該留下來陪妳。」

侯莎菲女士沒什麼反應，逕自跟著兒子坐下。她抬起他綁著繃帶的手，「你又在流血了。」她說。然後他們跟著其他的人一同坐著等候。

莉賽爾的手伸到袋子裡面找書。

慕尼黑大轟炸，三月九日到十日

炸彈與朗讀伴隨著漫漫長夜。偷書賊口乾舌燥，她唸了五十四頁的書。

大多數的小孩睡著了，沒聽見解除警報的信號。父母親喚醒小孩，或者抱著他們爬上地下室的樓梯，走入黑茫茫的世界。

遠方有多處失火，而我，我已經拾取了兩百多個橫死的靈魂。

為了另外一個靈魂，我正在前往墨沁鎮的路上。

天堂街空空蕩蕩。

解除警報延遲了幾個小時才發佈，以避免新的威脅出現，也藉機讓煙霧消散在空氣中。

靠近安培河的遠方有處火光，還有銀色的煙霧，貝蒂娜・史坦納注意到有一道黑煙拖曳在半空中，她伸出手指著說：「你們看。」

貝蒂娜是第一個發現的，不過第一個反應過來的是魯迪。他匆忙奔跑到天堂街底，手中還緊握住工具箱，他抄了幾條小路，衝過樹林。莉賽爾是下一個反應過來的人（她把書交給羅莎，羅莎大聲斥罵她，不准她跟去），接著幾個從不同防空洞出來的人也跟著走過去。

「魯迪，等我！」

魯迪沒有等她。

他朝著即將熄滅的熾熱火光與模糊不清的飛機飛奔，莉賽爾只能在樹林的間隙中看到工具箱。飛機停在河岸邊的空地上冒煙，飛行員原本打算迫降在那裡。

魯迪在距離飛機二十公尺處停下腳步。

剛好我本人也到了那裡，我注意到他站在那裡調節呼吸。

樹叢的大樹幹散佈在黑暗中。

嫩枝與針葉像是燃料般亂撒於飛機的四周，在枝葉的左邊，地面上燒出三道深刻的縫隙。降溫中的金屬不斷發出逃亡般的滴答聲，分分秒秒的時間加速流逝，最後他們好像在那裡站了幾個小時一樣。越來越多的群眾聚集在他們的身後，眾人的呼吸與言談戮刺著莉賽爾的背脊。

「嗯，」魯迪說：「我們要不要查看一下？」

他穿過殘餘的林木，朝著卡在地面的機身走過去，飛機的機頭浸泡在流動的河水中，歪斜的機翼留在後面。

魯迪慢慢從機尾轉了一圈，繞到了右邊。

「玻璃。」他說：「到處都是擋風玻璃。」

接著，他看到一個人的身體。

魯迪．史坦納從未見過如此蒼白的臉。

「不要過來，莉賽爾。」不過莉賽爾已經到了。

她見到敵軍飛行員幾乎毫無意識的臉。高大的樹木靜止著，河水繼續流動。飛機引擎又咳出幾聲咯咯聲，飛行員的頭顱由左邊傾斜到右邊，說了幾句大家都聽不懂的話。

「我的老天爺啊，」魯迪悄聲地說：「他還活著耶。」

工具箱帕一聲落在飛機一旁，更多討論聲與腳步聲響起。

火苗的光芒已全部消退，天色卻依然平靜無光，只有煙霧還在裊裊上升，不過也即將消散一空。

一片樹林阻隔了正在燃燒中的慕尼黑。現在，魯迪的眼睛不但適應了黑暗，也不再恐懼飛行員的臉。他的眼睛像是咖啡漬，好幾道傷痕橫切過臉頰與下巴，胸前隨意搭著一件縐巴巴的制服。

莉賽爾不理會魯迪的警告，甚至更加靠近飛機。我敢打包票，就是在那一刻，我和莉賽爾認出了彼此。

我心裡想，我認識妳。

當時是在火車上，有個咳嗽的小男孩，那天下著雪，小女孩心煩意亂。

妳長大了，我心想，但是我認出妳了。

她沒有退後，也沒有想與我爭鬥，但是我知道，有某個東西告訴小女孩我在那裡。她聞得到我的氣息嗎？我那討人厭的心跳像是罪行一般，在我死人般的胸膛裡不斷循環跳動，她聽得到嗎？我不知道，但是她認識我，她看著我的臉，她沒有移開視線。

天空從炭筆的顏色為起點，開始慢慢變亮。我們兩個都往前走，一起望著魯迪伸手到工具箱裡，拿開幾個相框之後，他取出一隻黃色的填充玩偶。

他慢慢爬向奄奄一息的飛行員。

他小心地把微笑的泰迪熊放在飛行員的肩膀上，熊的耳尖輕觸著他的喉嚨。

垂死的飛行員吸了口氣，然後開口講話，他用英文說：「謝謝你。」他一開口，臉上筆直的傷痕裂開，一滴血流到喉嚨。

「什麼？」魯迪問他：「你說什麼？」

很可惜，飛行員來不及回答，我先行動了。時候到了，我把手伸進駕駛座艙，慢慢從縐兮兮的制服中取出飛行員的靈魂，從毀損的飛機中救走了他。當我穿過群眾身邊，群眾在手中把玩著沉默，我經過一番推擠，才自人群中掙脫開來。

在我的頭上方，天空出現了日蝕，最後一道黑暗出現了，我發誓我看見一個納粹黨徽的黑色標誌，茫然遊蕩在天空中。

「希特勒萬歲。」我說，還沒說完話，我就步入了樹林。在我的身後，有隻泰迪熊放在一具屍體的肩膀上，樹枝下站著一根檸檬色的蠟燭，飛行員的靈魂在我的手上。

希特勒當政的那些年間，我才是最忠心耿耿服務元首的人，我這樣說應該是很公平的。沒有人擁有像我這樣的心，人類的心是一條直線，而我的卻是個圓形。我擁有無窮無盡的能力，能在正確的時間出現在正確的地點，結果我永遠是在人類最好與最糟的狀況下找到他們，我看見人類的鄙陋，也看見人類的美麗，而我好奇為什麼人類能夠同時既鄙陋又美麗呢？儘管如此，我忌妒人類一件事情：人類，真的很懂得找死。

返鄉

這段期間裡，有人流血，有飛機墜落，還有泰迪熊出現。但是一九四三年的前三個月，對偷書賊而言，是用一件好事情來結束的。

四月，漢斯．修柏曼膝蓋以上的石膏已經拆掉了，於是他搭上開往慕尼黑的火車，獲得一個星期的假期在家休養，之後會加入市區中的軍隊文書組，負責慕尼黑市區工廠、房舍、教堂與醫院等地清理工作所需的文書工作。至於往後他會不會被派去外面從事修復工作，要讓時間決定，看他的腳傷與慕尼黑的狀況而定。

他回家的時候，天色已經晚了。空襲造成的恐慌導致火車誤點，他比預期晚了一天到家。他站在天堂街三十三號的門口，一手握拳。

四年前，莉賽爾．麥明葛第一次出現在這裡的時候，要連哄帶騙才肯走進屋裡。麥克斯．凡登堡也曾經站在這裡，手中的鑰匙掐進了手心。現在，輪到漢斯．修柏曼站在這裡，他敲了四下門，偷書賊開了門。

「爸爸，爸爸。」

她在廚房抱緊他，不願放開他，她一定喊了他一百次以上。

吃完晚飯，他們在餐桌上坐到夜深。漢斯把所有的事情都告訴羅莎與莉賽爾，他細說LSE的工作、煙霧瀰漫的街道、在街頭漫步、迷路的可憐人。還有藍侯·祖克，藍侯·祖克那個可憐的笨蛋。他講了好幾個小時。

半夜一點，莉賽爾上床去，爸爸進來陪她，就像以前那樣。她醒來好幾次，看看他還在不在，他沒有讓她失望。

那晚靜謐無聲。

她滿足地躺在溫暖而柔軟的床上。

沒錯，莉賽爾·麥明葛那天晚上好幸福，平靜、溫暖、快樂的好時光持續大約三個月左右。

但是她的故事會延續六個月。

10 偷書賊

主演：世界的盡頭——第九十八天——戰爭策動者——文字之道——自白——依爾莎·赫曼的黑色小本子——飛機的肚子——還有，山脈般連綿起伏的瓦礫

世界的盡頭（第一部）

我再讓你提早看一眼結局，這樣或許可減緩等下的衝擊，或是讓我自己做好準備，好告訴你真相。無論是哪個原因，我必須告訴你，當莉賽爾·麥明葛的世界停止運轉的時候，天堂街正在下雨。

天空滴著雨。

就像小孩子盡了全力卻沒能關緊的水龍頭，一開始落下的雨水冰冷清涼，我站在迪勒太太的店鋪外，手心感覺到雨滴。

我聽見頭頂上飛機的聲響。

我仰頭透過雲層看到了轟炸機，望見飛機肚子上的門大開，炸彈好像若無其事地落下。炸彈偏離了攻擊的目標，它們通常是不會正中目標的。

感傷的小願望

沒有人想炸掉天堂街，沒有人會想轟炸一個以天堂為名的地方，
有人會這樣做嗎？有人嗎？

炸彈落地，雲朵立即燒成黑色，冰涼的雨滴被灰燼取代，雪花般的溫熱炸彈灰如陣雨灑落到地面。

總之，天堂街被夷為平地。

炸毀的房屋飛落到對面的街道上，一張元首正襟危坐的裝框相片承受了強力的爆破，在破亂的地板上碎成一片，但是他還是微笑著，正襟危坐微笑著。他知道我們所有人都不知道的事情，而我卻知道他不知道的事情，那些事情全發生在居民熟睡的時候。

魯迪．史坦納睡著了，媽媽與爸爸睡著了，侯莎菲女士、迪勒太太、湯米．繆勒，全都睡了，全都死了。

只有一個人活著。

她活著。因為她正坐在地下室重讀自己寫的故事，檢查裡面的文字有沒有錯誤。這間地下室先前被判定深度不足，但是在那一天夜晚，在十月七日那晚，它的深度夠安全。建物殘骸的骨架坍塌，幾個小時之後，奇異的寧靜氣氛籠罩著半毀的墨沁鎮。當地的ＬＳＥ隊員聽見地底下某處發出一個聲音，一陣迴音傳出。一個年輕女孩正用鉛筆敲打著油漆罐。

他們全都放下工作，側耳傾聽，彎下身體。當他們再度聽見那個聲音，他們動手往下挖掘。

一手接一手傳遞出來的物件

一塊塊的水泥與屋頂瓦片，一片牆壁上畫著滴著油漆的太陽，

一架從毀壞琴盒中露臉的手風琴。

他們把每樣東西都往上拋。

又移開一片斷牆之後，一個LSE隊員見到了偷書賊的頭髮。

男人露出欣慰的笑容，好像他剛順利接生了一個小寶寶。「不敢相信，她還活著！」

這群鬧哄哄、嘶吼狂叫的男人歡欣鼓舞。不過，我無法完全分享他們的熱情。

我方才一手抱著她的爸爸，一手抱著她的媽媽，兩個人的靈魂都好軟。

稍遠的地方，他們的屍體跟其他屍體一起放在地上。爸爸含銀似的迷人眼睛已經開始生鏽，而媽媽硬紙板一樣的嘴唇微張著不動，好像打鼾才打到一半。套用德國人咒罵上帝的方法，耶穌、聖母瑪麗亞、約瑟、我的這些老天爺啊。

援助的手拉起莉賽爾，拍掉她衣服上的碎石斷屑。「小姑娘，」他們說：「警報發佈得太遲了。妳在地下室做什麼？妳怎麼知道要到地下室去？」

他們沒有留意到這小姑娘手上還握著書，她以尖叫，生還者高喊的驚駭尖叫來回答他們的問題。

「爸爸！」

她再度尖叫，這次聲音更加尖銳，聽來椎心蝕骨，她的五官扭曲。「爸爸，爸爸！」

她嚎天喊地，放聲大哭，救援隊員把她抱上來。如果她受傷了，她自己都沒發現，因為她掙脫開來，繼續哭吼尋找。

她依舊緊抓著書。

她絕望地握著拯救了她性命的文字。

第九十八天

漢斯．修柏曼在一九四三年四月返家後的九十七天內，一切安然無恙。有好幾次他想起了兒子正在史達林格勒打仗，害得他悶悶不樂。不過，他希望兒子的血液裡遺傳到他部分的好運氣。

返家後的第三天夜晚，他在廚房裡彈手風琴，實現他承諾過的諾言，房間裡充滿了音樂、熱湯、笑話，還有一個十四歲大女孩子的笑聲。

「母豬，」媽媽警告她：「不要笑那麼大聲，他的笑話沒有那麼好笑，而且還低級得要命……」

一個星期後，漢斯重回部隊，通勤前往市區的軍隊辦公室工作。他說，辦公室裡面不動菸捲與食物，爾偶還能帶些餅乾或多餘的果醬回家。生活很像以往的快樂時光。五月間發生了一次不太嚴重的空襲，這裡喊一句「希特勒萬歲」，那裡喊一句「希特勒萬歲」，一切都還好。

一直到了第九十八天。

一名老婦人的簡短言論

站在慕尼黑街上，她說：「耶穌、聖母、約瑟、我的這些老天爺啊，
真希望他們別再帶那些人經過這裡了，
這些悲慘的猶太人，他們會帶來厄運的，他們不吉祥啊。
每次我看見他們，我就知道我們會全給毀了。」

她就是莉賽爾首次見到猶太人的時候，宣布猶太人隊伍來了的那位老婦人。她橫躺在地上，臉龐像曬乾的梅子似的，眼睛則如靜脈般深藍。她的預言是正確的。

盛夏，墨沁鎮出現了即將出事的預兆。居民跟往常一樣看見猶太人的行進隊伍，一開始他們見到一名士兵上下晃動的腦袋與直指天空的步槍，接著一排衣衫襤褸、腳步叮噹叮噹作響的猶太人出現。

這次不同的是，他們來自相反的方向。他們路經墨沁鎮，被押解前往鄰近的聶林鎮刷洗馬路，從事軍隊不願做的清掃工作。那天稍晚，他們又排成一列走回集中營。他們的腳步緩慢而疲累，全無希望。

莉賽爾又再次尋找麥克斯．凡登堡的身影。她認為，即使沒有被押解經過墨沁鎮，他也有可能已經被送到達考。他不在隊伍中，不在這群人之中。

不過，只要耐心等候，八月的某個溫暖午後，麥克斯一定會跟著其他猶太人一塊解送經過墨沁鎮。不過他與其他人不同，他不會低頭盯著馬路，不會眼光渙散望著站在路旁的觀眾。

有關麥克斯．凡登堡的一項事實

他在慕尼黑街上的臉孔之中，尋找一名偷書的女孩子。

莉賽爾後來算了算，七月猶太人路過墨沁鎮的那天，是爸爸返家後的第九十八天。她站在街道上，

仔細看著悲苦的猶太人一群又一群走過，尋找著麥克斯。即便她沒有看見麥克斯，最起碼這樣減低了光站在那裡看的痛苦。

她在天堂街的地下室寫道：那種想法讓人覺得好可怕。不過，她知道光這樣看著猶太人，確實叫她好痛苦。然而他們的痛楚呢？穿著絆腳鞋子的痛楚？承受折磨的痛楚？集中營大門關上時的痛楚？

十天之內，這群猶太人經過了兩次。沒多久時間，慕尼黑街上那位梅乾臉的無名婦人預言成真，災難降臨了。如果他們把路過的猶太人視為惡兆或災難的開端，他們應當指責的是元首與他征服蘇聯的野心，那才是真正的起因，因為在七月下旬的某一日，天堂街的居民醒來後，發現有位負傷返鄉的士兵死了。在迪勒太太店鋪附近的洗衣店內，他懸吊在屋樑上。世界上又出現了一個人形鐘擺，又是一個靜止不動的時鐘。粗心的老闆忘了關上門。

七月二十四日，上午六點三分

洗衣店很溫暖，屋樑很堅固，

麥可・侯莎菲從椅子上跳下去，就好像從懸崖邊跳下去一樣。

在那段日子裡，好多人追在我後面跑，呼喊我的名字，求我帶他們一塊走。也有少部分人若無其事地喚著我，用他們繃緊的聲音對我輕聲細語。

「帶我走。」他們說，而且我是擋不住他們的。毫無疑問，他們飽嚐恐懼，但他們並不怕我，他們怕的是世界一團糟，怕的是要再度面對自己、面對世界、面對你們這類的人。

我也沒辦法。

他們費盡心思找我，花招百出。無論他們用哪種方式，倘若他們成功了，我也只能把他們帶走。

麥可．侯莎菲知道自己在做什麼。

因為他想活下去，所以自殺了。

當然，我那天沒有看見莉賽爾．麥明葛。我跟平常一樣勸告自己，我的工作太忙了，所以不能逗留在天堂街，不能聆聽那些哀嚎。我在事發現場被人瞧見，已經是夠糟糕的事了，所以我按照往例退場，退到早餐顏色的太陽之中。

我沒聽到某個老人家發現懸盪屍體的尖叫，沒聽見其他人抵達時的匆促步伐與驚訝的吸氣聲，也沒有聽見一名留著小鬍子的瘦弱男人喃喃自語：「悲哀啊，真是該死，真悲哀啊……」

我沒見到侯莎菲女士平躺在天堂街上，雙手大張，放聲尖叫，臉上堆滿了絕望。沒有，我沒有目睹這些情景。幾個月後我又回到這裡，讀了一本叫做《偷書賊》的書之後，才得知這些故事。我才知道，到頭來，原來是活著的罪惡感削弱了麥可．侯莎菲的生命意志，不是殘廢的手或其他的創傷。

在他尋死之前，莉賽爾已經知道他夜夜失眠，對他而言，夜晚就是毒藥。我時常想像他清醒地躺著，在冰雪般的床單中盜汗，或幻想看到雙腿截斷的弟弟。莉賽爾寫道，她有次差點就要跟他講她弟弟的故事，就像她告訴麥克斯那樣。不過，長期咳嗽與兩條斷腿之間似乎差別甚大，要怎麼樣才能安慰目睹如此慘劇的人呢？可以告訴他元首以他為榮嗎？可以告訴他，領袖因他在史達林格勒的表現而喜愛他嗎？你怎麼膽敢開口呢？你只能讓他說他自己想說的話。但是，難為之處當然就在這裡，他們把最要緊的話留到最後才說，留到其他的人不小心尋獲他們留下的一張字條、一句話，甚至是一個問題或是一封信之後，留到那個時候才說。

就像是一九四三年七月，在天堂街上所發現的一封遺書。

麥可．侯沙菲，最後的道別

親愛的媽媽：
妳會原諒我嗎？我再也忍不下去了，我要去找羅伯特。
我不在乎天主教該死的教義是怎麼說的，
天堂裡一定有個地方，留給像我一樣經歷過這種事情的人。
我的作法，或許會讓妳誤以為我並不愛妳，其實我很愛妳。

妳的麥可　絕筆

漢斯．修柏曼受託前去通知侯沙菲女士這個消息，他站在她家的門檻上，她一定是從他臉上看出事情不對了。她在六個月之內失去了兩個兒子。

瘦削堅強的侯沙菲女士走過漢斯身邊的時候，清晨的天空在他背後不斷投射光輝。她一邊啜泣，一邊跑向天堂街口聚集的人群，她喊了至少二十多遍麥可的名字，但是麥可早就已經回應了她的呼喊。根據偷書賊的說法，侯沙菲女士摟著屍體一個小時之久，然後回到天堂街的刺眼陽光下，她坐下來，她走不動了。

居民站在遠處旁觀，停留在遠處比較容易面對這種事情。

漢斯．修柏曼陪她坐著。

他把手放在她的手上，她往後躺到堅硬的地面。

他讓她放聲哭喊，聲音傳遍了整條街。

良久之後，漢斯煞費苦心陪著她走過圍欄門，回到屋子裡。不管我試過多少次由不同的角度回想這件事情，我總是辦不到……

當我想起心痛的女人與眼睛含銀似的高個子合演的這一幕人生劇，天堂街三十一號的廚房始終飄著雪。

戰爭策動者

空氣中有新棺的味道，大家穿著黑衣，他們的眼睛看著幾個龐大的箱子。莉賽爾跟其他人一樣站在草地上，那天下午，她為侯沙菲女士唸了一段故事，她唸了《夢的挑夫》，那是侯沙菲女士最喜愛的書。

我這一天真的忙翻了。我是說真的。

一九四三年七月二十七日

麥可．侯沙菲下葬，偷書賊為喪子之人朗誦，同盟國轟炸漢堡。

關於轟炸這件事情，還好我辦事能力超強，

普天之下只有我能在這麼短暫的時間裡，搬運了四萬五千多個人。

在人類一百萬年的歷史裡，沒人辦得到。

當時，德國人已經開始付出慘重的代價，元首長了疙瘩的膝蓋也開始搖搖晃晃。

不過，那個元首啊，我還是會幫他做點事情。

他確實擁有鋼鐵的意志。

他沒有放鬆發動戰爭的動作，也沒有停止消滅、虐待他所厭惡的猶太人。多數的集中營散佈在歐洲各國，也有幾座設置在德國本土。

在這些集中營中，許多人依舊被迫工作與遷徙。

麥克斯．凡登堡就是這樣的猶太人。

文字之道

故事發生在希特勒統治的核心地區一個小鎮。

受苦受難的人越來越多，其中一個受難者現在抵達了。

猶太人被押解著路過慕尼黑郊區，一名十來歲的少女，做了平常人想都不敢想的事情。她走到隊伍中間，隨著猶太人一塊前進，士兵將她拉開，將她推倒在地，她卻又站起來，繼續擠進隊伍中。

那天上午氣候溫暖。

又是一個遊行的好日子。

士兵與猶太人步經好幾座城鎮，抵達了墨沁鎮。或許是因為集中營內有更多的工作必須完成，或許因為很多囚犯死了，人手不夠。無論理由為何，有一批新報到的疲倦猶太人，再度以步行的方式被羈押前往達考集中營。

莉賽爾一如往常跑到慕尼黑街上，加入照例群集的旁觀者行列之中。

❐

「希特勒萬歲！」

她聽見帶頭的士兵在馬路前頭大喊，她穿過人群，朝著士兵走去，準備迎接隊伍。士兵的聲音令她大為驚愕，一望無邊的天空成了士兵頭上的天花板，他的話語反彈而下，落在跛行的猶太人腳邊。

他們的眼睛。

他們看著移動的路面，走過一條又一條的街道。莉賽爾找到一個有利位置之後，停下來仔細查看隊伍。她快速看了一列又一列的面孔，想要把這些面孔與寫下《守視者》與《抖字手》的猶太人配起來。

羽毛般的頭髮，她心想著。

不，他的頭髮現在應該像是小枝椏，那才是他頭髮很久沒洗時候的樣子。注意像小枝椏的頭髮、水汪汪的大眼睛、燃燒的鬍鬚。

天啊，好多猶太人。

好多垂死的眼，好多沈重的腳！

莉賽爾在這些人裡搜尋，她發現了麥克斯．凡登堡，但不是因為她認出了他的臉，而是因為他臉上的動作：他也在仔細查看人群，他聚精會神在查看。莉賽爾發現那臉龐，唯一一張大剌剌地瞧著路旁群眾的臉龐，她怔住了。那張臉的搜尋意圖太明顯了，連莉賽爾兩旁的人都注意到了，開始對他指指點點。

「他在看什麼？」一個站在她旁邊的男子說。

偷書賊一個跨步走到馬路上。

她的步伐從來沒有如此沈重，她發育中的胸腔內，從未感覺這般肯定、強烈的勇氣。

她往前一跨，以極度輕柔的聲音說：「他在找我。」

她的聲音逐漸虛弱，消失在她的身體內，她必須找回自己的聲音，於是她伸手到體內，想找到再次說話的力氣，來呼喊他的名字。

麥克斯。

「我在這裡，麥克斯！」

再大聲點。

「麥克斯，我在這裡！」

他聽見了她的聲音。

麥克斯·凡登堡，一九四三年八月

他的頭髮跟莉賽爾想的一樣，已經變成了小枝椏，
他水汪汪的眼睛望過來，越過一個又一個猶太人的肩膀。
當他的眼光投向她的眼底，他的眼睛流露出懇求。
他滿臉鬍鬚，雙唇顫抖著說出那句話，一個名字，女孩的名字。
莉賽爾。

莉賽爾從人群中掙脫，加入了潮水般流動的猶太人隊伍，她在人潮裡穿梭，直到左手抓住了麥克斯的手臂。

他的臉降落在她的臉上。

她失足絆倒，他的臉也跟著往下，這名猶太人，這個低賤的猶太人用盡全身的力氣才扶起了她。

「我在這裡，麥克斯。」她又重複一次：「我在這裡。」

「我不敢相信……」這句話由麥克斯·凡登堡的嘴裡說出。「看看，妳長得這麼大了。」他的眼底埋著強烈的哀傷，眼眶泛淚。「莉賽爾……我幾個月以前才被他們抓到。」他的話斷斷續續，一個字一個字傳入莉賽爾的耳朵中。「往司徒加的半路上。」

站在猶太人的隊伍中，莉賽爾被陰鬱雜亂的四肢與破爛不堪的集中營制服包圍住。士兵還沒發現她，麥克

斯警告她：「快放開我，莉賽爾。」他甚至想把她推開，但是莉賽爾的力氣很大，麥克斯飢餓無力的手臂推不動她。她夾雜在污穢、飢渴又迷惑的猶太人之中，繼續往前走。

走了一段距離之後，帶隊的士兵注意到了她。

「喂！」他往隊伍裡頭喊，拿著鞭子指著莉賽爾，「喂！小姐，妳在做什麼？出來。」

莉賽爾全然不理會他的話，這名士兵於是用手臂推開緊緊相靠的人群，把囚犯擠到一旁，自己走過去。他陰森森地逼近莉賽爾，而莉賽爾卻繼續費勁前進。她同時留意到麥克斯．凡登堡臉上壓抑的表情，她看過他害怕的樣子，但是他從來沒有像現在這樣恐懼過。

士兵抓住她。

他的手粗暴地拉扯她的衣服。

她感覺到士兵的手骨與指關結撕扯她的肌膚。「我說了，出去！」他命令她，並且拖著她往外走，將她往旁觀的德國群眾方向使勁一拋。氣溫越來越高，太陽灼傷了她的臉，莉賽爾四肢著地跌在地上，疼痛不已，然而她又站起來。她要再次趕上隊伍，稍微停頓之後，她又步入了猶太人的隊伍之中。

這次，莉賽爾是從隊伍後面進去。

她看到遙遠前方那頭枝椏般的頭髮，她朝著那頭頭髮前進。

這次她沒有伸出手臂，而是停下腳步。她身體的某處藏有文字的靈魂，那些靈魂爬出來，站在她的身邊。

「麥克斯。」她喊道。麥克斯轉過身，閉了一下眼睛，而她繼續往下說。「從前有個奇怪的矮男人。」她說，她放下雙臂，握拳的手掌落在身體的兩側。「但是也有個抖字手。」

有位前往達考集中營的猶太人停止走動。

他站著不動，其他愁眉苦臉的猶太人繞過他，留下他獨自一個人。他的眼神動搖了，理由非常簡單，因為莉賽爾把文字傳給麥克斯，文字爬上了他的身。

她又開口，結結巴巴地提出問題，她忍著不哭，滾燙的淚珠在眼睛打轉，她仍舊保持著堅定與驕傲的模樣，讓文字傳達她的意念。「『真的是你嗎？年輕人問道。』」她說：「『我是不是從你的臉上拿到這顆種子的？』」

麥克斯．凡登堡在原地站著。

他沒有雙膝著地，撲倒在地。

觀眾、猶太人、天上的雲，全都停下來觀看。

麥克斯站著，他先看著莉賽爾，接著望向天空。天空遼闊蔚藍，美麗動人，刺眼的光束像是太陽做的木板條，燦爛灑落在路面上。雲朵又開始飄動，一朵朵變形捲曲。「今天真是美妙的日子啊！」他說，他的聲音碎成千片萬段，死去的大好日子，死去的大好日子，像今天這樣的日子。

莉賽爾走向麥克斯，她已經有了勇氣，伸手捧住他長滿鬍鬚的臉龐。「真的是你嗎，麥克斯？」

德國出現了這麼輝煌燦爛的一天，德國的人民多麼專注地觀望著。

麥克斯的嘴唇吻著她的手掌。「是的，莉賽爾，是我。」他讓莉賽爾的手貼在他的臉龐上，淚水流到她的手指間，他哭了。士兵走過來，幾位無禮的猶太人停著注視他們。

士兵動手鞭打停止不動的麥克斯。

「麥克斯！」莉賽爾流下了眼淚。

然後，一片寂靜無聲，因為莉賽爾被人拖走了。

麥克斯。

猶太拳擊手。

她在心裡說了所有想說的話。

麥克斯小剋星，這是你在街上打架，司徒加的朋友叫你的綽號，你記得嗎？記得嗎？麥克斯？是你告訴我的。我記得每一件事情……

那是你啊，有一雙硬拳頭的男孩子。你以前說過，如果死神來找你，你會一拳先打在他的臉上。

記得雪人嗎，麥克斯？

記得嗎？

在地下室？

記得有顆灰色心臟的白色雲朵嗎？

元首偶爾還會下樓找你，他想念你啊，我們全都想念你。

鞭子。鞭子。

士兵手上的鞭子沒有停過，他鞭打麥克斯的臉，痛擊他的下巴，割傷了他的喉嚨。

麥克斯跌到地上，士兵接著轉向莉賽爾，他的嘴巴張開，露出一排整齊完美的牙齒。

她的腦海中乍然浮現一個念頭，她想起自己預期依爾莎或是羅莎會打她巴掌的那天，她們都沒有打她。這次，她不會失望了。

鞭子劃破她的鎖骨，擊中了她的肩胛骨。

「莉賽爾！」

她知道那是誰的聲音。

當士兵揮動著手臂，她看見了魯迪．史坦納焦慮地站在人群中，他大喊，她看見他痛苦的神情與黃色頭髮。「莉賽爾，出來！」

偷書賊沒有出來。

她閉上眼睛，身上又多了一道發燙的鞭痕，然後再挨了一鞭，她的身體跌到溫暖的路面上，臉頰因為路面而熱了起來。

她又聽見有人說話，這次是士兵說的。

「站起來。」

這句簡潔的話不是對莉賽爾說的，是對著麥克斯說的。士兵詳細解說這句話的意思：「站起來，你這下流的混蛋，狗娘養的猶太種，站起來，站起來……」

麥克斯撐起身體想站起來。

再一下伏地挺身就起來了，麥克斯。

在冰冷的地下室地板上，再做一下伏地挺身就起來了。

他的雙腳移動了。

士兵拖著他，他往前進。

他的腳步蹣跚，撫摸著鞭痕以來減輕刺痛感。他想要找尋莉賽爾的蹤跡，但士兵的手壓在他流血的肩膀上，推著他往前走。

魯迪趕到莉賽爾身邊，他瘦長的腳跪在地上，他朝著左邊大喊。

「湯米，出來，來幫我，我們得扶她站起來，湯米，動作快！」他的手架在偷書賊的腋窩下，扶她站起來。「莉賽爾，來，妳必須離開馬路。」

她站起身，看到了驚嚇的德國人。她在他們腳跟前又猛然跌倒，臉頰像是點火柴似地與路面相擦，脈搏的跳動明顯，好似皮膚被翻了面，兩面都在油裡煎炸。

在馬路前面，她看見隊伍最後的猶太人那雙污穢的雙腳與腳後跟。

她的臉發燙，手臂與雙腳的疼痛持續不斷，又痛又疲累的她已經麻木到了無感覺。
她站起來，最後一次站起來。
她任性地奔跑，跑過慕尼黑街轉了個方向，朝著麥克斯最後的足跡而去。
「莉賽爾，妳要做什麼?!」
魯迪想制止她，她不理他說的話，無視於身旁的圍觀民眾。多數群眾沉默無語，彷彿有著心臟脈動的雕像，或是馬拉松賽跑最後階段的旁觀者。莉賽爾再次放聲大喊，而麥克斯並沒有聽見，髮絲吹進了她的眼睛。「等我啊，麥克斯！」
大約走了三十公尺，正當一名士兵轉身察看之際，莉賽爾被人扳倒，一雙手從她身後強行抱住她。魯迪把她推倒，強迫她跪在路面上，然後魯迪承受著她的反擊。他挨著她一記記的拳頭，好像接受禮物一樣，忍受著莉賽爾瘦削的手與手肘的垂打，除了幾聲短促的悶哼外，他不發一語。莉賽爾的口水與淚水荒謬地沾濕了他的臉，越積越多，好似裝飾他的臉。但最要緊的是，他制止了她，沒讓她再往前跑。

在慕尼黑街上，一個男孩與一個女孩，兩人糾纏在一起。
他們在馬路上攪在一起扭動掙扎。
他們一塊兒看著隊伍消失，看著隊伍像是會動的藥片，溶解在潮濕的空氣中。

自白

猶太人隊伍走遠後，魯迪與莉賽爾放開彼此的身子。莉賽爾默默無語，對於魯迪的疑問，她沒有答案。

莉賽爾也沒有回家，她絕望地走到火車站，等了爸爸好幾個小時。魯迪先是陪她站了二十分鐘，但是既然離漢斯回家的時間還有大半天，他回頭去請了羅莎過來。在返回火車站的途中，魯迪把事情的經過告訴了羅莎。羅莎到了車站後，什麼話也沒問莉賽爾，她已經拼湊出答案了，她只是站在莉賽爾的身邊。後來，羅莎終於說服莉賽爾坐下來，一同等候爸爸回來。

爸爸聽了故事之後，袋子從他手上掉落，他在車站裡揮打空拳。

那天晚上，一家三口都沒吃飯。爸爸的手指污衊了手風琴：不管他多努力要彈好琴，他彈壞了一首又一首的曲子。什麼都不對勁了。

偷書賊在床上待了三天。

魯迪・史坦納每天上午與下午都會來敲門，詢問她是否還在生病。莉賽爾沒有生病。

到了第四天，莉賽爾走到隔壁的門口，問魯迪能不能陪她再去一趟去年他們發送麵包的樹林。

「我早就應該告訴你了。」她說。

他們沿著往達考集中營的路走了一段距離，站在樹林裡，斜長的光影交織在地面上，松果像是餅乾散落一地。

謝謝你，魯迪。

謝謝你為我所做的一切，謝謝你扶我從地上站起來，謝謝你阻止我……

這些話她一句也沒說。

她的手撐在樹皮剝落的樹枝上。「魯迪，如果我告訴你一件事，你保證誰也不說，一個字也不說嗎？」

「那是當然的。」他意識到莉賽爾臉上嚴肅的態度與沉重的語氣。他斜靠在莉賽爾身旁的樹幹上。「是什麼事情？」

「你先保證不會講出去。」

「我已經說過了。」

「再說一次。你不能告訴你媽媽，你大哥，也不能告訴湯米・繆勒。誰都不能說。」

「我保證不說。」

莉賽爾靠在樹幹上。

她看著地面。

她望著腳旁思索該怎麼講，在松果與斷枝殘幹的樹皮間找尋隻字片語，該從哪裡說起呢？她想了幾個切入點。

「記得我踢足球，」她問：「結果在街上受傷那次嗎？」

她花了將近四十五分鐘的時間解釋兩次世界大戰、一架手風琴、一個猶太拳擊手，還有一間地下室所交織而成的故事。她也沒忘記解釋四天前在慕尼黑街上發生的事情。

「那就是為什麼那天妳拿著麵包想靠近看清楚。」魯迪說：「去看看他有沒有在裡面。」

「沒錯。」

「我的天啊。」

「沒錯。」

高挺的大樹圍成一片三角林，靜靜的。

莉賽爾從她的袋子裡拿出《抖字手》，翻開其中一頁給魯迪看，上面畫了一個男孩，男孩的脖子上掛了三面金牌。

「檸檬顏色的金髮。」魯迪唸道，他的手指撫摸著紙上的文字，「妳跟他說了我的事情？」

莉賽爾並沒有立刻回答他，大概是由於她突然明瞭自己愛上了他，還是說她一直都是愛著他的呢？可能性很高。在那當下，她說不出話來，她期盼他會親吻自己，她希望他把自己的手牽過去，把自己拉到身邊，不管哪兒都好，嘴唇，脖子，臉頰，她的肌膚空著等候他的親吻。

幾年前，他們在泥濘的操場上賽跑時，魯迪還好像只是幾根隨意組合的骨頭，笑起來露出兩排尖銳的牙齒。這天下午，在這片樹林中，他是那位慷慨把麵包與泰迪熊送給別人的人，他是希特勒青年團運動會的三項競賽冠軍，他是她最好的朋友。但是，他距離死期只剩一個月。

「我當然跟他說過你的事情。」莉賽爾說。

她正在向魯迪道別，但即使是她自己也沒有留意到。

依爾莎・赫曼的黑色小本子

八月中，她打算去葛蘭德大道八號尋找她所熟悉的療藥。

讓她鼓起精神的療藥。

她是這麼以為的。

那天天氣酷熱，不過預報晚上有陣雨。莉賽爾經過迪勒太太店鋪時，她想起了《最後的人間陌路人》故事尾聲的一段話。

《最後的人間陌路人》

第二一一頁

太陽攪動著世界。一圈又一圈，太陽攪動著我們，像是攪動一鍋燉肉。

莉賽爾之所以會想起這段話，都只是因為天氣炎熱的緣故。

走到慕尼黑街，她回想起上星期在那裡發生的事情，她看到猶太人沿著街道走過來，看到流動的人潮，看到這麼多的人，看到了他們所受的痛苦。她覺得她剛才想起的句子裡少了一個字眼。

她心想：世界是一鍋險惡的燉肉。

險惡到讓我無法面對。

莉賽爾走過安培河上的橋樑，豐沛的河水是翠綠色的，她看到河底的石頭，聽見熟悉的水流聲。這個世界不配擁有一條這麼美麗的小河。

她爬上斜坡，往葛蘭德大道方向前進，那裡的房子令人愉快又使人厭惡。她喜歡微彎雙腳、略拱著背，她對自己說：再努力往上走吧。於是她越爬越高，像隻破土而出的怪獸。她嗅到街坊草地的味道，新鮮香甜，綠油油的草葉上帶著一節黃色的葉尖。她穿過庭院，沒有轉頭，沒有因為畏懼而停下腳步。

到了窗前。

她雙手放在窗臺上，然後雙腳像剪刀般打開又併攏。

雙腳落地。

她進入了一個滿是書本紙頁的快樂地。

她從書架上拿下一本書，捧著書坐在地板上。

這是她家嗎？她對自己的自在感到詫異。但是她並不在乎依爾莎・赫曼正在廚房切馬鈴薯或在郵局排隊，或者像鬼魂似地高高站在她上面，查看她正在讀什麼書。

莉賽爾就是什麼都不在乎了。

她坐著讀了好長一段時間。

她曾在半夢半醒之間目睹了弟弟死亡；她曾經對親生母親說了再見，然後想像母親一個人等待火車，火車把母親帶走，從此沒了下落；她知道有位瘦削強悍的婦女曾躺在地上，高喊聲傳遍了大街，尖叫聲最後像是滾動的硬幣失去了動力，躺到街道一旁；她知道有個年輕人用史達林格勒的雪所製成的繩索吊死自己；她曾經目睹轟炸機飛行員死在金屬殼子中；有個猶太人為她帶來了她生命裡最美麗的兩個篇章，後來她卻眼看著這個猶太人被押解前往集中營。這麼多記憶裡面的最中心，就是元首在大聲嚷嚷他的文字，散播他的文字。

這些記憶中的影像就是她所認識的世界，當動人的書本與整齊的標題圍繞著坐在地板上的她，這個世界在她內心裡燉煮，當她注視著滿滿印著段落與文字的書頁，這個世界在她內心烹煮著。

你們這群討厭鬼，她心想。

這群可愛的討厭鬼。

不要讓我高興，不要填補我的心靈，讓我以為文字裡會出現什麼有用東西，看看我的瘀青吧，看看這道擦傷，你們看得見我心頭上的擦傷嗎？看見沒有，那道擦傷就在你們面前慢慢擴大，侵蝕我的心。我不再抱持期待，我不要再祈禱麥克斯安然無恙，也不再管艾立克・史坦納是否平安。

因為這個世界不配擁有他們這樣的好人。

她從書上撕下一張紙，將紙扯成兩半。

一張接著一張，她撕掉了一整章的書。

不久，除了散落在她兩腿與身旁的文字碎片以外，整本書已經蕩然無存。文字，為什麼文字要存在呢？沒有文字的話，這一切都不會發生。沒有文字的話，元首根本微不足道，一瘸一拐的囚犯不會出現，沒有人需要安慰，也不需要利用文字讓人心情好轉。

這些文字有什麼用？

她朝著橘黃色燈光的房間清晰說出這句話，「這些文字有什麼用？」

偷書賊站起來，小心翼翼走到書房門口，輕而易舉打開了那扇虛掩的門，空曠的木頭走道上吹著微風。

「赫曼太太？」

問句回音傳到她的耳中。她又對著前門大喊，聲音只傳到了走廊的中段就消失在地板上。

「赫曼太太？」

寂靜無聲，沒有人回應她的呼喊。為了魯迪，她好想到廚房搜索一番，但是她打消了這個念頭。從一個在窗戶玻璃上留了辭典給她的女人家裡偷取食物，她覺得並不妥當。除此之外，她才剛剛毀了一本她的書，一頁又一頁、一章接一章撕毀，她已經讓她損失慘重。

莉賽爾返回書房，拉開書桌的抽屜。她坐下來。

最後的信

親愛的赫曼太太：

如妳所見，我又來了妳的書房，而且我撕毀了一本書。

我對文字發脾氣，是因為我太生氣了，太害怕了。

我偷了妳的東西，現在還弄壞了妳的東西。對不起。

為了懲罰自己，我決定不再到這裡來了；或是說這樣根本不算懲罰呢？

我對這個地方又愛又恨，因為這裡放滿了文字。

儘管我傷害過妳，儘管我讓人難以消受〈我在妳的辭典上查到的字〉，妳一直對我來說是個朋友。我不會再來打擾妳，很抱歉我做過的所有一切。

再次謝謝妳。

莉賽爾・麥明葛　謹上

她把字條留在書桌上，然後雙手滑行過一本本的書，繞了書房三圈，向這間書房做最後道別。她恨這些書，她也抵不住它們的吸引力。撕碎的紙片散落在《湯米，霍夫曼的規則》這本書的四周，一陣柔和的風吹進了窗，幾張碎片飄起又飄落。

陽光還是橘黃色的，然而已經不如先前那麼明亮。莉賽爾最後一次用手緊緊抓牢窗戶，最後一次匆匆往下跳，一落地，她的雙腳感到一陣疼痛。

她步下山坡。抵達小橋之前，橘黃色的光線已然消失，蓬亂的雲團在天空中聚集。

她走回天堂街的時候，幾滴雨水開始落下。她想：我再也見不到依爾莎・赫曼了。不過，偷書賊讀書與毀書的能力比較強，預言的能力沒那麼強。

三天之後

有個女人敲了門牌三十三號的大門，等著有人來應門。

看見沒穿浴袍的依爾莎・赫曼，莉賽爾覺得好奇怪。她穿著鑲紅邊的黃色夏裝，衣服上有個口袋，口袋上有朵小花，沒有任何納粹黨徽。腳上蹬著黑鞋。她以前從沒注意過依爾莎・赫曼的小腿，她的腿竟像瓷器般白亮。

「赫曼太太，對不起，上次我在書房做了那種事情。」

依爾莎．赫曼阻止她說話，她把手伸進提袋，拿出一本黑色的本子，裡面沒有小說故事，卻是橫格線的紙頁。「我想，若是妳以後不再讀我的書了，或許妳願意自己寫一本書。妳寫的信，妳的信……」她用雙手將本子遞給莉賽爾。「妳的寫作沒有問題的，妳寫作的能力非常好。」這本子很重，外皮與《聳聳肩》那本書很像。「另外，我請求妳，」依爾莎．赫曼建議她，「不要像妳自己說的那樣懲罰自己，不要學我的壞榜樣，莉賽爾！」

莉賽爾翻開本子輕撫紙張。「非常謝謝妳，赫曼太太。如果妳想喝咖啡的話，我來煮，妳願意進來坐嗎？我一個人在家，媽媽在隔壁陪伴侯莎菲女士。」

「我們從大門還是窗戶進去？」

莉賽爾想，那應該是依爾莎．赫曼這幾年來出現過最燦爛的微笑。「我想，我們走大門吧，比較容易。」

她們坐在廚房。

桌上有兩只裝滿咖啡的馬克杯與塗了果醬的麵包。兩人都在努力製造話題，莉賽爾可以聽見依爾莎．赫曼吞嚥的聲音。不過，氣氛並沒有使人坐立難安，連看著依爾莎．赫曼斯文地吹涼咖啡，都讓她覺得心情愉快。

「要是我真的寫出什麼，寫好了以後，」莉賽爾說：「我再拿給妳看。」

「好啊。」

依爾莎．赫曼告辭之後，莉賽爾望著她沿著天堂街走遠，她看著她的黃色洋裝、黑色鞋子，還有白如瓷器的雙腿。

魯迪站在信箱旁邊。他問：「那是我心裡想的那個人嗎？」

「是的。」

「妳在說笑吧？」

「她送了我一份禮物。」

結果，依爾莎．赫曼那天不只送給莉賽爾．麥明葛一個本子，她還提供她一個待在地下室的理由。地下室是莉賽爾最愛的地方，起先是跟爸爸一起，後來有麥克斯在那裡。依爾莎．赫曼給她一個寫出自己故事的動機，讓她明白文字帶給她活力。

「不要懲罰妳自己。」她耳朵又響起依爾莎．赫曼的聲音。現在除了承受懲罰與痛苦之外，更因為寫作，她還有快樂可享。

那晚爸爸媽媽入睡後，莉賽爾躡手躡腳走到地下室打開煤油燈。頭一個小時，她只看著鉛筆與紙，努力回想自己的過去。而按照她的習慣，除了紙張外，她沒看其他地方。

「寫。」她吩咐自己。

兩個多小時後，莉賽爾．麥明葛開始動筆，當然，她並不知道自己已經正確掌握了文字的力量。她怎麼可能知道有人會撿起她的故事，然後帶著故事到世界各地呢？

沒有人會預料這些事情的發生。

人類不會規劃這些事情。

莉賽爾用一個小油漆罐當椅子，另外用一個大一點的油漆罐當桌子，把鉛筆尖放在第一頁上，在那頁的中間，她寫了下面這幾個字。

《偷書賊》

一則小故事
作者
莉賽爾・麥明葛

飛機的肚子

還沒寫到第三頁，她的手已經好酸。

她心想：文字好沉重！不過當天晚上，她寫了十一頁的文字。

第一頁

我想假裝不知道。不過，我知道一切都是從火車、大風雪、以及咳個不停的弟弟開始的。

就在那天，我下手偷了我的第一本書，那是一本指導工人怎麼挖掘墳墓的工作手冊。

就在前來天堂街的半路上，我偷了書……

她躺在防漆罩布疊起的床上睡著了。本子放在大油漆罐上，紙張邊緣已經捲起了。一早，媽媽高高站在她的身邊，彷彿加氯消毒過的眼睛裡有個問號。

「莉賽爾，」她說：「妳到底在下面這裡幹嘛？」

「我在寫作，媽媽。」

「耶穌、聖母瑪麗亞、約瑟、我的這些老天爺啊！」羅莎跺腳爬上樓梯。「五分鐘內給我上來，不然我就水桶伺候，瞭解嗎？」
「瞭解。」
莉賽爾每晚都到地下室，而本子則時時刻刻都帶在身上。她一動筆就是好幾個小時，每天晚上努力寫出十頁自己的故事。有好多地方要推敲，好多點滴怕被遺漏，她告訴自己，有耐心的話，一定可以辦到。隨著頁數越寫越多，她的寫作技巧也越來越好。
偶爾，她也記述在地下室寫作那當下所發生的事情。她剛剛完成了爸爸在教堂階梯上打她耳光的那段故事，還記下他們如何一起高喊「希特勒萬歲」。她看著漢斯．修柏曼在她面前把手風琴收進琴盒。莉賽爾在寫這些故事的時候，他彈了半小時的琴。

第四十二頁

今晚，爸爸陪我坐在這裡。
他提著手風琴下樓來，坐在靠近麥克斯以前的老位置。
我常常看他彈琴時的手指與表情，手風琴的風箱一拉一縮在呼吸。
爸爸的臉頰上有了皺紋，看起來像是畫出來的。當我看著那些皺紋，我莫名地想哭泣，並非是有悲傷或自豪的理由，我只是喜歡那些皺紋移動、改變的樣子。我有時候覺得爸爸就是一架手風琴，每當他看著我，對我微笑、呼吸的時候，我就聽到音符的聲音。

到了第十個晚上，慕尼黑再度受到轟炸，莉賽爾已經寫了一百零二頁。她在地下室睡著，沒有聽見咕咕聲或者警報聲，等爸爸下來喚醒她的時候，睡夢中的她握著本子。「莉賽爾，來。」她拿了《偷書賊》和其他的書，然後他們走去接侯莎菲女士。

第一七五頁

一本書順著安培河漂流而下。

有個男孩跳進河裡撈起書。他右手拿著書，咧嘴大笑。

他站在十二月冰冷的河水裡，水深至腰際。

「母豬，要不要來親親嘴啊？」他說。

十月二號，空襲再次來臨。這時她已經完成了她的書，本子只剩下幾十頁的空白，偷書賊開始重讀自己寫的故事。這本書分成十個部分，每一部分都以書名或故事主題作為標題，說明每本書或是每則故事怎麼影響了她的人生。

我常常好想知道，五個晚上之後，當我在水龍頭滴落的雨中，前往天堂街走去的時候，她唸到了哪一頁；當第一顆炸彈從飛機的肚子掉下來的時候，她在讀什麼。

我自己喜歡這樣想：她當時瞧了一眼牆壁，看到麥克斯．凡登堡畫的鋼索雲、滴油漆的太陽、朝太陽走去的人兒，接著看著自己用油漆努力拼寫出的單字。我看見元首走下地下室的樓梯，脖子上掛著一對繫在一起的拳擊手套。然後，偷書賊讀了一次又一次，又再讀一次，把自己的最後一句話讀了好幾個小時。

《偷書賊》——最後一行字

我討厭文字，我也喜愛文字。

我希望我發揮了文字的力量。

在屋外，世界鳴著警報聲，雨水染上了顏色。

世界的盡頭（第二部）

幾乎所有的文字都在慢慢消失。受到我四處奔走的影響，黑色本子的內頁已經開始散落，這正是講這個故事的另外一個理由。我們先前是怎麼說的？一件事情講得夠多次，你就永遠不會忘記。另外我可以告訴你，偷書賊停筆之後發生了什麼故事，以及我一開始是怎麼知道她的故事。事情的經過是這樣的。

想像你走在漆黑的天堂街上，頭髮逐漸潮濕，氣壓即將劇變。第一顆炸彈擊中湯米．繆勒所住的房子，湯米的臉龐在睡夢中天真地抽搐，而我跪在他的床上。接著輪到湯米的妹妹，克莉蒂娜的腳板伸到毛毯外頭，她那嬌小的腳趾頭，與街上跳房子遊戲的腳印相同。兩人的母親睡在幾呎外，她的菸灰缸裡躺著四根變形的菸捲。失去屋頂的天花板是熱鐵板般的紅色，天堂街在燃燒。

警報開始狂吼。

「這麼簡單的防空演習，」我輕聲說：「現在才開始，已經來不及了。」因為每個人都被唬了，而且被唬了兩次。最初同盟國朝慕尼黑佯攻，真正的目標是司徒加，不過，有十架飛機後來逗留不去。噢，沒錯，是有警報傳出。在墨沁鎮，警報隨著炸彈一塊來到。

街道大點名

慕尼黑街、艾倫堡街、約翰森街、天堂街。

小鎮貧戶區中的主幹道＋另外三條街道。

幾分鐘之內，這些街道都夷為平地。

教堂攔腰炸穿。

麥克斯．凡登堡曾站立不動的土地毀損塌坍。

在天堂街三十一號，侯莎菲女士似乎一直在廚房等我。她眼前擺了一只破裂的杯子，在尚有意識的臨終瞬間，她的臉好像在詢問，我這麼晚才來，到底在搞什麼鬼。

相比之下，迪勒太太睡得深沉熟甜，她厚重的鏡片碎落在床邊。她的店鋪全部消失，櫃檯炸飛到馬路對面，希特勒相片的相框從牆上墜落，摔到地板上。相片中的希特勒從背後遭到襲擊打劫，玻璃碎成一地稀爛，我踩在他上面離去。

菲德勒一家組織最良好，全都在床上，全都蓋上了毯子。菲菲庫斯的被子蓋到了鼻子。

在史坦納家，我的手指撥過芭芭拉梳理好的秀髮，我從庫爾特一本正經的睡臉上帶走他認真的表情，用親吻對他們家幾個年紀比較小的孩子道過晚安，一個接著一個。

然後是魯迪。

嗅，老天啊，魯迪……

他跟妹妹一同躺在床上，妹妹一定是踢了他，不然就是使勁把大部分的床都佔為己有，因為魯迪手臂環繞著她，躺在床鋪邊緣，他睡著了，他那燭光點亮的頭髮燃燒著床鋪。我拾起他和貝蒂娜，兩人的靈魂依舊包裹在毛毯中，起碼他們是當場就死了，身體還是溫熱的呢。飛機失事現場的男孩，我想起來了，他是帶著泰迪熊的男孩。而誰能安慰魯迪呢？誰能減輕我奪走他生命所產生的痛楚呢？當他生命的計畫被人打斷，又有誰會在那裡安撫他呢？

沒有人。

那裡只有我在。

安慰人心這種事情我不太拿手，尤其在我的雙手冰冷，而床鋪溫暖的時候更是如此。帶著一隻淚眼與一顆死了般的心，我輕輕抱著他穿過殘破的街道。因為他，我多花了點心神，花了半晌時間觀察他靈魂的內涵。當他跑過想像中的跑道終點線，我看見一個叫做杰西・歐文斯的黝黑男孩；我看到他腰身以下站在冰冷的水裡，追著一本書跑；我看見一個男孩躺在床上，幻想隔壁可愛鄰居的親吻會是什麼滋味。他對我做了一件事情，那個男孩，那是他唯一的缺點：每一次想起他，他就踩在我的心頭上，他讓我落淚。

最後，修柏曼夫妻。

漢斯。

爸爸。

身材高大的他躺在床上，我透過眼皮看到他眼底的銀色光澤，他的靈魂坐起身來迎接我。這種靈魂，道德最高尚的靈魂，總是如此，他們起立說：「我知道你是誰，我已經準備好了，我當然不想走，但是我會隨你而去。」那些靈魂總是輕盈，因為他們所付出的已經超過自己的人生，他們的生命已經找到更有意義的所在。漢斯的靈魂付出在手風琴的呼吸、夏天的奇特香檳滋味、守信用的藝術之上。他躺在我的手臂上安息，臨死之前，他的肺腔渴望最後一根菸捲。為了他的女兒，他的女兒在地下室寫書，他希望有天能讀到女兒的書，他受到地下室強烈的吸引而費力前進。

莉賽爾。

當我抱著他的時候，他的靈魂低聲喊叫這個名字，但是那個屋子裡沒有莉賽爾，對我來說，是沒有這個人。

從我的角度來看，只有一個叫做羅莎的人。沒錯，我拾起她的靈魂時候，她剛好打鼾打到一半，因為她的嘴是張開的，如紙薄的粉色嘴唇還在動。儘管我不會認為豬頭是罵人的話，但是要是她看見我，我相信她鐵定會罵我豬頭。讀了《偷書賊》之後，我發現她斥罵每個人，不是罵人豬頭，就是罵人母豬，尤其對她所深愛的人。她彈性十足的頭髮散開在枕頭上，衣櫥般的身體不停隨著心跳而升起，不會錯的，這個女人有一顆心，有顆比別人所知還大的一顆心，裡面擺了許多東西，擺在高高的無形架子上。記住，在月影狹長的漫長夜裡，她把樂器綁在自己的身上；記住，當一個猶太男子抵達墨沁鎮的第一天，她二話不說提供他食物；還有，她把手伸入床墊深處，拿出一本隨筆集交給一個女孩。

最後的運氣

我在大街小巷中來回，然後為了天堂街尾一個叫舒茲的男人折返。

他在倒塌的房子中沒有挺過來。當我注意到LSE隊員們的叫聲與笑聲時，我正提著他的靈魂，預備沿著天堂街離去。

如山脈般連綿起伏的房屋瓦礫堆中，有一處低窪。

火紅悶熱的天空在翻滾，一道道胡椒似的雲煙開始旋轉，我的好奇心來了。對，對，我知道我一開始告訴過你，我的好奇心常常害我目睹人類的淒厲吶喊，不過這一次，我必須這麼說，雖然那種畫面讓我心碎，但到現在我還是慶幸當時我人在現場。

LSE隊員拉出莉賽爾之後，沒錯，她為了漢斯．修柏曼放聲嚎啕，哭叫狂喊。隊員滿是粉塵的雙臂想要抱住她，但是偷書賊強行掙脫。心死之人，往往什麼事都辦得到。

她不知道要往哪裡去，因為天堂街已經不存在了，眼前都是陌生的景象，如世界末日般的場景。為何天空是紅的？為何天空在降雪？為何雪花燙傷了她的手臂？

莉賽爾放慢腳步，蹣跚走著，看著前方。

迪勒太太的店呢？她心裡自問，在哪裡啊？

她納悶了片刻，然後從瓦礫堆中找到她的ＬＳＥ隊員抓住她的手臂。他說：「妳只是嚇到而已，小姐，只是震驚的關係，等下妳就沒事了。」

「發生什麼事情？」莉賽爾問：「這裡是天堂街嗎？」

「是。」隊員的眼神沮喪，過去幾年裡，他目睹了什麼樣的場景呢？「小姐，這裡是天堂街，被炸了。親愛的，我為妳感到難過。」

莉賽爾的身體已經停下來，可是嘴巴仍然不自主一開一閉。她已經忘了剛才為了漢斯．修柏曼而哀慟哭喊的事了，那彷彿已經是幾年前的事了，這場轟炸讓她暫時失去了記憶。她說：「我們得把我爸、我媽弄出來，我們得把麥克斯帶出地下室。要是他人不在地下室，他就是在走廊看窗戶外頭的景象，有時候空襲的時候，他會這樣的。你知道的，他沒有機會可以看到天空，我必須要告訴他現在天氣的情況，他永遠都不相信我說的……」

就在那一刻，她的身體仆倒，ＬＳＥ隊員接住她，扶她坐下。「等一下我們再回來帶她。」他告訴他的長官。偷書賊看著手中既笨重又讓她疼痛的東西。

一本本子。

文字。

她的手指在流血，就像她剛到這裡的時候一樣。

LSE隊員扶起了莉賽爾，準備帶她離開。一根木杓著了火，有位隊員拿著破裂的手風琴盒走過去，莉賽爾看見裡面的樂器，看到那牙齒似的白色鍵盤，白鍵盤中間還有黑色鍵盤，它們在對她微笑，她這才感受到了現實，她心想：我們被炸彈炸了。她轉身對著身旁的男人說：「那是我爸爸的手風琴。」又重複一次，「那是我爸爸的手風琴。」

「別擔心，年輕的小姐，妳安全了，再走過去幾步路就行了。」

但是莉賽爾沒有跟上去。

她看著那位手上拿手風琴的隊員，她跟著他。紅色的天空依然灑下壯觀的炸彈灰，她擋住這個高大的隊員，她說：「可以的話，我要拿走那個，那是我爸爸的。」她溫柔地從隊員手中接過琴，準備帶走它。就在那個時候，她看見了第一具屍體。

琴盒自她緊握的手中掉落，發出一聲爆裂聲響。

侯莎菲女士在地上，血肉模糊。

莉賽爾．麥明葛接下來的十多秒鐘

她原地轉身，看著這條遭到毀滅的街道，這裡以前曾經是天堂街。

她望向視線最遠處，看見兩名男子抬著一具屍體，她於是跟上去。

看到其他的屍體之後，她開始咳嗽。她陸陸續續聽見有個隊員告訴其他人，他們在楓樹上找到殘缺的屍體。

有的屍體穿著睡衣，有的臉孔破碎。

她先看到的是男孩的頭髮。

魯迪？

她說出這個名字，「魯迪？」

頂著黃色金髮的他閉上眼睛躺著，偷書賊朝著他直奔而去。她跪倒在地，扔下黑色的本子。「魯迪，」她抽噎著說：「醒來……」她抓著他的襯衫，不敢相信眼前見到的景象，她輕柔地搖晃他。「醒來啊，魯迪。」天空持續發燙，炸彈灰灑落，莉賽爾抓起魯迪．史坦納胸前的衣衫。「魯迪，求求你醒來。」淚珠在她臉上打滾。「魯迪，求求你，醒來，該死，醒來，我愛你，行行好，魯迪，行行好，杰西．歐文斯，你知道我愛你，醒來，醒來，醒來……」

什麼事也沒發生。

瓦礫越堆越高，宛如一排帶著紅色帽子的水泥山丘。有個漂亮女孩的臉上有淚滴顫動，她搖晃著死者。

「行行好，杰西．歐文斯……」

但是魯迪沒有醒來。

莉賽爾不能相信，她把頭埋在魯迪的胸膛前，抱著他軟弱的身軀，不許他懶洋洋地往後倒下。最後，她不得不將他放回滿目瘡痍過後的地面上，輕柔地將他放下。

慢慢地，慢慢地，慢慢地。

「天啊，魯迪……」

莉賽爾往前俯下，看著他已無生氣的臉龐，接著親吻了她最好的朋友，魯迪．史坦納，虔誠地在他唇上輕輕一吻。他的嘴唇沾滿了灰塵，但是帶有甜甜的滋味，嚐起來像是樹林濃蔭之下的那份遺憾，嚐起來也像叛亂份子西裝閃亮下的那份遺憾。她輕柔地吻了他好久。起身之後，她用手指摸摸他的嘴，雙手顫抖，嘴唇紅腫。她再度俯身，這次她控制不住，力道沒抓準，兩人的牙齒在天堂街毀滅的世界中相撞。

她沒有道別，她不能道別。在他身邊待了幾分鐘之後，她才找到站起來的力氣。人類的能力真讓我大為驚奇，就算是淚水撲撲簌簌自臉上流下，他們還能蹣跚行走，一面咳嗽，一面搜尋發掘。

接下來的發現

媽媽與爸爸的屍體。

兩人的身體纏繞曲折，躺在天堂街碎石所鋪成的床單上。

莉賽爾完全沒跑、沒走、沒移動，她的眼睛急忙搜索著遺體。發現了高個子的爸爸與身材矮小像衣櫥的媽媽之後，她的眼睛停下來，視線模糊朦朧。那是我媽媽啊，那是我爸爸啊，這些話釘在她的嘴裡說不出口。

「他們沒有在動，」她小聲說：「他們沒有在動。」

她以為如果她靜止站立夠久的話，就會看出他們仍在移動。但是無論莉賽爾靜止站了多久的時間，他們一動也不動。我發現她在那一刻打著赤腳，多奇怪啊，在那種時刻注意到這種事情，也許是我一直不敢看她的臉，因為偷書賊真的邋遢到不行。

她走了一步，不想再走了，但是她還是繼續往前走。莉賽爾緩慢走向媽媽與爸爸，坐到兩人的中間。她托住媽媽的手，對她說話。「記不記得我剛來的時候，媽媽？我死抓著圍欄門大哭，妳記得那天妳對馬路上所有的人說了什麼嗎？」她的聲音在顫抖。「妳說：『你們這些屁眼看什麼看啊？』」她握住媽媽的手，觸摸她的手腕。「媽媽，我知道妳……我好高興妳到學校告訴我麥克斯已經醒了，妳知道我看見妳抱著爸爸的手風琴嗎？」她抓緊媽媽漸漸變硬的手。「我走過去，我看到妳，妳好美麗。該死，妳那時好美好美，媽媽。」

迴避的那幾秒鐘

爸爸。她不要，她不能看著爸爸。她還不能，現在不能。

爸爸這個男人有著如銀般光澤的眼睛，而不是一雙沒有生氣的眼睛。

爸爸是手風琴！

但是他的風箱空蕩蕩。

沒有空氣吸進去，沒有空氣吐出來。

她開始前後搖晃，在她轉身面對爸爸之前，有個模糊無聲的尖銳聲音一直卡在她嘴裡。

她轉向爸爸。

那一瞬間，我忍不住了，我走到她身邊看仔細點。我再次目睹她臉龐的那一刻，我察覺到她正在看著她最深愛的人。她的眼神輕撫著漢斯的臉龐，順著一條沿著腮幫子往下的皺紋輕撫。漢斯曾在盥洗間陪她坐著，教她捲菸捲，他曾在慕尼黑街上把麵包拿給一個將死之人，他告訴過莉賽爾在防空洞裡面要繼續朗誦。如果沒有他的交代，她也許最後不會在地下室裡寫她的故事。

爸爸這個手風琴手與天堂街。

兩者無法獨立存在，因為對莉賽爾來說，兩個都是她的家。沒錯，對莉賽爾．麥明葛來說，漢斯．修柏曼就是家。

她轉身對LSE隊員們說話。

「麻煩你，」她說：「我爸爸的手風琴，可以幫我拿來嗎？」

年紀較大的隊員困惑了半天，然後把毀壞的琴盒拿過來。莉賽爾打開琴盒，拿出破損的樂器放在爸爸的身軀旁。「東西在這兒，爸爸。」

我能夠肯定告訴你一件事情，因為多年之後，我看見這一幕，是透過偷書賊的眼光看見的。當她跪在漢斯．修柏曼的身邊時，她看見漢斯站起來演奏手風琴。他站著把手風琴的背帶綁在高低起伏的斷壁殘垣上，銀色的眼睛露出慈祥的眼神，嘴上甚至叼著根菸捲，彈奏著手風琴的時候，他還彈錯了個音符，自己發現後則露出了愉快的笑容。風箱一呼一吸。當天空慢慢遠離了火爐，高個了的漢斯為莉賽爾演奏了最後一次。

繼續彈啊，爸爸。

爸爸停下來。

他放下手風琴，他銀色的眼睛繼續生鏽，現在他只是一具躺在地上的屍體，莉賽爾抬起爸爸擁抱他，她倚在漢斯・修柏曼的肩頭上哭泣。

「再見，爸爸，你救了我，你教我識字，沒人能把琴彈得比你好，我不會再喝香檳了，沒人能彈得像你一樣好。」

她的手臂抱住他。她無法承受再次注視他的臉，所以她親吻了他的肩膀，然後把他放下。

偷書賊不斷哭泣，直到最後被人輕柔地帶走。

稍晚，他們想起了手風琴，但是沒有人注意到本子。

待完成的工作很多，路上還堆了很多其他的東西，所以《偷書賊》被踩過了好幾次，最後有個人連看都沒看一眼，就把書撿起來扔到垃圾車上。就在垃圾車開走之前，我趕快爬上去，把書拿到手……

幸好我有在那兒。

又來了，我騙誰啊？每個地方我都起碼去過一次，而且在一九四三年，我幾乎無所不在。

11 尾聲

最終之彩

主演：死神與莉賽爾——呆板的眼淚——麥克斯——還有交棒

死神與莉賽爾

這一切已經結束好久了。不過我還有很多工作要做。告訴你吧，世界是工廠，由太陽攪動，由人類統治，我在工廠徘徊逗留，然後帶走人類。

至於這個故事還沒講完的部分，我就直說了，因為我累了，我好累，我要用最直接的方式說完。

最後的一個真相

我應該告訴你，偷書賊昨天剛剛去世了。

在距離墨沁鎮與消逝的天堂街非常遙遠的地方，莉賽爾．麥明葛活到了相當大的歲數。她死在雪梨的郊區，門牌號碼是四十五號，與菲德勒家防空洞的號碼相同。當時天空是最美麗的午後藍，就像她爸爸漢斯一樣，她的靈魂坐起身來。

臨終前，她看到她的三個小孩、她的孫子、她的丈夫，還見到與她生命緊緊相依的許多生命，這些生命像燈籠一般亮著光彩，包括漢斯、羅莎、弟弟、金髮永遠是檸檬色的男孩。

然而，她還看見了其他景象。

跟我來，我告訴你一個故事。

讓你看一個獨特的故事。

午後的木材

天堂街清理完畢後，莉賽爾無處可去。人家提到她，都叫她「那個帶著手風琴的」。她被帶到警察那裡，該怎麼處理她，警察萬分苦惱。

她坐在硬梆梆的椅子上，手風琴從琴盒上的破洞往外望著她。

坐在警察局三個小時之後，鎮長與一名秀髮蓬鬆的女士才露臉。「有個女孩，」女士說：「從天堂街存活下來的。」

警察手指比了一下。

他們走下警察局台階的時候，依爾莎・赫曼表示願意提琴盒，但是莉賽爾緊緊將手風琴拿在手上。循著慕尼黑街過了幾個路口之後，被炸的街道與倖免於難的街道之間界線分明。

鎮長開車。

依爾莎・赫曼和她一起坐在後座。

手風琴的琴盒放在她們倆中間，莉賽爾的手一直擱在琴盒上。

一般人身心遭受這般摧殘之後，很容易一言不發，但是莉賽爾的表現相反。坐在鎮長家漂亮的空房間內，她嘮嘮叨叨地講話再講話，自言自語直到深夜。她吃得很少，唯一沒做的事情是洗澡。她拿著天堂街殘存的物品在葛蘭德大道八號的地毯與地板上走動，走了四天之久。她常昏睡，但是沒有作夢，她在清醒的時刻覺得難過，因為睡著的時候，一切的記憶才會消逝無蹤。

到了葬禮當天，她仍舊還沒洗澡，依爾莎・赫曼禮貌性詢問她是否要洗澡。之前她只讓莉賽爾知道浴室的位置，並且給她一條毛巾。

出席了漢斯與羅莎・修柏曼葬禮的人常常談起那天的莉賽爾，她一身的破衣，身上沾了一層天堂街的灰塵。還有個傳聞說，那天葬禮過後，她穿著衣服走進安培河，說了些非常怪異的話。

說了什麼有關親嘴的話。

說了什麼有關母豬的。

她必須要說幾次再見才夠呢？

幾天之後，幾個星期過去，幾個月過去，戰事連連不斷。在悲痛欲絕的時候，她會想起她的書，尤其是別人為她寫下的書，還有救了她性命的那本書。有天早上，震驚再度湧上她的心頭，她甚至走回天堂街去找那些書，然而什麼都沒有留下。已經發生過的事情無法恢復。恢復，需要幾十年的時光，需要一個漫長的人生。

史坦納家的追思儀式舉辦了兩次，第一次在下葬時進行的。而艾立克．史坦納在轟炸事件後獲准休假，返家之後，他們舉行第二次的追思。

自從消息傳到艾立克耳中之後，他的身形日漸消瘦。

「天啊，」他說：「要是我當初讓魯迪去那間學院的話就好了。」

救人。

害死人。

他怎麼能預知是哪一種結果呢？

他唯一確實知道的是，他願意付出任何代價，換得他自己當天留在天堂街，這樣逃過一劫的不會是他，而是魯迪。

他是這樣跟莉賽爾講的，那是他在葛蘭德大道八號台階上告訴莉賽爾的話。一得知她生還的消息，他就衝上去找她。

那天在台階上，艾立克．史坦納的心都碎了。

莉賽爾告訴他，她吻了魯迪的唇，雖然她好難為情，但她認為艾立克想知道。艾立克．史坦納聽了之後，呆板的臉落下淚水，橡樹般的他露出笑容。在莉賽爾的眼簾中，我看見的天空是帶著光澤的灰色。一個如銀似的午後。

麥克斯

大戰結束，希特勒自己跑到我的手臂裡。艾立克．史坦納重拾他裁縫店的工作，生意賺不了錢，不過他每天還是埋首工作幾個小時。莉賽爾經常陪伴著他，他們常在一起相處。達考集中營解放之後，他們也常走路到那兒，但美國人卻不讓他們進去。

終於，在一九四五年十月，有個男子走進艾立克．史坦納的店，他有水汪汪的眼睛，羽毛般的頭髮，還有一張刮得乾乾淨淨的臉龐。他走到櫃檯，「請問這裡有沒有個名叫莉賽爾．麥明葛的人？」

「有這個人，她在後面。」艾立克說。艾立克燃起了希望，但是他想要先確認一下，「可以請教您尊姓大名嗎？」

莉賽爾出來了。

他們相擁而泣，跌倒在地上。

交棒

是啊，我歷經過這個世上的大風大浪，出席了天災人禍，替萬惡大奸賣命。

不過，還有其他的時候。

當我工作時，會碰到一些故事（如我先前講過的，只有一些而已），讓我有放鬆心情的餘地，就像顏色轉移我的注意力一樣。我在最不幸的人身上，在最不幸的地方，偶然得知那些故事。四處忙碌之餘，我也牢牢記住這些故事。《偷書賊》就是其中一個故事。

我去雪梨帶走莉賽爾的時候，終於做了一件我等了很久的事情。我把莉賽爾放下來，在足球場的附近，我們沿著安札克大道散步，我從口袋裡掏出一本滿是灰塵的本子。

已經是老婦人的莉賽爾驚愕萬分，她把本子拿在手中說：「真的是它嗎？」

我點點頭。

她顫抖地翻開《偷書賊》，翻閱本子的內頁。「我不敢相信……」儘管文字已經褪色，她依舊看得見自己寫的字，她靈魂的手指觸摸著許久以前自己在天堂街地下室所書寫的故事。

她在路旁坐下，我也陪她一塊兒坐著。

「你讀過嗎？」她問，不過卻沒看著我，她的眼睛直盯著文字。

我點點頭。「讀了很多遍。」

「你懂我寫的故事？」

幾輛車在馬路上開過，車裡的駕駛讓我想起希特勒、修柏曼、麥克斯、兇手、迪勒、史坦納一家人……

我有好多故事，美好與暴虐的故事，想告訴偷書賊，不過，我怎麼能告訴她那些她原先一無所知的事情呢？我想說的是，我不斷地高估人類，也不停地低估他們，我想說的是，我很難給人類做出一個正確的評價。我想要問她，同樣是人，怎麼有人如此邪惡，又有人如此光明燦爛呢？人類的文字與故事怎麼可以這麼具有毀滅性，又同時這麼光輝呢？

不過，這些話一個字也沒有從我的嘴巴裡說出。

我所能做的，只有轉身面對莉賽爾．麥明葛，告訴她我確知的唯一事實，我告訴偷書賊這個事實了，而現在我要來告訴你。

本書敘述者的最後注釋

人類，在我的心頭縈繞不去。

木馬文學 21

偷書賊

THE BOOK THIEF

作者　馬格斯・朱薩克（Markus Zusak）
譯者　呂玉嬋
社長　陳蕙慧
副社長　陳瀅如
總編輯　戴偉傑
行銷總監　陳雅雯
電腦排版　極翔企業有限公司
內文繪圖　Trudy White

出版　木馬文化事業股份有限公司
發行　遠足文化事業股份有限公司（讀書共和國出版集團）
地址　231 新北市新店區民權路 108 之 4 號 8 樓
電話　02-2218-1417 傳真 02-8667-1891
email　service@bookrep.com.tw
郵撥帳號　19588272 木馬文化事業股份有限公司
客服專線　0800221029
法律顧問　華洋法律事務所　蘇文生 律師
印刷　前進彩藝有限公司
初版 110 刷　2024 年 3 月
定價　新台幣 320 元
ISBN　978-986-6973-42-0